Dick Francis

Zügellos

Roman

Aus dem Englischen von
Malte Krutzsch

Diogenes

Titel der 1994 bei
Michael Joseph, London,
erschienenen Originalausgabe:
›Wild Horses‹

Umschlagbild von
Tomi Ungerer

150/96/8/1
ISBN 3 257 06101 3

Seelen, dicht verschleiert, sind wir,
Mensch, du siehst den Menschen nicht;
So innig wir auch Zwiesprach' halten,
Ein Schattenvorhang trübt die Sicht.

Christopher Pearce Cranch
(1813–1893)

I

Der abgemagerte alte Mann, der langsam an Knochenkrebs starb, saß wie immer in seinem großen Armsessel, und Tränen einsamen Schmerzes liefen an seinen eingefallenen Wangen hinunter.

An diesem Dienstag, seinem letzten, verstärkte er in anhaltendem Schweigen krampfhaft den harten Griff um mein Handgelenk, während ich sah, wie seine Lippen unter der immensen Anstrengung, etwas zu sagen, zitterten und bebten.

»Pater.« Endlich brachte er die Worte heraus, ein verzweifeltes Flüstern, geboren aus höchster Not. »Pater, ich muß beichten. Ich muß um Vergebung bitten.«

Überrascht und voll Mitgefühl sagte ich: »Aber … ich bin doch kein Priester.«

Er hörte nicht zu. Die schwache Stimme, die seine Verfassung besser spiegelte als die grimmig zupackende Hand, wiederholte einfach: »Pater … vergeben Sie mir.«

»Valentine«, sagte ich ruhig, »ich bin Thomas Lyon. Wissen Sie nicht mehr? Ich bin hier, um Ihnen vorzulesen.«

Sein äußeres Gesichtsfeld war noch halbwegs intakt, aber er konnte nichts mehr sehen, geschweige denn lesen, was er direkt vor Augen hatte. Ich kam so etwa alle acht Tage vorbei, um ihm das Neueste aus den Rennsportbeilagen vorzutragen, und auch, damit seine geplagte, chronisch erschöpfte alte Schwester in Ruhe einkaufen gehen und ein Schwätzchen halten konnte.

Diesmal hatte ich ihm gar nicht vorgelesen. Als ich gekommen war, hatte er unter einem seiner in Abständen auftretenden Schmerzanfälle gelitten: Seine Schwester Dorothea hatte ihm einen Teelöffel flüssiges Morphin eingeflößt und danach Whisky mit Wasser, um die Wirkung zu beschleunigen.

Nach Rennsportneuigkeiten hatte ihm nicht der Sinn gestanden.

»Setzen Sie sich einfach zu ihm«, bat Dorothea. »Wie lange können Sie bleiben?«

»Zwei Stunden.«

Sie hatte sich auf die Zehen gestellt, mich dankbar auf die Wange geküßt und war davongeeilt, korpulent, Ende siebzig, immer offen und direkt.

Ich saß wie gewohnt auf einem Frisierhocker gleich neben dem alten Mann, der die Körpernähe suchte, als ob sie ihm das Sehen ersetzte.

Die flatterige Stimme kam wieder, drang angestrengt in den stillen Raum, entschlossen und vertraulich: »Ich bekenne vor Gott dem Allmächtigen und vor dir, mein Vater, daß ich maßlos gesündigt habe ... und ich muß beichten ... bevor ich ... bevor ...«

»Valentine«, wiederholte ich lauter, »ich bin kein Priester.«

Es war, als hätte er es nicht gehört. Er schien sich mit aller ihm noch verbliebenen Energie auf ein geistiges Würfelspiel ganz besonderer Art zu konzentrieren, auf einen Wurf, mit dem er am Rand des Abgrunds noch die Hölle besiegen konnte.

»Ich bitte um Vergebung für meine Todsünde ... bitte um Frieden mit Gott ...«

Ich protestierte nicht mehr. Der alte Mann wußte, daß er sterben würde, daß der Tod nahe war. In den vergangenen Wochen hatten wir mit Gleichmut, ja sogar mit Humor über seine mangelnden Zukunftsaussichten gesprochen. Er dachte an sein langes Leben zurück. Er sagte mir, daß er mir testamentarisch alle seine Bücher vermacht habe. Wenn er überhaupt einmal eine religiöse Überzeugung geäußert hatte, dann die, daß der Gedanke an ein Leben nach dem Tod abergläubischer Quatsch sei.

Ich hatte nicht gewußt, daß er katholisch war.

»Ich bekenne«, sagte er, »...daß ich ihn umgebracht habe... Gott verzeihe mir. Demütig bitte ich um Vergebung... Ich bete zu Gott dem Allmächtigen, er sei mir gnädig...«

»Valentine...«

»Ich habe Derry das Messer gegeben, und ich habe den Jungen aus Cornwall umgebracht und über die ganze Sache nie ein Wort gesagt, und dafür klage ich mich an... und ich habe nur Lügen erzählt... *mea culpa*... was habe ich ihnen angetan... ihr Leben habe ich zerstört... und sie wußten es nicht, sie haben mich weiter gemocht... nur ich habe mich verachtet... bis heute. Pater, lassen Sie mich Buße tun... und sprechen Sie mich los... sagen Sie es... *Ego te absolvo*... Ich vergebe deine Sünden im Namen des Vaters... bitte... ich bitte Sie...«

Ich hatte von den Sünden, die er bekannte, noch nie etwas gehört. Seine Worte sprudelten hervor, als spräche er im Fieber, ohne erkennbaren Zusammenhang. Ich hielt es für wahrscheinlich, daß er von einer schweren Schuld phantasierte, die es nicht gab.

Die Verzweiflung hinter seinem wiederholten Flehen stand jedoch außer Frage.

»Pater, sprechen Sie mich los. Bitte, Pater, sagen Sie die Formel... sprechen Sie.«

Ich konnte keinen Schaden darin sehen. Er wünschte sich verzweifelt, in Frieden zu sterben. Jeder Priester hätte ihm die Absolution erteilt: Sollte ich so hartherzig sein, sie ihm zu verweigern? Ich war nicht seines Glaubens, aber das konnte ich auch nachher noch mit meiner unsterblichen Seele abmachen.

Also kam ich seinem Wunsch nach. Ich sagte die Formel, förderte die Worte aus dem Gedächtnis zutage. Sagte sie auf Latein, da er sie offensichtlich so kannte und weil es mir weniger geflunkert erschien, als wenn ich sie unverblümt auf englisch ausgesprochen hätte.

»Ego te absolvo«, sagte ich.

Ein Schauer lief durch meinen Körper. Aberglaube, dachte ich.

Weitere Wörter stellten sich ein. Sie gingen mir von den Lippen. *»Ego te absolvo a peccatis tuis, in nomine Patris et Filii et Spiritus Sancti. Amen.«*

Ich vergebe dir deine Sünden im Namen des Vaters, des Sohnes und des Heiligen Geistes. Amen.

Die bislang größte Gotteslästerung in meinem Leben. Möge Gott mir den Frevel verzeihen, dachte ich.

Die fürchterliche Gespanntheit des alten Mannes ließ nach. Die fast blinden, entzündeten Augen schlossen sich. Der Griff um mein Handgelenk lockerte sich – die alte Hand fiel herab. Sein Gesicht erschlaffte. Er lächelte leise und lag dann still.

Erschrocken tastete ich unter seiner Kinnbeuge nach dem Puls und fühlte erleichtert das dünne Klopfen. Er lag regungslos da. Ich schüttelte ihn ein wenig, doch er wachte nicht auf. Nach fünf Minuten schüttelte ich ihn noch einmal fester, und wieder reagierte er nicht. Unschlüssig stand ich von dem Platz an seiner Seite auf, ging zum Telefon und wählte die dick auf einem Block notierte Nummer seines Arztes.

Der Medizinmann war alles andere als erfreut.

»Ich hab dem alten Narren gesagt, daß er ins Krankenhaus gehört«, versetzte er. »Ich kann doch nicht in einer Tour rauskommen und ihm die Hand halten. Wer sind Sie überhaupt? Und wo ist Mrs. Pannier?«

»Ich bin zu Besuch«, sagte ich. »Mrs. Pannier ist einkaufen.«

»Leidet er?« wollte der Arzt wissen.

»Jetzt nicht mehr. Mrs. Pannier hat ihm ein Schmerzmittel gegeben, bevor sie weg ist. Dann hat er geredet. Jetzt liegt er in einer Art Schlaf, aber ich kriege ihn nicht wach.«

Der Arzt legte mit einem halblaut geknurrten Fluch auf und überließ es mir, seine Absichten zu erraten.

Ich hoffte nur, daß er nicht schnurstracks einen Krankenwagen schickte mit heulender Sirene, geschäftigen Sanitätern und all dem unsanften Drumherum, das man den Todkranken anzutun pflegt. Valentine hatte friedlich in seinem Bett sterben wollen. Während ich dort wartete, bedauerte ich den Anruf beim Arzt und dachte, daß ich wahrscheinlich genau das in Gang gesetzt hatte, was Valentine unter allen Umständen vermeiden wollte.

Meine Dummheit bereuend, setzte ich mich dem ruhig schlafenden Mann gegenüber in einen Sessel, der bequemer war als der Hocker neben ihm.

Im Zimmer war es warm. Er trug einen blauen Baumwollpyjama und hatte eine Wolldecke über den Knien. Die noch kahlen Zweige der Bäume draußen vor dem Fenster, an dem er saß, verhießen einen Frühling, den er nicht mehr erleben würde.

Der wie ein Arbeitszimmer gestaltete Raum, ganz von ihm geprägt, spiegelte eine ungewöhnliche Reise durch die Zeit wider, die mit körperlicher Schwerarbeit begonnen und im Journalismus geendet hatte. Als Sohn eines Hufschmieds war er von klein auf in das Schmiedehandwerk eingeführt worden, schon als Knirps hatte er in der Werkstatt des Vaters den Blasebalg bedient, so gut er es mit seinen dünnen Armen nur konnte, die jungen Augen erregt von dem Lärm und dem Feuer. Es hatte nie ein Zweifel bestanden, daß er diesen Beruf ergreifen würde, und erst nachdem er lange Jahre als Schmied tätig gewesen war, hatte er sich anderen Dingen zugewandt.

Gerahmte, schon verblaßte Fotos an den Wänden zeigten einen jungen Valentine mit der Arm- und Brustmuskulatur eines Riesen, einen mehrfach ausgezeichneten Kraftmeier mit dem fröhlichen breiten Grinsen der Unschuld. Aber mit dem Idyll von der Dorfschmiede unterm Kastanienbaum war es schon damals vorbei. Der ältere Valentine war mit Werkzeug und tragbarer Kohlenpfanne im Auto von Kunde zu Kunde gefahren. Jahrelang hatte er auch die Pferde im Rennstall meines Großvaters beschlagen. Er hatte nach den Füßen der Ponys gesehen, die ich reiten durfte. Obwohl er mir damals schon wie ein weiser Mann von sagenhaftem Alter vorgekommen war, wußte ich jetzt, daß er, als ich zehn war, erst fünfundsechzig gewesen war.

Seine Bildung hatte sich ursprünglich auf das Lesen von Rennsportzeitungen, das Schreiben von Lieferscheinen für die Kunden und das Rechnen für die Kosten-Nutzen-Kalkulation beschränkt. Erst als er in den Vierzigern war, hatte er seinen Horizont erweitert und geistige Fähigkeiten entwickelt, die seiner Muskelkraft entsprachen. Auslösend dafür, so hatte er mir in den vergangenen Wochen der Entkräftung erzählt, war die moderne Art des Schmiedens gewesen, bei der man, statt Beschläge nach Maß zu fertigen, Hufe so bearbeitete, daß die in Massenproduktion hergestellten Eisen auf sie paßten. Wo es früher weißglühende Eisenstäbe in Form zu bringen galt, wurden jetzt weichere Metalle kalt gehämmert.

Er hatte angefangen, Geschichtsliteratur und Biographien zu lesen, erst nur zum Thema Rennsport, später in breiterem Rahmen. Schüchtern war er dazu übergegangen, die Zeitungen, die er täglich las, mit anonymen Glossen und Anekdoten zu beliefern. Er schrieb über Pferde, Menschen, Ereignisse und aktuelle Fragen. Eine Zeitung bot ihm eine eigene Kolumne mit geregelter Bezahlung an und gab ihm die Gelegenheit, sich einen Namen zu erschreiben. Während er noch seinem alten Beruf nachging, wurde Valentine zu einer geachteten Institution im Journalismus, gern gelesen und bewundert für seine Einsichten und seinen Esprit. Mit dem Schwinden der Körperkraft war sein journalistisches Können gewachsen. Er hatte geschrieben, bis er über achtzig, bis er halb blind war, ja bis vor vier Wochen die Endphase im Kampf gegen den Krebs begann.

Und dieser alte Mann, geistreich, weltklug, hochgeehrt, hatte nun in heller Angst ein offenbar unerträgliches Geheimnis ausgeplaudert.

»Ich habe den Jungen aus Cornwall umgebracht...«

Das sollte sicher heißen, daß er sich Vorwürfe wegen eines fehlerhaften Beschlags machte – daß durch einen bösen Zufall ein Jockey wegen eines losen Hufnagels tödlich verunglückt war.

Nicht umsonst hatte Valentine Sorgfalt zum Prinzip erhoben und zur Veranschaulichung immer wieder einmal die Geschichte vom Hufnagel erzählt. Ein Nagel war schuld am Untergang eines Königreiches... Kleine Versehen konnten verheerende Folgen haben.

Wieder dachte ich, daß hier ein Sterbender geringfügige alte Sünden zu kolossalen Verbrechen aufbauschte. Armer alter Valentine. Ich beobachtete ihn im Schlaf, das weiße Haar so dünn auf seinem Schädel, große braune Flecke auf der Haut.

Lange Zeit kam niemand. Valentines Atmung wurde schwerer, aber er schnarchte nicht. Ich blickte mich in dem vertrauten Zimmer um, sah auf die Pferdefotos, die ich in den letzten Monaten oft hatte betrachten können, auf die gerahmten Auszeichnungen an der dunkelgrünen Wand, die geblümten Vorhänge, den abgetretenen braunen Teppich, die mit Nägeln beschlagenen Ledersessel, die unentbehrliche Reiseschreibmaschine auf dem schlichten Schreibtisch, die tapfer sich haltende Grünpflanze.

Nichts hatte sich in all den Wochen geändert: nur die Zeit des alten Mannes lief ab.

Auf einer Seite standen in einem wandhohen Regal die Bücher, die wohl bald mir gehören würden. Da waren zig Jahrgänge gesammelter Berichte über Tausende und Abertausende von vergangenen Rennen, und der Name jedes Pferdes, das Valentine vor dem Start beschlagen hatte, war mit einem kleinen roten Punkt versehen.

Sieger – und es waren Hunderte – hatten ein Ausrufezeichen erhalten.

Unter den Rennberichten standen eine vielbändige Enzyklopädie und reihenweise mit leuchtend bunten Schutzumschlägen versehene Lebensgeschichten unlängst verstorbener Rennsportgrößen, ihr Elan und ihr reizbares Temperament zu Erinnerungen auf Papier verblaßt. Ich hatte viele dieser Leute gekannt. Mein Großvater war einer von ihnen gewesen. Ihre Welt, ihre Leidenschaften, ihre Erfolge gerieten langsam in Vergessenheit, und die jungen Rennreiter, die ich mit zehn bewundert hatte, waren inzwischen Großväter.

Ich fragte mich, wer Valentines Lebensgeschichte aufschreiben würde, ein lohnender Gegenstand, falls ihn je einer in Angriff nehmen wollte. Er hatte sich standhaft geweigert, es selbst zu tun, obwohl die Anstöße von allen Seiten gekommen waren. Zu langweilig, hatte er gesagt. Die Welt von morgen sei viel interessanter.

Dorothea kam erst eine halbe Stunde später wieder, entschuldigte sich dafür und bemühte sich vergebens, ihren Bruder aufzuwecken. Ich sagte ihr, ich hätte ohne Erfolg ihren Arzt angerufen, und das wunderte sie nicht.

»Er meint, Valentine gehört ins Krankenhaus«, sagte sie. »Valentine will aber nicht hin. Er beschimpft den Arzt und umgekehrt.« Sie zuckte resigniert die Achseln. »Der Doktor wird schon rechtzeitig kommen. Er kommt meistens rechtzeitig.«

»Aber ich muß jetzt gehen«, sagte ich bedauernd. »Ich müßte längst in einer Besprechung sein.« Ich zögerte. »Sind Sie eigentlich katholisch?« fragte ich. »Weil... Valentine hat nach einem Priester verlangt.«

»Einem Priester?« Sie staunte. »Er hat den ganzen Morgen phantasiert... sein Verstand will nicht mehr... aber der alte Mostkopf würde nie nach einem Priester verlangen.«

»Ich dachte nur... vielleicht... die Sterbesakramente.«

Dorothea sah mich mit liebenswerter schwesterlicher Gereiztheit an.

»Unsere Mutter war römisch-katholisch, aber Vater nicht. Alles Mumpitz, meinte er immer. Valentine und ich sind ohne Kirche aufgewachsen, und es hat uns nicht geschadet. Er war sechzehn und ich elf, als Mutter starb. Da wurde eine Messe für sie gelesen, und Vater ist auch mit uns hingegangen, aber er fand das sehr anstrengend. Jedenfalls ist Valentine kein großer Sünder, höchstens daß er flucht oder so, und gerade jetzt, wo er so schwach ist, möchte er bestimmt keinen Priester um sich haben.«

»Ich wollte es Ihnen nur sagen«, sagte ich.

»Es ist lieb, daß Sie ihn besuchen, Thomas, aber jetzt täuschen Sie sich.« Sie schwieg. »Dem armen Jungen geht's sehr schlecht, was?« Sie sah besorgt auf ihn nieder. »Ob es viel schlimmer geworden ist?«

»Ich fürchte, ja.«

»Er stirbt.« Sie nickte, und Tränen stiegen ihr in die Augen. »Wir wußten ja, daß es kommt, aber wenn's dann soweit ist... o je.«

»Er hat ein schönes Leben gehabt.«

Sie überging die unzulänglichen Worte und sagte gedankenverloren: »Ich werde so allein sein.«

»Könnten Sie nicht bei Ihrem Sohn leben?«

»Nein!« Sie straffte sich verächtlich. »Paul ist fünfundvierzig und ein herrischer Wichtigtuer, so ungern ich das sage, und ich komme mit seiner Frau nicht aus. Sie haben drei widerwärtige Teenager, die ununterbrochen so laut Radio hören, daß die Wände zittern.« Sie brach ab und strich ihrem reaktionslosen Bruder zärtlich über den Kopf. »Nein. Valentine und ich sind zusammengezogen, als seine Cathy starb und mein Bill von uns ging. Aber das wissen Sie ja... und wir haben uns immer gerngehabt, Valentine und ich, er wird mir fehlen. Er wird mir ganz schrecklich fehlen, aber ich bleibe hier.« Sie schluckte. »Ans Alleinsein gewöhne ich mich schon wieder, genau wie nach dem Tod von Bill.«

Dorothea, so schien mir, besaß wie viele ältere Frauen eine resolute Selbständigkeit, die auch da noch standhielt, wo jüngere

Leute ins Schleudern gerieten. Unterstützt von der Gemeindeschwester, die einmal täglich vorbeikam, hatte sie ihren kranken Bruder gepflegt, sich mehr und mehr um ihn gekümmert und oft auch ihren eigenen Schlaf geopfert, um ihn zu trösten, wenn er nachts wachlag, und ihm Schmerzmittel zu geben. Sie mochte um ihn trauern, wenn er tot war, doch ihre dunkel geränderten Augen verrieten, daß sie dringend Ruhe brauchte.

Sie setzte sich müde auf den Frisierhocker und hielt ihrem Bruder die Hand. Er atmete langsam und flach, mit einem rasselnden Geräusch. Durch das Fenster neben Valentine fiel schwaches Dämmerlicht auf die beiden Alten; Licht und Schatten unterstrichen das rundlich Fürsorgliche der einen und das knochendürr Abhängige des anderen; sein naher Tod war so offensichtlich, als hätte eine Sense über ihren Köpfen geschwebt.

Ich wünschte, ich hätte eine Kamera gehabt. Ich wünschte sogar eine ganze Kameracrew herbei. Mein Alltag war es, Stimmungen einzufangen, flüchtige Bilder festzuhalten, um Grundwahrheiten damit zu erhellen. Ich arbeitete mit der Unwirklichkeit, um aus der Illusion Funken der Erkenntnis zu schlagen.

Ich drehte Filme.

Mir war bereits klar, daß ich das stille Drama hier eines Tages rekonstruieren und verwerten würde, als ich auf die Uhr sah und Dorothea bat, ihr Telefon benutzen zu dürfen.

»Natürlich, Thomas. Es steht auf dem Schreibtisch.«

Ich erreichte Ed, meinen ersten Assistenten, der wie üblich durch meine Abwesenheit aus der Fassung gebracht schien.

»Es läßt sich nicht ändern«, sagte ich. »Ich habe mich verspätet. Sind alle da? Besorgen Sie ihnen was zu trinken. Halten Sie sie bei Laune, aber daß sich Jimmy nicht mehr als zwei Gin Tonic reinpfeift, und sehen Sie zu, daß wir von den Änderungen im Skript genug Kopien haben. Okay? Gut. Bis gleich.«

Es tat mir leid, Dorothea zu einem solchen Zeitpunkt alleinlassen zu müssen, aber ich hatte den Besuch in einen Terminplan eingeschoben, der eigentlich gar keinen Raum dafür ließ, auch diese Woche wieder mein Versprechen einzulösen.

Vor drei Monaten, in der ersten Vorbereitungsphase des Films, an dem ich jetzt arbeitete, hatte ich Valentine einen kurzen Höflichkeitsbesuch abgestattet, eine Geste, um ihn wissen zu lassen, daß ich mich aus Großvaters Zeiten noch an ihn erinnerte und seine Entwicklung zum Weisen, wenn auch von fern, stets bewundert hatte.

»Von wegen Weiser!« Er hatte es als Schmeichelei abgetan, sich aber trotzdem darüber gefreut. »Ich sehe neuerdings nicht mehr gut, mein Junge. Könnten Sie mir ein bißchen vorlesen?«

Er lebte am äußeren Rand von Newmarket, der Stadt, die seit langem als Wiege und Zentrum der internationalen Rennsportindustrie galt. »Stammsitz« nannte es die Fachpresse. Fünfzehnhundert ausgesuchte Vollblüter rasten hier über das windgepeitschte Trainingsgelände und die weiten schwierigen Arbeitsbahnen, und immer wieder einmal zeugten sie Wunderkinder, die ihre glorreichen Gene an kommende Generationen weitergaben. Ein altes, sehr rentables Gewerbe, die Züchtung schneller Pferde.

Ich war im Begriff zu gehen, als es an der Haustür klingelte, und um Dorotheas müde Füße zu schonen, öffnete ich.

Draußen stand ein untersetzter Mann um die Dreißig, der ungeduldig auf die Uhr sah.

»Kann ich Ihnen helfen?« fragte ich.

Er warf mir einen kurzen Blick zu und rief an mir vorbei: »Dorothea?«

Trotz ihrer Ermüdung kam sie aus Valentines Zimmer und sagte unglücklich: »Er liegt … im Koma, glaube ich. Kommen Sie rein. Das ist Thomas Lyon, der Valentine vorliest – ich habe es Ihnen erzählt.« Als wäre es ihr nachträglich eingefallen, wedelte sie mit der Hand und ergänzte die Vorstellung: »Robbie Gill, unser Hausarzt.«

Robbie Gill hatte rote Haare, einen schottischen Akzent und für den Umgang mit Kranken oder ihren Angehörigen nicht genug Talent zum Plaudern. Er trat mit seiner Arzttasche in Valentines Zimmer und klappte sie auf. Mit dem Daumen zog er die Augenlider des Patienten hoch und umfaßte nachdenklich eines der dünnen Handgelenke. Dann hantierte er schweigend mit Stethoskop, Spritzen und Tupfern. »Es ist besser, wir bringen ihn ins Bett«, sagte er schließlich. Erfreulicherweise kein Wort von einer Einweisung ins Krankenhaus.

»Geht's mit ihm –?« sagte Dorothea angespannt und ließ die Frage offen, da sie kein Ja hören wollte.

»Zu Ende?« sagte Robbie Gill halbwegs freundlich auf seine schroffe Art. »In ein paar Tagen, denke ich. Schwer zu sagen. Sein altes Herz ist noch gut dabei. Ich glaube zwar nicht, daß er noch mal aufwacht, es könnte aber sein. Kommt auch darauf an, was er will.«

»Was er will? Wie meinen Sie das?« fragte ich erstaunt.

Er ging ausführlich darauf ein, vor allem wohl Dorothea zuliebe, aber auch wie ein Lehrer, dem es Vergnügen bereitet, Fachwissen weiterzugeben.

»Alte Leute«, sagte er, »bleiben sehr häufig am Leben, wenn es noch etwas gibt, was sie unbedingt tun wollen, und danach sterben sie dann recht bald. Diese Woche ist mir eine Patientin gestorben, die noch erleben wollte, daß ihr Enkel heiratet. Sie ging zu seiner Hochzeit und feierte schön, und zwei Tage später war sie tot. So geht das oft. Wenn Valentine nicht noch unerledigte Geschäfte hat, kann es sein, daß er uns jetzt bald verläßt. Hätte er noch eine Auszeichnung zu erwarten oder so etwas, sähe das schon anders aus. Er ist ein willensstarker Mensch, und da können selbst bei so weit fortgeschrittenem Krebs erstaunliche Sachen passieren.«

Dorothea schüttelte traurig den Kopf. »Keine Auszeichnungen.«

»Dann sollten wir ihn bereitmachen. Ich habe mit Schwester Davies vereinbart, daß sie heute abend spät vorbeikommt. Sie gibt ihm noch eine Spritze, damit er heute nacht schmerzfrei ist, und morgen früh komme ich zuallererst wieder hierher. Der alte Krauter hat mich überlistet, verdammt. Er hat seinen Kopf durchgesetzt. Jetzt überweise ich ihn nicht mehr. Er kann hier zu Hause sterben.«

Dorotheas Tränen dankten ihm.

»Es ist ein Glück, daß er Sie hat«, sagte der Arzt zu ihr, »machen Sie sich nur nicht selber krank.« Er sah abwägend von ihr zu mir hoch und meinte: »Sie sind kräftiger als wir. Könnten Sie ihn tragen? Schwester Davies bringt ihn sonst immer mit Dorothea zusammen rüber, aber normalerweise ist er bei Bewußtsein und geht mit, so gut er kann. Schaffen Sie ihn allein?«

Ich nickte. Er wog erbärmlich wenig für einen Mann, der einmal stark wie ein Pferd gewesen war. Ich hob die schlafende Gestalt aus dem Sessel, trug sie durch die schmale Diele ins Schlafzimmer und legte sie behutsam auf das weiße Laken, nachdem Dorothea die Bettdecke zurückgeschlagen hatte. Der Atem ihres Bruders ging schnarrend. Ich zog seinen Pyjama glatt und half Dorothea, ihn zuzudecken. Er wurde nicht wach. Er war innerlich gestorben, dachte ich, sobald er sich von seinen Sünden losgesprochen glaubte.

Ich sprach Dorothea nicht nochmals auf einen Priester an und sagte auch dem Arzt nichts davon. Ich war überzeugt, daß sie beide meine Handlungsweise mißbilligt hätten, auch wenn Valentine deshalb jetzt friedlich hinüberging. Laß es, wie es ist, dachte ich. Dorothea braucht nicht noch mehr Kummer.

Ich gab der alten Dame einen Kuß, dem Arzt die Hand, bot unbestimmt, aber bereitwillig meine künftige Hilfe an und fuhr wieder zu meiner Arbeit.

Das Leben, ob wirklich oder imaginär, war laut und rege in Newmarket, wo die Filmgesellschaft, für die ich arbeitete, auf drei Monate einen leeren Rennstall gemietet hatte – ein gutes Geschäft für den bankrotten Besitzer-Trainer, der nun auf immer den Unterhalt für seine Kinder würde zahlen können.

Obwohl ich eine gute Stunde zu spät zu der für halb sechs angesetzten Drehbuchbesprechung kam, entschuldigte ich mich nicht, denn ich hatte festgestellt, daß meine Mitarbeiter hauptsächlich auf Grund eigener Unsicherheiten jede Äußerung von Bedauern als Schwäche auslegten. Es war ihnen ein Bedürfnis, in mir einen Fels zu sehen, auch wenn mir dieser Fels manchmal nicht fester vorkam als gestampfter Sand.

Sie hatten sich alle im einstigen Eßzimmer des höhlenartigen Hauses des Trainers versammelt (die ganze Einrichtung war unter den Hammer gekommen, nur die halbmatte grüne Tapete mit den goldenen Streifen prangte noch an den Wänden) und saßen auf weißen Plastikstühlen um einen langen Klapptisch herum, der auf den blanken Fußbodenbrettern stand. Die von der Küche gestellten Drinks hatten kaum für die eine Stunde gereicht: Niemand in der Produktion warf Geld für übertriebenen Komfort hinaus.

»Also«, sagte ich und scheuchte Ed von seinem Platz in der Mitte der einen Tischseite weg, um ihn selbst einzunehmen, »haben alle die Änderungen und Ergänzungen gelesen?«

Sie hatten. Es waren drei Charakterdarsteller, ein Kameramann, ein Produktionsleiter, ein Protokollant, ein Regieassistent – Ed – und ein Drehbuchautor, auf den ich gern verzichtet hätte. Er hatte die bewußten Änderungen auf mein begründetes Drängen hin vorgenommen, fühlte sich aber unverstanden. Er glaubte, daß ich der Geschichte eine Wendung geben wollte, die neunzig Grad von seinem Original abwich.

Er hatte recht.

Es war schrecklich einfach, schlechte Rennsportfilme zu drehen, und erfolgreich wurde meiner Ansicht nach nur ein Film, bei dem das Pferderennen die Kulisse für menschliche Dramen abgab. Soweit ich wußte, hatte man mir die Regie hier aus drei Gründen übertragen: Nummer drei war, daß ich bereits zwei Tiergeschichten gewinnbringend auf den Kopf gestellt hatte; Nummer zwei, daß ich mein Handwerk in Hollywood gelernt hatte, wo das Geld für unser Epos herkam; und Nummer eins, daß ich meine Kindheit und Jugend in Rennställen verbracht hatte, man also annehmen durfte, daß ich mit dem Metier vertraut war.

Wir waren seit zehn Tagen in der Produktion, das heißt, wir hatten ein Sechstel des Films oder anders ausgedrückt rund zwanzig Minuten brauchbaren Film pro Tag gedreht – Meterware, aus der die Endfassung geschnitten werden würde. Insgesamt waren sechzig Drehtage angesetzt, ein Zeitraum von nicht mal zehn Wochen, denn Ruhetage waren knapp und kostbar. Ich als Regisseur entschied, wann letztlich welche Szenen gedreht wurden, hatte aber vorab ein Programm ausgegeben, an das wir uns weitgehend hielten.

»Wie Sie sehen«, sagte ich in die Runde, »ergibt sich aus den Änderungen, daß wir morgen auf dem abgezäunten Vorplatz des Jockey-Club-Hauptbüros in der High Street drehen. Autos, die durchs Tor ein und aus fahren. Da die Polizei uns den Stadtverkehr nur von elf bis zwölf fernhält, müssen wir alle Ankünfte und Abfahrten in die eine Stunde packen. Der Jockey Club erlaubt uns auch, das Rein und Raus an der Eingangstür zu filmen. Die Innenräume sind ja hier im Haus nachgebaut. Ihr drei…«, sagte ich zu den Schauspielern, »…solltet mit Gehässigkeit bei euren Dialogen nicht sparen. George, Sie sind verschlagen. Typ Iago. Sie leiten insgeheim jetzt Cibbers Untergang in die Wege.«

Der Drehbuchautor klagte: »Das sehen Sie falsch. Es paßt mir nicht, was Sie da von mir verlangen. Die beiden sind sehr gute Freunde.«

»Nur bis einer den anderen aus Eigennutz verrät«, sagte ich.

Howard Tyler, der Autor, hatte sich beim Produzenten, bei der Buchhaltung und bei den Bossen der Filmgesellschaft bereits über kleine frühere Änderungen beschwert, ohne damit meine Entlassung zu erreichen. Ich konnte seine Feindseligkeit ebensogut wegstecken wie ich den Unmut hinunterschluckte über seine runde Großmutterbrille, seinen ewig zickigen kleinen Mund und sein Faible für lange, sinnlose Handlungspausen, wo doch nur Action und Bewegung die Kinos füllten. Er liebte gewundene, unausgesprochene Spitzfindigkeiten, die umzusetzen kaum einem Schauspieler gegeben war. Er hätte bei den gefühlsgeladenen Wälzern bleiben sollen, von denen er herkam.

Das Buch, nach dem er das Skript für unseren Film geschrieben hatte, basierte auf einer wahren Begebenheit, einem sechsundzwanzig Jahre alten, erfolgreich vertuschten Rennsportskandal in Newmarket. Howards Romanversion schilderte angeblich die wahren Zusammenhänge, doch das war eher unwahrscheinlich, da keiner der noch lebenden Betroffenen es für nötig gehalten hatte, der Darstellung zu widersprechen.

»Wie Sie sehen, haben Sie alle einen Plan vom Vorplatz des Jockey Clubs«, teilte ich der Versammlung mit. Sie nickten und blätterten in ihren Unterlagen. »Außerdem«, sagte ich, steht auf der Liste, welche Szenen wir drehen und um welche Zeit ungefähr. Die drei beteiligten Wagen werden morgen in aller Frühe zum Vorplatz gefahren. Seien Sie bitte alle zeitig dort, damit Licht und Kamera dem Plan entsprechend gesetzt werden können. Wenn jeder guten Willens ist, dürften wir fertig sein, ehe das Tageslicht grell wird. Irgendwelche Fragen?«

Fragen gab es immer. Eine Frage stellen hieß, man hatte aufgepaßt, und wie so oft waren es die Darsteller mit den kleinsten Rollen, die am meisten fragten. In diesem Fall war es George, der wissen wollte, wie seine Rolle sich aus der eingefügten Szene heraus entwickelt. Nur als einer von vielen Faktoren in Cibbers

Nöten, erklärte ich ihm. Cibber werde schließlich durchdrehen. Rot sehen. Peng. Cibber sagte dankbar: »Halleluja.« George kniff die Lippen zusammen.

»Aber sie waren doch Freunde«, wiederholte Howard stur.

»Wir hatten das ja besprochen«, sagte ich freundlich. »Wenn Cibber durchdreht, ist Ihre Motivierung schlüssiger.«

Er öffnete den kleinen Mund, sah, daß alle anderen nickten, biß sich auf die Lippen und benahm sich fortan, als wäre Cibbers Zusammenbruch seine Idee gewesen.

»Sollte es morgen regnen«, sagte ich, »drehen wir statt dessen die Szenen im Jockey Club und hoffen, daß es am Donnerstag schön wird. Der erste Newmarket-Block soll bis Samstag fertig sein. Am Sonntag wollen wir die Pferde ja zur Rennbahn in Huntingdon schaffen, vierzig Meilen westlich, und sie dort im Stall unterbringen. Darsteller und Techniker kommen Montag früh nach. Montag ab zwölf wird geprobt. Gedreht dann von Dienstag bis Freitag, und am Wochenende geht's hierher zurück. Ed gibt allen, die es angeht, eine Dispo. Okay? Und die Muster von gestern sind übrigens prima. Das hören Sie doch sicher gern. Es war ein Stück harte Arbeit, aber es hat sich gelohnt.«

Seufzer der Erleichterung gingen um den Tisch. Wir hatten den ganzen Tag auf dem Stallhof zugebracht und menschliches Treiben vor dem Hintergrund des Pferdealltags gefilmt. Noch nie waren wohl Pferde innerhalb von zwölf Stunden so oft ausgemistet, gefüttert, getränkt und gestriegelt worden: aber nun hatten wir genug Aufnahmen im Kasten, um die fiktiven Stallungen endlos mit Leben zu erfüllen. Nach der Drehbuchbesprechung zerstreuten sich alle, bis auf ein langes dünnes Gestell von einem Mann mit struppigem Bart und nachlässiger Kleidung, dessen wenig eindrucksvolle Erscheinung ein auf Granit gebautes künstlerisches Selbstbewußtsein verbarg. Er hob die Augenbrauen. Ich nickte. Er saß krumm auf seinem Platz und wartete, bis alle außer uns durch die Tür verschwunden waren.

»Ed sagte, Sie wollten mich noch sprechen?« fragte er.

»Ja.«

Jeder Film, der groß herauskommen wollte, bedurfte eines Auges, das alles im Leben wie durch ein Kameraobjektiv wahrnahm, einer Person, für die Scharfeinstellung und Lichtstärken selbstverständliche Erweiterungen des Sinnesapparates sein mußten. Im Vorspann tauchte ihre Funktion schlicht als »Kamera« auf. Ein befreundeter Mathematiker hatte mir einmal gesagt, er denke in Zahlen; Moncrieff, unser Kameramann, dachte in Helldunkel.

Wir waren ein eingespieltes Team. Es war unser dritter gemeinsamer Film. Beim erstenmal hatte mich sein surrealistischer Humor aus der Fassung gebracht, dann hatte ich begriffen, daß die Springquellen seines visuellen Genies daraus gespeist wurden, und schließlich bekam ich das Gefühl, ich würde ganz schön im Regen stehen, wenn ich ohne ihn meine Beobachtungen sinnfällig auf die Leinwand bringen müßte. Sagte ich Moncrieff, was ich einem Publikum vermitteln wollte, fand er instinktiv die geeignete Kameraeinstellung.

Wir hatten einmal eine »Sterbesakramente«-Szene über einen Mann gedreht, dem vor seiner Ermordung durch Terroristen noch die Absolution erteilt wurde: Moncrieff hatte die Unmenschlichkeit dieser üblen Gotteslästerung durch die Ausleuchtung der Gesichter unterstrichen: das versteinerte Opfer, der schwitzende Priester, die Gnadenlosigkeit der Gesetzlosen. *Ego te absolvo*... es hatte mir Briefe mit Morddrohungen eingetragen.

An diesem Dienstag in Newmarket fragte ich: »Haben Sie den Gitterzaun vor dem Jockey Club gesehen? Vor dem Privatparkplatz?«

»Hoch und schwarz? Ja.«

»Ich möchte eine Einstellung, die das Abgrenzende daran hervorhebt. Es soll deutlich werden, daß der Zaun alles bis auf die

Elite aussperrt. Im Innern die hohen Herren des Rennsports. Draußen der Plebs.«

Moncrieff nickte.

Ich sagte: »Außerdem soll der Eindruck entstehen, daß die Leute drinnen, Cibber und George vom Jockey Club, Gefangene ihrer eigenen Konventionen sind. Hinter Gittern sozusagen.«

Moncrieff nickte.

»Und«, sagte ich, »machen Sie eine 5-Sekunden-Aufnahme von den Angeln am Tor, wie es aufgeht und wie es sich schließt.«

»Okay.«

»Die Szene zwischen Cibber und George wird zunächst vom Gitter aus gefilmt. Der Zoo-Aspekt soll klar herauskommen. Dann fahrt ihr durchs Gitter ran, damit man sieht, wo sie stehen. Ab da läuft das Gespräch in Nahaufnahme.«

Moncrieff nickte. Er machte selten Notizen, wenn wir uns unterhielten, setzte aber vor dem Schlafengehen einen genauen Arbeitsplan auf.

»Wir urteilen nicht«, sagte ich. »Kein Holzhammer. Kein großes soziales Anliegen. Nur ein flüchtiger Eindruck.«

»Ein Hauch«, sagte Moncrieff. »Verstanden.«

»Der zu Cibbers Zusammenbruch mit beiträgt«, sagte ich.

Er nickte.

»Den Zusammenbruch kann Howard morgen schreiben«, sagte ich. »Das ist im Grunde nichts als eine Verdichtung der ruhigen Szene, die im Skript steht. Howard muß nur etwas Saft reinbringen.«

»Howard steht auf Preiselbeernektar.« Moncrieff pickte eine Wodkaflasche aus dem Getränkearsenal und hielt sie gegen das Licht. »Leer«, bemerkte er mürrisch. »Haben Sie mal Wodka mit Preiselbeersaft versucht? Das ist ekelhaft.«

Howard trank es unentwegt.

»Howard«, sagte Moncrieff, »ist radioaktiver Müll. Schwer zu entsorgen.«

Er wußte so gut wie ich, daß Howard Tylers Name auf den Plakaten sowohl die Büchereikunden wie auch die gehobene Kritik zu dem Film führen würde. Howard Tyler gewann renommierte Preise und war auf beiden Seiten des Atlantiks zum Ehrendoktor ernannt worden. Man schätzte Moncrieff und mich glücklich, mit einer solchen Lichtgestalt arbeiten zu dürfen.

Nur wenige Autoren konnten oder wollten Drehbücher zu ihren eigenen Romanen schreiben: Howard Tyler hatte für seinen ersten Versuch eine Oscarnominierung erhalten und verkaufte seine Filmrechte seither nur, wenn er im Paket inbegriffen war. Kurz, Moncrieff und ich mußten uns mit Howard abfinden, wie er sich zu seinem Leidwesen auch mit mir abfinden mußte.

Unser Produzent, kahl, sechzig, ein schwer gebauter Amerikaner, hatte einen astreinen Deal für die Filmgesellschaft zustande gebracht: namhafter Autor (Howard), bewährtes Kamera-As (Moncrieff), enorm erfolgreicher Produzent (er selbst) und junger, aber erfahrener Regisseur (T. Lyon), kombiniert mit einem (männlichen) Megastar und einer bildhübschen Jungschauspielerin; das für die großen Namen aufgewendete Geld wurde an der Hauptdarstellerin und mir wieder eingespart. Produzent O'Hara hatte mir einmal gesagt, was Schauspieler angehe, sei es Verschwendung, einen Film mit fünf großen Stars zu besetzen. Ein Star locke die Zuschauer an, zwei seien vielleicht noch erschwinglich. Nehme man mehr, deckten die Bruttoeinnahmen die Kosten nicht.

O'Hara hatte mir viel über Finanzen beigebracht und Moncrieff viel über die Kunst der Illusion. Allmählich meinte ich, mein Metier endlich zu verstehen – aber ich war Realist genug, um einzusehen, daß ich jederzeit auf einen Holzweg geraten und künstlerisch auf die Nase fallen konnte. Ließen Publikumsreaktionen sich zuverlässig voraussagen, gäbe es keine Flops. Man konnte sich des Publikumsgeschmacks nie ganz sicher sein: Er war so unbeständig wie das Glück im Rennsport.

O'Hara war an diesem Dienstag bereits im Speisesaal des Bedford Lodge Hotels, als ich zum Abendessen hinkam. Die Studiobosse wollten, daß er mich im Auge behielt und ihnen über mein Treiben berichtete. So kam er Woche für Woche hereinspaziert, manchmal aus London, manchmal aus Kalifornien, wohnte ein paar Tage den Dreharbeiten bei und ging abends Budget und Zeitplan mit mir durch. Vor allem seiner vernünftigen Planung wegen hoffte ich, unterm Budget bleiben und auch ein paar Tage einsparen zu können; und es sollte mir recht sein, wenn künftige Arbeitgeber dies als Zeichen meines Organisationstalents ansahen.

»Die Muster von gestern waren gut, und heute morgen ist alles glatt gelaufen«, stellte O'Hara fest. »Wo waren Sie denn heute nachmittag? Ed konnte Sie nicht finden.«

Ich hielt das Glas mit dem Eindruck schindenden Perrier auf halbem Weg zum Mund an, während ich mich lebhaft an Valentines rasselnden Atem erinnerte.

»Ich war hier in Newmarket«, sagte ich und setzte das Wasser ab. »Ein Bekannter von mir liegt im Sterben. Den habe ich besucht.«

»Oh.« O'Hara tadelte nicht, er faßte meine Antwort als Begründung, nicht als Ausrede auf. Er wußte ohnehin – und sah es als selbstverständlich an –, daß ich an diesem Morgen um sechs mit der Arbeit begonnen hatte und daß ich bis zum Abschluß der Dreharbeiten meist achtzehn Stunden täglich dranbleiben würde.

»Ist er vom Film?« fragte O'Hara.

»Nein. Rennsport… ein Rennsportjournalist.«

»Oh. Hat also nichts mit uns zu tun.«

»Nein«, sagte ich.

So kann man sich irren.

2

Glücklicherweise brach der Mittwochmorgen hell und klar an: Moncrieff, seine Crew und ich wohnten dem Sonnenaufgang vor der Umzäunung des Jockey Clubs bei und filmten stimmungsvolle Gitterschatten am laufenden Band.

Auch die anschließenden Proben mit Cibber und George ließen sich gut an; Moncrieff verstärkte mit seinen Flutern mühelose die Sonne, und ich sah durch den Sucher, um sicherzugehen, daß die Einstellungswinkel die sich entwickelnde Gehässigkeit bei den ehemals »besten Freunden« zur Geltung brachten. Um elf waren wir klar für die Aufnahmen von den ankommenden und abfahrenden Pkws, zu deren Gelingen auch die hilfsbereite Polizei ihren Teil beitrug.

Unser männlicher Megastar, lakonisch wie immer, kam dreimal geduldig hinter dem Steuer eines Wagens angefahren und marschierte klaglos viermal wie zur Hinrichtung durch die geheiligte Pforte, beherrschte er doch die Kunst, eine Rolle nach Belieben auszufüllen und wieder abzustreifen. Wie in Gedanken klopfte er mir schließlich ermutigend auf die Schulter und fuhr für den Rest des Tages in seinem privaten Rolls-Royce davon.

Gegen zwölf legten wir die wohlverdiente Mittagspause ein.

Danach kam O'Hara vorbei, um sich Georges Iago-Auftritt anzusehen (dem ich außer dem harmlosen Kommentar »Nicht ganz so hitzig« wenig hinzuzufügen brauchte), und saß den größten Teil des Nachmittags lächelnd in einem Regiestuhl. Mir war nicht ganz klar, ob er es wußte, aber das leiseste Lächeln O'Haras wirkte auf die Akteure und die Techniker wie Öl, dann lief die Sache; kniff er hingegen einmal mißbilligend die Augen zusammen, nahmen die Probleme überhand.

Als wir auf dem Parkplatz fertig waren, fuhren O'Hara und ich gemeinsam auf eine Erfrischung (mit nur einem Schuß Alkohol, gemäß dem puritanischen Ethos der Filmgesellschaft) ins Bedford Lodge, um Verlauf und Pläne zu besprechen, ehe er das Reich der Phantasie verließ, um sich in den Londoner Büros mit Marketing und Werbung zu befassen. Mit der Herstellung des Films war es nicht getan; das Produkt mußte auch verkauft werden.

»Ich sehe, Sie haben für Montag unseren ersten Stuntman gebucht«, sagte er beiläufig, als er aufstand, um zu gehen. »Was liegt an?«

»Ungezähmte Pferde am Strand.«

Ich sagte das leichthin und überließ es ihm, ob er mir glaubte oder nicht.

»Im Ernst?« fragte er. »Davon steht nichts im Drehbuch.«

Ich sagte: »Der Stuntman und ich können den Strand ganz früh am Montag morgen sondieren. Dann bin ich rechtzeitig zu den Proben zurück. Aber...« Ich schwieg unschlüssig.

»Aber was?«

»Sie haben mir früher schon mal den einen oder anderen Tag zusätzlich eingeräumt«, sagte ich. »Was ist, wenn ich jetzt einen gebrauchen könnte? Wenn ich eine Idee hätte?«

Schon zweimal hatte ich dank des mir gewährten Spielraums seinen Produktionen eine Dimension hinzufügen können, die beim Publikum angekommen war. Ich verließ mich dabei ganz auf spontane Eingebungen, und O'Hara, der das wußte, sah mich, anstatt Fragen zu stellen, fünf Sekunden lang abschätzend an, nickte dann kurz und gab mir praktisch freie Hand.

»Drei Tage«, sagte er. »Okay.«

Zeit war sehr kostspielig. Drei Tage waren gleichbedeutend mit Vertrauen. Ich sagte: »Wunderbar.«

»Wenn Sie nicht gefragt hätten«, meinte er nachdenklich, »wären wir in Schwierigkeiten.«

»Finden Sie nicht, daß es gut läuft?« Ich war immer in Sorge.

»Es läuft einwandfrei«, sagte er. »Aber ich habe Sie engagiert, weil ich etwas mehr erwarte.«

Ich fühlte mich weniger geschmeichelt als zusätzlich unter Druck gesetzt. Die Zeit der geringen Ansprüche war relativ erholsam gewesen: Der Erfolg hatte eine Spirale erwarteter Wunder in Gang gesetzt, und eines schönen Tages würde ich von der Spitze dieses schrägen Turms hinunterstürzen und auf Pisas hartem Boden landen, und keine vernünftige Finanzabteilung würde sich je wieder auf meinen Namen einlassen.

Vor dem Eingang des Hotels, wo der Wagen mit seinem Chauffeur wartete, sagte O'Hara: »Sie wissen so gut wie ich, daß es im Filmgeschäft um Macht und Geld geht. Bei großen Projekten sagen die Geldgeber dem Regisseur, wo es langgeht. Bei mittelgroßen wie dem hier liegt die Macht beim Regisseur. Also machen Sie Gebrauch davon. Nutzen Sie sie.«

Ich sah ihn groß an. Für mich war er die Triebfeder des Films, war *er* die Macht. Schließlich hatte er das ganze Projekt ja ermöglicht. Mir wurde klar, daß ich in erster Linie versucht hatte, es ihm recht zu machen, statt nach meiner Nase zu gehen, und jetzt sagte er mir, daß ihm daran nichts lag.

»Sie siegen oder gehen unter«, sagte er. »Es ist Ihr Film.«

Er kann sagen, was er will, dachte ich; wenn ich diese Szene filmen würde, wäre es offensichtlich, daß die wahre Macht bei dem breitschultrigen älteren Mann mit dem knorrig selbstbewußten, verlebten Gesicht und dem trotz Übergewicht in sich ruhenden Körper lag und nicht bei dem unscheinbaren Dreißigjährigen, den man ohne weiteres für einen Statisten halten konnte.

»Sie haben die Macht«, sagte er. »Glauben Sie mir.«

Er nickte mir abschließend zu, um etwaige Ausflüchte zu unterbinden, ging zu seinem Wagen und ließ sich davonfahren, ohne noch einmal zurückzuschauen.

Ich ging nachdenklich über die Einfahrt zu meinem Wagen und fuhr stadtauswärts zu Valentine, während ich mir klarmachte, daß ich, sonderbare Mischung, zugleich mächtig und unbedeutend war. Ich konnte nicht leugnen, daß ich ziemlich oft den Drang und die Fähigkeit in mir spürte, etwas zu schaffen, eine große Zuversicht, die im nächsten Augenblick in Zweifel umschlagen konnte. Ich brauchte Selbstvertrauen, wenn ich etwas von Wert schaffen wollte, und fürchtete doch auch die Überheblichkeit, die so leicht zu unfruchtbarem Größenwahn verleiten konnte. Ich fragte mich des öfteren, warum ich keinen nützlichen Beruf ergriffen hatte, in dem man sich nicht dauernd dem Urteil der Öffentlichkeit aussetzte, zum Beispiel als Briefträger.

Valentine und Dorothea hatten sich ein eingeschossiges Haus mit vier Zimmern gekauft, ein Schlaf- und ein Wohnzimmer für jeden. Sie hatten ein zusätzliches Bad eingebaut, um voneinander unabhängig zu sein, und teilten sich die große Küche, in der ein Eßtisch stand. Wie sie mir beide gesagt hatten, war diese Lebensform für sie als Witwe und Witwer die Ideallösung, ein gemeinsames Fürsichsein, das ihnen sowohl Gesellschaft bot wie auch die Möglichkeit, sich zurückzuziehen.

Alles sah ruhig aus, als ich draußen an der Straße parkte und über den betonierten Fußweg zur Haustür ging. Dorothea öffnete, bevor ich noch klingeln konnte – sie hatte geweint.

Ich sagte verlegen: »Valentine…?«

Sie schüttelte unglücklich den Kopf. »Er lebt noch, mein armer Schatz. Kommen Sie rein, Tom. Er wird Sie nicht erkennen, aber gehen Sie ruhig zu ihm.«

Ich folgte ihr in Valentines Schlafzimmer, und sie sagte, sie habe in dem Ohrensessel dort am Fenster gesessen, um die Straße und ankommenden Besuch sehen zu können.

Valentine, gelblich blaß, lag regungslos auf dem Bett, sein schwerer, langsamer Atem war geräuschvoll, stetig und unwiderruflich todgeweiht.

»Er ist nicht aufgewacht und hat nichts gesagt, seit Sie gestern weggefahren sind«, sagte Dorothea. »Wir brauchen hier also nicht zu flüstern, wir stören ihn nicht. Robbie Gill war heute mittag da, um die Zeit, wo wir sonst gegessen haben, aber irgendwie bringe ich nichts runter. Jedenfalls sagt er, Valentine atmet so schwer, weil sich in seiner Lunge Wasser sammelt, und ich soll mich darauf einstellen, daß es heute nacht oder morgen mit ihm zu Ende geht. Wie soll ich das denn machen?«

»Was meint er mit einstellen?«

»Gefühlsmäßig, nehme ich an. Er sagt, ich solle ihm morgen früh Bescheid sagen, wie's steht. Er hat mich quasi gebeten, ihn nicht mitten in der Nacht zu rufen. Wenn Valentine stirbt, soll ich ihn um sieben zu Hause anrufen. Trotzdem ist er eigentlich nicht herzlos. Er meint immer noch, es wäre leichter für mich, wenn Valentine im Krankenhaus läge, aber ich weiß, daß sich der alte Knabe hier wohler fühlt. Er schläft friedlich, das sieht man. Ich weiß es einfach.«

»Ja«, sagte ich.

Sie wollte mir unbedingt eine Tasse Tee machen, und ich redete es ihr nicht aus, weil mir schien, sie könne selbst eine gebrauchen. Ich folgte ihr in die leuchtend blau und gelb gestrichene Küche und setzte mich an den Tisch, während sie Tassen und eine Zuckerdose aus feinem Porzellan auflegte. Wir hörten Valentines langsam schnarrenden Atem, es klang fast, als ob er vor Schmerz stöhnte, aber Dorothea sagte, Schwester Davies sei ein Goldstück gewesen und habe ihm ein Schmerzmittel gespritzt, so daß ihr Bruder bestimmt nicht leide, auch tief drinnen hinter dem Koma nicht.

»Gut«, sagte ich.

»Sie mag Valentine gern.«

Ich trank die dünne, heiße Flüssigkeit ohne großen Genuß.

»Es ist schon merkwürdig«, Dorothea setzte sich mir gegenüber und kostete ihren Tee. »Wissen Sie noch, wie Sie mir gesagt haben, Valentine wollte einen Priester?«

Ich nickte.

»Tja, da habe ich Ihnen gesagt, das kann nicht sein, und ich hätte es auch nie geglaubt, aber heute morgen war eine Nachbarin hier – Betty von gegenüber, die kennen Sie, Tom – um zu sehen, wie's ihm geht, und sie fragte, ob er seinen Priester gekriegt hätte. Ich hab sie bloß angestarrt, und sie sagte, Valentine habe doch von einem Priester phantasiert, der unserer Mutter die Absolution erteilt habe, bevor sie starb, und Valentine habe sie gebeten, diesen Priester zu holen. Was für ein Priester das denn sei, hatte sie gefragt. Soweit sie wußte, hatten Valentine und ich mit Priestern nie was am Hut gehabt, und das hab ich ihr auch bestätigt, selbst zu Mutters Zeiten lief da wenig, aber sie sagte, Valentine habe geredet, als sei er ganz jung, und gesagt, er höre gern die Glocken läuten in der Kirche. Sie sagte, er habe im Fieber geredet. Sie wurde nicht schlau daraus. Was halten Sie davon?«

Ich sagte langsam: »Sehr alte Menschen kehren ja oft in ihre Kindheit zurück.«

»Ob Sie finden, ich sollte Valentine einen Priester holen, meine ich. Ich kenne keinen. Was soll ich machen?«

Ich sah in ihr müdes, faltiges Gesicht, sah die Sorge und den Kummer. Ich spürte die Erschöpfung, die zu ihrer Unentschlossenheit geführt hatte, als wäre es meine eigene.

»Der Arzt kennt sicher einen Priester, wenn Sie einen haben möchten«, sagte ich.

»Aber das bringt doch nichts! Valentine kriegt doch gar nichts mehr mit. Er hört nichts mehr.«

»Es spielt, glaube ich, keine Rolle, daß Valentine nichts hört. Ich glaube, wenn Sie keinen Priester rufen, fragen Sie sich bis ans

Ende Ihrer Tage, ob Sie es hätten tun sollen. Wenn Sie also möchten, bestellen der Arzt oder ich einen Priester.«

Ein paar Tränen liefen ihr über die Wangen, als sie nickte. Sie war offensichtlich froh, daß sie die Entscheidung nicht selbst hatte treffen müssen. Ich ging in Valentines Wohnzimmer, um zu telefonieren, und berichtete dann Dorothea, daß bald jemand von der Kirche im Ort kommen werde.

»Bleiben Sie so lange?« bat sie. »Ich meine… er ist vielleicht nicht gerade erfreut, wenn er zu einem schwach gewordenen, nicht praktizierenden Katholiken gerufen wird.«

Er war tatsächlich nicht erfreut gewesen. Ich hatte ihn nach besten Kräften überredet, und so willigte ich ohne Zögern ein, bei Dorothea zu bleiben, wenigstens bis das, was ich unbefugterweise begonnen hatte, ordnungsgemäß zu Ende geführt war.

Wir warteten noch keine halbe Stunde, aber in der Zwischenzeit wurde es dunkel, und Dorothea machte Licht im Haus. Dann erschien der echte Priester, parkte seinen Wagen hinter meinem und kam müden Schrittes den Fußweg herauf. Er war ein dicker, etwas schmuddlig wirkender, mitteljähriger Mann ohne jedes Charisma.

Dorothea öffnete ihm und führte ihn in Valentines Schlafzimmer, wo er wenig Zeit oder Gefühl verschwendete. Aus einer Tasche, die an die des Arztes erinnerte, zog er eine purpurrote Stola und legte sie sich um den Hals, eine lebhafte Farbe gegenüber dem verblaßten Schwarz seines Jacketts und dem weißen Halskragen. Er zog ein kleines Gefäß hervor, öffnete es, tauchte den Daumen hinein und malte dann ein kleines Kreuz auf Valentines Stirn, indem er sagte: »Durch diese heilige Salbung…«

»Oh!« protestierte Dorothea spontan, als er so anfing. »Können Sie das nicht auf Lateinisch sagen? Ich meine, bei unserer Mutter war das alles in Latein. Valentine würde es in Latein haben wollen.«

Er sah aus, als sei ihm das zuviel, doch er zuckte die Achseln, kramte ein kleines Buch aus der Tasche und las nun daraus vor.

»Misereatur tui omnipotens Deus, et dismissis peccatis tuis, perducat te ad vitam aeternam. Amen.«

Gott der Allmächtige erbarme sich deiner, vergebe dir deine Sünden und schenke dir das ewige Leben.

»Dominus noster Jesus Christus te absolvat...«

Unser Herr Jesus Christus spricht dich frei...

Er las ohne Leidenschaft, ein Dienst am Fremden, den er pauschal von ungeahnten Sünden lossprach. So leierte er vor sich hin und wiederholte schließlich mehr oder minder die schon von mir benutzten Wore, alles korrekt diesmal, aber ohne die Teilnahme, die ich empfunden hatte. *»Ego te absolvo ab omnibus censuris, et peccatis tuis, in nomine Patris et Filii et Spiritus Sancti. Amen.«*

Er schlug das Kreuz über Valentine, der gleichmäßig weiteratmete, und hielt dann kurz inne, bevor er die Purpurstola ablegte und sie zusammen mit dem Buch und dem Öl in seiner Tasche verstaute.

»Das war's?« fragte Dorothea verdutzt.

Der Priester sagte: »Meine Tochter, in der mir verliehenen Vollmacht habe ich ihn von aller Schuld, von allen seinen Sünden freigesprochen. Er hat die Absolution erhalten. Mehr kann ich nicht tun.«

Ich ging mit ihm zur Tür und gab ihm eine großzügige Spende für die Kirche. Er bedankte sich müde und war fort, ehe mir einfiel, daß ich ihn um einen Trauergottesdienst, eine Totenmesse innerhalb der nächsten Woche hätte bitten können.

Dorothea hatte aus seinem Besuch keinen Trost geschöpft.

»Valentine war ihm gleichgültig«, sagte sie.

»Er hat ihn nicht gekannt.«

»Ich wünschte, er wäre nicht gekommen.«

»Sagen Sie das nicht«, erwiderte ich. »Valentine hat wirklich bekommen, was er wollte.«

»Aber er weiß nichts davon.«

»Ich bin ganz sicher«, sagte ich ihr mit Überzeugung, »daß Valentine mit sich im Frieden ist.«

Sie nickte erleichtert. Den Eindruck hatte sie auch, ob mit oder ohne kirchlichen Segen. Ich gab ihr die Rufnummer des Bedford Lodge und meine Zimmernummer und sagte ihr, ich würde jederzeit wiederkommen, wenn sie allein nicht zurechtkäme.

Sie lächelte kläglich. »Valentine sagt, Sie waren ein richtiger kleiner Teufel als Junge. Er sagt, Sie hätten die Gegend unsicher gemacht.«

»Nur manchmal.«

Sie reckte sich hoch, um mich zum Abschied auf die Wange zu küssen, und ich umarmte sie mitfühlend. Sie hatte in meiner Jugend nicht in Newmarket gewohnt, und ich hatte sie erst kennengelernt, als ich wegen des Films zurückgekehrt war, doch inzwischen war sie schon wie eine liebe alte Tante für mich, die ich seit jeher kannte.

»Morgens bin ich immer ab sechs Uhr wach«, sagte ich.

Sie seufzte. »Ich sage Ihnen Bescheid.«

Ich nickte, fuhr los und winkte ihr noch einmal, während sie an Valentines Fenster stand und traurig herausschaute, wieder ihrer kummervollen Wache überlassen.

Ich fuhr zu dem Stallhof, auf dem wir drehten, atmete dort im Dunkeln stehend die kühle Märzluft ein und sah zum Abendhimmel hoch. Der helle, klare Tag war in schwarze Nacht übergegangen, die Sterne leuchteten so plastisch, daß man die grenzenlosen Weiten und Tiefen des Raums wirklich wahrnahm.

Einen Film über schmutzige Leidenschaften auf dem Erdball zu drehen erschien unbedeutend angesichts der Ewigkeit, aber da wir keine reinen Geister, sondern Wesen aus Fleisch und Blut sind, können wir nur zeigen, was uns bewegt und antreibt.

Spiritus Sanctus. Spiritus war lateinisch für Atem. Heiliger

Atem. *In nomine Spiritus Sancti.* Im Namen des Heiligen Atems, des Heiligen Lebens, des Heiligen Geistes. Als Schüler hatten mir die Logik und die Strenge des Lateinischen gefallen. Als Erwachsener entdeckte ich Mysterien und Majestät darin. Als Regisseur hatte ich es verwendet, um Angst und Schrecken zu erzeugen. Für Valentine hatte ich seine Wortmacht mißbraucht. Gott, verzeih mir, dachte ich... wenn es einen Gott gibt.

Der Rolls des Megastars schnurrte leise auf den Hof, und er sprang heraus, als sein aufmerksamer Chauffeur ihm wie immer den Schlag öffnete. Männliche Megastars hatten normalerweise einen Fahrer, einen Diener, einen Sekretär und Assistenten und mitunter noch einen Bodyguard, einen Masseur oder einen Butler im Gefolge. Bei weiblichen Megastars kam ein Friseur hinzu. Beide konnten einen persönlichen Maskenbildner beanspruchen. Dieser ganze Anhang mußte unter Dach gebracht, beköstigt und mit Transportmitteln auf Zeit versorgt werden; auch deshalb gingen vergeudete Tage empfindlich ins Geld.

»Thomas?« sagte er, als er mich im Halbdunkel erblickte. »Ich habe mich wohl verspätet.«

»Nein«, versicherte ich ihm. Megastars kamen *nie* zu spät, mochten sie auch noch so überfällig sein. Megastars waren wandelnde grüne Lichter, womit man in der Filmwelt die Eigenschaft bezeichnete, einem Projekt Kapital und Vertrauen zuzuführen, verbunden mit der Unmöglichkeit, etwas falsch zu machen. Was grüne Lichter wollten, das bekamen sie.

Unser grünes Licht hier hatte den Ruf, daß er heikel sei, bisher Lügen gestraft, hatte in bester Laune alles getan, was von ihm verlangt wurde, und mit einer solchen Eleganz gespielt, daß seine Fans sich freuen konnten.

Er war fünfzig, sah aus wie vierzig und maß wie ich knapp einsfünfundachtzig. Seine Gesichtszüge waren ebenmäßig, eigentlich wenig einprägsam, doch besaß er die unschätzbare Gabe, ein inneres Licht einzuschalten und mit den Augen zu agieren.

Mit kleinsten Muskelbewegungen gelangen ihm umfassende Botschaften in Nahaufnahme, und das Lächeln, das er mit den unteren Augenlidern bewerkstelligte, hatte ihm das Etikett des »erotischsten Mannes im Filmgeschäft« eingetragen, obwohl meiner Ansicht nach sein Talent bei diesem Lächeln erst anfing.

Ich hatte als Regisseur noch nie mit einem solchen Schauspieler arbeiten dürfen, und er wußte das und nahm Rücksicht darauf, aber ähnlich wie O'Hara hatte auch er mir gesagt, ich solle in die vollen gehen und meine Macht gebrauchen.

Der Megastar, Nash Rourke, hatte selbst um das Treffen heute abend gebeten.

»Ein bißchen Ruhe brauche ich, Thomas. Und ich will die Luft in dem Jockey-Club-Raum schnuppern, den ihr im Trainerhaus nachgebaut habt.«

Also gingen wir zusammen zum Hintereingang des Hauses, wo uns der Nachtwächter einließ und unsere Ankunftszeit eintrug.

»Alles ruhig, Mr. Lyon«, meldete er.

»Gut.«

In dem scheunenähnlichen Haus hatte der Produktionsleiter nach meinen und O'Haras Vorstellungen ein fiktives Wohnzimmer innerhalb des ursprünglichen Wohnbereichs angelegt und das Büro des Trainers originalgetreu nachgebaut, mit Blick auf den Stallhof.

Im ersten Stock hatten wir ein paar Wände entfernt und anhand alter Fotos und einer Besichtigung des Originals den imposanten Raum im Jockey-Club-Hauptbüro in der High Street nachgebildet, der in früheren Zeiten für rennsportliche Untersuchungen genutzt worden war, bei denen oftmals Ruf und Existenz auf dem Spiel gestanden hatten.

Seit vierzig Jahren oder länger wurden offizielle Untersuchungen nun am Londoner Hauptsitz der Rennsportbehörde durchgeführt, doch in Howard Tylers Buch und in unserem Film kam es zu einer inoffiziellen, überaus dramatischen und vernichtenden Untersuchung in dem abschreckenden alten Ambiente.

Ich knipste die wenigen verfügbaren Lampen an, deren Schein nur schwach den blankgewienerten Holzboden erhellte, die Stubbs und Herrings an den Wänden und die mit Nägeln beschlagenen üppigen Ledersessel, die außen um den großen hufeisenförmigen Tisch gruppiert waren.

Da die Kameras Platz brauchten, war der nachgebildete Raum wesentlich größer als das Original. Außerdem ließen die scheinbar festen Wände samt Bilderleisten und Gemälden sich bequem zur Seite schieben. An der Decke warteten die jetzt dunklen Quarzleuchten an ihren Lichtschienen zusammen mit einem Gewirr von Flutern, Punktscheinwerfern und Kabeln auf das Leben, das der Morgen wieder bringen würde.

Nash Rourke ging zur einen Seite des Tisches hinüber, zog einen grünen Ledersessel heraus, um sich zu setzen, und ich setzte mich neben ihn. Er hatte einige frisch umgeschriebene Seiten des Skripts mitgebracht, die er jetzt auf das blanke Holz knallte. »Die Szene morgen ist doch der Höhepunkt, ja?«

»Ein Höhepunkt«, sagte ich und nickte.

»Der Mann steht unter Anklage, er ist verwirrt, er ist wütend, und er ist unschuldig.«

»Ja.«

»Eben. Unser Freund Howard treibt mich zum Wahnsinn.«

Nash Rourkes gebildeter amerikanischer Akzent mit Bostoner Einschlag paßte nicht so ganz zu dem Trainer aus der britischen Oberschicht, den er verkörperte, doch wurde das von praktisch jedermann, auch von mir, als Nebensache angesehen, allerdings (wen hätte es überrascht?) nicht von Howard.

»Howard möchte, daß ich anders rede, und ich soll die ganze Szene mit einem erstickten Flüstern bringen.«

»Hat er das so gesagt?« fragte ich.

Nash zuckte halb verneinend die Achseln. »Er will einen Unterkühlten, einen Mann, der Haltung bewahrt.«

»Und Sie?«

»Der Kerl würde *brüllen*, Herrgott noch mal. Das ist ein massiger, mächtiger Mann, dem man vorwirft, er habe seine Frau ermordet, richtig?«

»Richtig.«

»Aber er war es nicht. Und er hat einen Haufen alter Muffel vor sich, die ihn auf die eine oder andere Art fertigmachen wollen, richtig?«

»Richtig.«

»Und der Vorsitzende ist mit der Schwester seiner toten Frau verheiratet, ja?«

Ich nickte. »Der Vorsitzende, Cibber, bricht am Ende zusammen. Das haben wir heute klargestellt.«

»Und Howard wieder einmal furchtbar auf die Palme gebracht.«

»Wenn wir morgen hier sind«, ich deutete mit der Hand in den potemkinschen Gerichtssaal, »brüllen Sie.«

Nash lächelte.

»Außerdem schlagen Sie gegenüber dem Vorsitzenden Cibber einen ganz schön bedrohlichen Ton an. Sie überzeugen die Mitglieder des Jockey Clubs und das Publikum, daß Sie vom Temperament her imstande sind, einen Mord zu begehen. Streuen Sie ein paar Saatkörner. Sie sind nicht langmütig und passiv.«

Nash lehnte sich entspannt in seinem Sessel zurück. »Howard wird ausklinken. Sie machen ihn rasend.«

»Ich besänftige ihn schon.«

Nash trug wie ich ungebügelte Hosen, ein Hemd mit offenem Kragen und einen dicken weiten Pullover. Er nahm die Skriptseiten, raffte sie ein wenig zusammen und stellte eine Frage.

»Wieweit unterscheidet sich das Drehbuch als Ganzes von der Erstfassung, die ich gelesen habe?«

»Es hat jetzt mehr Handlung, mehr Bitterkeit und wesentlich mehr Spannung.«

»Aber meine Figur – dieser Typ bringt nach wie vor seine Frau nicht um?«

»Nein. Nur bleibt das jetzt bis zum Schluß offen.«

Nash sah gleichmütig drein. »O'Hara hat mich zu der Sache überredet«, sagte er. »Ich hatte drei Monate frei zwischen zwei Projekten. Machen Sie was draus, meinte er. Hübscher kleiner Streifen übers Pferderennen. O'Hara weiß, daß ich Pferdenarr bin. Ein echter Skandal aus dem wirklichen Leben, sagt er mir, zu Papier gebracht von unserem weltberühmten Howard, von dem ich natürlich schon gehört habe. Ein Prestigefilm, keine Ex-und-hopp-Geschichte, sagt O'Hara. Regisseur? frage ich. Der ist jung, sagt O'Hara, mit dem haben Sie noch nicht gearbeitet. Und das stimmt auffallend. Vertrauen Sie mir, sagt O'Hara.«

»Vertrauen Sie mir«, sagte ich.

Nash schenkte mir ein Lächeln, auf das ein Alligator stolz gewesen wäre, das Lächeln, bei dem die Bösen in seinen Wildweststreifen blitzartig in Deckung gingen.

»Morgen«, sagte ich, »wird die Hauptflachsaison in England eröffnet.«

»Das weiß ich.«

»Am Samstag ist das Lincoln Handicap.«

Nash nickte. »In Doncaster. Wo ist Doncaster?«

»Siebzig Meilen nördlich von hier. Knappe Stunde mit dem Hubschrauber. Haben Sie Lust?«

Nash machte große Augen. »Sie wollen mich bestechen!«

»Klar.«

»Und die Versicherung?«

»Habe ich mit O'Hara geregelt.«

»Das ist doch die Höhe!« sagte er.

Belustigt stand er auf und begann unvermittelt seine Gänge auf dem Set abzuschreiten.

»Laut Drehbuch«, sagte er, »soll ich auf der Matte stehen. Ist das die Matte da, auf der offenen Seite vom Tisch?«

»Ja. Genaugenommen ist es ein kleiner Teppich. Bei den rennsportlichen Untersuchungen in Newmarket mußten die Beschuldigten früher immer auf diesem Teppich stehen und das Gewitter abwarten.«

»Arme Schweine.«

Er stellte sich auf den Teppich und sagte leise seinen Text, wiederholte ihn und lernte ihn auswendig, fügte Pausen und Gebärden ein, verlagerte seine Stellung, als hätte er genug, und marschierte schließlich zur Mitte des U-förmigen Tisches, um sich drohend über den Chefsessel zu beugen, in dem Cibber, der Leiter der Untersuchung, sitzen würde.

»Und ich brülle«, sagte er.

»Ja«, stimmte ich zu.

Da die Wut im Augenblick stumm war, deutete er den Aufschrei nur leise an und setzte sich schließlich wieder auf den Platz neben mir.

»Was ist in Wirklichkeit aus den Leuten geworden?« fragte er. »Howard schwört, daß er den wahren Hergang dokumentiert hat. O'Hara meint, das kann nicht sein, weil sich niemand beschwert. Was ist also wirklich passiert?«

Ich seufzte. »Howard spekuliert nur. Außerdem bleibt er unverbindlich. Zum Beispiel wird keiner der Beteiligten im Buch bei seinem wahren Namen genannt. Und ich weiß ehrlich gesagt nicht mehr als jeder andere darüber, denn das ist vor sechsundzwanzig Jahren hier passiert, da war ich gerade vier. Ich kann mich nicht erinnern, damals überhaupt davon gehört zu haben, und jedenfalls verlief die ganze Sache im Sand. Der Trainer, den Sie spielen, hieß Jackson Wells. Seine Frau wurde in einer Box in seinem Stall erhängt aufgefunden, und viele dachten, er sei das gewesen. Seine Frau hatte einen Liebhaber gehabt. Die Schwester seiner Frau war mit einem Mitglied des Jockey Clubs verheiratet. Soweit sind die Fakten ungefähr bekannt. Es konnte nie nachgewiesen werden, daß Jackson Wells seine Frau erhängt hatte, und er schwor, er habe es nicht getan.«

»Howard sagt, er lebt noch.«

Ich nickte. »Im Rennsport war er durch den Skandal erledigt. Er konnte nie nachweisen, daß er seine Frau *nicht* erhängt hatte, und der Jockey Club hat ihm zwar nicht die Lizenz entzogen, aber keiner hat noch Pferde von ihm trainieren lassen. Er hat seinen Stall aufgegeben, glaube ich, und sich eine Farm in Oxfordshire gekauft und noch mal geheiratet. Jetzt müßte er so an die Sechzig sein. Er hat überhaupt nicht auf Howards Buch reagiert, und es ist vor über einem Jahr erschienen.«

»Er wird also nicht auf einmal lassoschwingend hier hereinplatzen, um mich aufzuknüpfen?«

»Glauben Sie an seine Unschuld.«

»Sowieso.«

»Unser Film ist Erfindung«, sagte ich. »Der echte Jackson Wells war der durchschnittlich begabte Besitzer eines mittelgroßen Rennstalls und keine herausragende Persönlichkeit. Er war nicht die einflußreiche Oberschichtfigur von Howards Buch und noch viel weniger der harte, ungerecht behandelte, einfallsreiche Siegertyp, den wir im Film aus Ihnen machen werden.«

»O'Hara hat ein ausgefallenes Ende versprochen.«

»Das bekommt er auch.«

»Im Drehbuch steht aber nicht, *wer* die Frau erhängt hat, nur, wer es *nicht* war.«

Ich sagte: »Weil Howard es nicht weiß und weil er sich zu keiner Lösung entschließen kann. Haben Sie Howards Buch nicht gelesen?«

»Ich lese nie die Bücher, auf denen die Drehbücher beruhen. Das ist oft nur verwirrend und widersprüchlich.«

»Auch gut«, sagte ich lächelnd. »In Howards Buch hat der Trainer kein Verhältnis mit der Schwester seiner Frau.«

»Nein?« Er war erstaunt. Er hatte sich einen vollen Tag lang halbnackt mit der Darstellerin der Schwester seiner Frau zwischen Bettlaken getummelt. »Wie haben Sie Howard denn *dazu* gekriegt?«

»Ich habe ihn auch davon überzeugt, daß Cibber, der Mann der Schwägerin, hinter das Verhältnis kommen sollte, damit er einen zwingenden Grund für die Hetzjagd auf Ihre Person hat; also für die Szene, die Sie hier morgen spielen.«

Nash sagte ungläubig: »Und nichts davon war in Howards Buch?«

Ich schüttelte den Kopf. O'Hara hatte Howard von vornherein gedrängt, die Geschichte zu würzen, und ihn im Grunde gewarnt: keine Änderungen, kein Film. Was ich zuletzt an Stimmung und Handlung geändert hatte, war nichts im Vergleich mit O'Haras früheren Eingriffen. Howard lieferte mir jetzt ein Rückzugsgefecht, und wenn wir Glück hatten, verlor er das ebenso.

Nash sagte nachdenklich: »Lebt der echte Cibber auch noch? Und die Schwester der Frau?«

»Über die weiß ich nichts. Der echte Cibber ist vor zirka drei Jahren gestorben. Anscheinend hat jemand diese alte Geschichte über ihn ausgegraben, und dadurch ist Howard auf die Idee für das Buch gekommen. Aber der echte Cibber hat Jackson Wells nicht so gnadenlos verfolgt, wie er's im Film tut. Der echte Cibber hatte wenig Einfluß. In Wirklichkeit lief das alles auf ziemlich kleiner Flamme. Nicht wie in O'Haras Version.«

»Oder in Ihrer.«

»Oder in meiner.«

Nash sah mir mit einem geraden, fast mißtrauischen Blick ins Gesicht und sagte: »Was verschweigen Sie mir, was noch am Skript geändert werden soll?«

Ich mochte ihn. Vielleicht konnte ich ihm sogar trauen. Aber ich hatte durch Schaden gelernt, daß nichts jemals inoffiziell blieb. Was geheim bleiben sollte, mußte man für sich behalten. Selbst O'Hara hatte ich im dunkeln gelassen.

»Hinterlistig«, hatte O'Hara mich genannt. »Ein Taschenspieler.«

»Es muß sein.«

»Das will ich nicht bestreiten. Aber sehen Sie zu, daß der Zauber funktioniert.«

Zauberkünstler erklären ihre Tricks nicht. Der Ausruf der Überraschung ist für sie die schönste Belohnung.

»Sie erfahren von mir immer«, sagte ich zu Nash, »wie Ihre Figur in der jeweiligen Szene eingestellt ist.«

Er merkte, daß ich ihm ausgewichen war. Eine ganze Minute schwieg er und ging mit sich zu Rate, ob er mich nach Einzelheiten fragen sollte, die ich ihm vielleicht dann doch vorenthalten würde. Schließlich sagte er: »Sie verlangen viel Vertrauen.«

Dem widersprach ich nicht. Nach einer Weile seufzte er tief, wie im Einverständnis, und ich nahm an, daß blindes Vertrauen jetzt für ihn die Hintertür war, falls das ganze Unternehmen fehlschlug. »Man sollte sich nie auf einen Regisseur verlassen...«

Jedenfalls beugte er sich über das Drehbuch, las es schnell noch einmal durch, stand dann auf, ohne die Blätter mitzunehmen, und wiederholte den ganzen Auftritt; artikulierte sorgfältig den Text und blieb nur einmal hängen; fügte die Pausen, die Gesten und die Haltungswechsel ein bis zu dem jähen Vorstoß an das Hufeisen und der überschäumenden Wut am Ende.

Dann ging er, ohne etwas dazu zu sagen, das Ganze noch einmal durch. Auch ohne Geräuschkulisse war die Spannung verblüffend – und im dritten Durchgang ließ er sogar die Möglichkeit aufscheinen, daß er ein Mörder, der Mörder seiner Frau sein könnte, so leidenschaftlich er es auch bestritt.

Diese ruhige, konzentrierte geistige Energie war es offenbar, die einen guten Schauspieler in einen Megastar verwandelt hatte.

Ich hatte nicht vorgehabt, die Szene in einer einzigen langen

Einstellung zu filmen, aber nach seinem Auftritt überlegte ich es mir. Er hatte einen Rhythmus und eine Intensität hineingebracht, die mit Schnitten nicht zu erzielen waren. Die Nahaufnahme von Cibbers Böswilligkeit konnte später kommen.

»Vielen Dank auch«, sagte Nash, als er abbrach.

»Gern geschehen.«

Sein Lächeln war ironisch. »Ich habe gehört, ich bin hier das grüne Licht.«

»Ich fahre in Ihrem Kielwasser.«

»Sie brauchen vor keinem zu kriechen«, meinte er.

Wir verließen das Set und das Haus und meldeten uns beim Nachtwächter ab. Nash ließ sich in dem Rolls davonfahren, und ich kehrte ins Bedford Lodge zurück, um in einer letzten Sitzung mit Moncrieff die optischen Effekte und Kameraeinstellungen der Szene von morgen zu besprechen.

Gegen Mitternacht war ich im Bett. Um fünf klingelte das Telefon neben meinem Kopf.

»Thomas?«

Dorotheas zittrige Stimme, um Entschuldigung bittend.

»Ich bin schon unterwegs«, sagte ich.

3

Valentine war tot.

Als ich zu seinem Haus kam, fand ich nicht den gedämpften, stillen Kummer vor, den ich erwartet hatte, sondern sah einen protzigen Wagen, der weder dem Arzt noch einem Priester gehörte, am Straßenrand stehen, und im Haus waren alle Fenster hinter den Vorhängen hell erleuchtet.

Ich ging den Betonweg hinauf zu der geschlossenen Vordertür und klingelte.

Nach einiger Zeit wurde die Tür geöffnet, aber nicht von Dorothea. Der Mann, der im Eingang stand, war groß, dick und unfreundlich. Er musterte mich mit geübter Hochnäsigkeit und sagte beinah abschätzig: »Sind Sie der Arzt?«

»Ehm... nein.«

»Was wollen Sie dann so früh hier?«

Ein kleiner Beamter, diagnostizierte ich: einer von denen, die gern nein sagten. Seine Aussprache war entfernt die von Norfolk, vorwiegend Londoner Vorstadt und insgesamt sorgfältig.

»Mrs. Pannier bat mich zu kommen. Sie hat angerufen.«

»Um diese Zeit? Das kann ja wohl nicht sein.«

»Ich würde gern mit ihr sprechen«, sagte ich.

»Ich sage ihr, daß jemand da war.«

Am Ende der Diele hinter ihm tauchte Dorothea aus ihrem Bad auf und eilte, als sie mich sah, auf die Haustür zu.

»Thomas! Kommen Sie rein, mein Lieber.« Sie bedeutete mir, um die Sperre herumzugehen. »Das ist mein Sohn Paul«, erklärte sie. »Und Paul, das ist Valentines Freund Thomas, von dem ich dir erzählt habe.«

»Wie geht's ihm?« fragte ich. »Valentine?«

Ihr Gesicht verriet es mir.

»Er ist eingeschlafen, Thomas. Kommen Sie doch rein. Ich brauche Ihre Hilfe.« Sie war verwirrt durch diesen Sohn, den sie als wichtigtuerisch und herrisch bezeichnet hatte, ohne damit im mindesten zu übertreiben. Außer seinem harten Machtblick wies er einen dünnen, dunklen Schnurrbart auf und eine hochragende Nase, deren Nüstern man von vorne sah. Das vorgereckte Kinn sollte einschüchtern, und selbst so früh am Morgen trug er einen überkorrekten dunkelblauen Dreiteiler mit gestreifter Krawatte. Knapp einsachtzig groß, wog er mit Sicherheit seine neunzig Kilo.

»Mutter«, sagte er zurechtweisend, »du brauchst außer mir keine Hilfe. Ich packe das sehr gut allein.« Er bedeutete mir zu gehen, aber ich drängte mich, die Aufforderung höflich ignorierend, an ihm vorbei, küßte Dorothea auf die traurige Wange und fragte sie, was sie von einer Tasse Tee hielte.

»Natürlich, Thomas. Wo habe ich nur meinen Kopf? Kommen Sie in die Küche.«

Sie trug den grünen Rock und den Pullover von gestern, und ich nahm an, sie war nicht zu Bett gegangen. Die dunklen Ringe der Müdigkeit um ihre Augen hatten sich verstärkt, und ihr fülliger Körper wirkte schwach und zittrig.

»Ich hatte Paul später noch angerufen, nachdem Sie fort waren«, sagte sie fast entschuldigend, während sie Wasser in einen Elektrokessel laufen ließ. »Ich habe mich so allein gefühlt, verstehen Sie? Ich wollte ihm wenigstens sagen, daß es mit seinem Onkel zu Ende geht...«

»Und so spät es auch war, da bin ich natürlich gleich los«, sagte Paul großspurig. »Es war nur recht so. Meine Pflicht. Du hättest nie mit einem Sterbenden hier allein sein dürfen, Mutter. Er hätte ins Krankenhaus gehört.«

Ich nahm Dorothea den Kessel aus der Hand und bat sie, sich

hinzusetzen; Tassen, Untertassen und das alles würde ich schon zusammensuchen. Dankbar ließ sie sich von mir ablösen, während der große Ausputzer weiter auf den Fersen wippte und sich über seine Tugenden verbreitete.

»Valentine war schon gestorben, als ich herkam.« Er hörte sich gekränkt an. »Natürlich bestand ich darauf, sofort den Arzt zu rufen, obwohl Mutter ihn törichterweise schlafen lassen wollte! Ich bitte Sie! Wozu sind Ärzte denn da?«

Dorothea verdrehte leicht verzweifelt die Augen.

»Der Kerl war unwirsch zu mir«, beklagte sich Paul. »Dem sollte man die Lizenz entziehen. Er meinte, Valentine hätte ins Krankenhaus gehört und er komme um sieben, vorher nicht.«

»Aber er konnte doch gar nichts mehr tun«, sagte Dorothea unglücklich. »Valentine hat sich gewünscht, hier zu sterben. Das war ganz in Ordnung.«

Paul wiederholte stur seine gegenteiligen Auffassungen. Von ihm angeödet fragte ich Dorothea, ob ich Valentine sehen dürfe.

»Gehen Sie nur rein, Thomas«, sagte sie nickend. »Er liegt ganz friedlich da.«

Während sie pflichtschuldig weiter dem Vortrag ihres Sprößlings zuhörte, betrat ich Valentines Schlafzimmer, das von einer zentralen Deckenlampe mit unzureichendem Schirm hell und brutal beleuchtet wurde. Eine freundlichere Lampe stand uneingeschaltet auf dem Nachttisch, und ich ging hinüber und knipste sie an.

Valentines altes Gesicht war bleich und vom Tod geglättet, seine Stirn fühlte sich bereits kühler an als im Leben. Die mühsame Atmung war ewigem Schweigen gewichen. Seine Augen waren fest geschlossen. Sein halb geöffneter Mund war, vermutlich von Dorothea, mit einem Laken bedeckt worden. Er sah wirklich bemerkenswert friedlich aus.

Ich ging zur Tür und schaltete die kalte Deckenbeleuchtung aus. Dorothea kam von der Küche herüber, trat an mir vorbei in Valentines Zimmer und sah zärtlich auf ihren toten Bruder hinab.

»Er ist im Dunkeln gestorben«, sagte sie unglücklich.

»Das hätte ihn nicht gestört.«

»Nein... aber... ich habe die Nachttischlampe ausgeknipst, damit keiner von draußen reinsieht, und dann saß ich da im Sessel und habe auf Paul gewartet und auf Valentines Atem gehört und bin eingeschlafen. Einfach eingenickt.« Tränen stiegen ihr in die Augen. »Ich wußte ja nicht... ich meine, ich konnte nichts dafür.«

»Sie waren sehr müde.«

»Ja, aber als ich dann aufwachte, war es so dunkel... und völlig still, und ich merkte... es war schrecklich, Thomas. Mir wurde klar, daß Valentine nicht mehr atmete... und daß er gestorben war, während ich *schlief*, statt daß ich bei ihm gesessen und ihm die Hand gehalten hätte oder so etwas...« Ihre Stimme kippte in ein Schluchzen um, und sie wischte sich mit dem Handrücken über die Augen.

Ich legte einen Arm um ihre Schultern, während wir an Valentines Bett standen. Alles in allem fand ich es gut, daß sie den Ruck, mit dem das Herz ihres Bruders stehengeblieben war, nicht gesehen und auch seinen letzten röchelnden Atemzug nicht gehört hatte. Ich war dabeigewesen, als meine Mutter starb, und würde das nie vergessen.

»Wann ist Ihr Sohn gekommen?«

»Ach, das muß so gegen drei gewesen sein. Er wohnt in Surrey, verstehen Sie? Es ist eine ziemlich lange Fahrt, und er hatte gerade ins Bett gehen wollen. Ich sagte ihm, er müsse nicht herkommen... ich wollte eigentlich nur mit jemandem reden, als ich ihn anrief, aber er bestand darauf, zu kommen. Schon sehr nett von ihm, Thomas.«

»Ja«, sagte ich.

»Er hat dann gleich die Vorhänge zugezogen und überall Licht gemacht. Er war ziemlich böse mit mir, weil ich im Dunkeln gesessen und Robbie Gill nicht gerufen hatte. Ich meine, Robbie konnte ja doch nur amtlich bestätigen, daß Valentine tot war. Paul hat nicht verstanden, daß ich mit Valentine so im Dunkeln sein wollte. Es war irgendwie tröstlich, Thomas, verstehen Sie? Eine Art Abschied. Nur wir beide, wie als Kinder damals.«

»Ja«, sagte ich.

»Paul meint es gut«, betonte sie, »aber ich finde ihn schon anstrengend. Entschuldigen Sie, daß ich Sie so früh geweckt habe. Aber Paul war so böse mit mir… da habe ich Sie angerufen, als er im Bad war, sonst hätte er mich vielleicht davon abgehalten. Ich bin irgendwie nicht ganz beieinander, ich fühle mich so schwach.«

»Ich bin gern gekommen«, versicherte ich ihr. »Sie sollten sich ins Bett legen.«

»Oh, das könnte ich nicht. Ich muß aufbleiben, bis Robbie kommt. Ich hab solche Angst, daß Paul unhöflich zu ihm ist.«

Ist er bestimmt, dachte ich.

Der große Paul persönlich kam ins Zimmer und knipste die Deckenbeleuchtung wieder an.

»Was macht ihr zwei hier drin?« wollte er wissen. »Mutter, komm raus und hör auf, dich zu quälen. Wir wissen doch alle, daß es für den alten Mann eine gnädige Erlösung war. Jetzt müssen wir über deine Zukunft reden, und dafür habe ich auch schon Pläne.«

Dorothea erstarrte unter meinem Arm. Ich ließ ihre Schultern los und ging mit ihr von Valentines Zimmer zurück in die Küche, nicht ohne das grelle Licht wieder auszuschalten und noch einmal das stille alte Gesicht in dem Halbdunkel zu betrachten. Ewiges zeitloses Dunkel.

»Natürlich mußt du hier ausziehen«, erklärte Paul seiner Mutter in der Küche. »Du bist ja fast achtzig. Ich kann mich nicht richtig um dich kümmern, wenn du so weit von mir entfernt lebst. Ich habe schon mit einem Altenheim vereinbart, daß du da ein Zimmer nimmst, wenn Valentine tot ist. Jetzt sage ich Bescheid, daß du innerhalb von acht Tagen einziehst. Das ist keine zwei Kilometer von mir, da kann Janet jeden Tag mal reinschauen.«

Dorothea sah geradezu erschrocken aus. »Ich gehe nicht weg, Paul«, widersprach sie. »Ich bleibe hier.«

Ohne ihren Einwurf zu beachten, sagte Paul: »Du kannst eigentlich gleich mit Packen anfangen. Wozu Zeit verlieren? Ich bringe das Haus morgen auf den Markt, und sofort nach der Beerdigung nehme ich dich mit.«

»Nein«, sagte Dorothea.

»Solange ich hier bin, helfe ich dir«, sagte ihr Sohn großzügig. »Valentines ganze Habe muß ja sortiert und untergebracht werden. Einen Teil der Bücher kann ich bei der Gelegenheit gleich mitnehmen. Ich habe ein paar leere Kartons dabei.«

»Nicht die Bücher«, sagte ich entschieden. »Die Bücher hat er mir vermacht.«

»*Was?*« Pauls Kinnlade klappte unschön herunter. »Das ist unmöglich«, sagte er heftig. »Er hat alles meiner Mutter hinterlassen. Das wissen wir doch.«

»Alles mit Ausnahme der Bücher.«

Dorothea nickte. »Vor zwei Monaten hat Valentine sein Testament durch einen Nachtrag ergänzt und seine Bücher Thomas zugesprochen.«

»Der Alte war doch verkalkt. Das fechte ich an.«

»Sie können es nicht anfechten«, stellte ich sachlich fest. »Valentine hat bis auf die Bücher alles Ihrer Mutter vermacht und nicht Ihnen.«

»Dann ficht Mutter es eben an!«

»Nein, mein Lieber«, sagte Dorothea unsanft. »Als Valentine mich fragte, was ich davon halte, wenn er seine Bücher und Unterlagen Thomas vermacht, habe ich ihm gesagt, das fände ich sehr nett. Ich würde sie ja doch kaum lesen oder auch nur reinsehen, und weil Valentine wußte, daß Thomas sie schätzen würde, hat er den Zusatz von unserem Anwalt anfügen lassen, und meine Freundin Betty und Robbie Gill, unser Arzt, haben im Beisein des Anwalts als Zeugen fungiert. Er hat hier in seinem eigenen Wohnzimmer unterschrieben, und es kann keine Rede davon sein, daß er verkalkt war, das werden der Anwalt und der Arzt dir einmütig bestätigen. Ich verstehe auch gar nicht, weshalb du dich so aufregst, das sind doch bloß ein Haufen alter Rennberichte, Erinnerungsalben und Bücher über Rennsport.«

Paul schien mir ganz unverhältnismäßig aus der Fassung gebracht. Und offenbar bemerkte er auch mein Erstaunen, denn er ging in sich und sann auf eine fadenscheinige Erklärung, die er dann mit einer Stinkwut auf mich vorbrachte.

»Valentine hat mir einmal gesagt, seine Sammlung könnte einiges wert sein«, sagte er. »Ich möchte sie schätzen und verkaufen lassen … natürlich zu Mutters Gunsten.«

»Die Bücher sind für Thomas«, wiederholte Dorothea beherzt, »und ich habe nie gehört, daß Valentine behauptet hätte, sie seien was wert. Er wollte sie Thomas um der alten Zeiten willen überlassen und weil Thomas freundlicherweise immer vorbeigekommen ist, um ihm vorzulesen.«

»Aa-haa!« stieß Paul triumphierend hervor. »Dann dürfte Valentines Nachtrag ungültig sein, da er nicht sehen konnte, was er da unterschrieben hat.«

»Er wußte aber doch, was es war«, wandte Dorothea ein.

»Und woher? Verrat mir das mal.«

»Verzeihen Sie«, sagte ich, meine aufkommende schlechte Laune zügelnd. »Ich kann mir kaum vorstellen, daß Valentines Nachtrag ungültig ist, wenn sein Anwalt ihn aufgesetzt und die Unterschrift beglaubigt hat, aber wenn er es sein sollte, dann gehören die Bücher Dorothea, und sie allein kann entscheiden, was damit geschieht.«

»Oh, danke, mein Lieber«, sagte sie, und ihr Gesichtsausdruck entspannte sich, »wenn sie also mir gehören, dann schenke ich sie Ihnen, Thomas, weil ich weiß, daß Valentine es so gewollt hat.«

Paul sah entgeistert aus. »Das darfst du nicht.«

»Warum nicht, Paul?«

»Sie... sie könnten wertvoll sein.«

»Ich werde sie schätzen lassen«, sagte ich, »und wenn sie wirklich auf einen nennenswerten Betrag kommen, dann gebe ich Dorothea das Geld dafür.«

»Nein, Thomas«, sie schüttelte heftig den Kopf.

»Still«, sagte ich zu ihr. »Lassen wir es damit erst mal gut sein.«

Paul ging wütend in der Küche auf und ab, blieb vor dem Tisch stehen, an dem Dorothea und ich saßen, und fragte energisch: »Wer sind Sie denn überhaupt, daß Sie hier antanzen und sich bei einem hilflosen, todkranken alten Mann einschmeicheln? Ich meine, das ist doch kriminell.«

Ich hielt es nicht für nötig, ihm etwas zu erklären, doch Dorothea setzte ihn müde ins Bild. »Der Großvater von Thomas hat Pferde trainiert, die Valentine beschlagen hat. Valentine hat Thomas über zwanzig Jahre gekannt und ihn immer gemocht, das hat er mir gesagt.«

Als könne er sich nicht mehr beherrschen, marschierte Paul schweren Schrittes weg von dieser unliebsamen Neuigkeit, verließ abrupt die Küche und verschwand im Flur. Man hätte ihn als wichtigtuerischen Esel abtun können, wäre da nicht auch der unterschwellige Eindruck eines massigen, rasch durchs Unterholz streifenden Raubtiers gewesen. Ich möchte ihm gegenüber ungern im Nachteil sein, dachte ich.

Dorothea sagte verzweifelt: »Ich will nicht in Pauls Nähe wohnen. Es wäre mir unerträglich, jeden Tag Besuch von Janet zu bekommen. Ich verstehe mich nicht mit ihr. Sie kommandiert mich herum.«

»Sie müssen ja nicht von hier weggehen«, sagte ich. »Paul kann das Haus nicht zum Verkauf annoncieren, weil es nicht ihm gehört. Aber, liebste Dorothea...« Ich hielt zögernd inne.

»Aber was, Thomas?«

»Nun ja, unterschreiben Sie nichts.«

»Wie meinen Sie das?«

»Ich meine, unterschreiben Sie gar nichts. Fragen Sie erst Ihren Freund, den Anwalt.«

Sie blickte mich ernst an. »Ich werde einiges unterschreiben müssen, jetzt wo Valentine tot ist.«

»Ja, aber... unterschreiben Sie nichts, nur weil Paul es will.«

»In Ordnung«, meinte sie zweifelnd.

Ich fragte sie: »Wissen Sie, was eine Vollmacht ist?«

»Wenn man andere ermächtigt, für einen selbst zu handeln?«

Ich nickte.

Sie dachte kurz nach und sagte: »Sie meinen, ich soll kein Papier unterschreiben, das Paul gestattet, dieses Haus zu verkaufen. Ist es das?«

»Aber ja.«

Sie tätschelte mir die Hand. »Danke, Thomas. Ich verspreche Ihnen, nichts Derartiges zu unterschreiben. Ich werde alles genau durchlesen. So ungern ich es sage, Paul ist manchmal zu sehr darauf aus, seinen Willen durchzusetzen.«

Paul hatte sich für meine Begriffe verdächtig lange still verhalten. Ich stand auf und verließ die Küche, um nach ihm zu sehen, und er war in Valentines Wohnzimmer damit beschäftigt, Bücher aus den Regalen zu räumen und sie auf dem Boden zu stapeln.

»Was machen Sie denn?« fragte ich. »Bitte lassen Sie das.«

Paul sagte: »Ich suche nach einem Buch, das ich Valentine geliehen habe. Das möchte ich zurück.«

»Wie heißt es denn?«

Pauls Stegreiflüge war bis zu einem Titel nicht gediehen. »Das weiß ich, wenn ich's sehe«, sagte er.

»Wenn in einem der Bücher Ihr Name steht«, sagte ich höflich, »sorge ich dafür, daß Sie es zurückbekommen.«

»Das genügt mir nicht.«

Dorothea erschien an der Tür, sah die am Boden gestapelten Bücher und sah entgeistert und zugleich verägert aus.

»Paul! Hör auf damit! Das sind Thomas' Bücher. Wenn du sie wegnimmst, ist das Diebstahl.«

Paul machte nicht den Eindruck, als kümmerte ihn ein so geringfügiger Vorwurf.

»Er nimmt sie nicht mit«, versicherte ich ihr.

Paul sah mich mit gekräuselter Lippe an, schob sich an mir vorbei und öffnete die Haustür.

»Was hat er vor, Thomas?« fragte Dorothea verblüfft, als sie den Rücken ihres Sohnes so zielbewußt über den Fußweg entschwinden sah.

»Mir scheint«, sagte ich, »er will einen von seinen Kartons holen, um die Bücher einzupacken.« Ich schloß die Haustür und legte die Riegel vor, oben und unten. Dann eilte ich in die Küche, sperrte dort in gleicher Weise die Außentür ab und kontrollierte rasch in sämtlichen Räumen und beiden Badezimmern, ob die Fenster geschlossen und verriegelt waren.

»Aber Paul ist mein Sohn«, protestierte Dorothea.

»Und er versucht Valentines Bücher zu stehlen.«

»Herrje noch mal.«

Paul begann an die Haustür zu hämmern. »Mutter, laß mich sofort rein.«

»Vielleicht sollte ich«, sorgte sich Dorothea.

»Ihm passiert schon nichts da draußen. Es friert nicht, und er kann sich ja in sein Auto setzen. Oder natürlich heimfahren.«

»Manchmal ist Paul unausstehlich«, sagte Dorothea traurig.

Ich stellte die Bücher wieder zurück in Valentines Regale. Paul hatte sich zuerst die Titel mit den schicksten Umschlägen gegriffen, die neueren Rennsportbiographien, deren Wiederverkaufswert ganz unerheblich war. Vermutlich wollte Paul in erster Linie aus Eitelkeit nicht zulassen, daß seine Mutter und ich seine Pläne durchkreuzten.

Ich unterschätzte die Bösartigkeit verletzter Eitelkeit keinesfalls, seit ich einmal einen beunruhigenden, auf Tatsachen beruhenden Film über einen Bodybuilder gedreht hatte, der seine Freundin umbrachte, weil sie ihn wegen eines Schwächlings verließ. Ich hatte ihn verstehen, mich in ihn hineinversetzen müssen, was mir zutiefst zuwider war.

Pauls schwere Hand schlug wiederholt gegen die Tür, und er drückte unablässig auf die Klingel. Das Schellen war allerdings kein nervenaufreibender, schriller Dauerton, sondern ein etwas erträglicheres, anhaltendes leises Dingdong; leise, weil Dorothea es so eingestellt hatte, um den zusehends schwächer werdenden Valentine nicht zu stören.

Ich sah auf meine Uhr: fünf vor sechs. Vielleicht noch eine Stunde, bis wir mit dem Arzt rechnen konnten, aber nur dreißig Minuten, bis ich mit meinem Tagewerk beginnen sollte.

»Ach herrje«, sagte Dorothea ungefähr zum zehntenmal, »ich wünschte, er würde aufhören.«

»Sagen Sie ihm, daß er reinkommen kann, wenn er verspricht, die Finger von den Büchern zu lassen.«

»Ob er darauf eingeht?« fragte sie unsicher.

»Gut möglich«, meinte ich.

Er legte sicher keinen gesteigerten Wert darauf, vor den aufwachenden Nachbarn das Gesicht zu verlieren: Nur ein Narr ließ sich erwischen, wenn seine alte Mutter ihn wie einen ungezogenen Jungen aussperrte.

Sichtlich erleichtert trug sie die Bedingungen vor, die ihr Sohn widerwillig annahm. Sie sperrte die Tür auf und ließ ihn herein, während ich bewußt woandershin sah, denn er hätte das leiseste Lächeln meinerseits als Hohnlächeln interpretiert und sich gleich wieder ereifert. Es sind schon Autofahrer erschossen worden, weil sie sich vor einem anderen eingereiht haben.

Ich blieb eine Weile hinter geschlossener Tür in Valentines Wohnzimmer, während Mutter und Sohn sich in der Küche aussprachen. Ich setzte mich in den Sessel gegenüber demjenigen, in dem der alte Mann nun nicht mehr saß, und überlegte, wie leicht man doch in einen sinnlosen Konflikt hineingezogen werden konnte. Unversehens hatte ich mir Paul Pannier zum Feind gemacht; und ich nahm an, daß es ihm in Wirklichkeit nicht so sehr um die Bücher ging als darum, mich und meinen Einfluß aus dem Leben seiner Mutter zu verbannen, damit er sie beherrschen und ihre Zukunft so gestalten konnte, wie es ihm, dem Wohltäter, am besten entsprach.

Wenigstens hoffte ich, daß es sich so verhielt. Mit Schlimmerem hätte ich mich mitten in der Arbeit an einem Film ungern auseinandergesetzt.

Ich blickte gedankenverloren auf die Bücherwand und fragte mich, ob wirklich etwas Wertvolles dabei war. Wenn, dann hatte Valentine es sicher nicht gewußt. Als ich ihn auf eine mögliche Autobiographie ansprach und er den Gedanken verwarf, hatte er zwar nichts von Tagebüchern oder anderem Rohmaterial gesagt, das Dritten als Quelle dienen könnte, aber jetzt fragte ich mich, ob Paul vielleicht mit einem Schriftsteller oder einem Verleger ins Geschäft gekommen war, dem er Valentines Unterlagen gegen eine Gewinnbeteiligung abtreten wollte. Mit einer Valentine-Biographie war kein Vermögen zu verdienen, doch ich nahm an, Paul würde sich auch mit kleineren Nebeneinkünften zufriedengeben. »Besser wenig als nichts«, hätte als Devise durchaus zu ihm gepaßt.

Howard Tylers Buch stand nicht in den Regalen.

Valentine hatte mich bei meinem ersten Besuch gefragt, was mich wieder nach Newmarket führe, und als ich erklärte, es sei Howards Buch – *Unsichere Zeiten* – und unsere Verfilmung der

Geschichte, hatte er gesagt, er habe von dem Buch gehört, es sich aber nicht gekauft, weil seine Sehkraft, als es erschien, bereits nachgelassen hatte.

»Es soll ausgemachter Quatsch sein«, sagte er.

»So?«

»Ich kannte Jacksy Wells. Ich habe oft seine Pferde beschlagen. Er hat nie und nimmer sein unscheinbares Frauchen umgebracht, dazu hatte er gar nicht den Mumm.«

»Im Buch steht nicht, daß er es getan hat«, versicherte ich ihm.

»Und wohl genausowenig, daß er es *nicht* getan hat.«

»Ja.«

»Es war unnötig, darüber ein Buch zu schreiben. Zeitverschwendung, das jetzt auch noch zu verfilmen.«

Ich hatte gelächelt. Filmemacher waren dafür bekannt, daß sie historische Tatsachen vorsätzlich verzerrten. Nachweislich auf Lügen basierende Filme konnten durchaus für einen Oscar vorgeschlagen werden.

»Wie war sie?« fragte ich.

»Wer?«

»Die Frau von Jackson Wells.«

»Unscheinbar, wie ich schon sagte. Komisch, ich kann mich nicht genau an sie erinnern. Sie war keine von den Trainerfrauen, die den ganzen Betrieb schmeißen. Richtige Schandmäuler hatten die damals zum Teil. Jackson Wells' Frau hat man überhaupt nicht wahrgenommen. In dem Buch soll sie ja eine halbe Nutte sein, das arme Luder.«

»Hat sie sich selbst erhängt?«

»Keine Ahnung«, sagte Valentine. »Ich habe nur die Pferde beschlagen. Der Wirbel hat sich aus Mangel an Spuren und Beweisen ziemlich schnell gelegt, aber als Trainer war Jackson Wells natürlich erledigt. Ich meine, würden *Sie* Ihre Pferde jemandem anvertrauen, der möglicherweise seine Frau umgebracht hat?«

»Nein.«

»Und sonst wollte es auch keiner.«

»Dem Buch zufolge hatte sie einen Liebhaber«, sagte ich.

»So?« Valentine dachte nach. »Das höre ich zum erstenmal«, sagte er. »Andererseits könnte Dorothea hier vor meiner Nase einen Liebhaber haben, ohne daß mich das jucken würde. Schön für sie, wenn sie einen hat.«

»Sie sind ein alter Schelm, Valentine.«

»Niemand ist ein Engel«, sagte er.

Ich sah auf seinen leeren Sessel und dachte an seine verzweifelten leisen Worte… »Ich habe den Jungen aus Cornwall umgebracht…«

Vielleicht war der »Junge aus Cornwall« ein Pferd.

Schritte ertönten auf dem Weg draußen, und es klingelte an der Tür, dingdong. Ich wartete, damit es nicht aussah, als wollte ich den von Paul begehrten Status des Haushaltsvorstandes an mich reißen, aber es war dann doch Dorothea, die öffnete.

»Nur herein, Robbie«, sagte sie, und ihre Erleichterung war nicht zu überhören. »Nett, daß Sie gekommen sind.«

»Aber Ihr Sohn…!« In der Stimme des Arztes lag Abneigung.

»Ja, tut mir leid«, sagte Dorothea beschwichtigend.

»Sie können nichts dafür.«

Dorothea ließ ihn ein und schloß die Haustür, und ich öffnete die Tür von Valentines Wohnzimmer, um guten Tag zu sagen.

Robbie Gill gab mir flüchtig die Hand. »Gut, daß Sie Gesellschaft haben«, meinte er zu Dorothea. »So, und Valentine?«

Alle drei gingen wir leise in das schwach erhellte Zimmer des alten Mannes, und gewichtig folgte uns Paul, der die Szene augenblicklich wieder mit dem Licht der Deckenlampe überflutete. Vielleicht war es nur der Regisseur in mir, dachte ich, den diese plumpe Beharrlichkeit störte. Robbie Gill jedenfalls protestierte nicht, sondern machte sich daran, klinisch festzustellen, was jedermann sehen konnte: daß Valentines irdische Hülle von dem, der sie bewohnt hatte, verlassen worden war.

»Um welche Zeit ist er gestorben?« fragte er Dorothea, den Füller über ein Klemmbrett haltend.

»Ich weiß es nicht auf die Minute«, sagte sie unglücklich.

»Gegen eins«, sagte ich.

»Mutter war eingeschlafen«, erklärte Paul vorwurfsvoll. »Sie hat es zugegeben. Sie weiß nicht, wann er gestorben ist.«

Robbie Gill sah ihn ausdruckslos an und schrieb schweigend 01.00 auf das Klemmbrett, das er dann mir und Dorothea zeigte.

»Die Schreibarbeit nehme ich Ihnen ab«, sagte er zu Dorothea. »Aber Sie müssen einen Leichenbestatter rufen.«

»Überlassen Sie das mir«, unterbrach Paul. »Das nehme ich alles in die Hand.«

Niemand machte Einwendungen. Das großspurige Übernehmen kleinerer Angelegenheiten lag genau auf Pauls Linie – und womöglich würde er soviel Erfüllung darin finden, daß er aufhörte, an die Bücher zu denken. Es konnte aber nicht schaden, wenn man Dorothea für alle Fälle den Rücken stärkte.

»Wie wär's«, schlug ich vor, »wenn ich bei Ihrer Freundin Betty vorbeigehe und frage, ob sie Ihnen Gesellschaft leistet?«

»Gute Idee«, fand Robbie Gill.

»Das ist nicht nötig!« widersprach Paul.

»Es ist ein bißchen früh, Thomas«, gab Dorothea mit einem Blick auf die Uhr zu bedenken, atmete aber dennoch auf.

Ich ging über die Straße zum Haus der Freundin und weckte ihren Mann, dessen anfänglicher Unmut einem ergebenen Achselzucken wich. »Armer alter Kerl«, sagte er und meinte offenbar Valentine. »Wir kümmern uns um Dorothea.«

»Ihr Sohn Paul ist bei ihr«, erklärte ich ihm.

»Betty«, sagte er mit Nachdruck, »wird sofort rübergehen.«

Ich lächelte dem Mann mit dem Stachelkinn, dem zerknitterten Pyjama und dem zerknautschten Morgenmantel zu. Paul, so schien es, hatte eine elektrisierende Wirkung auf die Gutmütigkeit anderer Leute.

Ich wartete, bis Betty, dick und herzensgut wie Dorothea, herbeigeeilt kam und Robbie Gill gegangen war, auch wenn mir Paul derweil ein halbes Dutzend Mal mitteilte, daß ich nicht zu bleiben brauchte. Als er sich gerade einmal gönnerhaft mit dem Arzt abgab, vertraute Dorothea mir schuldbewußt an, daß sie die Tür zu Valentines Wohnzimmer für alle Fälle abgeschlossen und den Schlüssel in der rosa Vase in ihrem Schlafzimmer versteckt habe.

Ich küßte sie lächelnd auf die Wange und fuhr zur Arbeit, kam wieder eine halbe Stunde zu spät, rechtfertigte mich aber auch diesmal nicht.

Das Proben und Lichtsetzen dauerte den ganzen Morgen. Die stummen Rollen – Mitglieder des Jockey Clubs – mußten auf ihre Plätze verteilt und ihre Reaktionen auf Nash Rourkes lange, heftige Verteidigungsrede mußten festgelegt werden.

»Hier sind Sie schockiert«, tippte ich an, »dann ungläubig, dann werfen Sie die Arme hoch, werfen Ihr Schreibzeug hin und schauen böse aus, weil Sie glauben, der Mann ist schuldig und lügt. Alles klar dann, das Ganze noch mal.«

Und noch einmal und noch einmal, während Nashs Double den Text wiederholte und Schritt für Schritt die Gänge absolvierte, bis Moncrieff alle Lampen eingerichtet hatte. Cibber, am Kopf des Tisches, erzählte wie üblich saftige Witze und zog nach der Art alter Charakterdarsteller, die alle Hoffnung auf einen Hamlet begraben haben, gelangweilt über die Regierung her. Cibber – ich nannte die Besetzung größtenteils bei ihren Rollennamen, da ich es weniger verwirrend fand – Cibber also sollte später einen so überzeugenden und schmerzlichen Zusammenbruch hinlegen, daß die Kritik ihn dafür lobte, doch im Moment fuhr er noch im Leerlauf: »Kennen Sie den mit dem Sperma und dem Anwalt, alter Knabe?«

Cibber war vom Besetzungschef wegen seiner gediegenen Erscheinung und seines Oberklassenakzents ausgesucht worden, und daran hatte ich auch nichts auszusetzen, nur daß er oberflächlicherweise annahm, damit sei es schon getan, statt es wie ich als Ausgangsbasis zu betrachten, störte mich.

Wir legten eine kurze Mittagspause ein. Nash Rourke erschien pünktlich zur Maske und machte eine Stellprobe, damit Moncrieff prüfen konnte, ob seine Farbwerte mit denen des Doubles übereinstimmten.

Da Nash am Abend vorher außer der Reihe geprobt hatte, waren die »Jockey-Club-Mitglieder« auf das, was sie sehen würden, nicht vorbereitet, und da ich unbedingt ihre spontanen Reaktionen einfangen wollte, bevor sie mir die einstudierte Version lieferten, erklärte ich, die erste Aufnahme sei diesmal nicht als Probe anzusehen, sondern es gelte ernst; wenn nicht gerade das Set einstürzte, würden wir die Szene komplett abdrehen, ohne uns um vermeintliche Patzer zu kümmern.

»Am Stück«, sagte ich. »In *einer* Einstellung. Okay?«

Alle nickten, auch wenn man dem einen oder anderen Zweifel anmerkte. Von unwiederholbaren Szenen mit fünfhundert Komparsen abgesehen, waren Erstaufnahmen selten die, die auf der Leinwand gezeigt wurden.

Nash, für den es nichts Neues unter der Sonne gab, verstand, was ich wollte, womit noch nicht gewährleistet war, daß er es auch bringen würde. An diesem Tag konzentrierte er sich jedoch aus eigenem Antrieb ganz auf den ersten Durchlauf und spielte mit so vibrierender Kraft, daß es die hehre Tischrunde in ungespieltes Erstaunen versetzte. Moncrieff sagte, ihm hätten sich die Nackenhaare gesträubt, bei den Mitspielern erst recht. Cibber kauerte sich unwillkürlich auf seinem Platz zusammen, als Nash brüllend stehenblieb und sich über ihn beugte, und als ich nach einem Augenblick völliger Stille etwas atemlos sagte: »Aus – und kopieren«, hatten Aufnahmeteam und Darsteller einhellig applaudiert.

Nash zuckte die Schultern. »Na ja, es ist gut geschrieben …«

Er ging aus dem Hufeisen wieder heraus und kam zu mir.

»Also?« sagte er.

Mir hatte es praktisch die Sprache verschlagen.

»Na los«, meinte Nash. »Sagen Sie's. Sagen Sie: ›Das Ganze noch mal.‹«

Seine Augen lächelten.

»Das Ganze noch mal«, sagte ich.

Wir richteten die Kameras neu ein und wiederholten die Szene noch zweimal. Alle drei Aufnahmen liefen wunderbar glatt, und alle drei waren kopierbar, doch nicht nur ich fand die erste, gespielt wie unter Strom, unübertroffen.

»Der Mann könnte einen Mord begehen«, meinte Moncrieff nachdenklich über Nash.

»Er hat geschauspielert.«

»Nein.« Ein leichtes Frösteln. »Ich meine wirklich.«

4

Howard hatte gehört, daß die Untersuchungsszene der ganzen Produktion einen spürbaren, rundum belebenden Auftrieb gegeben hatte. Von ungefähr zehn verschiedenen Seiten war ihm berichtet worden, daß Nash gesagt hatte: »Es ist gut geschrieben« – und Howard wußte, daß er Nashs Ausbruch so nicht geschrieben hatte.

»Sie«, fauchte er mich an, als er mich nach dem Dinner an einem kleinen Tisch in der Bar des Bedford Lodge aufspürte, einem viel zu öffentlichen Schauplatz für seine Affekte, »Sie haben das Skript geändert.«

»Na ja«, sagte ich friedlich, »aber nicht sehr. Ihre Worte sind weitgehend geblieben.«

»Aber die Atmosphäre nicht«, klagte er. »Sie haben meine Absichten vorsätzlich unterlaufen. Sie haben Nash gesagt, er solle die Beherrschung verlieren und Cibber drohen. *Sie* haben ihm gesagt, er solle wie ein Mörder dastehen, da gehe ich jede Wette ein, sonst wäre er nicht darauf gekommen, nicht nach meiner Vorlage.«

»Also Howard«, sagte ich resigniert, »eines sollten wir ein für allemal klarstellen. Ich will mich nicht mit Ihnen zanken. Ich möchte, daß wir zusammen einen guten Film auf die Beine stellen, aber Sie haben einen Vertrag unterschrieben –«

»Was *Sie* für einen guten Film halten«, unterbrach er, »und was *ich* als werkgetreue Verfilmung meines Buches ansehe, sind zwei Paar Schuhe. *Sie* interessiert doch nur, wieviel Geld der Streifen einbringt.«

Ich nahm einen großen, stärkenden Schluck Verdauungscognac – zum Teufel mit der Abstinenz! – und entschloß mich, diesem weltfremden Idealisten ein paar Grundtatsachen des Filmgeschäfts auseinanderzusetzen, auch wenn er den kleinen Mund vor Groll noch mehr zusammenkniff.

»Ich habe einen Ruf«, hob er hervor. »Meine Leser erwarten Raffinesse, Understatement und psychologischen Tiefgang. Sie bieten ihnen Sex und Gewalt.«

»Noch einen Wodka mit Preiselbeersaft?«

»Nein.«

»Howard«, sagte ich, »ist Ihnen nicht klar, worauf Sie sich eingelassen haben? O'Hara hat ein Paket zusammengestellt, das von einem der sieben Topstudios getragen wird. So bedauerlich es sein mag, diese Leute finanzieren keine Bilderpoesie, die in Filmkunsttheatern gezeigt wird. Denen geht's nur ums Geschäft. Um die Kasse, Howard.«

»Obszön«, meinte er mißbilligend.

Ich sagte: »Die wichtigste Verhandlungsgrundlage für O'Hara war die Zusicherung, daß wir gemeinsam einen Film produzieren, durch den die Firma zumindest kein Geld verliert. Ihre Weichzeichner-Ansicht von einem alten Skandal hat sich als Roman offensichtlich bewährt, und vieles davon habe ich ja bewußt auch beibehalten. Ganz gleich, was Sie denken, ich habe für Sie gekämpft.«

»Was, bitte, haben Sie denn beibehalten?« fragte er aggressiv.

»Im ersten Viertel Ihrer Geschichte tauchen die Traumliebhaber der Frau, die am Strick endet, quasi wie Geister auf.«

»Ja.«

»Die Träume und Phantasien sind auch im Drehbuch«, erinnerte ich ihn. »Die Liebhaber, wie Sie sie schildern, sind Jockeys. Aber wer waren die wirklichen Jockeys? Haben sie die von ihrem Mann trainierten Pferde geritten?«

»Es gab sie nur in ihrem Kopf.«

»Aber wie kam sie an den Strick, Howard? Hat einer der

Traumliebhaber sie aufgeknüpft? War sie es selbst? Hat ihr Mann sie umgebracht?«

Nach einer Pause sagte er: »Das weiß niemand.«

»Ist mir schon klar«, sagte ich. »Wenigstens hat es nie jemand erzählt. Aber wenn das Ende nicht irgendeine Erklärung liefert, geben die Leute für den Film kein Geld aus.«

Er sagte sarkastisch: »Der Umsatz mal wieder.«

»Ich lasse Ihnen die Traumliebhaber«, sagte ich. »Und Sie lassen mich eine plausible Erkärung anbieten.«

»Das ist nicht fair.«

Ich starrte ihn an. Er war alt genug, um zu wissen, daß selten etwas fair war. Die meisten Fünfjährigen wußten das schon.

»Was uns vorliegt«, ich versuchte es anders, »sind drei Versionen derselben Geschichte.«

»Inwiefern?«

»Wir haben die Geschichte, die in Ihrem Buch steht. Wir haben die Geschichte, die wir auf die Leinwand bringen. Und irgendwo in der Vergangenheit verborgen liegt das, was wirklich geschehen ist. Die gleichen Tatsachen aus dreierlei Sicht.«

Howard widersprach nicht.

Ich sagte: »Bis Sonntag, Howard, möchte ich von Ihnen eine einleuchtende Erklärung für den Tod der Frau.«

»Es ist doch schon Dienstag abend!« rief er entsetzt aus.

»Sie hatten buchstäblich jahrelang Zeit, die Wahrheit herauszufinden.«

»Aber die kennt doch niemand!«

»Dann versuchen Sie sie zu erraten.«

»Das tue ich nicht«, protestierte er streitlustig, »ich hab's versucht.«

»Dann tue ich es«, sagte ich. »Ich werde die nötigen Szenen mit Ihnen zusammen erarbeiten. Wir können uns weitgehend an Ihr Drehbuch halten, aber der offene Schluß ist unmöglich.«

»So ist es aber nun mal gewesen. Die Story hat kein Ende.«

»Für den Film muß sie eins haben.«

»Scheren Sie sich denn gar nicht um die Tatsachen?«

»Wenn wir genau genug hinsehen«, sagte ich nur halb im Ernst, »decken wir ja vielleicht die Fakten auf. Am Ende finden wir sogar raus, was wirklich passiert ist?«

»Das geht nicht«, wehrte Howard ab. »Das weiß niemand.«

»Niemand sagt es. Das ist ein Unterschied.« Ich schwieg. »Was hat Jackson Wells Ihnen erzählt, als Sie bei ihm waren?«

O'Hara hatte Howard das auch schon gefragt, und zu O'Haras maßlosem Erstaunen hatte Howard ihm offenbar gesagt, er habe mit Jackson Wells gar nicht gesprochen. Howard hatte das nicht für nötig gehalten. Howard hatte nicht riskieren wollen, daß Jackson Wells mit irgendwelchen dürftigen Enthüllungen daherkam, die ihm seine poetische Geschichte von den Traumliebhabern und dem halb mystischen Tod verdarben.

Moncrieff, der die Bar betrat und, als er uns sah, ohne Zögern zu uns herüberkam, ersparte Howard die Antwort.

Howard und Moncrieff waren einander unsympathisch, auch wenn sie es nicht groß nach außen kehrten. Moncrieff, kein Leser von Romanen, hielt Howard für einen kleinlichen, unpraktischen, pseudointellektuellen Störenfried auf dem Set. Howard machte keinen Hehl aus seiner Geringschätzung für Moncrieffs ungepflegtes Äußeres mit dem struppigen Bart, den dieser halb als Ausdruck seines Künstlertums, halb aus Unlust am Rasieren trug.

Keiner von beiden hatte die geringste Ahnung von der Funktion des anderen. Moncrieff, in Beleuchtungsfragen grenzenlos kreativ, bekam zwar die Schauspieler, die jeweilige Szene und den Sinn der Handlung vorgegeben, doch was er selbst einbrachte, ging himmelhoch über Howards Verständnis. Jeder der beiden gefeierten Individualisten glaubte, daß der Erfolg des fertigen Films voll und ganz von ihm abhing.

Da Nash Rourke zu der gleichen Auffassung neigte, aber

auch O'Hara, aber auch ich und auch der Cutter, der unserer Arbeit die eigene Sicht aufprägen würde, war kaum anzunehmen, daß das Endergebnis nachher irgend jemanden völlig zufriedenstellte, selbst wenn es beim Publikum ankam. Howard wußte es anscheinend nicht zu schätzen, aber er hatte schon mehr Kontrolle über sein Werk als die meisten Autoren.

»Was ist denn das mit diesen Traumliebhabern?« fragte Moncrieff in barschem Ton.

Wie vorauszusehen fühlte Howard sich angegriffen. »Die stellt die Frau sich vor. Darum brauchen Sie sich nicht zu kümmern.«

»Das muß er schon«, berichtigte ich freundlich. »*Sie* mag sich die Jockeys nur vorstellen, aber wir, die Zuschauer, sehen sie in ihrem Schlafzimmer stehen.«

Howard sah entgeistert aus, zu Moncrieffs Belustigung.

»Immer nur einen«, erläuterte ich. »Sie sieht einen bei sich im Schlafzimmer. Das nächste Mal sieht sie einen anderen. Dann wieder einen anderen. Wir lassen drei blendend aussehende Komparsen als Traumliebhaber auftreten. Sie werden nicht wie echte Jockeys aussehen. Sie sagen nichts, und keine Sorge, Howard, sie gehen auch nicht mit ihr ins Bett. Die Frau beobachtet vom Schlafzimmerfenster aus, wie ihr Mann mit seinem Lot zur Morgenarbeit aufbricht, dann wendet sie sich ins Zimmer und träumt ihren Liebsten herbei. Moncrieff leuchtet den Jockey so aus, daß er eindeutig als Phantasiegestalt erkennbar ist. An einem anderen Tag winkt dann die Frau ihrem Mann, dreht sich um und stellt sich einen *anderen* Liebhaber vor.«

Moncrieff nickte. »Kein Problem.«

»Mit dem dritten Liebhaber tanzt sie. Langsam, orgiastisch. Sie ist entrückt«, sagte ich.

Wieder nickte Moncrieff gelassen.

»Sie sehen, Howard«, sagte ich, »die Liebhaber sind so, wie Sie sie schildern. Kein Sex.«

»Alles sehr unwahrscheinlich«, lachte Moncrieff. »Jeder

Jockey, der was auf sich hält, hätte ihr das Nachthemd ausgezogen, bevor der Ehemann runter vom Hof war.«

»Sie ist am Strick gestorben«, sagte ich. »Kein Traum.«

Zum Schweigen gebracht, starrten mich beide an.

Warum der Strick? fragte ich mich. Je weiter wir mit der Produktion vorankamen, desto mehr interessierte mich das, obwohl eher die Folgen dieses Todes – die Beschuldigung des Ehemannes und wie er damit umging – im Mittelpunkt von Howards Buch und insbesondere unserer Filmversion standen.

Ich schüttelte den Gedanken ab. Ich hatte keine Zeit, Detektiv zu spielen und ein sechsundzwanzig Jahre altes Geheimnis ans Licht zu fördern. Es genügte, wenn ich Howard dazu brachte, sich einen plausiblen Grund auszudenken und eine große runde Schlußszene, in der Nash die Wahrheit – Howards Version der Wahrheit – herausfand, so daß der Film mit einer vielleicht zynisch-heroischen Note zu Ende gehen würde.

»Was hat Sie veranlaßt, das Buch zu schreiben?« fragte ich Howard.

»Das wissen Sie doch. Ein Zeitungsartikel.«

»Haben Sie den noch?«

Er sah überrascht und wie üblich mißvergnügt aus. »Kann schon sein«, meinte er widerwillig, »aber nicht hier.«

»In welcher Zeitung stand er?«

»Das spielt doch keine Rolle.«

Howard kam in der darauffolgenden Gesprächspause offenbar selbst zu dem Schluß, daß er unnötig schroff gewesen war.

»Im *Daily Cable*«, sagte er. »Es war ein Nachruf auf den Mann vom Jockey Club, der im Buch Cibber heißt.«

Ich nickte. Das wußte ich schon. »Wie hieß Cibber in Wirklichkeit?«

»Visborough.« Er buchstabierte es.

»Und wer hat den Nachruf verfaßt?« fragte ich.

»Ich habe keine Ahnung«, erwiderte Howard nach wie vor

störrisch, aber diesmal mit einer Verwunderung, die seiner Antwort Glaubwürdigkeit verlieh.

»Sind Sie dem nicht nachgegangen?« fragte ich.

»Natürlich nicht.« Howard wurde herablassend. »Sie haben keine Vorstellung, wie ein kreativer Schreiber arbeitet. Daß der Nachruf alles offen ließ, war ja gerade das Inspirierende daran. Die Anregung kam aus dem Nachruf, und das Buch ist dann in meinem Kopf entstanden.«

»Sie haben also«, sagte Moncrieff, »gar nicht versucht herauszufinden, was passiert ist?«

»Natürlich nicht. Aber ich habe die Angaben aus dem Nachruf nicht verdreht, während O'Hara und Thomas für den Film alles mögliche geändert haben wollen.« Er war giftig. »Meine Leser werden den Film hassen.«

»Nein«, sagte ich, »Hunderttausende von neuen Lesern werden Ihre Bücher kaufen.«

Die Vorstellung gefiel ihm, mochte er auch noch so meckern. Er grinste selbstgefällig. Moncrieffs Abneigung gegen ihn nahm sichtlich zu.

Howard aber hatte von Moncrieff und sicher auch von mir genug. Er stand auf und ging, ohne sich um irgendwelche Höflichkeiten zu bemühen.

»Was für ein Hornochse«, meinte Moncrieff, »und überall jammert er rum, wie hier sein Meisterwerk verschandelt wird. Daran ändern ein paar Traumliebhaber auch nichts.«

»Bei wem jammert er?« fragte ich.

»Ist das wichtig?«

»Ja. Sein Vertrag untersagt ihm jede negative öffentliche Kritik an dem Film, bis er ein halbes Jahr im Verleih gelaufen ist. Wenn er mit den Schauspielern und der Crew redet, ist das eine Sache. Beklagt er sich gegenüber Dritten, zum Beispiel in der Bar hier, muß ich ihn zum Schweigen bringen.«

»Können Sie das denn?« fragte Moncrieff zweifelnd.

»In seinem Vertrag stehen knallharte Richtlinien. Da ich ihn mir angesehen habe, weiß ich, was ich von ihm verlangen kann und was nicht.«

Moncrieff pfiff leise durch die Zähne. »Hat O'Hara den Vertrag aufgesetzt?«

»Unter anderen. Im großen und ganzen enthält er das Übliche. Howards Agent war damit einverstanden, und Howard hat ihn unterschrieben.« Ich seufzte. »Morgen werde ich ihn mal dezent daran erinnern.«

Moncrieff wechselte das Thema. »Apropos morgen«, sagte er. »Bleibt's bei dem Frühantritt um halb sieben auf dem Stallhof?«

»Unbedingt. Die Pferde müssen bewegt werden. Ich habe den Pferdepflegern heute abend gesagt, daß wir sie filmen, wie sie aufsitzen und durchs Tor zum Trainingsgelände reiten. Sie tragen ihre Alltagskleidung: Jeans, Anoraks, Sturzkappen. Ich habe ihnen eingeschärft, nicht in die Kameras zu sehen. Wir nehmen die aufsitzenden Reiter in der Totale auf. Nash kommt aus dem Haus und läßt sich aufs Pferd werfen. Wir proben das nur zwei-, höchstens dreimal. Ich will die Pferde nicht zu lange im Kreis gehen lassen. Wenn Nash sitzt, kann der Hilfstrainer das Lot zum Tor hinausführen. Nash wartet und folgt ihnen als letzter. Wenn er losreitet, dreht er sich um und sieht zu dem Fenster hoch, an dem seine Frau stehen soll. Sie haben doch eine Kamera da oben, die den Blickwinkel der Frau aufnimmt? Ed macht die Regie dort.«

Moncrieff nickte.

Ich sagte: »Die Haupteinstellung endet, sobald Nash zum Tor hinaus ist. Ich hoffe, wir müssen sie nicht zu oft wiederholen, aber wenn wir zufrieden sind, kann das Lot gleich weitergehen und wie gewohnt arbeiten, und Nash kommt zurück und springt runter. Am Samstag wiederholen wir das Ganze. Wir brauchen einen anderen Blick vom Zimmer der Frau aus und andere Jacken et cetera für Nash und die Pfleger. Außerdem Nahaufnahmen von Hufen auf Kies und dergleichen.«

Moncrieff nickte. »Und am Sonntag?«

»Läßt uns der Jockey Club auf dem Trainingsgelände filmen, weil dann nicht so viele echte Rennpferde arbeiten. Sie und ich fahren am Samstag die Gegend ab und nehmen eine Karte mit, auf der Sie die Kameras eintragen können. Ich weiß schon, wo sie am besten hinkommen.«

»Sollten Sie auch, wenn Sie hier aufgewachsen sind.«

»Mhm. Am Sonntag nachmittag werden die Pferde zur Rennbahn von Huntingdon gebracht. Ich hoffe sehr, daß wir drei schöne Vormittage haben.«

»Und wenn's regnet?«

»Solange es nur nieselt, drehen wir. Pferde laufen ja bei jedem Wetter.«

»Was Sie nicht sagen.«

»Morgen nachmittag«, fuhr ich fort, »drehen wir wieder im Haus – im Untersuchungszimmer. Der Drehplan gilt. Es kommen also noch Wortwechsel zwischen Cibber, Nash und anderen. Von den Einführungstotalen abgesehen, handelt es sich meist um kurze Nahaufnahmen von den Sprechern. Das Übliche. Wir drehen erst Nash ab. Wenn die anderen sich nicht zu oft versprechen, dürften wir das meiste morgen schaffen. Sonst müssen wir den Samstagnachmittag noch dranhängen.«

»Okay.«

Moncrieff und ich tranken aus und trennten uns; ich ging in meine Suite hinauf, um ein verabredetes Telefongespräch mit O'Hara in London zu führen.

»Wie ist die Jockey-Club-Szene gelaufen?« fragte er sofort.

»Nash hat voll eingeschlagen.«

»Gut also.«

»Na ja... wir müssen uns die Muster morgen ansehen... aber ich denke, das war eine Vorstellung, die aufhorchen läßt.«

»Braver Junge.«

»War er wirklich.«

»Nein, ich meinte… ach, schon gut. Wie geht's sonst?«

»Nicht schlecht, aber«, ich hielt inne, »wir brauchen einen besseren Schluß.«

»Den vorgesehenen finde ich auch zu schwach. Hat Howard noch keine Ideen?«

»Ihm gefällt der schwache Schluß.«

»Machen Sie ihm Dampf.«

»Ja. Ehm, wußten Sie, daß sein Buch auf dem Nachruf für den Mann basiert, der bei ihm Cibber heißt? In Wirklichkeit hieß er Visborough.« Ich buchstabierte es, genau wie Howard. »Könnten Sie mir eine Kopie dieses Nachrufs besorgen? Er stand im *Daily Cable*, sagt Howard. Das muß mindestens drei Jahre hersein. Howard weiß nicht, wer ihn verfaßt hat. Er hat überhaupt nicht recherchiert. Im Gegenteil, er meint, daß der Nekrolog, gerade weil er so viel offen ließ, seiner Phantasie den Anstoß gegeben hat, das Buch zu schreiben.«

»Sie stellen vielleicht Ansprüche.«

»Das *Daily Cable* wird ein Archiv haben. Den Nachruf finden Sie bestimmt. Könnten Sie ihn mir hier ins Bedford Lodge faxen? Wenn ich erst mal genau weiß, was Howards Phantasie entfacht, kann ich ihm vielleicht helfen, eine explosive Auflösung zu finden.«

»Morgen haben Sie den Nachruf«, versprach O'Hara.

»Danke.«

»Wie geht's Ihrem Bekannten?«

»Welchem Bekannten?«

»Dem, der im Sterben liegt.«

»Oh.« Ich schwieg. »Er ist gestern nacht gestorben.«

»Pech.«

»Er war alt. Über achtzig. Ein Hufschmied, der zum beliebten Rennsportjournalisten aufgestiegen war, ein großes Original, ganz ungewöhnliches Leben. Schade, daß wir keinen Film über *ihn* drehen können.«

»Filme über gute Menschen finden wenig Anklang.«

»Wohl wahr.«

»Wie hieß der Mann?«

»Valentine Clark«, sagte ich. »Das *Daily Cable* bringt vielleicht auch einen Nachruf auf ihn, man kann nie wissen. Er schrieb für die *Racing Gazette*. Jeder in der Rennwelt kannte ihn. Und, ehm... er hat den echten Jackson Wells gekannt, den Trainer, auf den die von Nash gespielte Figur zurückgeht.«

»So?« O'Haras Aufmerksamkeit am anderen Ende nahm zu.

»Dann haben Sie ihn doch sicher gefragt, was er über die Erhängte weiß.«

»Ja. Er wußte aber nicht mehr als jeder andere. Die Polizei hat den Fall wegen fehlender Anhaltspunkte ad acta gelegt. Valentine meinte, die Frau von Jackson Wells sei eine unscheinbare graue Maus gewesen. Er konnte mir nicht weiterhelfen. Es liegt ja auch alles so lange zurück.«

O'Hara lachte beinah. »Für Sie liegt das lange zurück, Thomas, weil Sie jung sind. Jackson Wells empfindet, was vor sechsundzwanzig Jahren geschah, bestimmt so, als wäre es gestern gewesen.«

»Ich, ehm...«, sagte ich zaghaft, »ich dachte schon daran, ihn aufzusuchen.«

»Jackson Wells?«

»Ja. Wie gesagt, Valentine, mein verstorbener Bekannter, war früher Hufschmied. Er hat regelmäßig die Pferde meines Großvaters beschlagen und manchmal, wie er mir sagte, auch die von Jackson Wells trainierten Pferde. Damit hätte ich ja vielleicht einen Vorwand... jetzt, da Valentine tot ist... Jackson Wells in Erinnerung an alte Zeiten einen Besuch abzustatten. Was halten Sie davon?«

»Nichts wie hin«, sagte O'Hara.

»Er wird über die Erhängte nicht reden wollen. Er hat jetzt ein neues Leben, mit seiner zweiten Frau.«

»Versuchen Sie es trotzdem«, sagte O'Hara.

»Ja, denke ich auch. Aber er wohnt bei Oxford... das kostet mich einen halben Tag.«

»Den ist es auch wert«, sagte O'Hara. »Die Zeit kriegen Sie.«

»Gut.«

»Gute Nacht«, sagte er. »Eine Dame wartet auf mich.«

»Viel Glück.«

Er verfluchte mich – »Sie Bastard« – und legte auf.

Die frühen Morgenstunden im Rennstall hatten es mir immer schon angetan. Jahrelang war ich im Morgengrauen bei meinem Großvater auf dem Hof gewesen und hatte schon einen halben Tag hinter mich gebracht, wenn die Schulglocke zum Unterrichtsbeginn läutete. Jetzt bei der Filmarbeit neigte ich dazu, den Pferden mehr Aufmerksamkeit zu widmen, als vielleicht gerechtfertigt war, und suchte die Nähe zu den Geschöpfen, mit denen ich aufgewachsen war und mich immer wohl gefühlt hatte.

Schon mit sechzehn war ich als Amateur in Hindernisrennen gestartet, und daß mein Leben in irgendeiner Form den Pferden gehörte, stand für die meisten aus meiner Familie fest, aber Glück und Geld – oder Geldmangel – führten dazu, daß ich mit zwanzig in Arizona Pferde für die Kavallerie in einem Westerndrama organisierte. Mit einundzwanzig war ich zum Regisseur eines kleinen, schlechten Films über Rodeoreiter avanciert, durfte im Anschluß daran aber in einem gutgemeinten Streifen über die amerikanischen Ureinwohner Regie führen, der sich als mittlerer Kassenerfolg erwies. Danach hatte ich ein Jahr in Schneideräumen gearbeitet, um das Handwerk des Cutters zu erlernen, gefolgt von einem Jahr Tontechnik und Musik, und mit sechsundzwanzig wurde mir die Regie für eine als Schnulze angesehene Geschichte über einen Jungen und einen Puma angeboten, die erstaunliche Gewinne einspielte. O'Hara hatte den Film produziert: Seitdem war ich nie mehr lange arbeitslos gewesen. »Der Junge ist ein Glückskerl«, lautete die Losung, mit der O'Hara meinen Namen anpries. »Glück kann man nicht kaufen. Vertrauen Sie mir.«

Bei dem vorliegenden Film hatte ich O'Hara bereits in der Entwicklungsphase vorgeschlagen, daß wir unsere ganzen Pferde diesmal nicht leasen oder gegen Gebühr leihen, sondern kaufen sollten.

»Zu teuer«, hatte er automatisch eingewandt.

»Nicht unbedingt«, widersprach ich. »Wir können billige Pferde kaufen. Es gibt Hunderte, die nie besonders gelaufen sind, die aber wie gute Rennpferde aussehen, und darauf kommt es an. Außerdem haben wir dann keine Probleme mit der Versicherung oder mit Ersatzansprüchen im Verletzungsfall, wir können sie transportieren, wann und wohin wir wollen, und mit ihnen arbeiten, ohne daß uns besorgte Besitzer mit Ratschlägen für Futter und Bewegung auf die Nerven gehen. Nachher können wir sie wieder verkaufen.«

Ein Hauptvorzug O'Haras war für mich seine Fähigkeit, Fakten rasch abzuwägen und schnelle Entscheidungen zu treffen. »Kaufen Sie«, hatte er gesagt und das Geld lockergemacht, für das eine Vollblutagentur die vierzehn gutaussehenden Nieten erworben hatte, die gegenwärtig Hafer und Heu in unserem Stall fraßen.

Da auch die Schauspielergewerkschaften fanden, daß wir die Pferde von echtem Stallpersonal versorgen lassen sollten, hatte ich bei einem renommierten Stall am Ort einen Trainerassistenten angeworben, ihm als unserem Reitmeister die Verantwortung für den ganzen Pferdebestand übertragen und ihm außerdem die aktive, aber stumme Rolle des Hilfstrainers im Film gegeben.

Er trieb bereits die Pfleger und die Pferde für den Morgendreh zusammen, als ich bei Tagesanbruch auf den Hof kam. Moncrieffs Crew hatte eine Filzbahn über den Kies gezogen, damit der Dolly – der Kamerawagen – geräuschlos rollen konnte. Moncrieff selbst hatte die Lichter gesetzt. Ed, so meldete er, sei bereits oben in Position.

Das Wetter war kalt und windig, mit dunklen, tieftreibenden Wolken. Moncrieff, von der Stimmung angetan, summte vergnügt vor sich hin, während er düstere, unheilvolle Schatten auf Nashs Double projizierte, das in Reitkleidung so gar nicht nach einem Trainer aussah. Als dann Nash selbst rollengemäß aus dem Haus marschiert kam und den Pflegern mißgelaunte Anweisungen zubrüllte, wirkte das so echt wie nur irgendein derartiger Moment, den ich erlebt hatte.

Es gab Probleme mit dem Dolly – eins seiner Räder quietschte trotz der Filzbahn. Öl und Flüche schafften Abhilfe. Moncrieff und ich ärgerten uns wegen der Lichtwerte über die Verzögerung. Nash schien weniger gereizt als resigniert zu sein.

Nur zweimal brauchten wir aufzunehmen, wie der Hilfstrainer Nash auf seinen Hack warf; das Pferd hielt wunderbarerweise still. Nash schwenkte ab und blieb, mal im Bild, mal außerhalb, auf seinem Reittier sitzen, während sich der Hilfstrainer in den Sattel schwang und die kreisende Schar berittener Pfleger durch das weit geöffnete Hoftor hinaus zum Trainingsgelände von Newmarket führte. Nash ritt als letzter und vergaß auch nicht, sich umzudrehen und zum Schlafzimmerfenster hochzuschauen. Als er mit seinem Pferd eine Weile außer Sicht war, rief ich: »Aus«, und das ganze Lot kam gemächlich wieder auf den Hof zurück, die Hufe knirschten auf dem Kies, die Männer frotzelten wie Kinder nach der Schule.

»Wie war's?« fragte ich Moncrieff. »Kameras okay?«

»Okay.«

»Kopierer also.« Ich ging zu den Pferden, um mit ihren Reitern zu sprechen. »Das war gut«, sagte ich. »Wir machen es jetzt trotzdem noch mal. Zwei Takes sind besser als einer.«

Sie nickten. Mittlerweile betrachteten sie sich alle als Filmfachleute. Die zweite Einstellung ging nicht ganz so glatt, doch das war nicht unbedingt entscheidend: Wir würden die Version verwenden, die auf Zelluloid natürlicher wirkte.

Ich folgte der Reiterschar nach draußen, wo sie und Nash im Kreis gingen und auf mein Urteil warteten. »Morgen früh das gleiche noch mal«, sagte ich und tätschelte Pferdehälse. »In anderen Kleidern. Also jetzt ab durch die Mitte. Achten Sie darauf, daß Sie keinen echten Rennern in die Quere kommen. Gehen und traben Sie nur auf dem Gelände, das man uns zugewiesen hat.«

Das Lot zog hinaus zur Arbeit, während Nash wieder auf den Hof kam, heruntersprang und die Zügel dem Pfleger reichte, der eigens dafür zurückgeblieben war.

»Bleibt's bei morgen?« fragte er zu mir gewandt.

»Doncaster, meinen Sie?«

Er nickte.

»Natürlich bleibt's dabei«, sagte ich. »Die Rennleitung hat Sie zum Lunch eingeladen, Sie haben also den ganzen Nachmittag deren Loge zur Verfügung und können so viel oder so wenig für sich sein, wie Sie wollen. Man hat zwei Eintrittskarten für Sie geschickt, falls Sie Begleitung wünschen.«

»Wen denn?«

»Wen immer Sie wollen.«

»Dann nehme ich Sie mit.«

»*Was?* Ich dachte an einen Bekannten – oder vielleicht Silva?« Silva war die betörende Schauspielerin, mit der er sich im Bett getummelt hatte.

»Ach was«, sagte er heftig. »Sie. Warum nicht? Und erzählen Sie mir nicht, Sie müßten noch die Nahaufnahmen im Untersuchungszimmer machen. Die bringen wir mal schön heute nachmittag in den Kasten. Ich möchte Sie dabeihaben, weil Sie wissen, wo's auf einer britischen Rennbahn langgeht und weil die Rennsportleute *Sie* kennen.«

Grüne Lichter bekamen, was sie wollten. Zudem stellte ich fest, daß ich es auch selber wollte.

»In Ordnung«, sagte ich. »Hubschrauber um halb zwölf.«

Ich sah wieder einmal seinen vertrauten Rücken, als er zu dem stets wartenden Rolls wanderte, dann rief ich über mein Mobiltelefon das Bedford Lodge an und bat das Personal, mich mit Howard Tyler zu verbinden, der in der Bar saß.

»Nur auf ein Wort, Howard«, sagte ich.

»Nicht noch irgendwelche Skriptänderungen?« Er war beißend sarkastisch.

»Nein. Ehm... lediglich eine kleine Warnung.«

»Ich kann auf Ihre Warnungen verzichten.«

»Auch gut. Aber, ehm... da ich Ihre Einstellung kenne, wollte ich Sie nur noch mal daran erinnern, daß Sie sich verpflichtet haben, nicht über den Film zu meckern, bis er im Verleih ist.«

»Ich sage verdammt noch mal, was mir paßt.«

»Das steht Ihnen frei. Ich nehme an, die Strafbestimmungen in Ihrem Vertrag sind Ihnen gleichgültig.«

»Was für Strafbestimmungen?«

»Die stehen in den meisten Filmverträgen«, sagte ich. »In Ihrem ganz bestimmt. Filmgesellschaften beugen routinemäßig der Möglichkeit vor, daß ein verärgerter Autor den ganzen Film sabotiert, weil ihm oder ihr die Änderungen gegenüber der Vorlage mißfallen. Sie fügen Klauseln ein, die ihnen erlauben, beträchtliche Schadenersatzansprüche geltend zu machen.«

Nach längerem Schweigen sagte Howard: »So einen Vertrag habe ich nie unterschrieben.«

»Mag sein, aber vielleicht fragen Sie mal Ihren Agenten.«

»Sie wollen mir Angst machen«, beklagte er sich.

»Ich empfehle Ihnen nur, etwas vorsichtig zu sein.«

Stille. Howard legte einfach auf. Soviel zu meinem taktvollen Ratschlag!

Wie er es sich vorgenommen hatte, sorgte Nash rigoros dafür, daß wir die Aufnahmen im Untersuchungszimmer noch an diesem Tag unter Dach und Fach bekamen, wenn es auch nach acht wurde. Begierig auf eine Dusche und einen Stärkungstrunk fuhr ich zum Bedford Lodge zurück und fand dort ein langes Fax von O'Hara vor, das mit dem *Daily-Cable*-Nachruf anfing.

Das Leben Rupert Visboroughs war dem Dienst an seinem Land, seiner Region und dem Sport der Könige gewidmet. Als Offizier der Scots Guards *verließ er im Majorsrang die Armee, um in seiner Heimat Cambridgeshire in die Lokalpolitik einzusteigen. Zahlreiche Ausschüsse haben von seiner fachmännischen Leitung profitiert, darunter…*

Die Liste war lang, brav und eintönig.

Der Gutsbesitzer wurde nach dem Tod seines Vaters, des für seine Verdienste um den Tierschutz geadelten Sir Ralph Visborough, in den Vorstand des Jockey Clubs gewählt.

Von allen, die ihn kannten, hochgeachtet, fühlte Rupert Visborough sich verpflichtet, seinen Namen von einer Kandidatenliste für die Parlamentswahlen zurückzuziehen, nachdem er ohne Schuld in einen ungeklärten Todesfall verwickelt worden war, der unmittelbar seine Familie betraf.

Die Schwester seiner Frau, Gattin des Newmarketer Trainers Jackson Wells, wurde in einer Box auf dem Stallhof ihres Mannes erhängt aufgefunden. Die eingehenden polizeilichen Ermittlungen erbrachten weder einen Grund für Selbstmord noch ein Motiv für Mord oder Hinweise auf einen Täter. Jackson Wells beteuerte immer wieder seine Unschuld. Der Jockey Club, der den Fall unabhängig untersuchte, kam zu dem Schluß, daß es nicht gerechtfertigt sei, Wells die Trainerlizenz zu entziehen. Rupert Visborough, der dieser Untersuchung beiwohnte, war verständlicherweise erbittert über die negativen Auswirkungen des Todesfalles auf die eigene Karriere.

Gerüchte, wonach Jackson Wells' Frau außereheliche Beziehungen unterhalten haben soll, ließen sich nicht bestätigen. Ihre Schwester – Mrs. Visborough – hat die Tote als ›spinnig‹ und als ›Träumerin‹ bezeichnet. Da sie und ihre Schwester sich nicht nahegestanden hätten, könne sie jedoch keine zweckdienlichen Angaben machen.

Wer weiß, wie weit es Rupert Visborough im Leben hätte bringen können, wären diese Ereignisse nicht eingetreten? Der Verdacht, daß er, obwohl er es stets bestritten hat, über die Hintergründe der Tragödie mehr wisse als er zuzugeben bereit war, ist an seinem Namen haften geblieben. Der Tod seiner Schwägerin ist bis heute nicht aufgeklärt.

Visborough starb vergangenen Mittwoch im Alter von 76 Jahren an einer Gehirnblutung, und seine großen Möglichkeiten blieben in bedauerlicher Weise unerfüllt.

Er hinterläßt eine Frau, einen Sohn und eine Tochter.

O'Hara hatte von Hand unten über die Seite geschrieben: »Scheinheiliger Krampf! Niemand von der Zeitung weiß, wer der Pharisäer war. Ihre Nachrufe kommen oft von freien Mitarbeitern.«

Das seitenlange Fax ging jedoch weiter.

In O'Haras Handschrift stand da: »Diese Notiz erschien in der respektlosen Klatschspalte des *Cable*, am gleichen Tag wie der Nachruf.«

Familiengeheimnisse der Visboroughs mit ins Grab genommen? Anscheinend hat Jockey-Club-Mitglied Rupert (76), der am Mittwoch einem Hirnschlag erlag, den dubiosen Tod seiner vor 23 Jahren erhängt aufgefundenen Schwägerin nie aufklären können. Deren hinterbliebener Gatte, Jackson Wells, der jetzt wieder verheiratet ist und unweit Oxford Raps anbaut, hatte zu Visboroughs Hinschied »nichts zu sagen«. Es muß für dieses 23 Jahre alte Geheimnis eine Lösung geben. Wir bitten um Hinweise.

O'Haras Handschrift: »*Cable* erhielt ungefähr sechs durchweg unbrauchbare Zuschriften. Damit war die Geschichte für die Blattmacher erledigt. Aber sie haben mit großem Aufwand ihr Mikrofilmarchiv durchforstet und folgende, zur Zeit des Todes von Visboroughs Schwägerin eingegangenen und gedruckten Meldungen gefunden.«

Es fing mit einer kleinen Notiz an unter der Überschrift »Frau eines Trainers aus Newmarket erhängt aufgefunden«.

Danach hatte es fast zwei Wochen lang täglich neue Enthüllungen gegeben, vielfach zum Thema »Ist sie gesprungen oder gestoßen worden?« und ebenso viele über die von Visborough bitter empfundene Ungerechtigkeit der Art und Weise, wie seine politischen Ambitionen im Ansatz erstickt wurden.

Die Erhängte in der Familie hatte offenbar nicht nur Pferdebesitzer alarmiert; der Gifthauch wirkte auch auf Stimmenwerber und potentielle Wähler abschreckend.

Aus Mangel an Treibstoff war die Geschichte schließlich eingeschlafen. Die letzte Nachricht über Jackson Wells' Frau versprach fälschlicherweise: »Die Polizei wird wohl in den nächsten Tagen eine Verhaftung vornehmen.« Danach wurde es still.

Die grundlegende Frage blieb unbeantwortet – *warum* war sie gestorben?

Ich aß zu Abend und ging schlafen und träumte von ihnen, sah Visborough als Cibber, seine fremdgehende Frau als die hübsche Mimin Silva, Nash als Jackson Wells und die spinnige erhängte Frau als einen Hauch von Musselin, eine wehende Gardine am Fenster.

Kein Einblick. Keine Inspiration. Keine Lösung.

5

Verzögerungen bei der Aufnahme der Aufbruch-zur-Arbeit-Szene am nächsten Morgen. Eines der Pferde war in Trotzlaune, setzte seinen Pfleger ab und trat einen Kameraschwenker. Lampen versagten mitten in der Aufnahme. Einer der Stallburschen stellte vor laufenden Kameras eine blöde Frage, und ein Tontechniker, der es besser hätte wissen sollen, schlenderte rauchend in den nächsten Take hinein.

Als Nash aus dem Haus kam, vergaß er die Sturzkappe mitzubringen, die er aufsetzen sollte, bevor er aufs Pferd stieg. Er schnippte verärgert mit den Fingern und machte kehrt.

Bis wir schließlich ein kopierfähiges Ergebnis zustande brachten, war es längst nicht mehr Tagesanbruch. Moncrieff hantierte mit immer neuen Farbfiltern, um die pralle Sonne zu dämpfen. Ich sah auf meine Uhr und dachte an den Hubschrauber.

»Noch mal«, rief ich allen zu. »Und daß es jetzt um Himmels willen klappt. Kommt nicht zurück, reitet ins Gelände. Seid ihr soweit?«

»Kamera ab«, sagte Moncrieff.

Ich rief: »Los«, und einmal mehr führten die Pfleger ihre geduldigen Schützlinge aus den Boxen, schwangen sich in die Sättel, bildeten eine lose Reihe und ritten auf den tänzelnden Tieren zum Tor hinaus. Nash, der ihnen folgte, vergaß, zum Fenster hinaufzusehen.

Ich rief: »Aus«, und sagte zu Moncrieff: »Kopierer.«

Nash kam fluchend zurück.

»Schon gut«, sagte ich. »Wir schneiden es rein. Würden Sie noch mal rausreiten und sich umdrehen und hochschauen, *nach-*

dem Sie das Tor passiert haben, so als wären die anderen Pferde gerade vor Ihnen aus dem Bild gegangen? Den Blick machen wir auch in Nahaufnahme.«

»Jetzt gleich?«

»Ja«, sagte ich. »Weil jetzt noch das Licht stimmt. Und wie wär's, wenn die Frau Sie eine Idee nervt?«

Die Nahaufnahme von dem gereizten Gesicht war dann den Aufwand mit der eigens gestellten Kamera durchaus wert. Selbst Moncrieff lächelte.

Nash meinte nur: »Hoffentlich wartet die Rennleitung in Doncaster mit dem Essen.«

Er sauste mit dem Rolls davon, doch als ich wenig später nachkam, stand er noch in der Hotelhalle und las steif konzentriert in einer Zeitung.

»Nash?« fragte ich zögernd.

Er ließ die Zeitung sinken, drückte sie mir in die Hände und sagte in explodierendem Zorn: *»Mist!«* Dann drehte er sich auf dem Absatz um, stiefelte davon und überließ es mir, herauszufinden, was ihn so aufgebracht hatte.

Ich sah es. Ich las es und bekam genauso eine Mordswut.

TURFFILMPLEITE

Das erste, was über die in Newmarket laufenden Dreharbeiten zu dem Film Unsichere Zeiten *nach außen dringt, ist Kunde von Zank, Zwietracht und bloßliegenden Nerven.*

Howard Tylers pulsierende Rennvorlage, die zehn Wochen auf den Bestsellerlisten stand, wird nach Auskunft meines Informanten bis zur Unkenntlichkeit entstellt. Superstar Nash Rourke bereut seine Mitwirkung und sagt: »Regisseur Thomas Lyon (30), unfähig und arrogant, liebt verheerende Skriptänderungen in letzter Minute.«

Lyon hat sich vorgenommen, ein 26 Jahre altes Rätsel aus dem Leben, das die Grundlage von Tylers Meisterwerk bildet, zu lösen. Der Polizei gelang dies seinerzeit nicht. Beliebt Lyon zu scherzen?

Die Rede ist vom tragischen Tod der Frau eines früheren Newmarketer Trainers, die unter unaufgeklärten Umständen durch Erhängen starb, und natürlich sind ihre engeren Angehörigen darüber unglücklich, wie kalte Asche hier zu schmerzlichem, unsinnigem Feuer aufgeschürt wird.

In Lyons Version macht unter anderem der Mann der Erhängten – Rourke – ihre Schwester an und löst bei deren *Mann, einem nunmehr gehörnten, später durchdrehenden Vorstandsmitglied des Jockey Clubs, rasende Rachegelüste aus. Nichts davon ist wahr.*

Wieso vertrauen Hollywoods Giganten die Verfilmung eines berühmten Romans der talentlosen Willkür eines überdrehten Diktators an? Was hat dieser lächerliche Hanswurst noch auf der Heide verloren? Wer gestattet ihm, Millionen für die erbärmliche Travestie eines großen Werkes zu verpulvern?

Wird es nicht höchste Zeit, daß jemand Meister Thomas Lyon den Schuh gibt?

Dazu abgebildet war ein großes Foto von Nash, mit grimmigem Gesichtsausdruck.

Wutentbrannt fuhr ich hinauf in meine Suite und hörte das Telefon klingeln, als ich hereinkam.

Ehe ich mich noch melden konnte, kam Nashs Stimme aus dem Hörer: »Ich hab das nicht gesagt, Thomas.«

»Hätte mich auch gewundert.«

»Ich bringe diesen Scheiß-Tyler um.«

»Überlassen Sie ihn O'Hara.«

»Fliegen wir noch nach Doncaster?«

»Na, und ob«, sagte ich. Nur raus aus Newmarket, dachte ich. »Geht's in einer halben Stunde?«

»Ich bin dann in der Halle.«

Ich wählte die Nummer von O'Haras Mobiltelefon, erreichte aber nur seinen Auftragsdienst.

Ich sagte: »Lesen Sie den *Daily Drumbeat*, Seite 16, die Rubrik ›Sterngeflüster‹. Nash und ich fahren zum Pferderennen. Ich habe mein Mobiltelefon dabei. Nehmen Sie Prozac.«

Howard Tylers Zimmertelefon läutete Sturm, aber er ging nicht dran. Ich duschte in Rekordzeit, zog Rennleitungslunchkleidung an und fuhr nach unten, um die hilfsbereite Seele am Empfang zu befragen.

»Mr. Tyler ist nicht mehr hier«, bestätigte sie. »Er ist abgereist.«

»*Wann* ist er abgereist?«

»Also eigentlich«, sagte sie, »hat er sich hier am Empfang eine Zeitung geholt und ist wie immer in den Speisesaal, um zu frühstücken. Es ist so nett, ihn hierzuhaben, und auch Mr. Rourke, wir können es kaum glauben... Nach fünf Minuten kam Mr. Tyler dann plötzlich aus dem Speisesaal, fuhr nach oben, kam mit seinem Koffer wieder runter und sagte, er wisse nicht, wann er zurücksein werde.« Sie sah besorgt aus. »Ich habe kein Geld von ihm verlangt. Das war hoffentlich nicht falsch, aber man hat mir gesagt, alles gehe auf die Rechnung der Filmgesellschaft.«

»Das ist schon in Ordnung«, versicherte ich ihr. »Hat Mr. Tyler gesagt, wo er hinwollte?«

Hatte er natürlich nicht. Er habe es sehr eilig gehabt. Die Empfangsangestellte hatte ihn gefragt, ob es ihm nicht gut gehe, aber keine Antwort darauf bekommen. Er hatte die Zeitung zwar mitgenommen, doch es lag noch ein Exemplar in der Rezeption. Alle hatten den Artikel gelesen. Sie hatte es für das beste gehalten, ihn Mr. Rourke zu zeigen. Ihre Rechtschaffenheit schnürte ihr fast die Kehle zu.

»Was meinen Sie, was jetzt passiert?« fragte Nash, bereit für die Rennbahn, nachdem auch er sich die Geschichte der Empfangsdame angehört hatte.

»Fürs erste sind wir Howard mal los.«

Wir gingen hinaus zu dem Rolls und weiter zu dem Platz, wo der Hubschrauber stand.

»Das Schwein verklage ich«, sagte Nash wütend, als er sich anschnallte. »Von wegen, ich bereue mein Engagement.«

»Stimmt es nicht?«

»Was denn?«

»Daß Sie das gesagt haben?«

»Scheiße, Thomas. Es tut mir leid, daß ich nicht daheim bei meiner Frau sein kann, hab ich gesagt. Und das war am ersten Tag. Jetzt bedaure ich gar nichts mehr.«

»Sie hätte ja mitkommen können.«

Er zuckte die Achseln. Wir wußten beide, weshalb seine Frau zu Hause geblieben war: Eine Risikoschwangerschaft im vierten Monat machte sie unsicher. Sie hatte sich über sein Ja zu Newmarket geärgert. Er hatte sich allzu öffentlich dafür entschuldigt.

»Was den Quatsch angeht, den ich über Sie persönlich gesagt haben soll...«

»Da hat Howard Ihnen seine Worte in den Mund gelegt«, sagte ich. »Vergessen Sie's.«

Der Hubschrauber hob von dem Rasen in Newmarket ab und schwenkte nach Nordwesten.

»Vergessen Sie's« war zwar leicht gesagt, aber ich hatte den unangenehmen Verdacht, daß die Muttergesellschaft, unsere Kapitalquelle, wie ein Fangtrupp angeschossen kommen würde, um mich am nächsten Dachbalken aufzuknüpfen. Wenn ihre Geldanlage in üblen Geruch kam, waren Entlassungen angezeigt. Vielleicht mußte O'Hara mich fallenlassen; vielleicht wollte er es sogar.

Adieu, Karriere, dachte ich. Es war eine schöne Zeit. Ich konnte kaum glauben, was hier vor sich ging.

Schlau von Howard, sich meinem Zugriff zu entziehen. Ich hätte ihn umbringen können. Ich saß still in dem Helikopter, sah zu, wie Lincolnshire unter mir dahinglitt, und mir war flau von dem Tumult in meinen Eingeweiden.

Ich ging davon aus, daß bei Filmarbeiten im allgemeinen der Regisseur die unbeliebteste Person war. Der Regisseur ließ die Leute Dinge tun, die sie für unnötig, lächerlich, falsch hielten. Regisseure verlangten erstens zuviel von den Darstellern und ignorierten zweitens deren wohldurchdachte Interpretationen. Regisseure waren nie zufrieden, vergeudeten Zeit mit Details, schindeten jedermann zu Tode, pfiffen auf verletzte Gefühle, setzten sich über technische Schwierigkeiten hinweg, erwarteten das Unmögliche und brüllten die Leute an.

Andererseits ging ich davon aus, daß der Regisseur eine klare Vorstellung von dem entstehenden Werk brauchte, auch wenn sich Einzelheiten des Bildes noch änderten. Der Regisseur mußte alles tun, um seine Vorstellung in ein sehenswertes Lichtspiel zu verwandeln. Übertriebene Sympathie und Toleranz am Drehort waren unergiebig; Wankelmut kostete Geld, und Inkonsequenz ließ das Ganze aus dem Ruder laufen. Ein gelungener Film war ein streng geführtes Schiff.

Überreden lag mir näher als Köpfe abreißen, aber wenn es, wie bei Howard, mit Überreden nicht ging, konnte ich auch schon mal eklig werden. Außerdem wußte ich, daß O'Hara genau dies von mir erwartete oder vielmehr verlangte. Nutzen Sie Ihre Macht, hatte er gesagt.

Alle, die an dem Film mitarbeiteten, würden den Artikel im *Drumbeat* lesen. Halb Newmarket würde ihn lesen. Meine Aufgabe war, selbst wenn O'Hara mich weiter am Ruder ließ, kaum noch oder gar nicht mehr zu schaffen – meine Autorität war dahin. Notfalls würde ich kämpfen, um sie zurückzugewinnen.

Der Hubschrauber landete in Doncaster nahe dem Ziel, wo ein hoher Funktionär bereitstand, um Nash angemessen zu begrüßen und ihn zu den anderen hohen Tieren zu führen. Gerade als ich hinter ihm ausstieg, summte mein Mobiltelefon, und ich sagte ihm, er solle vorgehen, ich würde nachkommen, wenn ich mit O'Hara gesprochen hätte – falls es O'Hara sei.

Er sah mir ins Gesicht und bat den Funktionär, mein Gespräch abzuwarten.

Ich meldete mich. »Thomas«, sagte ich.

»Thomas!« O'Haras Stimme war laut und verärgert. »Wo sind Sie?« Nash hörte ihn brüllen. Er zuckte zusammen.

»Auf der Rennbahn in Doncaster.«

»Ich hatte Hollywood an der Leitung. Da ist es noch keine fünf, und die Genossen sind schon sauer. Jemand hat sie angerufen und ihnen ein Fax vom *Drumbeat* geschickt.«

Ich sagte dümmlich: »Ein Fax?«

»Ein Fax«, bestätigte er.

»Wer hat es geschickt?«

»Das hat der Häuptling, mit dem ich gesprochen habe, nicht gesagt.«

Ich schluckte. Mein Herz schlug heftig. Die Hand, die den Apparat hielt, zitterte sichtlich an meinem Ohr. Beruhige dich, dachte ich.

»Mit wem hat Tyler gesprochen?« fragte er wütend.

»Ich weiß es nicht.«

»Sie wissen es nicht?«

»Nein. Er klagt sein Leid doch jedem, der ihm zuhört. Vielleicht wußte er gar nicht, daß er es einem Journalisten gesteckt hat – oder jemandem, der einen Journalisten kennt.«

»Was sagt er denn dazu?«

»Das Hotel sagt, er ist ausgeflogen, sobald er die Zeitung zu Gesicht bekommen hat. Niemand weiß, wo er hin ist.«

»Ich habe bei ihm zu Hause angerufen«, polterte O'Hara. »Die sagen, er sei in Newmarket.«

»Eher auf dem Mond.«

»Der Häuptling, mit dem ich gesprochen habe, ist einer von ganz oben, und er will Ihren Kopf.«

Das war's dann, dachte ich betäubt und wußte nicht, was ich sagen sollte. Ich hätte mildernde Umstände geltend machen müssen. Mir fiel nichts ein.

»Sind Sie noch dran, Thomas?«

»Ja.«

»Er sagt, Sie sind gefeuert.«

Ich schwieg.

»Teufel noch eins, Thomas, verteidigen Sie sich.«

»Ich habe Howard gestern geraten, daß er seine Zunge hüten soll, aber ich nehme an, es war schon zu spät.«

»Vor vierzehn Tagen hat er die Häuptlinge schon dazu kriegen wollen, daß sie Sie rauswerfen, das wissen Sie, oder? Damals habe ich sie beschwichtigt. Aber *so was*!« Ihm fehlten die Worte.

Endlich legte ich doch Verwahrung ein. »Wir liegen genau in der Zeit. Wir halten den Etat ein. Die Gesellschaft selbst hat auf Handlungsänderungen bestanden. Ich drehe einen kommerziellen Kinofilm, und es stimmt nicht, daß wir Streit und Zwietracht haben, außer mit Howard selbst.«

»Was sagt er?« fragte Nash ungeduldig.

»Ich bin gefeuert.«

Nash riß mir das Telefon aus der Hand.

»O'Hara? Hier ist Nash. Sagen Sie diesen Hirntoten, die über uns bestimmen, daß ich nicht gesagt habe, was im *Drumbeat* steht. Ihr Junge leistet gute Arbeit, und wenn Sie ihn in dieser Phase abziehen, *wird* der Film ein Reinfall, und davon abgesehen war das vorerst dann mein letzter Deal mit euch.«

Entgeistert riß ich das Telefon wieder an mich. »Nash, das geht doch nicht. O'Hara, hören Sie nicht auf ihn.«

»Geben Sie ihn mir noch mal.«

Kopfschüttelnd reichte ich den Hörer zurück. Nash hörte O'Hara eine Weile zu und sagte: »Sie wollten doch, daß ich ihm vertraue. Das tue ich. Der Film läßt sich gut an. Jetzt vertrauen Sie *mir* mal, dafür habe ich eine Nase, verlassen Sie sich drauf.«

Er hörte noch ein wenig zu, sagte: »Gut«, und schaltete das Gerät ab.

»O'Hara sagt, er ruft Sie in fünf Stunden noch mal an, wenn sie in Hollywood das Ganze beredet haben. Die haben da um neun eine Frühstücksbesprechung, wenn die großen Tiere alle auf sind. O'Hara ist per Konferenzschaltung dabei.«

»Danke«, sagte ich.

Er lächelte flüchtig. »Mein Name steht genauso auf dem Spiel wie Ihrer. Ich möchte nicht, daß mein grünes Licht auf Gelb springt.«

»Ausgeschlossen.«

»Schlechte Besprechungen schlagen mir auf die Verdauung.«

Wir überquerten mit dem geduldigen Funktionär das Geläuf und gingen hinauf in die Enklave der Rennleitung. Auf Schritt und Tritt drehten sich die Köpfe nach uns, während ein Rennbahnbesucher nach dem anderen mit Spätzündung Nash erkannte. Wir hatten uns jede Vorauswerbung verbeten – die Muttergesellschaft war extrem sicherheitsbewußt –, so daß nur die höchsten Ränge wußten, wer zu Besuch kam. Ich war direkt froh, ein unbekanntes Gesicht zu haben.

Sie hatten mit dem Essen nicht gewartet. Im Rennsport ließ die Zeiteinteilung sich selbst für Megastars nicht ändern. Ungefähr zwanzig Stewards saßen mit ihren Freunden bereits bei Roastbeef und original Yorkshire-Pudding.

Von hinter den Gabeln kam eine so herzliche und respektvolle Begrüßung, wie das aufgeblähteste Ego es sich nur wünschen konnte, und dabei wurde mir immer klarer, daß Nashs Ego viel normaler und bescheidener war, als man bei seiner Berühmtheit hätte annehmen können.

Ich hatte eine große Scheu vor ihm gehabt, bevor ich ihn kennenlernte. Ich hatte mich ihm bildlich gesprochen auf Knien genähert und nicht den launenhaften Vollkommenheitsfanatiker vorgefunden, vor dem man mich gewarnt hatte, sondern im wesentlichen den Mann, den ich ihn auf der Leinwand immer wieder hatte darstellen sehen, egal in welcher Rolle, welcher Maske – vernunftbestimmt und willensstark.

Ich hoffte verzweifelt, daß die Stewards in Doncaster, ihre Frauen und die übrigen Gäste keine Fans des ›Sterngeflüsters‹ im *Drumbeat* waren, und sah erleichtert, daß es sich bei den zwei Zeitungen, die unübersehbar auf dem Tisch lagen, um die *Racing Gazette* und das *Daily Cable* handelte, beide aufgeschlagen auf der Seite mit dem Nachruf auf Valentine.

Nash und ich schüttelten reichlich Hände und bekamen ehrenvolle Plätze angewiesen, und während Nash eine sprachlose Kellnerin um Sprudelwasser bat, der die Nähe zu den erotischsten Augen der Filmwelt fast die Besinnung raubte, las ich die beiden Abschiedsgrüße an Valentine und fand, sie machten dem alten Mann Ehre. Die Feuerbestattung, hielt die *Gazette* außerdem fest, war für Montag elf Uhr angesetzt, und ein Gedenkgottesdienst würde auch noch stattfinden. Wenn ich wirklich entlassen war, dachte ich düster, konnte ich zu beiden hingehen.

Beim Kaffee flatterten die Seiten des *Drumbeat* über den Tisch, und wie konnte es anders sein, irgend jemand sprach Nash sein Mitgefühl aus wegen des Regisseurs, der seinen neuen Film so vermurkste. Über meine Wenigkeit wurde rings um den Tisch hinter vorgehaltener Hand getuschelt, und ich zog Breitseiten mißbilligender Blicke auf mich.

Nash sagte mit Autorität und einer gekonnten Stimmführung, der es mühelos gelang, andere Gespräche abzustellen: »Glauben Sie nie, was in der Zeitung steht. Wir machen einen ausgezeichneten Film in Newmarket. Nur ein gehässiger Kleingeist zieht über uns her. Ich habe *nicht* gesagt, was mir da unterstellt wird, und ich habe vollstes Vertrauen zu Thomas. Ich werde mich bei der Zeitung beschweren und einen Widerruf verlangen.«

»Verklagen Sie sie«, meinte irgend jemand.

»Mal sehen.«

»Und was Sie angeht, Thomas«, sagte ein Steward, den ich persönlich kannte, »Sie sollten unbedingt klagen.«

Ich sagte: »Ich bin mir nicht sicher, ob ich das kann.«

»Natürlich können Sie!« Er stieß mit dem Zeigefinger auf die Seiten. »Das ist doch eine unerhörte Diffamierung.«

Ich sagte: »Es ist schwierig, jemanden dafür zu belangen, daß er Fragen stellt.«

»Was?«

»Die Diffamierungen sind sorgfältig in Frageform gehalten. Die Fragezeichen nehmen der Verleumdung etwas von ihrer Bestimmtheit.«

»Unglaublich!«

Ein Kopf weiter unten an der Tafel nickte ernst. »Eine gemeine Unterstellung, die als Frage daherkommt, kann als üble Nachrede betrachtet werden oder auch nicht. Da gibt es Grauzonen.«

Mein Bekannter, der Steward, sagte laut: »Das ist doch ungerecht.«

»Es ist das Gesetz.«

»Haben Sie das gewußt?« fragte mich Nash.

»Mhm.«

»Hat Howard es gewußt?«

»Der Schreiber des Artikels wußte es bestimmt.«

Nash sagte: »Scheiße!«, und niemand stieß sich daran.

»Was Nash wirklich braucht«, sagte ich, »wäre ein verläßlicher Tip für das Lincoln.«

Sie lachten und wandten sich erleichtert wieder dem Ernst des Tages zu. Ich lauschte mit halbem Ohr dem kundigen Formpalaver und dachte bei mir, daß fünf Stunden quälend lang sein konnten. Bis jetzt waren gerade mal vierzig Minuten vergangen. Mein Puls hämmerte immer noch vor Angst. Mein ganzes Berufsleben hing vermutlich davon ab, ob die an den Frühstückstisch gebetenen Häuptlinge gut ausgeschlafen waren. Samstag morgen. Golftag. Ich machte mich gleich doppelt unbeliebt.

Ich ging mit Nash und einigen anderen Gästen der Rennleitung hinunter, um die Pferde vor dem ersten Rennen im Führring zu sehen. Nash schaute auf die Pferde – das Rennbahnpublikum schaute zunehmend auf Nash. Er schien die Gafferei als selbstverständlich hinzunehmen, so wie daheim in Hollywood, und mit liebenswürdiger Höflichkeit gab er ein paar großäugigen Teenagern Autogramme.

»Wie legt man eine Wette an?« fragte er mich, während er drauflosschrieb.

»Wenn Sie wollen, mach ich's für Sie. Welches Pferd, wieviel?«

»Weiß der Geier.« Er hob kurz den Blick und wies auf ein Pferd, auf das gerade ein Jockey mit roten und gelben Streifen geworfen wurde. »Der da. Zwanzig.«

»Kommen Sie solange allein zurecht?«

»Bin doch ein großer Junge.«

Grinsend ließ ich ihn stehen, ging zum Totalisator und setzte zwanzig Pfund auf Sieg für das Pferd namens Wasp. Nash, den ich dann wieder auflas, kehrte mit mir in die Rennleitungsloge zurück, von wo aus wir zuschauten, wie Wasp sich mit dem fünften Platz beschied.

»Ich schulde Ihnen was«, sagte Nash. »Suchen Sie mir für den nächsten Lauf mal einen aus.«

Die Rennen wurden wie immer auf Bildschirmen überall in den Bars und auf der Tribüne im Bahnfernsehen übertragen. Auf dem Monitor in der Loge lief eine Wiederholung des gerade zu Ende gegangenen Rennens mit Wasp, der wieder Fünfter wurde, und seinem Jockey, der arbeitete bis zum Schluß.

Ich starrte atemlos auf den Bildschirm.

»Thomas? *Thomas*«, sagte Nash mir energisch ins Ohr, »egal was für ein Trip das ist, kommen Sie wieder runter.«

»Fernsehen«, sagte ich.

Nash meinte ironisch: »Also das gibt's schon ein paar Jährchen.«

»Ja, aber…« Ich nahm die *Racing Gazette*, die auf dem Tisch lag, und blätterte von Valentines Nachruf zum Veranstaltungsprogramm für Doncaster. Wie ich gehofft hatte, wurden die heutigen Rennen von einem privaten Fernsehsender übertragen, der zur Freude von Millionen Tag für Tag ausgiebig vom Turf berichtete. Zur großen Eröffnung der Flachsaison waren die Fernsehleute sicher in voller Stärke angerückt.

»Thomas«, wiederholte Nash.

»Ehm«, sagte ich, »wieviel liegt Ihnen daran, unseren Film zu retten? Oder besser gesagt… mich?«

»Ich würde dafür nicht gerade von einem hohen Felsen springen.«

»Und wie wär's mit einem Fernsehinterview?«

Er machte große Augen.

Ich sagte: »Angenommen, Sie könnten im Fernsehen sagen, daß wir *keinen* Schrott zusammendrehen? Würden Sie das tun?«

»Klar«, sagte er leichthin, »aber damit erreichen Sie nicht alle *Drumbeat*-Leser.«

»Nein. Aber wenn nun O'Hara das Interview nach Hollywood bringen könnte? So daß es die Häuptlinge beim Frühstück sehen? Ihr Gesicht auf dem Bildschirm, Nash, gibt vielleicht den Ausschlag, wenn O'Haras gute Worte nicht genügen. Nur… hätten Sie auch Lust dazu?«

»Verdammt, Thomas, zählen Sie auf mich.«

Ich ging auf den Balkon und tippte O'Haras Nummer in die Tasten: Laß es nicht sein Auftragsdienst sein, betete ich.

Er meldete sich sofort selbst, als habe er auf Anrufe gewartet.

»Hier ist Thomas«, sagte ich.

»Es ist noch zu früh, um von Hollywood zu hören.«

»Mir geht's um was anderes.« Ich erklärte ihm, was ich Nash vorgeschlagen hatte, und er legte gleich den Finger auf die Schwachstellen.

»Zunächst mal«, meinte er zweifelnd, »müßten Sie die Fernsehgesellschaft dazu kriegen, daß sie Nash interviewt.«

»Das ginge schon. Bloß wie wir das Interview dann in dem Konferenzraum in Hollywood auf den Bildschirm kriegen, weiß ich nicht genau. Es werden zwar regelmäßig Live-Aufnahmen von England in die Staaten übertragen, aber ich kenne die Kanäle nicht. Wenn wir an einen Sender in L. A. herankämen, könnten wir unseren Häuptlingen ein Videoband vorsetzen...«

»Thomas, warten Sie. Das in Los Angeles regle ich. Die Übertragung aus England...«, er schwieg und saugte an seiner Unterlippe. »Von welchem Sender reden wir?«

Ich sagte es ihm. »Die werden mit einem Ü-Wagen hiersein. Techniker, Kameraleute, ein, zwei Regisseure und drei oder vier Interviewer und Kommentatoren; aber sie haben sicher keine Vollmacht und auch nicht die Ausrüstung, um nach Übersee zu senden. Dafür wäre die Zustimmung ihrer Zentrale in London nötig. Die Zentrale dürfte Doncaster jetzt auf dem Monitor haben. Die können überallhin senden. Die Nummer steht im Telefonbuch...«

»Und Sie möchten, daß ich meinen Einfluß spielen lasse.« Es klang resigniert, als sähe er Schwierigkeiten.

»Hm«, sagte ich, »wenn Sie möchten, daß *Unsichere Zeiten* in die Kinos kommt, lohnt sich vielleicht der Versuch. Ich meine, es ist ja auch Ihr Film. Könnte Sie den Kopf kosten, daß Sie mich engagiert haben.«

»Das ist klar.« Er schwieg. »Na schön, ich gehe das an. Die Chancen stehen aber denkbar schlecht.«

»Bekanntlich kann man trotzdem gewinnen.«

»Ist Nash bei Ihnen?«

»Fünf Schritte entfernt.«

»Geben Sie ihn mir mal?«

Nash kam nach draußen und nahm den Apparat. »Das Interview mach ich. Thomas sagt, er kann es ohne weiteres arrangieren.« Er hörte zu. »Ja. Na klar. Wenn er sagt, er kann, wird er's schon können. Er verspricht nichts, was er nicht halten kann. O'Hara, setzen Sie sich in Bewegung und beamen Sie Thomas und mich in die Konferenz. Es wäre doch saublöd, wenn wir uns von einem Arsch wie Tyler in die Pfanne hauen ließen...« Er hörte wieder zu, sagte dann: »Machen Sie hin, O'Hara. Zum Teufel mit den Kosten. Ich laß mich nicht von diesem Federfuchser unterbuttern.«

Ich lauschte beeindruckt der aufgedrehten Kraft des ultragrünen Lichts und dankte demütig dem Schicksal, daß er mich als Verbündeten, nicht als Feind ansah.

Er beendete das Gespräch, gab mir den Apparat zurück und sagte: »Wo finden wir unseren Interviewer?«

»Mir nach.« Es sollte lässig klingen, aber ich war kein großer Schauspieler. Nash kam schweigend mit mir zum Absattelring, den die Teilnehmer des vorigen Rennens bereits wieder verlassen hatten.

»Wissen Sie, wen Sie suchen?« fragte er, als ich den Kopf nach allen Seiten drehte. »Können Sie nicht fragen?«

»Das brauche ich nicht«, sagte ich und war mir, auch wenn Nash es ignorierte, bewußt, daß alle *ihn* anschauten. »Die haben zum Übertragen immer einen Rennkommentator, einen Führringkommentator, der die Pferde für das nächste Rennen vorstellt, und jemanden, der hinterher die Jockeys und Trainer der Sieger befragt – den suche ich... und ich kenne ihn.«

»Das ist immerhin etwas.«

»Da drüben steht er«, sagte ich. »Kommen Sie?«

Ich glitt zwischen den Grüppchen von Leuten hindurch, die im eingezäunten Bereich vor dem Waageraum plaudernd zusammenstanden, und sie teilten sich wie das Rote Meer vor mir, um Nash Platz zu machen. Mein Bekannter, der Interviewer, wollte mir guten Tag sagen, sah, wen ich bei mir hatte, und brachte den Mund nicht mehr zu.

»Nash«, stellte ich vor, »das ist Greg Compass. Greg... Nash Rourke.«

Greg kam wieder zur Besinnung, wie sich das für einen erfahrenen Fernsehmann gehört, und drückte mit echter Sympathie die Hand, die schon so viele unschädliche Schüsse abgefeuert hatte.

»Er ist hier, um sich das Lincoln anzusehen«, erklärte ich. »Irgendein Geheimtip?«

»Gallico«, meinte Greg prompt. »Es heißt, er platzt fast vor Energie.« Er sah Nash nachdenklich an und fragte ohne Nachdruck: »Hätten Sie was dagegen, wenn ich sage, daß Sie hier sind? Thomas hat Ihnen sicher erzählt, daß ich den Labermann für die Zuschauer zu Hause mache.«

»Ich hab's ihm erzählt, ja.«

»Thomas und ich«, erklärte Greg, »sind gegeneinander geritten, als ich noch Jockey und wir beide noch jung waren.«

»Sie sind alle so groß!« rief Nash aus.

»Hindernisjockeys sind meistens größer. Die Ehemaligen werden oft Rennkommentatoren, Zeitungsschreiber oder so. Erst erleben. Nachher drüber reden.« Er sagte das mit komischer Selbstverachtung, dabei war er ein echter Spitzenjockey gewesen, kein Amateur wie ich. Er war vierzig, schlank, eindrucksvoll, elegant. Er holte Luft. »Also...«

»Sie dürfen gern sagen, daß ich hier bin«, versicherte Nash.

»Prima. Ehm...« Greg zögerte.

»Frag ihn«, sagte ich halb lächelnd.

Greg blickte zu mir und wieder zu Nash. »Ich nehme an... ich könnte Sie wohl nicht vor meine Kamera bekommen?«

Nash sah mich kurz von der Seite an und sagte mit seiner besten Eisenbeißerstimme, er sehe keinen Grund, warum das nicht gehen sollte.

»Ich habe gehört, daß Sie in Newmarket einen Film drehen«, sagte Greg. »Kann ich das erwähnen?«

»Klar. Thomas führt Regie dabei.«

»Ja. So was spricht sich rum.«

Ich zog eine zusammengefaltete *Drumbeat*-Seite aus meiner Tasche und gab sie Greg.

»Wenn du einverstanden bist«, sagte ich, »würde Nash gern ganz kurz dem Artikel hier im ›Sterngeflüster‹ widersprechen.«

Greg las ihn schnell durch, und sein Gesichtsausdruck wechselte bald von reiner Neugier zu Empörung.

»Schwer, dagegen vorzugehen«, rief er aus. »Lauter Fragen. Stimmt das alles?«

»Es stimmt, daß die Handlung im Film vom Buch abweicht«, sagte ich.

Nash versicherte ihm: »Ich habe nichts von all dem gesagt, und ich denke es auch nicht. Der Film läßt sich gut an. Wenn ich darf, möchte ich nur eben sagen, daß man nicht alles glauben sollte, was in der Zeitung steht.«

»Thomas?« Greg sah mich mit hochgezogenen Brauen an. »Du benutzt mich, hm?«

»Ja. Aber der Artikel macht mich nieder. Wenn Nash im Fernsehen sagen darf, daß das, was da steht, nicht stimmt, können wir den Geldleuten in Hollywood das zeigen und vielleicht verhindern, daß sie den Artikel für bare Münze nehmen.«

Er dachte darüber nach. Er seufzte. »Also gut, aber ganz beiläufig, okay? Ich nehme euch beide zusammen ins Bild.«

»In Unschuld vereint«, sagte ich dankbar.

»Immer schnell von Begriff.« Er sah auf die Uhr. »Wie wär's nach dem Lincoln? In einer Stunde. Wenn ich mit dem Trainer und dem Jockey des Siegers und mit seinen Besitzern gesprochen habe, falls die hier sind. Da könnten wir's einschieben. Ich sage meinem Regisseur Bescheid. Weißt du noch, wo die Kamera steht, Thomas? Dahin kommt ihr nach dem Lincoln. Und Thomas, ich hab was gut bei dir.«

»Zwei Plätze für die Premiere«, sagte ich. »Ohne dich gibt's vielleicht keine.«

»Vier Plätze.«

»Eine ganze Reihe«, sagte ich.

»Abgemacht.« Greg sah Nash an. »Wie ist dieser überdrehte Hanswurst von einem unfähigen Diktator denn wirklich so als Regisseur?«

»Schlimmer«, sagte Nash.

Wir machten das Interview, Nash und ich Seite an Seite. Greg stellte uns den Zuschauern vor, fragte, ob Nash auf den Sieger des Lincoln – Gallico – gesetzt habe, gratulierte ihm und sagte, Nash habe hoffentlich einen angenehmen Aufenthalt in Großbritannien.

Nash sagte: »Ich drehe einen Film hier. Das ist sehr angenehm.« Er nickte leutselig. Und ganz nebenbei, wie Greg es gewünscht hatte, fügte er noch ein paar Einzelheiten an, ließ aber keinen Zuschauer darüber im Zweifel, daß der Turffilm, den wir in Newmarket drehten, eine runde Sache war.

»Hab ich da nicht einen unhöflichen Bericht gelesen?« gab Greg spöttisch das Stichwort.

»Ja«, stimmte Nash zu und nickte. »Man hat mir Worte in den Mund gelegt, die ich nie gesagt habe. Was ist daran neu? Man soll nicht immer glauben, was in der Zeitung steht.«

»Sie spielen einen Trainer, ja?« Greg stellte die Fragen, die wir ihm vorgegeben hatten, so als wären sie ihm gerade eingefallen. »Wie klappt's denn mit dem Reiten?«

»Ich kann mich im Sattel halten«, lächelte Nash. »Ich kann nicht reiten wie Thomas.«

»Reiten Sie im Film?« fragte Greg mich hilfsbereit.

»Das tut er nicht«, sagte Nash, »aber manchmal steigt er aufs Pferd und jagt im Galopp über die Heide. Dafür schlage ich ihn im Golf.«

Die Zuneigung in seinem Ton sagte mehr als tausend Worte. Greg brachte das Interview gutmütig zu Ende und reichte die Zuschauer zu Hause gekonnt an den Führringkommentator weiter, der die Teilnehmer des nächsten Rennens präsentierte.

»Danke«, sagte ich, »vielen Dank.«

»Eine Sitzreihe«, nickte er. »Denk dran.« Er schwieg und fügte zynisch hinzu: »Spielst du Golf, Thomas?«

»Nein.«

»Ich kann ihn jederzeit schlagen«, bekräftigte Nash.

»Was für ein Duo!« meinte Greg.

O'Hara hatte sich das Interview in der Londoner Zentrale des Fernsehsenders angeschaut, und er klingelte mich an, ehe ich ein ruhiges Plätzchen gefunden hatte, um mit ihm Verbindung aufzunehmen.

»Ausgezeichnet«, sagte er fast lachend. »Brüderliche Eintracht auf der ganzen Linie. Da bleibt kein Auge trocken.«

»Ob es funktioniert?«

»Und ob das funktioniert!«

»Kommt es auch rechtzeitig in die Besprechung?«

»Hören Sie auf mit dem Zähneklappern. Die Leute hier waren wirklich hilfsbereit. Mit dem Honorar könnte man zwar ein Hubble-Teleskop ins All hieven, aber unsere Häuptlinge sehen die Aufzeichnung bei ihren Frühstücksflocken.«

»Danke, O'Hara.«

»Geben Sie mir Nash.«

Ich reichte das Telefon weiter und sah zu, wie Nash einige Male nickte und Jas von sich gab.

»Ja, natürlich hat er mir meinen Text eingeflüstert«, sagte Nash, »und er hat seinen Bekannten dazu gebracht, die richtigen Fragen zu stellen. Wie? Weiß der Geier. Die alte Jockeyverbindung, nehme ich an.«

Auch die letzten Rennen gingen vorbei, und nachdem wir unseren Gastgebern gedankt hatten, flogen wir nach Newmarket zurück, ohne von O'Hara noch einmal gehört zu haben. Vormittag in Los Angeles. Was trieben die Häuptlinge?

»Regen Sie sich ab«, sagte Nash.

Sein Chauffeur brachte uns mit dem Rolls zum Bedford Lodge, wo Nash dann vorschlug, ich solle mit zu ihm kommen, damit wir beide hören könnten, was O'Hara zu berichten hatte.

Die Filmgesellschaft hatte vier komfortable Suiten im Hotel belegt; die beste für Nash, eine für Silva, eine für mich und eine (oft leere) für O'Hara oder sonstige Häuptlinge. Moncrieff und Howard hatten Zimmer im Hotel; der Rest der annähernd sechzig Mitarbeiter des Films, Dekorateure, Kostümleute, Maskenbildner, Techniker, der Produktionsstab, die Assistenten und Kuriere, alle mittelbar am Projekt Beteiligten waren in diversen anderen Hotels, Motels und Pensionen untergebracht. Die meisten Stallburschen wohnten in einer Herberge. Der Reitmeister/Hilfstrainer fuhr heim zu seiner Frau. Die logistische Versorgung der Truppe mit Essen und Arbeit im Rahmen gewerkschaftlicher Bestimmungen war gottlob nicht meine Aufgabe.

Nashs Zimmer blickten auf freundliche Gärten hinaus und waren mit großen Sesseln ausgestattet, in denen man die müden Knochen entspannen konnte, nachdem man stundenlang so getan hatte, als sei man jemand anders, oder vielmehr stundenlang herumgehangen hatte, um hin und wieder vielleicht fünf Minuten lang so zu tun. Moncrieff und ich mochten pausenlos fieberhaft beschäftigt sein – Schauspieler standen herum und langweilten sich, bis wir wieder einmal soweit waren. Schauspieler mit ihren langen Ruhepausen wurden müde, Moncrieff und ich dagegen nicht.

Nash ließ sich in seinen Lieblingssessel sinken und sah ungefähr zum vierhundertsten Mal auf die Uhr.

Fünf Stunden waren um. Beinah sechs. Ich hatte die meiste Zeit hindurch geschwitzt.

Mein Mobiltelefon summte. Mein Mund wurde trocken. Summ, summ.

»Gehen Sie dran!« befahl Nash ungehalten, als er sah, wie ich zögerte.

Ich sagte: »Hallo.« Mehr ein Krächzen.

»Thomas?« sagte O'Hara. »Sie sind nicht gefeuert.«

Schweigen.

»Thomas? Haben Sie gehört? Machen Sie mit dem Film weiter.«

»Ich, ehm...«

»Zum Donnerwetter! Ist Nash da?«

Ich reichte das Telefon dem grünen Licht, das die Neuigkeit sehr gefaßt aufnahm. »Also, das möchte ich meinen. Ja, natürlich war er beunruhigt, er ist auch nur ein Mensch.«

Er gab mir den Apparat wieder. O'Hara sagte: »Es gibt ein paar Bedingungen. Ich soll mich mehr in Newmarket aufhalten und Ihnen auf die Finger schauen. Eins von den hohen Tieren kommt zu Besuch, um sich zu vergewissern, daß ihr Geld sinnvoll ausgegeben wird. Die haben viel zu lange darüber gequasselt, wer an Ihrer Stelle Regie führen soll. Aber Ihr Fernsehspot gab dann den Ausschlag. Nash hat sie überzeugt. Sie glauben nach wie vor, daß er nicht irren kann. Wenn es Nash recht ist, behalten sie Sie.«

»Danke.«

»Ich komme morgen wieder nach Newmarket. Das ist verdammt ärgerlich, denn ich hatte vor, nach L. A. zu fliegen, aber na ja. Wie Sie schon sagten, es geht auch um meinen Kopf. Was machen Sie morgen früh?«

»Pferde bewegen auf der Heide.«

»Und Nash?«

»Sitzt im Sattel und schaut zu. Am Nachmittag schaffen wir die Pferde zur Rennbahn Huntingdon. Montag stellen und proben wir die Massenszenen beim Pferderennen. Ein Teil der Crew zieht in Motels bei Huntingdon um, aber Nash und ich und einige andere bleiben in Newmarket wohnen.«

»Wie weit ist das?«

»Nur knapp vierzig Meilen. Wo möchten Sie übernachten?«

»Newmarket.« Kein Zögern. »Nehmen Sie sich einen Fahrer, Thomas. Ich möchte nicht, daß Sie bei Ihren vielen Arbeitsstunden am Steuer einschlafen.«

»Ich fahre gern selbst, und so weit ist es ja nicht.«

»Nehmen Sie sich einen Fahrer.«

Es war ein Befehl. Ich sagte okay. Ich war dankbar, noch im Geschäft zu sein. Er sagte: »Bis bald, alter Knabe«, und ich sagte: »Danke, O'Hara«, und er fügte eine letzte Bemerkung an: »Howard bekommt die Krallen ordentlich gestutzt. So ein blöder Hund.«

»Na also«, meinte Nash lächelnd, als ich den Apparat abschaltete. »Was zu trinken? Kommen Sie, essen Sie mit mir.«

Nash ließ sich die Mahlzeiten meist in seiner Suite servieren und aß allein. Im Gegensatz zu den meisten Schauspielern hatte er eine einzelgängerische Ader, der er hier, in Abwesenheit seiner Frau, freien Lauf ließ. Überrascht, aber auch froh, selbst nicht allein essen zu müssen, blieb ich also zum Dinner – Suppe, Lamm, Weißwein –, und das war ein Schritt hin zu einer definitiven Freundschaft, die ich vierzehn Tage vorher für wenig wahrscheinlich gehalten hätte.

Entspannt nach den Mühen des Tages, entschloß ich mich, kurz bei Dorothea vorbeizufahren, um zu sehen, ob sie irgend etwas brauchte, bevor ich mich wieder mit Moncrieff traf, um die Arbeitsgänge am nächsten Morgen auf der Heide zu besprechen.

Ich erwartete ein ruhiges Trauerhaus vorzufinden. Statt dessen sah ich, als ich ankam, blitzende Lichter, einen Polizeiwagen und einen Krankenwagen.

6

Ein Polizist versperrte mir den betonierten Fußweg.

»Was ist passiert?« fragte ich.

»Gehen Sie bitte zurück, Sir.« Er war jung, kräftig, geschäftsmäßig und hatte wenig Verständnis für unbekannte Vertreter der Allgemeinheit. Seine Aufgabe war es, eine kleine Gruppe von Schaulustigen weit genug vom Geschehen fernzuhalten.

Ich versuchte es noch einmal. »Die Leute, die hier wohnen, sind Freunde von mir.«

»Bleiben Sie bitte zurück, Sir.« Er sah mich kaum an, ungewollt eindrucksvoll, eine solide physische Schranke, die ich nicht anzugreifen gedachte.

Ich zog mich durch die Schar der Schaulustigen zurück und benutzte meinen ständigen Begleiter, das Mobiltelefon, um Dorotheas Nummer anzurufen. Erst nach sehr langer Zeit, wie mir schien, meldete sich die gequälte Stimme einer Frau: »Hallo?«

»Dorothea?« sagte ich. »Hier ist Thomas.«

»Oh. Ach nein, hier ist Betty. Wo sind Sie, Thomas? Können Sie herkommen?« Ich erklärte, daß ich draußen stand, aber nicht hereingelassen wurde, und Sekunden später kam sie hastig den Weg hinunter, um mich zu holen. Der massige Polizeibeamte trat achselzuckend zur Seite, als habe er seine Schuldigkeit getan, und ich eilte mit Betty zur Eingangstür.

»Was ist passiert?« fragte ich sie.

»Jemand ist eingebrochen. Es ist schrecklich… sie haben Dorothea beinah umgebracht… wie konnten sie nur? Dr. Gill ist gerade erst gekommen, und die Polizei auch, und alles ist voll Blut, und sie machen Fotos, es ist einfach unglaublich…«

Wir gingen ins Haus, und im Innern sah es aus, als wäre ein Tornado durchgefegt.

Valentines Schlafzimmer gleich neben der Haustür war ramponiert: Schubladen lagen ausgekippt auf dem Fußboden, auf ihrem verstreuten Inhalt. Der Kleiderschrank stand offen und war leer. Bilder waren von den Wänden gerissen, ihre Rahmen zerbrochen. Matratzen und Kissen waren aufgeschlitzt, die Füllungen quollen heraus.

»So sieht's hier überall aus«, jammerte Betty. »Auch in den Badezimmern und der Küche. Ich muß wieder zu Dorothea… ich habe Angst, sie stirbt…«

Sie ließ mich stehen und verschwand in Dorotheas Schlafzimmer, und ich ging zögernd um eine große Lache angetrockneten Blutes im Flur herum und folgte ihr.

Ich hätte nicht zu befürchten brauchen, daß ich stören könnte – das Zimmer war voller Leute. Robbie Gill verdeckte mir weitgehend die Sicht auf Dorothea, die stumm, mit Schuhen an den Füßen, Strümpfen an den Beinen, auf ihrem zersäbelten Bett lag. Zwei Sanitäter mit einer fahrbaren Trage nahmen den halben verfügbaren Raum ein. Eine uniformierte Polizistin und ein Fotograf waren an der Arbeit. Betty zwängte sich durch das Gedränge und winkte mir, ihr zu folgen.

Robbie Gill, der aufschaute und mich sah, nickte zur Begrüßung und trat einen Schritt zurück mit dem Ergebnis, daß ich Dorothea ganz sehen konnte und Übelkeit und ohnmächtige Wut mich überkamen.

Sie war voll Blut, verquollen und bewußtlos, mit schweren Schnittwunden an Wange und Stirn und einem roten Etwas an der Stelle ihres Mundes.

»Ihr rechter Arm ist gebrochen«, diktierte Robbie Gill der mitschreibenden Polizistin. »Sie hat innere Verletzungen…« Er schwieg. Selbst für einen Arzt war das zuviel. Dorotheas Kleidung war aufgeschlitzt, die alten Brüste und der Bauch entblößt; zwei Schnittwunden an ihrem Leib bluteten stark, die eine war so tief, daß ein Eingeweidewulst aus der Bauchdecke heraustrat, eine hell schimmernde, schwellende Insel in einem nassen roten Meer. Der Blutgeruch war überwältigend.

Robbie Gill nahm steriles Verbandszeug aus seiner Tasche und bat alle außer der Polizistin, den Raum zu verlassen. Die Beamtin sah mehr als bleich aus, blieb aber auf ihrem Posten, während wir anderen schweigend gehorchten.

Betty zitterte, mit Tränen auf den Wangen.

»Ich bin noch mal vorbeigekommen, um nachzusehen, ob sie sich auch was zu essen gemacht hatte. Sie vernachlässigt sich, seit Valentine nicht mehr da ist. Ich bin durch die Hintertür rein, in die Küche, und alles war demoliert... ganz schrecklich... und dann hab ich sie gefunden, sie lag auf dem Flur in ihrem Blut, ich dachte, sie sei tot... Ich habe Dr. Gill angerufen, weil seine Nummer direkt neben dem Telefon in der Küche lag, und er hat die Polizei und den Krankenwagen mitgebracht... und sie haben sie ins Schlafzimmer gelegt. Ob sie wieder gesund wird?« Die Angst schüttelte sie. »Sie darf nicht sterben, so nicht. Wie kann jemand so etwas tun?«

Ich hatte mir ähnlich böse oder noch schlimmere Szenen ausgemalt und sie gefilmt, aber wir hatten meist in Öl gelösten Lippenstift als Blut verwendet – nicht zu dünn, nicht zu dick – und als Eingeweide aufgeblasene Wursthaut, und hatten graugeschminkte Gesichter mit Schweiß aus dem Zerstäuber besprüht.

Neue Leute kamen, anscheinend Kriminalbeamte. Betty und ich zogen uns in Dorotheas Wohnzimmer zurück, dessen chaotischer Zustand wiederum über alles Verständnis ging.

»Wie kann jemand das machen?« wiederholte Betty dumpf. »Wie kommt einer dazu?«

»Hatte sie irgend etwas Wertvolles?« fragte ich.

»Ach, woher denn? Nur ihre kleinen Nippsachen. Souvenirs und Modeschmuck. Sogar das Foto von ihrer Hochzeit mit Bill haben sie zerrissen. Wie kann man nur?« Sie hob die Stücke eines Fotorahmens auf und beweinte das Leid ihrer Freundin. »Und ihre schöne rosa Vase... die ist zerschmissen. Sie hing an der Vase.«

Ich starrte auf die rosa Scherben, ging dann auf ein Knie nieder und suchte vergeblich den Teppich ab. »Ich habe den Schlüssel in die rosa Vase in meinem Wohnzimmer gelegt.« Dorotheas Stimme war mir deutlich in Erinnerung. Der Schlüssel zu Valentines Arbeitszimmer, versteckt, damit ihr Sohn Paul sich nicht an den Büchern vergriff.

Bitter, aber wortlos fluchend ging ich durch den Flur und stieß die nur angelehnte Tür des Arbeitszimmers auf. Der Schlüssel steckte im Schloß. Valentines Heiligtum war so verwüstet wie das übrige Haus; alles Zerbrechliche war zerbrochen, alles weniger Feste zerschnitten, all seine Fotos zerstört.

Sämtliche Bücher waren verschwunden.

Ich öffnete den Schrank, in dem er die Alben mit seinen gesammelten Zeitungsartikeln aufbewahrt hatte.

Sämtliche Regale waren leer.

Betty legte mir zitternd die Hand auf den Arm und sagte: »Dorothea hat mir erzählt, daß Valentine Ihnen seine Bücher vermachen wollte. Wo sind die denn jetzt?«

Bei Paul, dachte ich automatisch. Aber er konnte seiner Mutter nicht solche Verletzungen beigebracht haben. Ein aufgeblasener, großspuriger Mensch, das war er, ja; aber nicht dermaßen bösartig.

Ich fragte Betty: »Wo ist Paul – ihr Sohn?«

»O je, o je! Er ist gestern heimgefahren. Er weiß noch nichts... Und ich habe seine Nummer nicht...« Sie schwankte. »Ich halte das nicht aus.«

»Machen Sie sich keine Gedanken«, sagte ich. »Setzen Sie sich.

Ich finde seine Nummer schon raus. Jetzt mach ich Ihnen erst mal einen Tee. Wo ist Ihr Mann?«

»Heute ist sein Darts-Abend… in der Kneipe.«

»In welcher?«

»O je… Im Drachen.«

Eins nach dem anderen, dachte ich und ging in die Küche. Heißer, gesüßter Tee war ein gutes Mittel, um Zusammenbrüchen nach einem Schock vorzubeugen. Obwohl das kleine Haus von Autoritätsfiguren überfüllt zu sein schien, funkte mir niemand dazwischen. Ich brachte Betty den Tee, und Tasse und Teller klapperten in ihren zitternden Händen, während sie in Valentines Zimmer saß.

Im gottlob unzerfetzten Telefonbuch des alten Mannes sah ich die Nummer des Drachen nach und verdarb Bettys Mann eine dreifache Zwanzig, indem ich ihn bat, schnell nach Hause zu kommen. Dann fahndete ich nach Pauls Nummer und entdeckte sie auf dem Notizblock, der beim Nebenanschluß in der Küche hing.

Paul meldete sich, und ich hörte seine unangenehme Stimme mit Erleichterung. Wenn er zu Hause in Surrey war, konnte er nicht hundertfünfzig Kilometer entfernt in Newmarket seine Mutter überfallen haben, dafür waren die blutenden Wunden noch zu frisch. Auch wenn sie jetzt noch lebte, eine solche Körperverletzung durch den eigenen Sohn hätte sie seelisch nicht verwinden können.

Er hörte sich durchaus entsetzt an. Er erklärte, er werde sofort losfahren.

»Ich weiß nicht, in welches Krankenhaus sie kommt«, sagte ich.

»Muß sie sterben?« unterbrach er.

»Wie gesagt, ich weiß es nicht. Warten Sie einen Moment, dann hole ich Ihnen Dr. Gill an den Apparat.«

»Dieser Blindgänger.«

»Bleiben Sie dran«, sagte ich. »Warten Sie.«

Ich ging aus der Küche, sah, daß die nach Fingerspuren suchenden Kriminalbeamten anfingen, Sachen einzustäuben, und lungerte herum, bis Dorotheas Tür sich öffnete und die Polizistin die Leute mit der Trage hereinwinkte.

Ich sagte zu ihr: »Mrs. Panniers Sohn ist am Telefon. Dürfte Dr. Gill bitte mit ihm sprechen?«

Sie sah mich geistesabwesend an und zog sich mit den Sanitätern in Dorotheas Zimmer zurück, gab die Nachricht jedoch offenbar weiter, denn bald darauf schaute Robbie Gill zur Tür heraus und fragte mich, ob Paul wirklich am Apparat sei.

»Ja«, bestätigte ich. »Er möchte mit Ihnen reden.«

»Sagen Sie ihm, ich bin gleich soweit.«

Ich richtete es Paul aus. Ihm ging das alles nicht schnell genug. Ich bat ihn zu warten und ließ es dabei. Wütend und beunruhigt wegen Dorothea, besorgt wegen der verschwundenen Bücher, war es mir unmöglich, Paul zu beruhigen. Ich konnte ihm noch nicht einmal mein Mitgefühl aussprechen. Ich war sicher, er würde mir die Bücher höchstens zurückgeben, wenn ich ihn vor Gericht zerrte, und selbst dann hatte ich ja kein Verzeichnis, um festzustellen, was fehlte.

Robbie Gill begleitete Dorothea auf der rollenden Trage bis hinaus zum Krankenwagen und trug Sorge, daß sie vorsichtig behandelt wurde. Dann kam er mit ernster Miene wieder ins Haus, war mit wenigen Schritten an der Küchentür, wo ich wartete, ging zu dem Tisch in der Mitte und ergriff den Hörer.

»Mr. Pannier?« fragte er und verzog dann brummig das Gesicht, als Paul am anderen Ende loslegte.

»Mr. Pannier«, sagte Robbie energisch, »Ihre Mutter hat Schläge auf den Kopf bekommen. Davon ist sie bewußtlos. Ihr rechter Arm ist gebrochen. Zudem hat sie Stichverletzungen am Körper. Ich überweise sie nach Cambridge…«, er nannte das Krankenhaus, »…wo man sich sehr gut um sie kümmern wird.

Ich kann Ihnen nicht sagen, ob sie am Leben bleibt.« Pikiert lauschte er Pauls Antwort. »Nein, sie ist nicht mißbraucht worden. Ich habe alles Erdenkliche getan. Rufen Sie doch nachher im Krankenhaus an. Es liegt jetzt nicht mehr in meinen Händen.« Er warf den Hörer auf die Gabel, preßte die Lippen zusammen, als wollte er sich dadurch vom Fluchen abhalten, und rieb sich die Augen mit Daumen und Zeigefinger.

»Wie geht's ihr wirklich?« fragte ich.

Er zuckte müde die Achseln, sein Gesicht entspannte sich. »Ich weiß es nicht. Mir scheint, sie hat sich gewehrt. Sich mit dem Arm zu schützen versucht. Seltsam… es ist beinah, als hätte sie *zwei* Angreifer gehabt… einen, der sie mit einem harten, gezackten Gegenstand auf den Kopf geschlagen, und einen, der ein Messer benutzt hat. Vielleicht war es auch nur ein Angreifer, aber mit zwei Waffen.«

»Die Frage ändert nichts«, sagte ich, «aber warum ist sie überfallen worden?»

»Eine liebe, nette alte Dame! Die Welt ist verkommen. Alte Damen werden nicht verschont. Ich kann ihren Sohn nicht ausstehen. Sollte ich eigentlich für mich behalten. Hören Sie weg. Er wollte wissen, ob sie vergewaltigt worden ist.«

»Er ist ein absoluter Widerling.«

»Die Polizei hat gefragt, wieso das ganze Haus in so einem Zustand ist.« Er deutete mit dem Arm auf die Verwüstung ringsherum. »Woher soll ich das wissen? Sie war nicht arm, aber auch nicht reich. Arme alte Leutchen. In letzter Zeit hatten beide auf Sie gebaut, wissen Sie das? Sie haben Sie geliebt in gewisser Weise. Schade, daß *Sie* nicht ihr Sohn sind.«

»Valentine war ein Teil meiner Kindheit.«

»Ja. Das hat er erzählt.«

»Und… wie geht's jetzt weiter?«

»Die Polizei spricht von Mordversuch, wegen der Stichwunden. Aber… ich weiß nicht…«

»Was?« half ich nach, als er zögerte.

»Es ist vielleicht überspannt... ich weiß nicht, ob ich es der Polizei sage, aber man hätte ihr so leicht den Rest geben können. Nur ein gezielter Stich noch.« Er schwieg. »Sie haben sie doch gesehen, nicht?«

»Ja, als Sie vom Bett zurückgetreten sind.«

Er nickte. »Genau. Sie haben die Stiche gesehen. Es sind zwei, einer eher oberflächlich, einer sehr tief. Der erste hat ihr die Kleider aufgeschlitzt. Wieso gab es keinen dritten? Wissen Sie, was ich glaube? Ich glaube, das war ein *nicht zu Ende geführter Mord.* Ich glaube, der Täter hat es sich anders überlegt.«

Ich machte große Augen.

»Halten Sie mich ruhig für verrückt«, sagte er.

»Nein, ich halte Sie für klug.«

»Ich habe schon Messermorde gesehen. Die sind oft ein Bild der Raserei. Stichwunden noch und noch. Kopfkranke in Aktion. Die können nicht aufhören. Verstehen Sie?«

»Ja«, sagte ich.

»Ich weiß nicht, warum ich Ihnen das erzähle. Geben Sie nichts drauf. Wenn wir Glück haben, kann Dorothea uns das alles einmal selbst erzählen.«

»Wieviel Glück braucht es dafür?«

»Offen gestanden«, sagte er bedrückt, »eine ganze Menge. Gehirnerschütterungen sind immer heikel. Ich glaube nicht, daß sie eine Hirnblutung hat, kann es aber nicht genau sagen. Aber die Bauchverletzung... die ist schlimm... Wenn da eine Infektion dazukommt... sie wird ja nächsten Monat achtzig... Aber an sich ist sie in Ordnung... gesund für ihr Alter, meine ich. Die beiden sind mir ans Herz gewachsen, auch wenn ich Valentine nach außen hin bekriegt habe, den sturen alten Bock.«

Ich hielt Robbie Gill für einen guten Arzt und sagte es ihm auch. Er wischte meine Worte beiseite.

»Kann ich Sie was fragen?« sagte ich.

»Natürlich.«

»Tja … wie lange ist der Überfall auf Dorothea her?«

»Wie lange das her ist?«

»Ja. Ich meine, ist sie überfallen worden, *bevor* das Haus ramponiert wurde? Die Fetzerei hier hat doch sicher einige Zeit beansprucht. Oder war sie unterwegs und ist im falschen Moment zurückgekommen? Oder hat jemand versucht, Informationen aus ihr herauszuprügeln, ist dabei zu weit gegangen und hat dann das ganze Haus auf den Kopf gestellt?«

»He, nun mal langsam«, protestierte er. »Sie denken wie ein Polizist.«

Wie ein Filmemacher, dachte ich. Ich fragte noch einmal: »Wann ist sie überfallen worden?«

Er schürzte die Lippen. »Das Haus wurde vorher demoliert.«

Wir verarbeiteten das schweigend.

»Sicher?« fragte ich schließlich.

Gill sagte: »Den relativ geringen Schwellungen und der starken Blutung nach war Dorothea noch nicht lange in diesem Zustand, bevor ihre Freundin Betty sie gefunden hat. Ich bin gleich nach Bettys Anruf hergekommen. Viel länger als fünf Minuten war ich nicht unterwegs. Betty kann vielleicht von Glück sagen, daß sie nicht zehn Minuten früher hergekommen ist.« Er seufzte. »Gott sei Dank ist das nicht unser Problem. Wir können es der Polizei überlassen.«

»Ja.«

Er sah auf seine Uhr und meinte, es sei ein langer Tag gewesen, und auch da gab ich ihm recht. Die Polizisten erlaubten ihm zu fahren, nachdem sie seine Fingerabdrücke genommen hatten. Sie ließen sich auch meine und die von Betty geben: zur Eliminierung, wie es hieß. Sie nahmen kurze Aussagen von mir und Betty auf, und wir sagten ihnen, daß Pauls Fingerabdrücke wie die unseren überall sein würden.

Bettys Mann kam und holte sie mit tröstend ausgebreiteten

Armen ab, während ich schließlich zum Bedford Lodge zurückfuhr und mit Moncrieff eine große therapeutische Dosis hinter die Binde kippte.

Von Ed auf meine Anweisung herbeizitiert, versammelten sich alle verfügbaren Crews, Techniker, Garderobenleute und Darsteller (außer Nash) am Sonntag morgen bei Tagesanbruch auf dem Stallhof.

Ich stieg auf einen Stuhl, um ihnen meine Rede zu halten, und fragte mich in der frischen, immer windigen Luft East Anglias, wie Shakespeare wohl auf die Idee gekommen war, daß irgendwer außer den nächststehenden Rittern die Ansprache Heinrichs des Fünften vor Agincourt verstanden haben konnte bei dem Geklirr so vieler Rüstungen auf Pferderücken und ganz ohne Mikrophon.

Ich hatte wenigstens ein Megaphon, ein meinem Publikum bestens vertrautes Gerät.

»Inzwischen«, sagte ich laut, als die Bewegung in der Gesellschaft zu ungeduldigem Warten abgeebbt war, »haben Sie sicher alle das ›Sterngeflüster‹ im *Daily Drumbeat* von gestern gelesen.«

Ich erntete Nicken, große Augen und manch ein sarkastisches Lächeln. Keinen offenen Spott. Immerhin etwas.

»Sie können sich denken«, fuhr ich fort, »daß unsere Muttergesellschaft in Hollywood über den Artikel stark beunruhigt war. Glücklicherweise konnte unser Produzent sie überzeugen, daß Sie alle hier sehr gute Arbeit leisten. Es mag einigen von Ihnen gefallen, anderen nicht, aber Hollywood hat bekräftigt, daß ich weiterhin Regie führe. Nash Rourke hat ihnen gesagt, er sei dafür. Folglich bleibt alles beim alten. Ob Sie meine Persönlichkeit so einschätzen wie der *Drumbeat* oder nicht – wenn Sie weiter hier mitwirken wollen, verpflichten Sie sich bitte stillschweigend, für den Film Ihr Bestes zu geben. In unser aller Interesse sollte die Produktion eines sehenswerten, spannenden Spielfilms Vorrang haben vor allen persönlichen Gefühlen. Sie sollen später einmal befriedigt sagen können, daß Sie an diesem Film mitgearbeitet haben. Es geht also weiter im Text, das heißt, die Pfleger satteln jetzt bitte ihre Pferde, und alle anderen machen nach dem Zeitplan weiter, den Ed verteilt hat. Alles klar? Okay.«

Ich ließ das Megaphon sinken, stieg von dem Stuhl runter und wandte der Gesellschaft den Rücken, um zu Moncrieff zu stoßen, der demonstrativ hinter mir gestanden hatte.

»Die haben Sie auf Vordermann gebracht«, meinte er mit beifälliger Ironie. »Man könnte einen Film drehen über die Entstehung dieses Films.«

»Oder ein Buch schreiben«, sagte ich.

Unser weiblicher Star, Silva Shawn, kam federnden Schrittes über den Hof zu uns. Wie üblich, wenn sie nicht im Rollenkostüm war, trug sie weite, flatternde Lagen dunkler Kleidung, die ihr bis an die Fesseln reichten, dazu schwarze Doc-Martens-Treter und einen anthrazitgrauen Hut, der aussah wie ein auf ihren Brauenbögen sitzender, plattgedrückter Schlappzylinder. Sie ging mit weit ausgreifenden Schritten und reckte bei Besprechungen meist das wohlgeformte Kinn vor, was in der Körpersprache hieß: Macht euch über mich lustig, wenn ihr es wagt.

O'Hara hatte mich eindringlich davor gewarnt, ihr Komplimente zu machen, die sie als sexuelle Belästigung auslegen konnte, und das fand ich gar nicht leicht, denn die ersten Wörter, die mir spontan zu ihr einfielen, waren, von »lecker« abgesehen, »göttlich«, »bezaubernd« und »äußerst begehrenswert«, doch O'Haras Anweisung lautete: »Sagen Sie niemals Schätzchen zu ihr.«

»Warum nehmen Sie sie, wenn sie so empfindlich ist?« hatte ich ihn gefragt, und seine knappe Antwort war: »Sie kann schauspielern.«

Ihr Beitrag zu diesem Film hatte sich bisher weitgehend auf die recht freizügigen (von Howard »nein, nein, nein« bestöhnten) Bettszenen mit Nash beschränkt, die wir in der Vorwoche gedreht hatten. Dabei waren wir Howards Skript im Dialog treu geblieben: Nur, daß ich entgegen seiner Absicht Nash und Silva ihren Text nicht voll angekleidet sagen ließ, erboste ihn. Er hatte ihren zurückhaltenden Gefühlsaustausch im Wohnzimmer angesiedelt. Ich hatte ihn ins Schlafzimmer verlegt, die verbale Zurückhaltung zwar übernommen, aber sich steigerndes physisches Verlangen dagegengesetzt. Ohne Scheu (»Körper sind etwas Natürliches«) hatte Silva zart ausgeleuchtete Nacktaufnahmen von sich im Badezimmer machen lassen.

Die Muster hatten manchen Puls beschleunigt, auch meinen. Ob sie es wahrhaben wollte oder nicht, Silvas Schauspielerei war von einer Sinnlichkeit, die der von ihr privat eingenommenen Haltung diametral entgegenstand.

Sie war in der vergangenen Woche nicht in Newmarket gewesen, da sie anderweitigen Verpflichtungen hatte nachkommen müssen, aber heute morgen sollte sie ein Pferd auf der Heide bewegen und Gebrauch von einem reiterlichen Können machen, auf das sie stolz war. Wie es bei Filmaufnahmen fast immer üblich ist, drehten wir die Szenen nicht in chronologischer Reihenfolge: Die Begegnung zwischen dem Trainer und Cibbers Frau, die wir heute filmten, war ihr erstes Zusammentreffen, sie lernten sich kennen, ganz harmlos zunächst, aber schon bald versprachen sie sich mit den Augen mehr.

Silva sagte unleidlich: »Sie haben mir hoffentlich ein gutes Pferd besorgt.«

»Er ist schnell«, sagte ich nickend.

»Und sieht er gut aus?«

»Selbstverständlich.«

»Und ist er gut trainiert?«

»Ich habe ihn selbst geritten.«

Wortlos verlagerte sie ihr beinah allumfassendes Mißvergnügen auf Moncrieff, den sie für einen Chauvi hielt, obwohl er es wie sonst kaum jemand verstand, selbst häßliche Frauen schön auf die Leinwand zu bringen.

Man hätte annehmen können, nach so vielen Jahren des Studiums weiblicher Rundungen sei Moncrieff dafür unempfänglich geworden, aber wann immer wir zusammenarbeiteten, verliebte er sich in die Hauptdarstellerin, und Silva schien keine Ausnahme zu sein.

»Platonisch«, hatte ich ihm angeraten. »Schön die Hände weg. Okay?«

»Sie braucht mich«, hatte er geseufzt.

»Beleuchten Sie sie und basta.«

»Diese Backenknochen!«

Silva hatte ihn glücklicherweise bisher alles andere als ermutigt. Mir war schon an dem Tag, als ich sie kennenlernte, aufgefallen, daß sie mehr Augen für Männer in Schlips und Kragen, mit kurzen Haaren und glattrasiertem Kinn hatte, eine Vorliebe, die hoffen ließ, daß sie den zottelbärtigen, linkischen, nachlässig gekleideten Moncrieff auch weiterhin nicht richtig wahrnehmen würde.

»Ich glaube«, sagte ich höflich zu Silva, »Sie werden in der Maske erwartet.«

»Wollen Sie damit sagen, daß ich spät dran bin?«

Ich schüttelte den Kopf. »Die Versammlung hat uns alle aufgehalten. Trotzdem hoffe ich, daß wir mit den Heideszenen bis Mittag fertig werden.«

Sie entfernte sich federnd, mit flatternden Röcken, eine Aussage eigener Art.

»Himmlisch«, hauchte Moncrieff.

»Gefährlich«, sagte ich.

Nash traf gähnend mit seinem Rolls ein und ging zum Umkleiden und zur Maske ins Haus. Sekunden nach ihm kam ein

Mann von ganz ähnlicher Statur auf einem Fahrrad in den Stallhof gefahren und ließ den Kies aufspritzen, als er scharf neben Moncrieff und mir bremste.

»Morgen«, sagte der Neuankömmling kurz und stieg ab. Von Respekt keine Spur.

»Guten Morgen, Ivan«, erwiderte ich.

»Sind wir noch im Geschäft?«

»Sie haben sich verspätet«, sagte ich.

Er nahm die Bemerkung zu Recht als Rüge und verzog sich mitsamt seinem Fahrrad ins Haus.

»Den kann ich nicht leiden«, sagte Moncrieff. »Ein frecher Sack.«

»Ganz egal. Lassen Sie ihn aussehen wie Sankt Georg, wie einen strahlenden Helden.«

Nash selbst war eine imposante Erscheinung, wenn er zu Pferd saß, doch bei jeder Pace, die über den Schritt hinausging, traten Mängel zutage, so daß wir bei Fernaufnahmen statt Nash den Stuntman Ivan traben oder kantern ließen. Ivan verdiente seinen Lebensunterhalt mit dem Reiten vor der Kamera und hatte sich eine Aufsässigkeit angewöhnt, die seine Chancen auf ein berufliches Weiterkommen trübte. Ich hatte auch gehört, daß er in Kneipen damit angab, wie nah er Nash Rourke stand, den er schon einmal in einem Film gedoubelt hatte. Nash dies, Nash das, Nash und ich… In Wirklichkeit trafen sie sich selten und unterhielten sich noch seltener. Ivan hatte ein paar kurze geschäftsmäßige Transaktionen zu einer Beziehung aufgebauscht.

In vielen anderen Rennsportzentren fahren die Trainer mit dem Landrover hinaus, um ihr Lot bei der Arbeit zu sehen, doch auf der weitgehend weglosen Heide um Newmarket ist es noch immer üblich, alles vom Pferd aus zu beaufsichtigen, und es war keine Frage, daß Nash im Sattel eindrucksvoller wirkte als am Steuer eines Wagens mit Vierradantrieb. Der Sexappeal des Megastars brachte das Geld herein. Meine Aufgabe war es, diese Ausstrahlung herauszuarbeiten, sie aber natürlich erscheinen zu lassen, und das war bei Nash gar nicht schwierig.

Moncrieff fuhr mit zwei Kamerateams auf einer der wenigen Straßen zu den Positionen, die wir am Abend vorher vereinbart hatten. Die Pferde sollten einen Hang hinauf kantern, und eine Kamera sollte von hinten, die andere von vorn aufnehmen, wie sie über den Kamm in das Licht der tiefstehenden Sonne kamen; ein Effekt, so hoffte ich, wie ein Trompetentusch nach einer leisen, aber lyrischen Introduktion. Ich hörte oft Soundtracks im Kopf, lange bevor ein Komponist die Musik zum Film entwickelte.

Ed, der auf die Minute genau wußte, wann die Einstellung beginnen sollte, blieb unten beim Stall. Ich hätte ohne weiteres fahren können, entschloß mich aber, zu Moncrieff hinaufzureiten; und ich nahm das für Silva bestimmte Pferd, um ihm den Hals rundzumachen, das heißt, es aufzuwärmen, damit es brav unter ihr ging und nicht bockte. Silva mochte stolz auf ihre Reitkunst sein, aber O'Hara würde es mir nicht danken, wenn sie abgesetzt wurde und auf das edle Hinterteil plumpste.

Der schreckliche Ivan sollte allein auf dem Pferd, das sonst Nash ritt, zum Hügelkamm kantern. Dort sollte er anhalten, sein Pferd wenden und stehenbleiben, so daß er sich als Silhouette gegen den heller werdenden Himmel abhob. Ich hatte ihm eigens eingeschärft, den günstigen Lichtstand nicht durch einen Fehler zu vergeuden.

Er war gekränkt gewesen, daß ich ihm einen Fehler zutraute.

»Dann machen Sie's richtig«, sagte ich.

Ich stieß zu Moncrieff und dem auf halber Höhe des Hangs postierten Kamerawagen und gab Seufzer der Erleichterung von mir, als Ivan uns einen wunderschönen Kanter bergan lieferte, an der richtigen Stelle anhielt und wendete und Pferd und Reiter sich klar und herrlich schwarz auf goldenem Grund abzeichneten.

»Jesus Maria«, sagte Moncrieff, konzentriert durchs Objektiv schauend. »Das ist ein Hit.« Er hielt fünfzehn kostbare Sekunden drauf.

»Noch mal?« tippte ich an.

Moncrieff vergewisserte sich, daß der Film sauber durchs Bildfenster gelaufen war, und schüttelte den Kopf. »Das war ziemlich ideal.«

»Gut. Kopieren. Und für die lange Einstellung mit den übrigen Pferden legen wir eine neue Rolle ein.«

Ich bat Ed noch einmal über Sprechfunk, den Zeitplan einzuhalten, ließ die Aufnahme wie stets vom Materialassistenten beziffern und sah zu, wie das Lot in einem schnellen Kanter bergauf strömend gefilmt wurde. Ich rief der hinterm Berg stehenden Kamera zu, sie sollte übernehmen, doch Perfektion ist rar, und erst als ich selbst über den Berg geritten war, um den Ablauf von dort aus zu koordinieren, bekam ich, nach einigem Gestöhn und zwei Wiederholungen, meinen Trompetentusch.

Als die Totalen endlich im Kasten waren, warteten die Berittenen noch in einer wogenden Heerschar auf unser Okay und auf weitere Anweisungen. Ivan saß wichtigtuerisch auf Nashs Pferd, jedoch ein wenig abseits, und ich stand jetzt bei Moncrieff und beriet mich mit ihm, die Augen auf dem Negativbericht.

Ich sah nicht, was geschah. Ich hörte einen Ausruf der Entrüstung von Ivan und anderes Geschrei. Viel schreckhafte Bewegung kam unter den Reitern auf, doch ich hielt das zunächst für den üblichen Rummel, der entsteht, wenn in einer Gruppe von Pferden eins nach dem anderen auskeilt.

Ivan rappelte sich fluchend vom Boden auf. Ein Pferd mit Reiter löste sich aus der Gruppe und jagte über den Hügel in Richtung Newmarket. Ich dachte gereizt, daß ich ein paar Leuten auf die Finger klopfen mußte, und ärgerte mich über die vertane Zeit.

Ivan kam mit seiner Beschwerde zu mir gestürmt.

»Dieser Irre«, sagte er wütend, »ist mit einem Messer auf mich los!«

»Das gibt's doch nicht.«

»Hier, schauen Sie.« Er hob den rechten Arm, damit ich seine Jacke sehen konnte, ein Tweedsakko vom gleichen Zuschnitt wie dasjenige, das Nash gewöhnlich in den Trainingsszenen trug. Ungefähr in Taillenhöhe war der Stoff von vorn nach hinten zwanzig Zentimeter aufgeschlitzt.

»Wenn ich's doch sage!« Ivan war nicht nur empört, sondern außer sich vor Angst. »Er hat ein Messer gehabt.«

Erschrocken begriff ich, daß er die Wahrheit sagte, und schaute unwillkürlich nach dem Pferd, das ich geritten hatte, doch es wurde ein ganzes Stück entfernt trockengeführt. Das nächstbeste Transportmittel war einer der Kamerawagen, auch wenn seine Schnauze in die falsche Richtung wies. Ich klemmte mich hinter das Steuer, wendete stuntreif im Dreieck, jagte über das Gras in Richtung Newmarket und erblickte den fliehenden Reiter weit vor mir, sobald ich über den Hügel kam.

Sein Vorsprung war zu groß, als daß ich eine reelle Chance gehabt hätte, ihn einzuholen. Auf Gras war ein Pferd so schnell wie ein Wagen, und er brauchte nur bis in die Stadt zu kommen; wenn er dann im Schritt weiterging, wurde er sofort unsichtbar, denn Newmarket war von eigens angelegten Reitwegen durchzogen, auf denen die Lots vom Stall zum Trainingsgelände auf der Heide gelangen konnten, ohne den Straßenverkehr zu behindern. Ein langsamer Reiter auf einem Reitweg wurde selbst am Sonntagmorgen zu einem unauffälligen Bestandteil des Straßenbildes.

Mir kam der Gedanke, daß ich vielleicht versuchen sollte, ihn zu filmen, aber die Kamera war mit Blick nach hinten auf dem Wagen montiert, da sie normalerweise vor ihrem Objekt herfuhr und herannahende Autos, Menschen oder Pferde aufnahm. Bis ich angehalten, gewendet und den Platz hinter der Kamera eingenommen hatte, würde meine Beute selbst für Vergrößerungen zu weit entfernt oder gänzlich außer Sicht sein.

Ich wollte schon aufgeben, da wurde das Pferd vor mir plötzlich jäh gezügelt, der Reiter machte kehrt und kam auf mich zu. Der Wagenmotor heulte auf. Der Reiter hob den Kopf. Offenbar sah er mich bergab auf sich zu rasen. Er riß sein Pferd wieder herum und galoppierte noch schneller als zuvor in Richtung Newmarket.

Obwohl sich der Abstand zwischen uns verringert hatte, war er so gut wie entkommen. Seine Gestalt hob sich kaum noch gegen die weiter vorn liegenden Gebäude ab. Ich mußte mir eingestehen, daß ich ihn nicht mehr einholen würde, und dafür wollte ich dann wenigstens herausbekommen, was ihn veranlaßt hatte, anzuhalten und kehrtzumachen.

Ich brachte den Wagen möglichst nah an der Stelle, wo er meiner Schätzung nach gewendet hatte, zum Stehen und sprang heraus, um zu schauen, was er wohl gesehen und für so wichtig gehalten hatte, daß er deswegen seine Flucht unterbrach.

Er war auf die Stadt zugeritten. Ich schaute dorthin und konnte nichts Beunruhigendes entdecken. Es schien keinen Grund für seine Vollbremsung zu geben, aber einer, der in diesem Tempo flüchtete, hielt nur an, wenn es sein mußte.

Wäre es ein Film… warum würde er anhalten?

Weil er etwas *verloren* hatte.

Der mit dichtem Gras bewachsene Hang des Trainingsgeländes war so breit wie eine Rollbahn und fast ebensolang. Es gab keine Gewähr dafür, daß ich an der richtigen Stelle war. Hatte der Reiter einen kleinen Gegenstand verloren, konnte ich den ganzen Tag suchen. Hatte er etwas Belangloses verloren, würde es mir gar nichts sagen, wenn ich es fand. Und doch hatte er angehalten.

Ich machte unschlüssig ein paar Schritte. Das Terrain war einfach zu groß. Überall Gras, meilenweit. Ich schaute zum

Hügelkamm hinauf und sah die ganzen Filmpferde mit ihren Reitern oben stehen wie die am Horizont auftauchenden Indianer in einem alten Pionierwestern. Hinter ihnen ging die Sonne auf.

In meiner Hast hatte ich da oben mein Funksprechgerät liegenlassen. Am besten, ich kennzeichnete den Punkt, wo ich gerade war, fuhr wieder hinauf und stellte die Pfleger an, damit sie den Hang systematisch zu Fuß abkämmten und schauten, ob sich irgend etwas Merkwürdiges am Boden fand.

Ich markierte die Stelle, indem ich meinen hellblauen Pullover auszog und auf die Erde warf: etwas Kleineres würde man übersehen. Ich machte kehrt, um wieder in den Wagen zu steigen.

Die Sonne erhob sich strahlend über dem Hügel, und zwanzig Schritte vor mir glitzerte etwas im Gras.

Ich ging hin, um nachzusehen, denn wo Rennpferde arbeiten, sollte nichts Glitzerndes sein – und blieb atemlos, wie angewurzelt stehen.

Der flüchtende Reiter hatte sein Messer verloren.

Kein Wunder, daß er es sich wiederholen wollte. Ich starrte auf das Ding, das vor meinen Füßen im Gras lag, und war beeindruckt und abgestoßen zugleich. Es war kein gewöhnliches Messer. Es hatte eine breite zweischneidige Klinge, etwa zwanzig Zentimeter lang, und einen stabförmigen Griff mit vier wie schwere Ringe aussehenden Fingerlöchern auf der einen Seite. Die Klinge war aus Stahl und der Griff gelblich, wie matt gewordenes Messing. Im ganzen war das Messer gut dreißig Zentimeter lang, kompakt, massiv, beängstigend und ungemein gefährlich.

Ich sah den Hang hinauf. Die Pfleger standen da und warteten auf Instruktionen.

Jeder verhält sich wahrscheinlich so, wie er ist. Ich ging zum Wagen, stieg ein und setzte ihn genau über das Messer, damit niemand die Waffe aufheben oder entfernen konnte; damit kein Pferd darauf treten und sich verletzen konnte.

Dann sprang ich hinten in den Wagen, schaltete die Kamera ein und filmte die Kette der Reiter, die sich schwarz gegen die aufsteigende Sonne abhob.

Auch wenn ich wieder der Arbeitslosigkeit ins unerbittliche Gesicht sah, schien es mir ein Jammer, eine solche Aufnahme zu vergeuden.

7

Ich ordnete den Tag um.

Alle kehrten zum Stall zurück bis auf Moncrieff, den ich hinter dem Steuer des Kamerawagens zurückließ mit der strikten Anweisung, den Wagen selbst dann nicht zu entfernen, wenn wütende Männer, deren Aufgabe es war, Fahrzeuge von der Heide fernzuhalten, es von ihm verlangten. Ich hatte mich furchtbar versündigt, indem ich auf geheiligtem Trainingsgrund herumgefahren war, sagte ich ihm. Er dürfe den Wagen nicht von der Stelle bewegen.

»Wieso nicht?«

Ich erklärte es ihm.

»Ein Messer?«, sagte er ungläubig.

»Jemand wollte Nash wirklich ans Leder.«

»Unmöglich!« rief Moncrieff aus, aber mehr aus Empörung denn aus Unglauben.

»Tennisdamen, Eiskunstläufer, John Lennon«, sagte ich. »Wer ist schon sicher?«

»Scheiße.«

Notgedrungen, wenn auch zögernd, rief ich die Polizei an und sah bereits die ersten fetten Schlagzeilen vor mir – »Dreharbeiten in Newmarket vom Pech verfolgt.« Scheiße, aber wirklich. Ich erwartete sie auf dem Stallhof, wo sämtliche Pfleger in Gruppen versammelt waren und Ivan sich großartig damit ausgesöhnt hatte, daß er beinah verletzt worden wäre.

Die Beamten, die dann kamen, waren nicht die gleichen wie bei Dorothea. Ich fragte mich, ob sich die Polizei nicht wundern würde, wenn sich schließlich herausstellte, daß sie innerhalb von vierundzwanzig Stunden zu zwei Messerstechereien gerufen worden war, sowenig sich auch ein Zusammenhang zwischen den Vorfällen erkennen ließ. Ich fragte mich, ob ihnen auffallen würde, daß ich beide Male am Schauplatz gewesen war.

Nash kam auf Eds Bitte hin in Maske und Kostüm aus dem Haus und stellte sich neben Ivan. Die Polizisten blickten von dem einen zum anderen und gelangten wie wir alle zu dem einzig möglichen Schluß. Mit ihren genau übereinstimmenden Reithosen, Tweedjacken und umgeschnallten Sturzkappen sahen sie auf zehn Schritt Entfernung gleich aus. Nur durch den Schnitt an der Seite von Ivans Jacke waren sie unschwer auseinanderzuhalten.

Ich sagte zu Nash: »Das könnte das Aus für den Film sein.«

»Es ist keinem was passiert.«

»Irgend jemand wollte Ihnen an den Kragen.«

»Aber es hat nicht geklappt«, sagte er.

»Sie nehmen das sehr gefaßt.«

»Thomas, ich lebe seit Jahren mit dieser Art von Gefahr. Wir alle leben damit. Die Welt ist voll von verrückten Fanatikern. Wer sich davon beunruhigen läßt, wagt sich doch nicht mehr vor die Tür.« Er sah zu den Polizisten hinüber, die aufschrieben, was die Pfleger ihnen erzählten. »Arbeiten wir heute noch?«

Ich zögerte. »Wie wird Silva reagieren?«

»Cool.«

Ich unterdrückte ein Lächeln. »Möchten Sie mit auf die Heide kommen und sich ansehen, was man Ihnen verpassen wollte? Und ist Ihnen klar, daß Sie von jetzt an eine Leibwache brauchen?«

»Nein. Ich hatte noch nie eine Leibwache.«

»Keine Leibwache, kein Film. Wahrscheinlich so oder so kein Film, wenn Hollywood davon erst Wind bekommt.«

Er sah auf seine Uhr. »Da drüben ist jetzt tiefe Nacht.«

»Sie sind also noch dabei?«

»Ja.«

»Dann machen wir sobald wie möglich weiter«, sagte ich dankbar.

Ed kam herüber und sagte, die Polizei wolle den Hauptverantwortlichen sprechen. Ich ging hin: Sie waren beide älter als ich und suchten, wie es schien, nach einer Vaterfigur, an die sie sich wenden konnten. Ich entsprach offenbar nicht ihrer Vorstellung von Autorität. O'Hara wäre ihr Mann gewesen.

Die Pfleger hatten ihnen gesagt, daß ein Reiter sich nachträglich ihrer Gruppe angeschlossen hatte, als sie nach ihrem dritten Kanter über den Berg planlos im Kreis gegangen waren Sie hatten sich nichts weiter dabei gedacht, da man sich bei Dreharbeiten nicht an die in einem Rennstall üblichen Gepflogenheiten hielt. Der Neuankömmling, in Jeans, Anorak und Sturzkappe, war in der Gruppe untergegangen. Erst als dann Ivans Pferd stieg und Ivan aufschrie und herunterfiel, hatten sie gemerkt, daß etwas nicht stimmte. Die Messerattacke selbst hatte anscheinend niemand gesehen.

Zur Beschreibung des Nachzüglers konnten sie wenig sagen. Eine Sturzkappe mit starkem Kinnriemen hatte effektiv das halbe Gesicht verdeckt. Außerdem hatte der Mann eine Rennbrille aufgehabt, wie Jockeys es häufig tun, um die Augen vor Staub und hochfliegendem Dreck zu schützen. Sie meinten, er könne auch Handschuhe getragen haben – und auch daran war nichts Ungewöhnliches.

Ob ich dem etwas hinzuzufügen habe, wollte die Polizei wissen.

»Er konnte gut reiten«, sagte ich.

Sie schienen das für belanglos zu halten, war man in Newmarket doch einiges an Reitkunst gewohnt, doch ich hielt es für bedeutsam.

»Er war kein Jockey«, sagte ich. »Dafür war er zu schwer. Ein untersetzter Mann.«

Und die Gesichtszüge? Ich schüttelte den Kopf. Ich hatte sein

Gesicht nicht gesehen, nur seinen Rücken, als er davongaloppiert war.

Ich wartete, bis sie die Pfleger und die Kameracrew außer Hörweite hatten ziehen lassen, ehe ich ihnen von dem Messer erzählte.

Wir fuhren über die Landstraße, um möglichst nah an den Kamerawagen heranzukommen, der noch immer wie ein Schandmal ins Auge stach. Vermutlich nur weil es Sonntag war, sprangen noch keine erbosten Aufseher herum. Ich fuhr dem Polizeiauto voraus und hatte Nash bei mir im Wagen, unter Mißachtung sämtlicher strenger Versicherungsvorschriften der Filmgesellschaft. Wen kümmerte das jetzt noch?

Moncrieff setzte den Kamerawagen drei Meter zurück. Die Polizei starrte stumm auf die freigelegte Waffe. Moncrieff sah erschrocken aus. Nash stand bewegungslos da.

»Er hat das Ding fallen lassen«, erklärte ich. »Er wollte es sich wiederholen. Dann sah er, daß ich ihm auf den Fersen war, und entschloß sich zu fliehen.«

Nash sagte: »*Damit* ist er auf Ivan los?«

Ich nickte. »Von jetzt an bekommen Sie eine Leibwache.«

Er sah mich an und erhob keine Einwendungen mehr. Einer der Polizisten holte eine große Papiertüte hervor und nahm vorsichtig, um etwaige Fingerabdrücke nicht zu verwischen, das Messer aus dem Gras.

»Es waren keine Turfspione da«, bemerkte ich.

»Was?« fragte Nash.

»Jeden Tag außer sonntags stehen Beobachter mit Ferngläsern da unten am Stadtrand.« Ich zeigte hin. »Information ist ihr Geschäft. Sie kennen jedes Pferd auf der Heide. Sie verraten Einzelheiten über Trainingsfortschritte an Zeitungsleute und Buchmacher. Wenn sie heute hiergewesen wären, hätte unser Messerheld sich nicht so leicht in Luft auflösen können.«

Einer der Polizisten nickte. »Wer hat also gewußt, Sir, daß

Mr. Rourke am heutigen Sonntag morgen hier draußen sein würde?«

»Ungefähr sechzig Leute«, sagte ich. »Alle, die an dem Film mitarbeiten, kennen den Drehplan zwei, drei Tage im voraus.« Ich schwieg. »Es haben zwar ein paar Leute zugeschaut, wie immer, wenn ein Film gedreht wird, aber wir halten Zaungäste gut auf Distanz, damit sie nicht in die Aufnahme geraten. Außerdem haben wir heute vor Sonnenaufgang mit der Arbeit angefangen.« Ich sah mich auf der Heide um. Trotz unserer Aktivität waren kaum Leute da. Auf der Straße fuhren Autos vorbei, ohne das Tempo zu verlangsamen. Die Heide sah weit und friedlich aus, keine Spur unheimlich.

Wie Nash hervorgehoben hatte, war niemand verletzt worden. Die Polizei nahm ihre Notizen, das Messer und ihre etwaigen Theorien mit hinunter nach Newmarket, und mit dem Gefühl, daß uns das drohende Verhängnis wie ein Geier auf den Schultern saß, rief ich die Kameras wieder ans Werk und ließ die magische erste Begegnung zwischen Nash und Silva lebendig werden.

Es war fast fünfzehn Uhr, bis wir auf der Heide fertig waren. Als ich zum Stall zurückkam, trafen vier große Transporter ein, um die Pferde mitsamt Sätteln, Zaumzeug, Decken und anderem Zubehör nebst Futter und Streu sowie die Pfleger mit ihren Reisetaschen zur Rennbahn von Huntingdon zu bringen. Für unseren Reitmeister offenbar kein Problem. Trotz der Aufregungen am Morgen schienen alle in Sonntagslaune zu sein.

O'Hara verscheuchte die vorübergehende Euphorie, als er in den Hof gefahren kam, wütend ausstieg und mich lautstark fragte: »Was zum Donnerwetter ist hier los?«

»Wir fahren nach Huntingdon«, sagte ich.

»*Thomas.* Ich rede nicht von dem verfluchten Huntingdon. Im Autoradio kam, daß irgendein Irrer Nash mit dem Messer angegriffen hat. Was zum Teufel ist passiert?«

Ich versuchte es ihm zu erklären, aber er war zu erregt, um zuzuhören.

»Wo ist Nash?« wollte er wissen.

»Im Haus, beim Abschminken.«

Gereizt ließ er mich stehen und ging durch die Hintertür ins Haus, während ich mich wieder um den Transport kümmerte und den Wagentreck in Gang setzte, auch wenn die Pioniere nicht mehr sangen.

Moncrieff sollte ausnahmsweise den Nachmittag freihaben. Ich sagte ihm, er habe das verdient und solle verduften, worauf er in Windeseile verschwand, bevor O'Hara zurückkam.

Zur Abwechslung allein, lehnte ich mich gegen die untere Hälfte einer Stalltür, lauschte der ungewohnten Stille und dachte über Messer nach. Valentines alte Stimme murmelte in meinem Kopf... »Ich habe das Messer Derry gegeben...«

Die Welt war voll von Messern.

Wer war Derry?

O'Hara und Nash kamen gemeinsam aus dem Haus und sahen weniger finster aus, als ich befürchtet hatte.

»Ich habe die halbe Nacht hindurch mit Hollywood gesprochen«, erklärte O'Hara. »Ich habe sie daran erinnert, daß es fast zwangsläufig verheerende Kritiken einbringt, wenn man mitten in der Produktion einen Regisseur abschießt, weil die Rezensenten da erst mal einhaken und in ihrer Besprechung dann hauptsächlich darüber spekulieren, wieviel besser es gewesen wäre, die Sache laufen zu lassen.«

»Ob es stimmt oder nicht«, bemerkte Nash trocken.

»In unserem Fall«, meinte O'Hara streng zu ihm, »haben Sie, wenn ich mich recht entsinne, gesagt, Thomas' Entlassung wäre auch Ihre Entlassung.«

»Ja. Wahnsinn.«

O'Hara nickte. »Jedenfalls werde ich den Standpunkt vertreten, daß der Angriff auf den Stuntman vorteilhafte und nicht abträgliche Publicity ist. Wenn der Film in den Verleih kommt, wird das Publikum darauf brennen, ihn zu sehen.«

Für mich hörte es sich an, als müsse er sich davon erst noch selbst überzeugen, aber ich dachte nicht daran, ihm zu widersprechen.

Statt dessen fragte ich: »Brauchen Sie mich hier in den nächsten Stunden?«

»Ich glaube nicht.« Es klang halb fragend, nach unterdrückter Neugier.

»Der späte Samstagnachmittag«, erklärte ich, »ist eine ideale Zeit für Überraschungsbesuche bei Farmern.«

O'Hara knobelte es aus. »Jackson Wells!«

»Genau.« Ich wandte mich an Nash. »Möchten Sie den Mann kennenlernen, den Sie darstellen?«

»Nein«, sagte er entschieden. »Ich will mir nicht die muffeligen Touren irgendeines verbitterten alten Griesgrams aneignen.«

Da ich ebensowenig wollte, daß er das tat, war ich eher erleichtert als enttäuscht. Ich sagte: »Heute abend um zehn bin ich zurück. Da steht eine Besprechung mit Moncrieff und Ziggy Keene an.«

»Ziggy wer?« fragte Nash.

»Stuntman«, sagte ich. »Unübertroffen zu Pferd.«

»Besser als Ivan?«

Ich lächelte. »Er kostet zehnmal soviel und ist das Zwanzigfache wert.«

»Diese Strandgeschichte?« fragte O'Hara.

Ich nickte.

»Was für eine Strandgeschichte?« wollte Nash wissen.

»Fragen Sie ihn nicht«, meinte O'Hara humorvoll zu ihm. »Unser Freund hat Visionen. Manchmal bringen sie's.«

»Was für eine Vision?« fragte mich Nash.

»Er kann Ihnen nichts drüber sagen«, antwortete O'Hara für mich. »Aber wenn sie reif ist, bekommen wir sie auch zu sehen.«

Nash seufzte. O'Hara fuhr fort: »Apropos sehen, wann sind die Muster von heute fertig?«

»Morgen früh, wie sonst auch«, versicherte ich ihm. »Wenn der Transporter kommt.«

»Gut.«

Wir schickten unseren belichteten Film täglich per Kurier nach London, um ihn über Nacht in einem auf Technicolor spezialisierten Kopierwerk entwickeln zu lassen. Der Film wurde im Lieferwagen einer Londoner Firma hin und her befördert, der Fahrer und ein mitfahrender Wachmann verbrachten die Nächte in London und die Tage in Newmarket: Bisher hatte das Arrangement zum Glück reibungslos geklappt.

Jeden Tag nach Prüfung der Muster vom Vortag trug ich auf einer komplizierten Tafel die Szenen und Einstellungen ein, die wir meiner Ansicht nach auf der Leinwand verwenden sollten, und »schnitt« dabei im groben schon den Film. Das half mir, über meine Absichten klarzuwerden, und kürzte auch wesentlich die Zeit ab, die wir nachher für die Bearbeitung brauchten. Manche Regisseure haben immer gern den Cutter zur Seite und lassen ihn über die Muster entscheiden, aber ich machte das lieber selbst, auch wenn es mitunter die halbe Nacht dauerte, denn so hatte ich mehr Einfluß auf das Endergebnis. Der Rohschnitt, Gerüst und Gestalt des fertigen Films, waren auf diese Weise mein Werk.

Mein Werk, ob es stand oder fiel. Leben auf dem schiefen Turm.

Ich hatte, als ich von Newmarket nach Westen aufbrach, nur eine vage Vorstellung davon, wo ich hinfuhr, und noch weniger ahnte ich, was ich sagen sollte, wenn ich ankam.

Vielleicht, um den Augenblick hinauszuschieben, aber auch, weil es am Weg lag, fuhr ich zuerst nach Cambridge und zu dem Krankenhaus, in dem Dorothea untergebracht war. Am Telefon hatte ich immer nur zu hören bekommen: »Es geht ihr gut«, aber das konnte auch bedeuten, daß sie im Sterben lag oder mit Drogen vollgepumpt war, und wie vorauszusehen bewog mein persönliches Erscheinen die Schwestern nicht, mich zu ihrer Patientin vorzulassen.

»Tut uns leid, kein Besuch.«

Nichts konnte sie umstimmen. Keinerlei Besuch, mit Ausnahme ihres Sohnes. *Ihn* könne ich wohl sprechen, wenn ich wollte.

»Ist er hier?« fragte ich und wußte selbst nicht, warum mich das erstaunte. Nichts auf der Welt hätte Paul von einer ausgewachsenen Krise ferngehalten.

Eine der Schwestern war so nett, ihn von meiner Anwesenheit zu unterrichten, und kam mit ihm im Schlepptau wieder.

»Mutter ist nicht in der Verfassung, Sie zu empfangen«, verkündete er, als wäre sie sein Eigentum. »Außerdem schläft sie.«

Wir musterten uns mit gegenseitigem Mißfallen.

»Wie geht's ihr?« fragte ich. »Was sagen die Ärzte?«

»Sie liegt auf der Intensivstation.« Pauls offiziöser Ton klang selbst für seine Verhältnisse übertrieben.

Ich wartete. Schließlich erläuterte er: »Wenn keine Komplikationen eintreten, kommt sie durch.«

Großartig, dachte ich. »Hat sie gesagt, wer sie angegriffen hat?«

»Sie ist geistig noch nicht klar.«

Ich wartete wieder, aber diesmal ohne Erfolg. Als er sich anschickte, mich einfach stehenzulassen, um das Gespräch zu beenden, sagte ich: »Haben Sie gesehen, in welchem Zustand ihr Haus ist?«

Er antwortete stirnrunzelnd: »Ich war heute morgen da. Die Polizei hat meine Fingerabdrücke genommen!« Er klang empört.

»Meine auch«, sagte ich ruhig. »Geben Sie mir bitte meine Bücher zurück.«

»Was war das?«

»Sie sollen Valentines Bücher und Unterlagen herausgeben.«

Er starrte mich mit einer Mischung aus Entrüstung und Haß an. »Ich habe Valentines Bücher nicht. Die haben *Sie* kassiert.«

»Habe ich *nicht.*«

Ein böser, selbstgerechter Blick. »Mutter hat die Tür abgesperrt und sich geweigert – *geweigert* –, mir den Schlüssel zu geben. Ihrem eigenen Sohn!«

»Gestern abend hat der Schlüssel in der offenen Tür gesteckt«, sagte ich. »Und die Bücher waren fort.«

»Weil *Sie* sie abgestaubt haben. *Ich* habe sie jedenfalls *nicht.*«

Ich fing an, seinen Unschuldsbeteuerungen zu glauben, so unwahrscheinlich sie auch waren.

Aber wenn er die Sachen nicht weggeholt hatte, wer in aller Welt dann? Der Schaden im Haus und der Angriff auf Dorothea zeugten von Gewalt und Eile. Das Leerräumen einer Bücherwand und etlicher Schränke voll Unterlagen zeugte von Gründlichkeit und Zeit. Und Robbie Gill war sicher, daß die Randale dem Angriff auf Dorothea vorausgegangen war.

All das reimte sich nicht.

»Weshalb«, fragte ich, »waren Sie derart erpicht darauf, die Bücher an sich zu bringen?«

Irgendwo in seinem Hirn läuteten Alarmglocken. Ich hatte mit zu vielen Schauspielern gearbeitet, als daß ich das so oft schon ausgelöste Zucken in den Augenmuskeln nicht erkannt hätte. Paul, dachte ich, handelt nicht einfach aus Habgier, aber wenn ich auch merkte, daß es da ein stärkeres Motiv gab, blieb mir doch unklar, worin es bestand.

»Familieneigentum bleibt immer am besten in der Familie«, dozierte er und setzte, bevor er davonstolzierte, noch eins drauf: »Wegen des Zustands meiner Mutter ist die für morgen früh geplante Einäscherung Valentines auf unbestimmte Zeit verschoben worden. Bitte verschonen Sie uns künftig mit Ihren Besuchen. Mutter ist alt und gebrechlich, und *ich* werde mich um sie kümmern.«

Ich sah zu, wie sein massiger Rücken enteilte, Großspurigkeit in jedem Schritt, und die Schöße seiner Anzugsjacke im Gehen nach außen schwangen.

»Paul!« rief ich laut hinter ihm her.

Er hielt zögernd an und drehte sich um, blieb aber breit im Krankenhausflur stehen, statt zurückzukommen. »Was ist denn noch?«

Ein Meter Taillenumfang mindestens, dachte ich. Ein schwerer Ledergürtel hielt die dunkelgraue Hose. Cremefarbenes Hemd, schräggestreifter Schlips. Das dicke Kinn streitlustig vorgereckt.

»Was wollen Sie?«

»Nichts«, sagte ich. »Schon gut.«

Er zuckte verärgert mit den schweren Schultern, und ich ging nachdenklich zu meinem Wagen und sann über Telefone nach. Ich trug mein Mobiltelefon jederzeit einsatzbereit am Gürtel. Paul hatte genauso ein Gerät, war mir aufgefallen, und trug es ebenfalls an seinem breiten Gürtel.

Gestern abend war ich Dorotheas wegen froh gewesen, daß Paul daheim in Surrey ans Telefon gegangen war, als ich ihn von dem Überfall auf seine Mutter verständigt hatte. Surrey war ein felsenfestes Alibi.

Hätte ich Paul gemocht oder ihm auch nur getraut, wäre ich nicht auf die Idee gekommen, der Sache nachzugehen. So aber versuchte ich mich an die Nummer zu erinnern, die ich angerufen hatte, bekam aber nur die ersten vier und die zwei letzten Ziffern zusammen, und damit war keine Verbindung herzustellen.

Ich rief das Amt an und fragte, ob die vierstellige Zahl am Anfang eine Ortsvorwahl in Surrey sei.

»Nein, Sir«, sagte eine muntere Frauenstimme, »das ist ein Code für Mobiltelefone.«

Erstarrt fragte ich, ob sie mir die Nummer von Paul Panniers Funkanschluß heraussuchen könne; er lebe in der Nähe von Godalming; die beiden letzten Ziffern seien zweimal die Sieben. Nach kurzer Pause nannte sie mir entgegenkommend die Nummer, die ich vergessen hatte, und ich schrieb sie auf und tätigte meinen Anruf.

Paul meldete sich knapp: »Ja?«

Ich sagte nichts.

Paul sagte: »Wer ist da? Was wollen Sie?«

Ich schwieg.

»Ich kann Sie nicht hören«, sagte er verärgert und schaltete sein Gerät ab.

Soviel zu Surrey, dachte ich grimmig. Aber nicht einmal Paul – *nicht einmal Paul* hätte seine eigene Mutter aufschlitzen können.

Es war schon vorgekommen, daß Söhne ihre Mütter umgebracht hatten. Aber kein dicker Mittvierziger, der allzusehr von sich überzeugt war.

Beunruhigt fuhr ich westwärts nach Oxfordshire und machte mich auf die Suche nach Jackson Wells.

Wieder mit Hilfe der Telefonauskunft fand ich heraus, in welcher Gegend er wohnte, und indem ich Tankwarte und Spaziergänger mit Hund zu Rate zog, gelangte ich schließlich zur Batwillow Farm südlich von Abingdon, südlich von Oxford, verschlafen und friedvoll am späten Sonntagnachmittag.

Ich rumpelte langsam einen ausgefahrenen, unbefestigten Weg entlang, der in einem ungepflegten Platz vor einem mit Kletterpflanzen bewachsenen Haus endete. Unkraut gedieh. Ein Satz alter Reifen lehnte an einem baufälligen Holzschuppen. Ein wacklig anmutender Stapel Zaunlatten schien vor sich hin zu gammeln. Ein muffeliger alter Griesgram lehnte am Eingangstor und starrte mich ungnädig an.

Schon beim Aussteigen deprimiert, fragte ich: »Mr. Wells?«

»Hä?«

Er war schwerhörig.

»Mr. Wells«, rief ich.

»Ja.«

»Kann ich Sie mal sprechen?« rief ich.

Aussichtslos, dachte ich.

Der Alte hatte mich nicht verstanden. Ich versuchte es noch einmal. Er schaute mich nur gleichmütig an und zeigte dann aufs Haus.

Ich wußte zwar nicht genau, was er damit meinte, ging aber vom Tor zur Tür und drückte auf eine unübersehbare Klingel.

Es gab kein leises Dingdong wie bei Dorothea: der Lärm der Klingel auf der Batwillow Farm ging einem durch Mark und Bein. Bald darauf öffnete ein hübsches, blondes junges Mädchen mit Pferdeschwanz und Pfirsichhaut die Tür.

Ich sagte: »Ich würde gern Mr. Jackson Wells sprechen.«

»Okay«, nickte sie. »Sekunde.« Sie ging die Diele entlang, bog nach links aus meinem Blickfeld, und schon tauchte ein schlanker, schlaksiger blonder Mann auf, der aussah, als wäre er noch keine Fünfzig.

»Sie wollten mich sprechen?« fragte er.

Ich blickte zum Tor, wo noch der schwerhörige alte Griesgram stand.

»Mein Vater«, sagte der blonde Mann, meinem Blick folgend.

»Mr. Jackson Wells?«

»Der bin ich«, sagte er.

»Oh!«

Er grinste über meine Erleichterung mit einer unbeschwerten Fröhlichkeit, die kilometerweit von meinen Erwartungen entfernt war. Er wartete ruhig darauf, daß ich mich vorstellte, und sagte schließlich: »Habe ich Sie schon mal irgendwo gesehen?«

»Glaube ich nicht.«

»Im Fernsehen«, meinte er unsicher.

»Ach so. Tja – haben Sie sich gestern das Lincoln angeschaut?«

»Ja, schon, aber...« Er runzelte die Stirn, konnte sich nicht genau entsinnen.

»Mein Name«, sagte ich, »ist Thomas Lyon, und ich war ein Freund von Valentine Clark.«

Eine Wolke zog über Jackson Wells' sonnige Gesichtslandschaft.

»Der arme Kerl ist diese Woche gestorben«, sagte er. Endlich drang mein Name zu ihm durch. »Thomas Lyon. Etwa der, der den Film dreht?«

»Derselbe«, stimmte ich zu.

»Dann hab ich Sie gestern im Fernsehen gesehen, mit Nash Rourke.«

Er schätzte mich schweigend ab und rieb dann unschlüssig die Nase an seinem Handrücken.

Ich sagte: »Ich möchte Ihnen mit dem Film in keiner Weise schaden. Deshalb bin ich hier. Ich wollte fragen, ob es etwas Bestimmtes gibt, das in dem Film nicht ausgesprochen werden soll. Denn manchmal«, erklärte ich, »erfindet man Sachen – oder glaubt sie zu erfinden –, die sich als unangebrachte Wahrheiten entpuppen.«

Er überlegte und sagte schließlich: »Es ist wohl besser, Sie kommen mal rein.«

»Danke.«

Er führte mich in ein kleines Zimmer nahe der Tür; ein unbewohnter Raum, dessen ganze Einrichtung aus Klavier und Klavierhocker, einem einfachen Holzstuhl und einem geschlossenen Schrank bestand. Er setzte sich auf den Klavierhocker und teilte mir den Stuhl zu.

»Spielen Sie?« fragte ich höflich, auf das Klavier deutend.

»Meine Tochter, Lucy, Sie haben sie gesehen.«

»Mhm«, nickte ich. Ich holte tief Luft und sagte: »Eigentlich bin ich gekommen, um Sie nach Yvonne zu fragen.«

»Nach wem?«

»Yvonne. Ihrer Frau.«

»Sonia«, sagte er mit schwerer Stimme. »Sie hieß Sonia.«

»In Howard Tylers Buch hieß sie Yvonne.«

»Ja«, stimmte er zu. »Yvonne. Hab ich gelesen, das Buch.«

Da er weder Zorn noch Kummer zu empfinden schien, fragte ich: »Wie fanden Sie's?«

Unerwarteterweise lachte er. »Bescheuert. Traumliebhaber! Und dann der Oberschichtenhampel in dem Buch, der ich sein sollte! Pfft.«

»In Film sind Sie ganz bestimmt kein Hampel.«

»Es stimmt also? Nash Rourke spielt *mich*?«

»Er spielt den Mann, dessen Frau erhängt aufgefunden wird, ja.«

»Wissen Sie, was?« Er strahlte wie die Sonne, und das Lächeln in seinen Augen konnte schwerlich unecht ein. »Das ist alles so verdammt lange her. Mir ist es piepegal, was Sie in dem Film erzählen. Ich kann mich an Sonia jedenfalls kaum erinnern. Das war ein anderes Leben. Ich hab es hinter mir gelassen. Ich hatte die Nase voll von der ganzen Angelegenheit. Ich war ja erst zweiundzwanzig, als ich Sonia heiratete, und noch keine fünfundzwanzig, als sie starb, und eigentlich war ich noch ein Kind. Ein Kind, das den großen Newmarketer Trainer spielte. Nach der Geschichte holten die Leute ihre Pferde weg, also hab ich eingepackt und bin hierhergezogen, und hier lebt sich's ganz gut, Kollege, ich kann nicht klagen.«

Da er mir recht unbefangen darüber zu reden schien, fragte ich: »Weshalb, ehm … weshalb ist Ihre Frau gestorben?«

»Sagen Sie Sonia. Ich betrachte sie nicht als meine Frau. Meine Frau ist hier im Haus. Lucys Mutter. Wir sind jetzt dreiundzwanzig Jahre verheiratet, und wir bleiben es auch.«

Sein ganzes Auftreten war geprägt von einer offensichtlichen Zufriedenheit. Er hatte den wettergegerbten Teint und die geäderten Wangen eines Mannes, der im Freien arbeitet, seine blonden Brauen hoben sich auffallend gegen die braune Haut ab. Blaue Augen ohne Falsch. Seine Zähne sahen gesund aus, ebenmäßig und weiß. Weder in den langen Gliedern noch an dem drahtigen Hals war Spannung auszumachen. Ich hielt ihn für kein großes Licht, aber für einen jener Glücklichen, die mit wenig zufrieden sein konnten.

»Darf ich Sie nach ihr fragen?« sagte ich.

»Nach Sonia? Bitte sehr. Ich kann Ihnen aber nicht sagen, weshalb sie gestorben ist, denn das weiß ich nicht.«

Jetzt, dachte ich, hat er mich zum erstenmal belogen.

»Die Polizei hat mich verhört«, meinte er lächelnd. »Ich sei bei den Ermittlungen behilflich, teilte sie der Presse mit. Da dachten natürlich alle, der war's. Fragen über Fragen! Tagelang. Ich sagte nur, ich wüßte nicht, warum sie gestorben sei. Immer und immer wieder. Sie waren ziemlich sauer. Sie dachten nämlich, sie könnten mir ein Geständnis abringen.« Er lachte. »Anscheinend finden sie manchmal Dummköpfe, die Sachen zugeben, die sie nicht getan haben. Also mir ist das unbegreiflich. Wenn man etwas nicht getan hat, dann sagt man das und bleibt dabei. Mal wenigstens in England. Gibt ja hier keine Daumenschrauben mehr, oder?« Wieder lachte er über seinen kleinen Scherz. »Ich sagte ihnen, sie sollten die Kurve kratzen und rausfinden, wer sie wirklich umgebracht hat, aber das haben sie nicht hingekriegt. Sie wollten nur eins, mein Geständnis. Ich meine, das war doch doof. Würden *Sie* einen Mord gestehen, den Sie nicht begangen haben?«

»Ich glaube nicht.«

»Eben. Aber die – stundenlang, tagelang! Ich habe gar nicht mehr hingehört. Ich wollte mich von denen nicht verrücktmachen lassen. Ich habe nur dagesessen wie ein Stein und regelmäßig gesagt, sie könnten mich mal.«

»Die waren sicher begeistert«, meinte ich trocken.

»Sie machen sich über mich lustig!«

»Aber nein«, versicherte ich ihm. »Ich finde, Sie waren großartig.«

»Ich war jung«, sagte er vergnügt. »Dauernd haben sie mich nachts rausgeklingelt. Die Trottel haben nicht akzeptiert, daß ich oft die halbe Nacht wegen kranker Pferde auf war. Koliken und so was. Ich bin einfach eingenickt, wenn die sich da über Sonia ereifert haben. Die waren restlos geschafft.«

»Mhm«, meinte ich und fragte zögernd: »Haben Sie Sonia gesehen… ich meine, ehm…?«

»Ob ich sie hängen gesehen habe? Nein. Ich habe sie im Leichenschauhaus gesehen, Stunden nachdem sie sie losgeschnitten hatten. Da sah sie dann friedlich aus.«

»Sie haben sie also nicht gefunden?«

»Nein. Da hatte ich wohl Glück. Einer von meinen Stallangestellten fand sie, als ich unterwegs nach York zum Pferderennen war. Die Polizei hat mich abgeholt, und schon da stand für sie fest, daß ich Sonia umgebracht hatte. Sie war in einer Box, die damals leerstand. Dem armen Burschen, der sie gefunden hat, kam acht Tage lang das Essen hoch.«

»Dachten Sie, sie habe sich selbst erhängt?«

»Dafür war sie nicht der Typ.« Langgehegte Zweifel sprachen aus seiner Miene. »Da war ein Stapel Heuballen, von dem könnte sie runtergesprungen sein.« Er schüttelte den Kopf. »Die Wahrheit hat nie jemand herausgebracht, und wenn ich ganz ehrlich sein soll, das ist auch besser so. Ich habe in diesem *Drumbeat* gelesen, daß Sie der Sache nachgehen. Mir wäre es offen gestanden lieber, Sie ließen das sein. Ich will nicht, daß meine Frau und Lucy beunruhigt werden. Das wäre ihnen gegenüber nicht anständig. Erfinden Sie doch Ihre Filmstory, wie Sie sie brauchen. Solange Sie's nicht hinstellen, als hätte ich sie umgebracht, soll es mir recht sein.«

»In dem Film bringen Sie sie nicht um«, sagte ich.

»Dann ist es ja gut.«

»Aber ich muß plausibel machen, warum sie gestorben ist.«

Er sagte ruhig: «Sie haben ja gehört, ich weiß nicht, warum.«

»Ja, gut, aber Sie haben doch sicher darüber nachgedacht.«

Er schenkte mir ein waschechtes unbekümmertes Lächeln und schwieg, und ich bekam ein klares Bild davon, wie er sich seinerzeit den Ermittlungsbeamten präsentiert hatte: als fröhliche, undurchdringliche Backsteinmauer.

»In Howard Tylers Buch«, sagte ich, »phantasiert Yvonne von Jockeys als Liebhabern. Wieso... ich meine, haben Sie eine Ahnung, wie er darauf gekommen ist?«

Diesmal schien Jackson Wells innerlich zu lachen. »Howard Tyler hat mich nicht danach gefragt.«

»Nein«, stimmte ich zu. »Er sagte mir, er sei überhaupt nicht an Sie herangetreten.«

»Ist er auch nicht. Ich erfuhr erst davon, als die Leute meinten, in dem Buch *Unsichere Zeiten* ginge es um Sonia und mich.«

»Und hat sie... hm... phantasiert?«

Wieder die starke innere Belustigung. »Ich weiß es nicht«, sagte er. »Kann schon sein. Die ganze Ehe war ja ein So-tun-als-ob. Wir waren Kinder, die Erwachsene spielten. Der Literat hat sich völlig in uns vertan. Wohlgemerkt, ich beklage mich nicht.«

»Aber die Traumliebhaber sind so ungewöhnlich«, beharrte ich. »Wo hat er das her?«

Jackson Wells dachte ohne erkennbare Anspannung darüber nach.

»Ich glaube«, sagte er mir schließlich, »da sollten Sie mal ihre eingebildete Schwester fragen.«

»Schwester... meinen Sie die Witwe von Rupert Visborough?«

Er nickte. »Audrey. Sonias Schwester. Audrey war mit einem Mitglied des Jockey Clubs verheiratet und hat mich das immer spüren lassen. Audrey hat Sonia gesagt, sie solle sich nicht an mich wegwerfen. Ich war ihr nicht gut genug, verstehen Sie?« Er grinste unbekümmert. »Als ich das Buch las, hatte ich die ganze Zeit Audreys zickige Stimme im Ohr.«

Beeindruckt von der schlichten Schärfe dieser Wahrnehmung saß ich schweigend da und überlegte, was ich als nächstes fragen sollte; ob ich ihn fragen sollte oder konnte, wieso der gewaltsame Tod einer namenlosen jungen Schwägerin ein für allemal Rupert Visboroughs Chancen in der Politik verdorben hatte.

Waren auf rätselhafte Weise verstorbene Angehörige wirklich so verpönt in Westminster? Schwarze Schafe in der Familie mochten sich als peinlich erweisen, aber wenn schon die Sünden der Söhne und Töchter verziehen wurden, hätte der ungeklärte Tod einer entfernten Verwandten doch nicht so ins Gewicht fallen dürfen.

Ehe ich die Worte fand, öffnete sich die Tür, und Lucy erschien, sonnig wie ihr Vater.

»Mama möchte wissen, ob sie etwas anbieten kann, zum Beispiel was zu trinken?«

Ich nahm es als Rauswurf, den Mama damit beabsichtigt hatte, und stand auf.

Jackson Wells stellte mich seiner Tochter mit den Worten vor: »Lucy, das ist Thomas Lyon, die Personifizierung des bösen Filmemachers, wie gestern im *Drumbeat* zu lesen war.«

Ihre Augen weiteten sich, und mit der leisen Schalkhaftigkeit ihres Vaters sagte sie: »Im Fernsehen haben Sie die Hörner und den Pferdefuß ja gut versteckt! Ziemlich cool, mit Nash Rourke einen Film zu drehen.«

»Wollen Sie mitspielen?«

»Wie meinen Sie das?«

Ich erklärte, daß wir die Einwohner von Huntingdon als Publikum für unsere Aufnahme eines Renntages auf der Bahn anwarben.

»Wir brauchen Leute, die ›Ooh‹ und ›Aaah‹ rufen.«

»Und schreien: ›Beweg deinen müden Arsch‹?« grinste sie.

»Genau.«

»Papa?«

Ihr Vater war instinktiv dagegen. Als er den Kopf schüttelte, sagte ich: »Es braucht ja niemand zu wissen, wer Sie sind. Sagen Sie, Sie heißen Batwillow – und übrigens, was ist die Batwillow für ein Baum?«

»Na, die Weide, aus der man Kricketschläger macht«, sagte sie, als hätte ich eine ziemlich dumme Frage gestellt.

»Wollen Sie mich auf den Arm nehmen?«

»Überhaupt nicht«, sagte ihr Vater. »Was glauben Sie denn, wo Kricketschläger herkommen? Die wachsen auf Bäumen.«

Sie beobachteten mein Gesicht. »Wir ziehen die Weiden am Ufer des Bachs«, sagte er. »Auf der Farm hier werden sie seit Generationen angepflanzt.«

Daß er Kricketschläger wachsen ließ, schien mir voll und ganz seinem Wesen zu entsprechen: Breite Schultern, mit denen er lockere Sechser über den Spielfeldrand schlug und schnelle Bälle zuverlässig abblockte, damit sie den Dreistab nicht trafen.

Lucys Mutter erschien neugierig an der Tür, eine freundliche Frau in rehbrauner Hose und einem riesigen braunen Pullover über einem cremefarbenen Rolli. Unbewußter Stil, dachte ich, genau wie die Tochter.

Jackson Wells erklärte meine Anwesenheit. Seiner Frau gefiel die Geschichte.

»Wir kommen natürlich alle«, sagte sie entschieden, »wenn Sie uns versprechen, daß wir Nash Rourke sehen!«

»Wie kann man nur so verkitscht sein?« meinte Lucy.

Ich sagte: »Morgen um zwei proben wir die Massenszenen. Daß Nash Rourke da ist, kann ich nicht versprechen. Dienstag und Mittwoch drehen wir die Massenszenen. Jeder, der mitmacht, bekommt von uns Frühstück, Lunch und Spesen, und auf jeden Fall ist dann auch Nash Rourke da.«

»Es sind fast zwei Autostunden von hier bis zur Rennbahn von Huntingdon«, wandte Jackson Wells ein.

»Du bist überstimmt, Pa«, erklärte ihm Lucy. »Wann am Dienstag? Wären Sie einverstanden, wenn wir die Probe morgen auslassen?«

Ich gab ihnen meine Karte und schrieb *Ehrengäste. Familie Batwillow* auf die Rückseite. »Dienstag früh um neun«, sagte ich. »Laufen Sie einfach den Leuten nach. Die wissen, was zu tun ist. In der Frühstückspause zeigen Sie dann die Karte vor und kommen zu mir.«

»Wau«, sagte Lucy.

Sie hatte Sommersprossen auf der Nase. Spöttische blaue Augen. Man fragte sich, wie reif wohl ihr Klavierspiel war.

Ich sagte zu ihrem Vater: »Können Sie sich vorstellen, warum jemand versuchen sollte, den Film mit Gewalt zu verhindern?«

Er antwortete leichthin: »Wie ich das im Radio gehört habe? Jemand wollte mit dem Messer auf Ihren Star los? Ein Irrer. Soviel ich weiß, hat keiner Angst vor Ihrem Film.«

Ich dachte, jetzt hat er mich wahrscheinlich zum zweiten Mal belogen, oder wenigstens ist es das zweite Mal, daß ich ihn dabei ertappe.

Lucy sagte: »Kann Pas Bruder auch mitkommen?«

Ihr Vater machte eine wegwerfende Geste. »Der würde doch gar nicht wollen.«

»Na, und ob.« Zu mir sagte sie: »Mein Onkel Ridley wohnt in Newmarket. Er geht dauernd ins Kino, und er wäre von den Socken, wenn er in einem Nash-Rourke-Film mitspielen dürfte.«

»Dann bringen Sie ihn mit«, willigte ich ein. »Wir brauchen soviel Publikum wie möglich.«

Ihre Eltern, sah ich, teilten ihre Begeisterung für Onkel Ridley nicht.

»Hat er denn Zeit?« fragte ich, sondierend, »am Dienstag oder Mittwoch einen Tag in Huntingdon zu verbringen?«

Lucy antwortete arglos: »Onkel Ridley gammelt rum, wie Papa sagt.«

Ihr Vater schüttelte den Kopf über ihre mangelnde Weltklugheit und erklärte: »Mein Bruder Ridley reitet Pferde ein und macht alle möglichen Gelegenheitsjobs im Pferdesport. Er ist nicht gerade der Dynamischste, aber er schlägt sich durch.«

Ich lächelte halb interessiert. »Es wäre mir ein Vergnügen, ihn kennenzulernen.« Ich schwieg, und wandte mich wieder dem Thema zu, das mir mehr am Herzen lag. »Könnten Sie mir ein Foto von, ehm… Sonia borgen? Nur damit wir die Yvonne im Film ihr nicht zu ähnlich machen.«

»Ich besitze keins«, sagte Jackson Wells prompt.

»Nicht mal… Verzeihen Sie«, sagte ich entschuldigend zu Mrs. Wells, »…nicht mal ein Hochzeitsfoto?«

»Nein«, sagte Jackson Wells. »Die sind verlorengegangen, als wir hierhergezogen sind.« Seine Augen waren die Unschuld selbst, und zum dritten Mal glaubte ich ihm nicht.

8

Auf der Fahrt nach Newmarket ging ich meinen Zeitplan durch, kam zu dem Ergebnis, daß ich vor meinem Zehnuhrtreff noch eine halbe Stunde erübrigen konnte, und rief Dr. Robbie Gill an, dessen Nummer, dick und schwarz, mir von Dorotheas handgeschriebenem Notruf her deutlich in Erinnerung war.

»Hätten Sie Lust«, fragte ich, »schnell irgendwo mit mir ein Glas zu trinken?«

»Wann?«

Ich hatte es schon ausgerechnet. »Ich sitze jetzt in meinem Wagen. Gegen halb zehn bin ich in Newmarket. In Ordnung? Um zehn muß ich im Bedford Lodge sein.«

»Ist es wichtig?«

»Interessant«, sagte ich. »Es geht um Dorotheas Angreifer.«

»Dann regle ich das mit meiner Frau.« In seiner Stimme lag ein Lächeln, als wäre das kein Problem. »Ich komme um halb zehn ins Bedford Lodge und warte in der Halle.«

»Großartig.«

»Ich habe gehört, jemand hat Nash Rourke mit einem Messer angegriffen.«

»So gut wie. Es war aber sein Double. Und es ist nichts passiert.«

»Hab ich auch so verstanden. Bis halb zehn dann.«

Er hängte ein, so kurz angebunden wie immer mit seiner Schottenstimme; und rothaarig und terrierartig wartete er in der Hotelhalle, als ich zum Bedford Lodge zurückkam.

»Kommen Sie mit rauf«, sagte ich, ihm die Hand schüttelnd. »Was trinken Sie?«

»Diätcola.«

Ich ließ ihm vom Zimmerservice seine sprudelnde Erfrischung bringen und goß mir Cognac aus einer immer griffbereiten Flasche ein. Dieser Film, dachte ich flüchtig, treibt mich an die Vierzigprozentmarke.

»Also«, ich bot ihm einen Sessel in dem gepflegten Salon an, »heute nachmittag wollte ich Dorothea in Cambridge besuchen, und unser Freund Paul hat mir den Weg versperrt.«

Robbie Gill verzog das Gesicht. »Obwohl sie meine Patientin ist, versperrt er auch mir den Weg soweit wie möglich.«

»Wie kann ich verhindern, daß er sie entführt, sobald sie transportfähig ist? Sie hat ihm und mir gesagt, daß sie nicht in das Altenheim will, das er für sie vorgesehen hat, aber er schert sich nicht drum.«

»Er ist ein Quälgeist.«

»Können Sie Dorothea nicht für transportunfähig erklären?«

Er dachte zweifelnd darüber nach. »Im Moment würde sie niemand verlegen. In ein paar Tagen aber ...«

»Egal wie«, sagte ich.

»Wieviel liegt Ihnen daran?«

»Eine ganze Menge.«

»Ich meine ... wieviel es Ihnen wert ist.«

Ich sah ihn über mein Cognacglas hinweg an. »Wollen Sie sagen, daß sich mit finanziellen Mitteln da etwas erreichen läßt?«

Er antwortete geradeheraus, wie es seinem schottischen Wesen entsprach. »Ich will sagen, daß ich als ihr Arzt sie mit ihrem Einverständnis in ein Sanatorium meiner Wahl verlegen lassen könnte, wenn die Bezahlung des Klinikaufenthalts gewährleistet wäre.«

»Ruiniert mich das?«

Er nannte eine alarmierend hohe Summe und wartete nüchtern darauf, daß ich sagen würde, es sei mir zuviel.

»Sie haben keine Verpflichtung«, bemerkte er.

»Ich bin auch nicht arm«, erwiderte ich. »Sagen Sie ihr nicht, wer dafür aufkommt.«

Er nickte. »Ich werde sagen, der Staatliche Gesundheitsdienst zahlt. Das läßt sie schon hingehen.«

»Dann machen wir's so.«

Er trank seine Diätcola aus. »War das alles?«

»Nein«, sagte ich. »Ich zeichne Ihnen noch etwas, und Sie sagen mir, was Sie davon halten.«

Ich nahm einen großen Bogen Schreibpapier, legte ihn auf den Couchtisch und zeichnete ein Bild von dem Messer, das ich auf der Heide gefunden hatte. Ein häßlicher Knauf als Handgriff an zwanzig Zentimetern scharfen Stahls.

Er betrachtete die Zeichnung reglos und still.

»Nun?« fragte ich.

»Ein Schlagring«, sagte er, »der zum Messer geworden ist.«

»Und Dorotheas Verletzungen?« fragte ich.

Er starrte mich an. Ich sagte: »Nicht zwei Angreifer. Nicht zwei Waffen. Nur diese eine, die gleichzeitig ein stumpfer Gegenstand *und* eine Klinge ist.«

»Du guter Gott.«

»Wer besitzt so ein Ding?« fragte ich ihn.

Er schüttelte stumm den Kopf.

»Kennen Sie jemand namens Derry?«

Er sah völlig verwirrt aus.

Ich sagte: «Valentine hat mal davon gesprochen, daß er einem gewissen Derry ein Messer gegeben hat.«

Robbie Gill runzelte nachdenklich die Stirn. »Ich kenne keinen Derry.«

Ich seufzte. Zu viele Leute wußten nichts.

Er sagte unvermittelt: »Wie alt sind Sie?«

»Dreißig. Und Sie?«

»Sechsunddreißig.« Er lächelte schief. »Zu alt, um die Welt zu erobern.«

»Ich auch.«

»Sie scherzen!«

»Steven Spielberg«, sagte ich, »war siebenundzwanzig, als er den *Weißen Hai* gedreht hat. Ich bin nicht er. Auch kein Visconti, kein Fellini, kein Lucas. Ich bin nur ein Auftrags-Geschichtenerzähler.«

»Und Alexander der Große ist mit dreiunddreißig gestorben.«

»An Diätcola?« fragte ich.

Er lachte. »Glauben die Amerikaner wirklich, daß man selbst schuld ist, wenn man an Altersschwäche stirbt?«

Ich nickte ernst. »Dann hätte man mehr joggen sollen. Oder nicht rauchen oder regelmäßig seinen Cholesterinspiegel prüfen oder aufs Saufen verzichten sollen.«

»Und dann?«

»Dann endet man, indem man jahrelang an Schläuchen hängt.«

Er lachte und stand auf, um zu gehen. »Es ist mir ja peinlich«, sagte er, »aber meine Frau hätte gern ein Autogramm von Nash Rourke.«

»Geht klar«, versprach ich. »Wann können Sie Dorothea frühestens verlegen?«

Er dachte darüber nach. »Gestern abend ist sie überfallen worden. Heute hat sie von der Narkose noch den ganzen Tag geschlafen. Die Verletzung war schwer... sie mußten ein Stück Darm entfernen, bevor sie die Bauchdecke schließen konnten. Wenn alles gutgeht, ist sie morgen wieder ganz wach und kann übermorgen schon kurz aufstehen, aber es dürfte wohl noch eine Weile hingehen, bevor sie reisen kann.«

»Ich würde sie gern besuchen«, sagte ich. »Der verflixte Paul muß doch irgendwann mal schlafen.«

»Ich regle das. Rufen Sie mich morgen abend an.«

Moncrieff, Ziggy und ich brachen am nächsten Morgen um halb fünf nach Nordosten zur Küste von Norfolk auf.

Ed hatte mir auf Anweisung O'Haras einen Fahrer besorgt, einen schweigsamen jungen Mann, der meinen Wagen zügig fuhr, während ich ihn anhand der Karte vom Beifahrersitz aus dirigierte.

Moncrieff und Ziggy schliefen auf dem Rücksitz. Im Kofferraum hatten wir die schwere Kamera, die Moncrieff wie ein Spielzeug auf den Schultern tragen konnte, eine Kühlbox mit Rohmaterial und eine Thermosbox mit Kaffee und Frühstück. Draußen war es kalt, im Wagen einschläfernd warm. Schon bald war ich froh, daß wir den Fahrer hatten.

Wir fuhren um Norwich herum und über das flache Land der Nordsee entgegen, vorbei an den Broads, kamen schließlich durch den noch schlafenden Ort Happisburgh und krochen einen schmalen Feldweg entlang, der in Sanddünen endete.

Moncrieff und Ziggy stiegen steifbeinig aus und fingen an zu zittern. Wo die Wagenscheinwerfer nicht hinreichten, war es noch stockdunkel, und der Küstenwind blies so unbarmherzig wie je.

»Sie sagten, wir sollten uns warm anziehen«, meckerte Moncrieff, während er sich in einen pelzgefütterten Parka hüllte. »Sie haben nicht gesagt, daß wir Eskimo spielen.« Er zog die pelzgefütterte Kapuze über den Kopf und vergrub die Hände in arktisreifen Handschuhen.

Wir ließen den Fahrer mit seinem Frühstück im Wagen zurück und gingen durch die Dünen auf den offenen Strand zu. Moncrieff trug die Kamera und die Materialbox, ich ging mit dem Thermosbehälter vorneweg, und zwischen uns lief Ziggy mit einem Armvoll Isoliermatten aus Polystyrol, damit wir uns nicht auf die kalte, salzgesättigte Erde zu setzen brauchten.

»Wie haben Sie denn diese gottverlassene Gegend gefunden?« brummelte Moncrieff.

»Ich war als Junge immer hier.«

»Und wenn sie inzwischen ein Kasino hergesetzt hätten?«

»Ich habe nachgesehen.«

Außer Reichweite der Scheinwerfer hielten wir an, um unsere Augen an die Dunkelheit zu gewöhnen, und gingen dann weiter, bis die Dünen ausliefen, der Wind auffrischte und das Geräusch der ruhelosen Wellen zu uns drang, das von zeitloser Verlassenheit kündete.

»Okay«, sagte ich, »sucht euch ein geschütztes Plätzchen.«

Moncrieff stöhnte, nahm Ziggy eine Matte ab und kauerte sich in eine flache Mulde auf der Seeseite der letzten Düne. Ziggy, zäher und schweigsam, fand eine ähnliche Stelle neben ihm.

In der Ukraine geboren, hatte Ziggy von Kindesbeinen an so akrobatische Fähigkeiten zu Pferd gezeigt, daß er mit acht auf die Moskauer Zirkusschule geschickt worden war, und dort, weit weg von seinen ländlichen Wurzeln, hatte er neben fortwährender Übung in seinem Spezialfach eine erstklassige Allgemeinbildung erhalten. Jeder Absolvent der Schule, Jungen wie Mädchen, bekam täglich Ballettunterricht, um die anmutige Bewegung in der Manege zu erlernen. So hätte Ziggy sich jeder Tanztruppe auf Erden anschließen können, doch ihn interessierten ausschließlich Pferde.

Mit zweiundzwanzig hatte Ziggy den Zirkus hinter sich gelassen: Die Zirkusse verschwanden aus den Städten. Als unpolitischer, aber begünstigter Sohn Rußlands war er irgendwie mit seiner Kunst nach Amerika gelangt, und dort hatte ich ihn auch zum erstenmal gesehen, wie er in einer schlechtbesuchten Trainingsstunde bei den Ringling-Brüdern im Madison Square Garden Purzelbäume auf einem kanternden Pferd schlug.

Ich hatte ihm Arbeit in meinem Rodeofilm angeboten und ihn trotz gewerkschaftlicher Einwände an Land gezogen. Seinen unaussprechlichen Nachnamen hatte ich zu Keene verkürzt, und er erwarb sich bald einen so fabelhaften Ruf als Stuntreiter, daß ich ihm seine Zeit mittlerweile abbetteln mußte.

Schlank, leicht und drahtig, bewältigte er die Eiseskälte Norfolks mühelos. Ein Klacks vermutlich, nach der russischen Steppe. Verdrießlichkeit und Lachen wechselten sich bei ihm ab, ein sehr ukrainisches Temperament, und er hatte mir schon oft gesagt, er werde bald in seine Heimat zurückkehren, doch diese Gefahr schwand mit jedem Jahr. Vielleicht gestand er sich selbst ein, daß seine Wurzeln nicht mehr existierten.

Bei einer kurzen Besprechung am Abend vorher hatte ich umrissen, was wir hier wollten.

»Den Sonnenaufgang filmen!« rief Moncrieff leidgeplagt aus. »Dafür brauchen wir doch keine hundert Kilometer zu fahren! Was spricht denn gegen die Heide vor der Haustür?«

»Sie werden sehen.«

»Und die Wettervorhersage?«

»Kalt, klar und windig.«

Seine Einwendungen waren nicht so ernstgemeint. Jeder Kameramann weiß, daß Regisseure bei der Wahl von Drehorten eigen sind und sich ungern dreinreden lassen. Hätte ich die Hänge des K2 verlangt, dann hätte er geflucht und sich die Klettereisen umgeschnallt.

Ich sagte: »Da wir die Frühlingstagundnachtgleiche haben, geht die Sonne genau im Osten auf. Und Osten« – ich schaute auf den kleinen Kompaß, den ich dabeihatte – »ist genau da.« Ich zeigte hin. »Im Moment schauen wir mit Blick aufs Meer etwas weiter nach Norden. Die Küste verläuft von Nordwest nach Südost, das heißt, Pferde, die bei Sonnenaufgang von links über den Sand galoppieren, bekommen Licht von hinten, haben aber auch die Sonne ein wenig im Gesicht.«

Moncrieff nickte.

»Können Sie das Glitzern der Sonne in ihren Augen einfangen?«

»Groß?«

»Köpfe, Hälse und Mähnen.«

»Thomas«, sagte Ziggy mit der Baßstimme, die bei seinem

schmächtigen Körper immer wieder überraschte, »Sie wollen wilde Pferde haben.«

Ich hatte ihn am Abend vorher gebeten, sie sich vorzustellen und zu überlegen, wo wir welche herbekommen könnten. Das Dumme bei plötzlichen Visionen wie dieser war, daß ich in der Vorbereitungsphase von der Szene noch nichts geahnt und daher keine Wildpferde im voraus angefordert hatte. Wildpferde wachsen nicht auf Weidenbäumen.

Zirkuspferde, hatte Ziggy gesagt. Zu gut im Futter, hatte ich eingewandt. Moorponys gingen auch nicht, meinte er: zu langsam und zu dumm. Überlegen Sie, hatte ich ihn gedrängt. Sagen Sie's mir morgen früh.

»Thomas«, sagte Ziggy, wie immer mit Betonung auf der zweiten Silbe meines Namens, »ich glaube, wir brauchen Fjordpferde – die Pferde der Wikinger.«

Ich starrte ihn an. »Wußten Sie, daß die Küste hier früher regelmäßig von Wikingerschiffen überfallen worden ist?«

»Ja, Thomas.«

Fjordpferde. Ideal. Wo um alles in der Welt kriegte ich die her? Aus Norwegen natürlich. Ganz einfach. Ich fragte ihn: »Haben Sie schon mal mit Norwegerpferden gearbeitet?«

»Nein, Thomas. Aber ich glaube, sie sind nicht völlig wild. Sie werden nicht geritten, aber wohl gehegt.«

»Könnten Sie eins ohne Sattel reiten?«

»Natürlich.« Das Pferd, das sich ihm widersetzte, besagte sein Gesichtsausdruck, müßte erst noch geboren werden.

»Sie könnten es im Nachthemd und mit einer langen blonden Perücke reiten?«

»Natürlich.«

»Barfuß?«

Er nickte.

»Die Frau *träumt* ja, daß sie ein wildes Pferd reitet. Es soll romantisch, nicht realistisch sein.«

»Thomas, sie wird auf dem Pferd *schweben.*«

Ich glaubte ihm. Er war einfach Spitze. Auch Moncrieff hörte auf, über unseren Ausflug zu murren.

Wir aßen unsere warmen vakuumverpackten Frühstücksbrötchen mit Speck und tranken dampfenden Kaffee, während der schwarze Himmel langsam grau und heller wurde und weit draußen über dem Meer in ein zartes Purpurrot überging.

Mit jetzt nachtgewohnten Augen sahen wir, wie die Welt Gestalt annahm. Es zeigte sich, daß die unregelmäßigen Höcker der Dünen um uns und hinter uns mit zottigen Sandsegge bewachsen waren, Reihen langer, dürrer Stengel, die im Wind lehnten. Etwas unterhalb von uns war der Sand verweht, die Tide erreichte ihn nicht, und der Wind trug ihn den Dünen zu; und noch weiter unten erstreckte sich festgebackener Sand bis hin zu den fernen, weißgeränderten Wellen.

Die Tide war vermutlich auf dem Tiefststand. Zu tief schon für die optimale dramatische Wirkung. In einer Woche würde die Tide bei Tagesanbruch hoch stehen und den Sand bedecken. Wir mußten zusehen, daß wir die Pferde an einem Tag in der Gezeitenmitte filmten, überlegte ich. Am besten bei Ebbe, denn eine auflaufende Flut konnte über diesen flachen Sand hinjagen und die Kameras abschneiden. Bis zur nächsten bei Tagesanbruch laufenden Ebbe in der Gezeitenmitte waren es vielleicht noch zehn Tage. Zu früh. Zwei Wochen später dann die nächste Gelegenheit; vierundzwanzig Tage. Möglich.

Ich nannte Ziggy den Zeitraum. »Die Pferde müßten heute in vierundzwanzig Tagen hier am Strand sein. Oder aber vierzehn Tage später, in achtunddreißig Tagen. Okay?«

»Ich verstehe«, sagte er.

»Ich schicke einen Agenten nach Norwegen, der die Pferde und den Transport besorgt. Würden Sie ihn begleiten, damit wir auch wirklich die Pferde bekommen, die wir brauchen?«

Er nickte. »Am besten zehn«, sagte er. »Oder zwölf.«

»Schauen sie mal, was Sie finden.«

Moncrieff stand auf und beendete das Frühstück zugunsten der Kunst. Ferne waagerechte Wolkenstreifen woben ein grelleres Rot in den noch grauen Himmel, und während er Kamerageschwindigkeit und Brennweite einstellte, färbten die Streifen sich scharlachrot, orange und golden, bis der ganze Himmel eine atemberaubende Symphonie glühender Farben war, das Vorspiel zur täglichen lebenserhaltenden Drehung der Erde.

Ich hatte den Sonnenaufgang immer gemocht, schon immer neue Kraft durch ihn getankt. Mein Leben lang hatte ich mich betrogen gefühlt, wenn ich den Tagesanbruch verschlief. Die urzeitliche Wintersonnenwende auf der unwirtlichen Ebene von Salisbury hatte mir als Kind schon eine Gänsehaut bereitet, lange bevor ich wußte, warum; und die Anbetung des Sonnenaufgangs war für mich seit jeher der verständlichste Kult der Naturvölker.

Die glühende Kugel erhob sich über den Horizont, und ihr Licht stach uns in die Augen. Die leuchtenden Wolkenstreifen wurden blaßgrau. Die Sonne selbst verlor zwar etwas von ihrem Zauber, aber sie zog einen leuchtenden Pfad über die gekräuselte Meeresoberfläche, und Moncrieff filmte mit ruhigem Atem zufrieden weiter. Nach und nach hörten er und ich im Wind ein tiefes, rhythmisches Summen, das wie eine uralte traurige Melodie klang: und mit einemmal begriffen wir beide und lachten.

Ziggy *sang*.

Die Küste hier war gefährlich, denn so flach sie aussah, einige Meilen draußen in der See verliefen massive Sandbänke parallel zum Strand; unsichtbare Unterwassergefahren, die den Ahnungslosen zum Verhängnis wurden. Die Friedhöfe in den Küstendörfern waren übersät mit Gedenksteinen für Seeleute, die hier verunglückt waren, als es noch keine genaue Tiefenregistrierung gab.

Zuviel Hintergrundmusik, dachte ich, würde die atmosphärische Eigenart dieser historischen Küste zerstören. Wir brauchten nur den Wind, die Wellen, das Klappern der Pferdehufe und vielleicht Ziggys Lied aus seiner fernen Heimat oder auch eine wehmütige Melodie aus Norwegen, die einem nicht aus dem Kopf ging. Es sollte ja ein Traum sein: Wer hätte schon jemals ganze Orchester im Traum gehört?

Ganz befriedigt ließen wir drei uns nach Newmarket zurückfahren, wo uns in der Hotelhalle die graue Wirklichkeit in der unwillkommenen Gestalt des Herrn Autor, Howard Tyler, empfing.

Howard war nicht zerknirscht, sondern wütend. Die runden Brillengläser blitzten, als wären sie ebenfalls zornig. Der pedantische kleine Mund kräuselte sich unter der Last verletzter Gefühle und ungerechter Behandlung. Howard, der große Schriftsteller, konnte Wutanfälle kriegen wie ein Kleinkind.

Moncrieff löste sich bei seinem Anblick in Luft auf. Ziggy, ganz mit sich selbst beschäftigt, machte sich zu Fuß zur Heide und zu den Pferden auf. Howard verstellte mir berstend vor Empörung den Weg.

»O'Hara sagt, das Studio will mich wegen Vertragsbruch drankriegen!« beklagte er sich. »Das ist nicht fair.«

»Aber Sie haben doch den Vertrag gebrochen«, gab ich zu bedenken.

»Habe ich nicht!«

»Wo hat denn der *Drumbeat* seine Ansichten her?«

Howard öffnete seine Babylippen und schloß sie wieder.

»Ihr Vertrag«, erinnerte ich ihn, »untersagt Ihnen, mit Außenstehenden über den Film zu sprechen. Ich habe Sie darauf hingewiesen.«

»Aber O'Hara kann mich doch nicht verklagen!«

Ich seufzte. »Sie haben mit einem großen Geschäftsunternehmen abgeschlossen, nicht mit O'Hara persönlich. Das Unternehmen hat eiskalte Anwälte, deren Aufgabe es ist, noch aus den geringfügigsten Vertragsbrüchen soviel Geld wie möglich herauszuschlagen. Das sind keine netten, verständnisvollen Jungs, die Ihnen nachsichtig auf die Schulter klopfen. Die kommen auf Ersatzansprüche, die Ihnen nicht im Traum einfallen würden. Sie haben ein offenes Ohr für Ihr loses Mundwerk gefunden, und ob Sie dem Einspielergebnis damit wirklich geschadet haben oder nicht, man wird so vorgehen, als hätten Sie das Studio Millionen gekostet, und man wird bemüht sein, Ihnen jeden vertraglich zugesicherten Penny wieder abzuknöpfen, und wenn Sie wirklich Pech haben, noch mehr.«

Endlich schien ihm aufzugehen, daß seine Nörgelei ihn teuer zu stehen kommen konnte.

»Dann tun Sie was«, verlangte er. »Sagen Sie ihnen, daß nichts passiert ist.«

»Sie hätten mich um ein Haar nicht nur um diesen Job, sondern überhaupt um alle Arbeit gebracht.«

»Ich habe doch nur gesagt...«, er brach ab.

»Sie haben nur gesagt, ich sei ein überdrehter kleiner Diktator, der das Geld des Studios verschwendet.«

»Ach... das habe ich nicht so gemeint.«

»Das ist fast noch schlimmer.«

»Ja, aber... Sie haben mein Buch verstümmelt. Und als Autor habe ich moralische Rechte.« Weil er das so triumphierend vorbrachte, statt auch nur die geringste Reue zu zeigen, klang meine Erwiderung vielleicht brutaler, als ich es sonst zugelassen hätte.

Mit schwindender Geduld sagte ich: »Das moralische Recht erlaubt einem Autor, Einspruch gegen wertmindernde Änderungen an seinem Werk zu erheben. Er kann auf seine moralischen Rechte aber auch verzichten, das ist in Verträgen zwischen Drehbuchautoren und Filmgesellschaften stets mitenthalten. Oft wird dem Autor das Recht eingeräumt, als Verfasser ungenannt zu bleiben, doch da man in Ihrem Fall, Howard, gerade für den Namen zahlt, haben Sie auch auf dieses Recht verzichtet.«

Verblüfft fragte er: »Woher wissen Sie das?«

»Ich durfte Ihren Vertrag einsehen. Ich mußte ja wissen, woran wir miteinander sind.«

»Wann?« fragte er. »Wann haben Sie ihn gesehen?«

»Bevor ich selbst den Vertrag unterschrieben habe.«

»Heißt das... vor *Wochen* schon?«

»Vor drei Monaten oder mehr.«

Er sah einigermaßen verwirrt aus. »Was... was kann ich denn dann machen?«

»Beten«, sagte ich trocken. »Aber vor allem könnten Sie mal sagen, mit wem Sie gesprochen haben. Sie könnten mir sagen, wie Sie mit dem ›Sterngeflüster‹-Schreiber in Kontakt getreten sind. An wen haben Sie sich gewendet?«

»Aber ich...« Er schien den Tränen nah. »An niemanden. Ich meine, ich hab's nicht dem *Drumbeat* erzählt. Wirklich nicht.«

»Wem denn?«

»Bloß einer Freundin.«

»Einer Freundin? Und die Freundin hat's dem *Drumbeat* erzählt?«

Er sagte unglücklich: »Ich nehme es an.«

Wir hatten die ganze Zeit in der Halle gestanden, mitten im Montagmorgenbetrieb. Jetzt winkte ich ihn zum Gesellschaftsraum hinüber, und wir suchten uns zwei freie Sessel.

»Ich möchte einen Kaffee«, sagte er und hielt nach einem Kellner Ausschau.

»Trinken Sie den nachher, ich habe keine Zeit. Mit wem haben Sie gesprochen?«

»Das sollte ich, glaube ich, nicht sagen.«

Ich hätte ihn am liebsten geschüttelt. »Howard, ich werfe Sie den Studiowölfen vor. Und außerdem verklage ich Sie persönlich wegen Verleumdung.«

»Sie sagte, Fragen seien nicht verleumderisch.«

»Wer immer sie ist, da liegt sie mindestens halb daneben. Ich möchte weder Zeit noch Energie mit einer Klage gegen Sie verschwenden, Howard, aber wenn Sie nicht ganz schnell mit ein paar Antworten rüberkommen, haben Sie morgen einen Anwaltsbrief in der Post.« Ich holte Atem. »Also, wer ist sie?«

Nach einer langen Schweigepause, in der man hoffen durfte, daß er sich einige Realitäten vor Augen hielt, sagte er: »Alison Visborough.«

»Wer?«

»Alison Vis –«

»Jaja«, unterbrach ich. »Ich dachte, sie heißt Audrey.«

»Das ist ihre Mutter.«

Ich schüttelte den Kopf, um Ordnung hineinzubringen, denn mir war, als hätte ich meinen Durchblick am Strand von Happisburgh zurückgelassen.

»Nur damit wir uns richtig verstehen«, sagte ich. »Sie haben Ihren Unmut bei Alison Visborough abgeladen, deren Mutter Audrey Visborough ist, die Witwe des verstorbenen Rupert Visborough, der in Ihrem Buch *Cibber* heißt. Soweit richtig?«

Er nickte unglücklich.

»Und«, sagte ich, »als Sie Rupert Visboroughs Nachruf lasen und auf die Idee zu Ihrem Buch kamen, sind Sie *nicht* zu Jackson Wells, dem Mann der Erhängten, gegangen, aber Sie haben die Schwester der Toten, Audrey Visborough, aufgesucht.«

»Nun... mag sein.«

»Ja oder nein?«

»Ja.«

»Und sie hat Ihnen erzählt, ihre Schwester habe von Liebhabern geträumt?»

»Ehm...«

»Howard!«

»Na, hören Sie«, sagte er mit wiederaufkommender Gereiztheit, »ich brauche doch nicht diese ganzen Fragen zu beantworten.«

»Was ist denn dabei?«

»Es würde ihnen nicht recht sein.«

»Audrey und Alison, meinen Sie?«

Er nickte. »Und Roddy.«

»Wer ist Roddy?«

»Alisons Bruder.«

Gib mir Kraft, dachte ich. Ich sagte: »Seh ich das richtig? Rupert Visborough hat Audrey geheiratet; aus der Ehe stammen eine Tochter, Alison, und ein Sohn, Roddy?«

»Ich weiß nicht, was daran so kompliziert sein soll.«

»Aber Sie haben die Kinder nicht in Ihrem Buch erwähnt.«

»Das sind doch keine Kinder mehr«, wandte Howard ein. »Sie sind so alt wie ich.«

Howard war fünfundvierzig.

»Sie haben sich also bei Alison ausgekotzt«, sagte ich. »Warum hat sie's dann im *Drumbeat* veröffentlicht? Und auf welchem Weg?«

Er stand abrupt auf. »Ich wußte nicht, daß sie das vorhatte. Ich habe sie nicht darum gebeten. Wenn Sie's genau wissen wollen, ich war geschockt, als ich die Zeitung las. Ich wollte nicht, daß das, was ich ihr gesagt habe, so an die Öffentlichkeit kommt.«

»Haben Sie seither noch mal mit ihr gesprochen?«

Er sagte, als müsse er sie verteidigen: »Sie dachte, sie würde mir helfen.«

»So ein Scheiß«, sagte ich.

Er war beleidigt und stakste in Richtung Außenwelt davon.

Einigermaßen verstimmt ging ich nach oben und sah meinen Anrufbeantworter blinken. O'Hara, so schien es, wollte mich gern in seiner Suite sehen.

Ich ging durch die mit Teppichen belegten Gänge. »Wußten Sie«, fragte er, als er auf mein Klopfen die Tür öffnete, »daß Howard wieder da ist?«

Wir sprachen über Howard. O'Hara sparte nicht mit Schimpfwörtern.

»Howard hat mir erzählt«, sagte ich, O'Haras Redeschwall halbwegs erfolgreich eindämmend, »daß er einer befreundeten Dame sein Leid geklagt hat, die prompt damit zum *Drumbeat* gegangen ist, aber ohne sein Wissen.«

»Was?«

Ich erzählte O'Hara von den Visboroughs.

Er wiederholte ungläubig: »Audrey, Alison und Roddy?«

»Und Gott weiß wer noch.«

»Howard«, verkündete er mit schwerer Stimme, »ist übergeschnappt.«

»Er ist naiv. Deshalb muß er noch kein schlechter Schriftsteller sein.«

O'Hara stimmte düster zu. »Traumliebhaber sind auch naiv.« Er überlegte. »Ich werde mit den Bossen noch mal über seinen Vertragsbruch reden müssen. Die fürchterliche Alison kennen Sie wohl nicht?«

Ich schüttelte den Kopf.

»Es muß ihr jemand ein Licht aufstecken.«

»Mhm«, meinte ich. »Sie?«

O'Hara drückte sich. »Wann hätten Sie denn selber Zeit?«

»Bloß nicht«, wehrte ich ab. «Was sie von *mir* hält, wissen wir ja.«

»Trotzdem«, lächelte O'Hara, »wenn Sie wollen, leiern Sie mit Ihrem Charme die Vögel aus den Bäumen.«

»Ich weiß nicht, wo sie wohnt.«

»Das finde ich raus«, versprach er, »und Sie machen dann die Schadensbegrenzung.«

Er schien mit einemmal glücklicher. Eine Klage gegen Howard hätte sich endlos hingezogen und hätte durchaus die Büchereikunden entfremden können, die sein Name doch ins Kino bringen sollte. *Greife nie jemanden an,* hatte der alte Valentine einmal geschrieben, *ohne vorher zu berechnen, was ein Sieg dich kostet.*

O'Hara fragte, ob ich Jackson Wells aufgestöbert hätte, schien aber enttäuscht, als ich ihm sagte, daß Wells mit seiner Familie in angenehmen, ungetrübten Verhältnissen lebte.

»Glauben Sie, er hat seine Frau umgebracht?« fragte er neugierig.

»Das konnte nie bewiesen werden.«

»Aber glauben Sie's?«

Ich zögerte. »Ich weiß es nicht.«

O'Hara tat den Gedanken ab, und da er die Muster von tags zuvor sehen wollte, fuhren wir zum Stall hinüber. Dort in dem weitläufigen Haus war ein kleines Zimmer als Vorführraum hergerichtet, mit einer Leinwand und sechs Stühlen, aber ohne Luxus. Die Fenster waren gegen Schnüffler verdunkelt, und die Rollen schon kopierten Films, die dort lagerten, waren auf jede erdenkliche Art gegen Diebstahl und Feuer geschützt. Da hatten die Bosse keinen Aufwand gescheut: Niemand konnte es sich leisten, noch einmal ganz von vorn zu drehen.

An diesem Morgen bediente ich selbst den Projektor. O'Hara saß gleichmütig da, während die Pferde den Trainingshang hinaufgaloppierten und über den Kamm ins Sonnenlicht kamen. Ich sah, daß ich mit dem dritten Anlauf recht gehabt hatte, und mein Trompetentusch nahm sich großartig aus. Danach hatte Moncrieff die Kameras abgeschaltet. Nur die Aufnahme, die ich selbst gemacht hatte, war noch auf der Rolle – der Pferdezug am Horizont, schwarz gegen das Sonnenlicht. Ausgesprochenes Pech, dachte ich, daß wir bei all dem Rohmaterial, das wir besaßen, nicht einen Meter Film mit dem Reiter hatten, der mit seinem furchterregenden Messer auf Ivan losgegangen war.

O'Hara fluchte darüber, doch hinterher ist man eben häufig klüger.

Ich überließ es dem eigentlichen Vorführer, die Rolle zurückzuspulen, und legte das Material ein, das wir danach gedreht hatten, die ›erste Begegnung‹ von Nash und Silva.

Wie immer bei Mustern war die Tonqualität mangelhaft; die endgültige Tonspur wurde erst später, nach den Dreharbeiten, mit der Bildspur zusammengebracht. Muster mit ihren zwei, drei oder mehr kopierten Takes von einer einzelnen Szene konnten ohnehin nur von Fachleuten beurteilt werden, ähnlich wie Weinkenner einen eventuellen Spitzenjahrgang aus dem scharfen, frisch vergorenen Rebsaft herausschmecken. O'Hara schnalzte sogar entsprechend mit der Zunge, als er zuschaute, wie Silva ruckartig ihr Pferd anhielt und beinah Nash-den-Trainer umrannte, der bei seinen Tieren stand; wie sie dann absaß, sich die Kappe herunterriß und rollengemäß zunächst verärgert, aber mit schnell erwachendem sexuellen Interesse ihren Text sprach; wie der herrliche Mund sich zu einem Lächeln verzog, das ihren Preis ab sofort vervierfachen würde.

»Braves Mädchen«, murmelte O'Hara erfreut.

Nash, barhäuptig und in Reitkleidung, sagte seinen Text in Platin, beinah unbezahlbar. Howard, von uns gedrängt, diese Szene nachzureichen, die im Buch natürlich nicht vorkam, hatte ausgezeichnete Dialoge abgeliefert, die seinen Spitzenplatz im Vorspann des Films voll und ganz rechtfertigten. Moncrieff hatte die Gesichter kunstvoll ausgeleuchtet und die Pferde wie vereinbart etwas unscharf ins Bild gesetzt, um die einzelnen menschlichen Gestalten in Nahaufnahme klar hervorzuheben. Irgendwie bildete die unbekümmerte Gleichgültigkeit der Pferde einen beredten Kontrast zu der knisternden Erregung, die sich in ihrer Nähe entwickelte. Ein kurzer, flüchtiger Eindruck, aber ein Gewinn an Atmosphäre. Alles in allem gar nicht schlecht.

Die Rolle ging zu Ende, ich schaltete den Projektor aus, machte Licht und wartete auf O'Haras Bewertung.

»Soll ich Ihnen was sagen?« meinte er beiläufig. »Wenn Sie nicht aufpassen, landen wir da einen Knaller.«

»Sagen Sie das nicht zu früh.« Trotzdem freute ich mich über sein Kompliment.

»Wie kommen Sie persönlich mit Silva aus?« fragte O'Hara, indem er aufstand und sich streckte, schon im Begriff zu gehen.

»Sie reitet sehr gut«, antwortete ich. »Das habe ich ihr auch gesagt.«

»Aber Sie haben ihr hoffentlich nicht gesagt, daß sie so gut zu Pferd ist wie ein Mann.«

Ich lachte. »Ich bin doch nicht lebensmüde.«

»Sie sieht auf der Leinwand gut aus.«

Ich nickte. »Sie hatten recht, sie kann schauspielern. Sie weiß, wo die Kamera steht. Sie ist professionell, sie hört mir zu, sie hat die Nacktszene auf dem geschlossenen Set vorige Woche ruhig und natürlich gespielt, sie ist ehrgeizig, aber vernünftig, und um ihren Feminismus kann ich einen Bogen machen.«

»Und gefällt sie Ihnen?«

»Das braucht sie nicht.«

»Nein, aber tut sie's?«

Ich lächelte. »Wenn ich ihr sagen würde, daß sie mir gefällt, würde sie mir eine knallen.«

»Das ist keine Antwort.«

»Also gut, sie gefällt mir. Eigentlich sogar sehr. Aber sie möchte nicht gefallen. Sie möchte für eine gute Schauspielerin gehalten werden. Und das ist sie. Ein Karussell, meinen Sie nicht?«

»Sie schläft mit mir«, sagte O'Hara.

Ich betrachtete in der darauffolgenden Stille die knorrigen Gesichtszüge und die kräftige Statur, verstand die magnetische sexuelle Anziehung der Macht und sagte ohne Groll: »Soll das heißen, Hände weg?«

Er nickte ruhig. »Hände weg.«

»Okay.«

Er ließ es dabei bewenden. Es änderte wenig. Wir gingen nach oben, um zu sehen, wie weit der Architekt und seine Abteilung schon mit der Demontage des Jockey-Club-Untersuchungsraums gekommen waren, an dessen Stelle ein ungefähres Abbild des Speisesaals im Athenäum entstehen sollte.

Mehrere Wände im ersten Stock waren bereits vorher entfernt worden, dafür stützten jetzt Stahlträger das Dach. Auch die Zimmerdecken waren weitgehend herausgeschnitten worden, um Raum für Lampen und Kameras zu schaffen. Der Hausbesitzer tröstete sich mit seinem hübsch aufgestockten Bankkonto und hoffte, daß Balken und Mörtel ihren Platz dereinst zurückerobern würden.

Der Athenäum-Speisesaal war noch kaum angelegt, würde aber komplett mit Tischen, Roastbeef und Bedienung ausgestattet sein, wenn wir von Huntingdon zurückkamen.

O'Hara sagte: »Ich habe Moncrieff heute früh im Hotel auf dem Gang getroffen, als Sie vom Meer wiederkamen. Ich dachte, ich höre nicht recht, aber er hat vor sich hin gesummt. Er sagte, er hätte ein Wunder gesehen und Sie wollten Ziggy nach Norwegen schicken, damit er eine Herde Wildpferde rüberholt. Sagen Sie, daß das nicht stimmt.«

Ich lachte. »Es stimmt. Fjordpferde. Wenn wir zehn oder zwölf davon haben, bringen wir sie ins Bild, als wären es fünfzig. Ziggy soll sie uns suchen. Sie kommen dann in Pferdetransportern mit der Fähre von Bergen.«

»Aber«, wandte O'Hara ein, »wäre es nicht billiger, mit *einheimischen* Wildpferden zu drehen?«

»Erstens gibt es keine einheimischen«, sagte ich. »Und zweitens sind echte Norweger effektvoller.«

O'Hara bahnte sich einen Weg durch wacklige Dekorationsteile und sah von einem hohen Fenster aus auf das graugrüne Heideland. Schließlich drehte er sich um; ich konnte seinen Gesichtsausdruck im Licht nicht erkennen.

»Ich arrangiere das«, sagte er. «Ziggy kann fahren. Sie machen hier mit dem Film weiter.«

»Gut«, sagte ich zufrieden, und in diesem Einverständnis gingen wir hinunter zum Stallhof, meldeten uns wie gewohnt vorn beim Wachmann ab und kehrten zum Wagen zurück.

»Wußten Sie«, fragte ich im Plauderton, »daß man Hexen früher gehenkt hat?«

O'Hara blieb abrupt stehen und sagte nach einer Pause: »So was deutet Howard in seinem Buch aber nicht an, oder?«

»Nein. Eigentlich wundert mich das. Es hätte doch gut zu den Traumliebhabern gepaßt.«

O'Hara sah verständnislos drein.

»1685 wurde zum letztenmal in Merrie England eine Hexe erhängt«, sagte ich. »Bis dahin hatte man aber insgesamt über tausend der Hexerei Beschuldigte aufgeknüpft, hauptsächlich Frauen. Das habe ich nachgesehen. Hexerei gab es noch lange danach. Goya hat um 1800 herum fliegende Hexen gemalt. Und noch heute werden die alten Praktiken ausgeübt. Ich halte es zwar für unwahrscheinlich, daß vor nur sechsundzwanzig Jahren in Newmarket eine Hexenerhängung stattgefunden hat, aber es schadet nichts, wenn Howard ein paar Szenen einfügt, um Zweifel zu säen.«

9

Da ich unverhofft zu einem Fahrer gekommen war, konnte ich mir auf dem Weg nach Huntingdon Notizen für die anstehenden Proben machen und über meine zweite Unterhaltung mit Howard nachdenken. Er war in seinem Zimmer gewesen, als ich mit O'Hara zurückkam, und hatte einem Gespräch in meiner Suite widerwillig zugestimmt.

»Howard«, begann ich, »Ihr Name ist mit dem Film ein für allemal verbunden. Sie können glänzend schreiben. Ob Sie mit der Handlung einverstanden sind oder nicht, die *Worte* im Film sind weitgehend Ihre, und danach wird man Sie beurteilen.«

»Einige Dialoge sind von Ihnen«, wandte er ein.

»Ihre sind mir lieber. Ich schreibe nur, was Sie nicht schreiben wollen.«

Er konnte mich zwar böse anstarren, aber nichts dagegen sagen.

»Also«, fuhr ich sachlich fort, »schreiben Sie jetzt bitte eine Szene, die darauf hindeutet, daß die Tote als Hexe aufgehängt worden sein könnte.«

Er war empört. »Sie war doch keine Hexe.«

»Woher wissen Sie das?«

»Sie war Audrey Visboroughs Schwester!« Und deshalb, seinem Tonfall nach, über jeden Zweifel erhaben.

»Denken Sie drüber nach, Howard. Legen Sie den Gedanken jemanden in den Mund. In den Kopf. Vielleicht braucht nur ein Zeitschriftenartikel ins Bild zu kommen. Schlagzeile ›Gibt es noch Hexerei?‹. Irgend so etwas. Es darf aber keine Szene im Untersuchungsraum des Jockey Clubs sein. Der ist schon abgerissen.«

Howard wirkte nicht abgeneigt – er sah sogar interessiert aus.

»In Wirklichkeit hieß sie Sonia«, sagte ich.

»Ja, ich weiß.«

»Haben die Visboroughs Ihnen das gesagt?«

»Ja, sicher!« hatte er sie aufbrausend in Schutz genommen. »Sie waren alle sehr hilfsbereit.«

Ich unterließ es, darauf hinzuweisen, daß der *Drumbeat* alles andere als hilfreich gewesen war, und wir trennten uns in Frieden.

Mein Regieassistent Ed, der normalerweise selbst einen Assistenten hatte, arbeitete jetzt wie bei Massenszenen üblich mit mehreren Unterassistenten. Die in erfreulich großer Zahl zur Rennbahn geströmten Einwohner Huntingdons wurden von Ed aufgeteilt, stationiert und bei Laune gehalten, denn wie er wußte und seinen Helfern gleich mitgeteilt hatte, lautete mein ausdrücklicher Wunsch, daß die Leute zufrieden sein sollten, damit sie am nächsten und am übernächsten Tag gern wiederkamen. Vergnügen hieß die Devise. Amüsieren sollten sie sich. Nash – ja, Nash persönlich – würde dann und wann Autogramme geben.

Der Rennverein in Huntingdon hatte sich freundlich und entgegenkommend gezeigt. Verträge, Bezahlung, Versicherung, Sicherheitsvorkehrungen, Polizei, all das war geregelt. Vorausgesetzt, daß wir bis Freitag fertig wurden und die Rennbahn wieder räumten, würden sie uns freie Hand lassen. Anfallende Platzarbeiten konnten dann erledigt werden, bevor sie die Tore zur nächsten regulären Austragung am Montag öffneten.

Unsere Pferde, unsere Jockeys, unser Publikum, unser Drama mußten praktisch bis zum späten Donnerstagnachmittag im Kasten sein. Knapp, aber möglich.

Ich betete, daß es keinen Regen gab.

Ed wählte Leute aus, die als Besitzer-und-Trainer-Gruppen im Führring beieinanderstehen sollten. Andere wurden als Schaulustige ringsherum gestellt. Echte Hindernisjockeys erschienen in Rennfarben im Führring und verteilten sich auf die Gruppen. Es waren keine absoluten Topjockeys, aber gewiefte, erfahrene Profis, und sie wurden gut bezahlt. Unsere Pfleger führten die mit Sattel, Decke und Nummerndecke ausstaffierten Pferde herum. Allmählich sah es schon aus wie ein Renntag.

Die echte Version würden wir allerdings gesondert am kommenden Montag filmen; da sollte Ed vollbesetzte Tribünen, hin und her drängende Zuschauermassen und quotenausrufende Buchmacher in der Totale aufnehmen. Mit unseren eigenen Szenen gemischt, würden die Nahtstellen zwischen dem Echten und dem Gestellten nicht sichtbar sein – wenn es nicht regnete.

Cibber stand mit seiner Frau (Silva) im Führring, und ich postierte Nashs Double in leicht von bösen Blicken zu überwindender Entfernung. Moncrieff rollte seine Kamera auf einem Dolly umher, um einen architektonisch interessanten Hintergrund zu bekommen. Das alles brauchte wie immer seine Zeit, aber ich schickte die Einheimischen so bald wie möglich nach Hause. Langeweile hieß mein Feind; wer sich langweilte, kam nicht wieder. Alle Kinder erhielten zum Abschied einen Gasballon (UNSICHERE ZEITEN in blauer Schrift auf Silber), und wir dankten ihnen fröhlich.

Die Jockeys waren aufgefordert worden, zur Instruktion im Führring zu bleiben. Jetzt standen sie dort steif vor mir und wirkten mürrisch und mißtrauisch.

Darüber verwundert sagte ich: »Tun Sie einfach so, als wäre morgen ein normales Rennen. Machen Sie alles genauso wie sonst auch auf dem Weg zum Start.«

Einer von ihnen unterbrach mich fast aggressiv: »Stimmt es, daß Sie mal als Amateur geritten sind?«

»Ja, drei Jahre.«

»Warum haben Sie aufgehört?«

Ich runzelte die Stirn. Es stand ihnen nicht zu, solche Fragen zu stellen, schon gar nicht wie im Verhör, aber da ich auf ihre Mitarbeit angewiesen war, sagte ich gelassen: »Ich bin nach Hollywood gegangen, um Filme über Pferde zu machen.«

Stille.

»Was ist los?« fragte ich.

Nach langen Sekunden sagte einer von ihnen: »Da steht was über Sie im *Drumbeat*...«

»Aha.« Mir ging ein Licht auf. Ich sah in die unbewegten, durchweg sehr zynischen Gesichter. Diese Jockeys sollten sich am nächsten Tag die Seele aus dem Leib reiten, und es war sonnenklar, daß sie das nicht tun würden.

Wie seltsam, dachte ich. Gegenüber dem Filmteam hatte ich meine angekratzte Autorität ohne große Mühe wiederherstellen können, und ausgerechnet bei diesen Männern hier, die ich doch zu kennen meinte, hatte ich sie eingebüßt. Ich fragte, ob sie sich das Lincoln angeschaut und mein Gespräch mit Greg Compass gesehen hätten. Nein, keiner von ihnen. Sie hatten arbeiten müssen, sagten sie. Sie hatten Rennen geritten.

Ich sagte: »Wenn hier jemand Zweifel hat, ob er morgen für mich in die vollen gehen soll, trete ich auf der Stelle gegen ihn an.«

Ich hatte nicht vorgehabt, so etwas zu sagen. Einmal gesagt, ließ es sich nicht zurücknehmen.

Sie machten große Augen.

Ich sagte: »Ich bin weder unfähig noch ein Hanswurst noch ein Tyrann. Zeitungen lügen. Das ist Ihnen doch sicher nicht neu.«

Sie entspannten sich ein wenig, und etliche schauten jetzt auf ihre Stiefel statt in mein Gesicht, aber einer knöpfte langsam und wortlos sein leuchtend grünweiß gestreiftes Hemd auf. Er zog es aus und hielt es mir hin. Darunter trug er den üblichen dünnen blauen Pullover und eine weiße Halsbinde.

Ich nahm das Funksprechgerät vom Gürtel und rief Ed.

»Wo sind Sie?« fragte ich.

»Im Stall.«

»Gut. Schicken Sie bitte drei Pferde mit Rennsätteln und Zaumzeug rüber, jedes von einem Pfleger geführt.«

»Klar. Welche drei?«

»Die drei schnellsten«, sagte ich. »Und treiben Sie unseren Arzt auf. Er soll zum Führring kommen.«

»Sie brauchen nicht den Helden zu markieren«, sagte einer der Jockeys. »Wir haben schon kapiert.«

Aber derjenige, der seine Farben abgelegt hatte, hielt sie mir immer noch herausfordernd hin.

Ich öffnete den Reißverschluß meiner Windjacke, zog sie aus und warf sie ins Gras. Ich zog meinen Pullover aus, knöpfte mein Hemd auf und warf beides hinterher. Ich trug zwar kein Trikot darunter, spürte aber den Wind, die Kälte nicht auf der blanken Haut – zu viel ging mir im Kopf herum. Ich legte die grünweißen Streifen an und wies auf die Halsbinde. Stumm wurde sie mir gereicht, und ich dankte meinen Sternen, daß ich noch wußte, wie man sie umband.

Da wir an diesem Nachmittag nur eine Stellprobe gemacht hatten, unberitten, hatte niemand eine Peitsche dabei, und keiner der Jockeys trug die übliche Sicherheitsweste, die gestürzte Reiter vor Pferdehufen schützte. Niemand wies darauf hin. Ich knöpfte das Hemd zu, stopfte es mir in die Hose, und man gab mir eine scharlachrote Sturzkappe.

Ed tauchte in der Ferne mit drei Pferden auf.

Moncrieff erschien plötzlich an meiner Seite und fragte: »Was zum Teufel haben Sie vor?«

»Einen kleinen Ausritt.« Ich setzte die Kappe auf und ließ den Riemen hängen.

»Das geht doch nicht!«

»Filmen Sie es bitte nicht, falls ich stürze.«

Moncrieff warf die Arme hoch und appellierte an die Jockeys. »Das dürfen Sie nicht zulassen. Halten Sie ihn davon ab.«

»Sie haben den *Drumbeat* gelesen«, sagte ich knapp, »und wir hätten morgen doch gern ein Superrennen, oder nicht?«

Moncrieff verstand zwar, brummte unnützerweise aber etwas von Versicherung, von Bossen, von O'Hara und was aus dem Film werden sollte, wenn ich mir den Hals brach.

»Seien Sie doch still«, sagte ich.

»Thomas!«

Ich grinste ihn an. Zu den Jockeys sagte ich: »Vielleicht haben zwei von Ihnen Lust, mit mir um die Wette zu reiten. Gegen alle kann ich leider nicht antreten, morgen startet ja das ganze Lot, und dann brauchen wir frische Tiere. Also nur zwei. Wir gehen eine Runde über die Hindernisse, nicht die Hürden, vorausgesetzt, daß niemand unbefugt auf der Bahn herumläuft.«

Schweigen.

Insgeheim belustigt wartete ich, bis Ed mit den Pferden herangekommen war und den Schreck ob meiner eindeutigen Kleidung überwunden hatte.

»Ed, Sie stellen sich mit einem Wagen auf den Weg neben der Bahnbegrenzung«, ich zeigte ihm, wohin, »und fahren hinter uns her. Nehmen Sie den Arzt mit, falls einer von uns stürzt.« Ich wies mit dem Finger auf ihn. »Da kommt er ja. Na also.«

Ed sah fassungslos zu. Ich schnallte das Walkie-talkie und mein Mobiltelefon vom Gürtel los und gab ihm beides zur Aufbewahrung.

»Das darf doch nicht wahr sein«, sagte Moncrieff.

Ein Jockey meinte: »Es kann uns die Lizenz kosten, wenn wir gegen Sie reiten.«

»Kann es nicht«, widersprach ich. »Die Filmgesellschaft hat Sie engagiert, und Sie sind zu einer Probe hier. Wir haben die Zusage aller maßgebenden Stellen, daß Sie auf der Bahn reiten dürfen. Sie tun es nur einen Tag früher als geplant. Der Arzt, den wir Ihnen vertraglich zugesichert haben, ist auch da. Wer kommt mit?«

Sie waren schon nicht mehr ganz so feindselig, aber ich hatte den Fehdehandschuh aufgenommen und ihn ihnen vor die eigenen Füße geknallt, und *das* konnten sie schlecht hinnehmen. Zwei von ihnen gingen zu den Pferden und überließen mir das dritte.

»O'Hara bringt Sie um!« meinte Moncrieff zu mir.

Es traf sich, daß sie mir das Pferd überließen, das Silva am Morgen vorher geritten hatte, unbestreitbar das schnellste in unserem Lot. Ich hatte es oft im Kanter geritten, und seiner Biographie nach mußte es wissen, wie man springt.

»Sie haben keine Reithose und keine Stiefel«, sagte Ed mit einem verdutzten Blick auf meine braunen Schuhe und die normale Hose.

»Das ist dem Pferd egal«, sagte ich. Eine gewisse Lockerheit war unter diesen Umständen nicht zu verachten.

Der Pfleger des Pferdes warf mich rauf, wie er es schon oft getan hatte. Ich zog den Gurt an, schnallte die Bügel länger und zurrte meine Kappe fest.

Die beiden Jockeys, die mich beim Wort nahmen, saßen auf und waren startbereit. Ich lachte in den Kreis der anderen Gesichter hinein, die mit einemmal besserer Laune waren.

»Was seid ihr doch für eine Saubande«, sagte ich und bekam mehr als ein Grinsen dafür.

Da die Tore nicht verschlossen waren, gingen wir ungehindert mit den Pferden zur Bahn. Es war ein Rechtskurs von anderthalb Meilen, mit neun verschiedenen Hindernissen dazwischen. Elf Jahre hatte ich kein Rennen mehr geritten. Ich war verrückt. Ein tolles Gefühl.

Scheußliche lange Wörter wie Pflichtvergessenheit drangen Würmern gleich in die vernünftigeren Zonen meines Denkens vor. Immerhin trug ich die Verantwortung für einen Multimillionendollarfilm. Bei allem Übermut wußte ich, daß das Soufflé, an dem ich bastelte, in sich zusammenfallen würde, wenn jemand den Geldhahn abdrehte.

Trotzdem kam es mir so vor, als wäre ich vor langer Zeit nach einer viel zu kurzen Jugend alt geworden. Ungefähr drei Minuten lang wollte ich noch mal Teenager sein.

Ed, der Wagen und der Arzt folgten uns auf die Bahn.

Einer meiner Gegner fragte mich: »Wie schwer sind Sie?«

»Schwer genug, daß es mich entschuldigt, wenn ich verliere.«

»Von wegen«, sagte er, und damit richtete er sein Pferd nach vorn aus und stieß ihm die Fersen in die Seiten.

Ich setzte ihm sofort nach. Es hieß jetzt oder nie, und ich spürte, wie die alte kontrollierte Verwegenheit Geist und Körper durchflutete, als hätte ich nie etwas anderes gekannt.

Ihrer Farben wegen sah ich den Mann vor mir als Blau, den Mann hinter mir als Rot an. Wir hatten die leuchtenden Hemden eigens für den Film anfertigen lassen, bedacht auf optische Wirkung und Unterscheidbarkeit, und die Kostümleute hatten gute Arbeit geleistet.

Blau und Rot waren jünger als ich und hatten die Jockeylaufbahn noch nicht eingeschlagen, als ich von ihr abgekommen war. Ich merkte gleich, daß sie nicht geneigt waren, irgendwelche Zugeständnisse zu machen, und sonst wäre das ganze Unternehmen ja auch zwecklos gewesen. Ich grub einfach in meinem Gedächtnis nach der Technik, die mir früher im Blut gelegen hatte, und schätzte den Gang meines Pferdes vor dem ersten Sprung mit einer Routine ab, die ich längst vergessen zu haben glaubte.

Alles war Tempo und Stille. Keine Frotzelei, kein Fluchen von den anderen. Nur der Hufschlag und das Wischen durchs dunkle Reisig der Hindernisse. Nur die grimmige Entschlossenheit und die alte Begeisterung.

Mein Gott, dachte ich mitten im Flug, warum hab ich das bloß aufgegeben? Aber ich wußte, warum. Mit neunzehn war ich zu groß gewesen und zu schwer geworden und hatte das »Gewichtmachen« durch Hungern und Schwitzen nicht mehr vertragen.

Eine halbe Meile und zwei Sprünge später spürte ich die

ersten Anzeichen mangelnder Fitneß in meinen Muskeln und dachte daran, daß Blau und Rot seit mehreren Monaten in Wettkampfform waren. Das Tempo, das ihnen leichtfiel, kostete mich meine ganze Kraft. Wir waren durch den Bogen gekommen und lagen eingangs der langen Gegengeraden alle drei noch gleichauf, bevor ich mir ernsthaft überlegte, daß ich ein Narr, zumindest aber tolldreist gewesen war, diesen Zirkus in Gang zu setzen, und bei den nächsten vier dicht aufeinanderfolgenden Sprüngen konzentrierte ich mich hauptsächlich darauf, mein Gewicht möglichst weit vorn zu halten.

Aerodynamisch am günstigsten fürs Tempo ist es, wenn der Schwerpunkt des Reiters über der Vorhand des Pferdes liegt, aber bei einem Rumpler kann der Jockey in dieser Haltung sehr leicht nach vorn katapultiert werden. Die Alternative besteht darin, daß man das Tempo vor dem Sprung reduziert, sich zurücksetzt, die Zügel durch die Finger gleiten läßt und vielleicht noch einen Arm hochwirft, um vor der Landung die Balance zu halten. Am gewohnheitsmäßig erhobenen Arm, dem sogenannten »Taxiruf«, erkennt man den Amateur. Ging der Arm einmal hoch, war es nicht zu ändern, aber fünf oder sechs Armschwünge hätten mir Mitleid eingetragen, und darauf war ich nun wirklich nicht aus. Ich würde in Huntingdon mit vorgelagertem Gewicht über die Sprünge gehen, und wenn es mich umbrachte.

Was durchaus möglich war.

Mit diesem sarkastischen Gedanken, mit strapazierten Muskeln und pumpender Lunge erreichte ich den langen Einlaufbogen: noch zwei Sprünge, dann die Gerade und das Ziel.

Als erfahrene Jockeys, die sie waren, hatten Rot und Blau bis zum Schlußbogen gewartet, bevor sie voll auf die Tube drückten. Entschlossen, mich nicht schmählich abhängen zu lassen, beschleunigte ich mit ihnen, und mein Pferd reagierte wie die meisten Vollblüter mit dem angeborenen Drang, seinen Kopf in Front zu bringen.

Ich wußte nicht, wie es bei den anderen war, aber ich flog über die letzten beiden Hindernisse, als ginge es um den Sieg im Grand National; es genügte dann trotzdem nicht. Wir endeten ausgequetscht in der Reihenfolge Rot, Grün und Blau, mit einer halben Länge zwischen dem Ersten und dem Zweiten und einer halben zwischen dem Zweiten und dem Dritten.

Wir hielten an und trabten zum Tor zurück. Ich konnte mich kaum noch oben halten. Ich atmete in tiefen Zügen durch die Nase, hatte ich doch schon so manchem Schauspieler gesagt, daß es das sicherste Anzeichen von Erschöpfung war, wenn man mit offenem Mund nach Luft schnappte.

Blau und Rot vorneweg, stießen wir wieder zu den anderen Jockeys. Es wurde nicht viel gesprochen. Wir saßen ab und übergaben die Zügel den Pflegern. Ich spürte meine Finger zittern, als ich die Kappe losband, und hoffte daß die Jockeys es nicht sahen. Ich nahm die Kappe ab, gab sie dem Mann wieder, der sie mir geborgt hatte, und wischte mit dem Daumen den Schweiß aus meiner Stirn. Immer noch war nur halblautes Gemurmel zu hören. Ich knöpfte den gestreiften Dreß auf, zwang meine Hand zur Ruhe und fummelte dennoch zu lange mit der Halsbinde herum. Mein Zwerchfell hatte sich noch nicht beruhigt, als ich Hemd und Binde zurückgab und mir meine eigenen Sachen von jemand geben ließ, der sie vom Gras aufgehoben hatte. Zu schlapp, um sie anzuziehen, hielt ich sie einfach über dem Arm.

Da ich den Eindruck gewann, daß wir alle eher verlegen waren als sonst etwas, bemühte ich mich um einen leichten Ton.

»Okay!« sagte ich. »Morgen also? Treten Sie an?«

Blau sagte: »Ja«, und die anderen nickten.

»Prima. Bis dann.«

Ich brachte ein echtes, wenn auch nur matt strahlendes Lächeln zustande und wandte mich ab, um zu Moncrieff, dem krummen Hund, hinüberzugehen, der so tat, als hätte er nicht die ganze Zeit eine Videokamera auf der Schulter gehabt.

Eine Stimme hinter mir rief: »Mr. Lyon.«

Ich blieb stehen und drehte mich um. Mr. Lyon, hört, hört. Eine Überraschung.

Der mit den grünweißen Streifen sagte: »Sie haben uns Ihren Standpunkt klargemacht.«

Ich steigerte mein Lächeln, winkte mit der Hand und stapfte übers Gras zu Moncrieff.

»Scheiße«, sagte er.

»Ganz und gar nicht. Jetzt kriegen wir morgen vielleicht ein klasse Rennen. Die möchten doch nicht hinter einem schwachbrüstigen Amateur zurückstehen.«

»Ziehen Sie Ihr Hemd an, Sie holen sich ja den Tod.«

Aber das Genick hatte ich mir nicht gebrochen, dachte ich und fühlte mich erhitzt, erschöpft und überglücklich.

Ed gab mir mein Mobiltelefon zurück und sagte, während er um die Bahn gefahren sei, habe O'Hara angerufen und wissen wollen, wo ich steckte.

»Was haben Sie ihm gesagt?« fragte ich.

»Daß Sie gerade reiten. Sie sollen ihn zurückrufen.«

»Gut.«

Ich ging zu meinem Wagen und dem Fahrer und rief O'Hara an. Er hatte sich offenbar mit Howard befaßt, der jetzt von dem Hexerei-Aspekt begeistert war und ihn verstärkt herausarbeiten wollte. Die Szenen flossen ihm nur so aus der Feder.

»Na gut«, sagte ich, »aber zügeln Sie ihn. Hexen hängen sich nicht selber auf, und wir haben immer noch keinen, der den Mord begeht.«

»Wie immer«, meinte O'Hara trocken, »legen Sie den Finger auf den wunden Punkt.« Er hielt kurz inne. »Howard hat mir gesagt, wo Alison Visborough lebt.«

»Wie haben Sie denn das geschafft? Ein Abkommen getroffen?«

»Es kann sein«, erwiderte O'Hara steif, »daß wir nicht den letzten Cent aus ihm herauspressen.«

Ich lächelte.

»Fahren Sie jedenfalls mal zu ihr. Es ist irgendwo in Leicestershire.«

»Wann denn? Wir drehen morgen den ganzen Tag.«

»Hm, jetzt. Howard hat sie angerufen. Sie erwartet Sie.«

»Jetzt? Kann das nicht jemand anders machen?«

Ich war seit vier Uhr früh auf den Beinen; inzwischen war es zwanzig vor fünf am Nachmittag, und ich brauchte eine Dusche und fühlte mich, um es milde auszudrücken, geschlaucht. Leicestershire lag viele Kilometer in der falschen Richtung.

O'Hara sagte: »Ich dachte, Sie wären daran interessiert, sie kennenzulernen, und ihre Mutter lebt auch bei ihr.«

»Die Audrey?«

O'Hara bestätigte es. »Die Frau, die Silva im Film darstellt.«

»Hm... das interessiert mich schon. Gut, ich fahre. Und die Anschrift?«

Er gab sie mir durch, die Telefonnummer eingeschlossen. »Howard erweist sich als ausgesprochen hilfsbereit.«

»Das kann ich mir denken.«

O'Hara wechselte das Thema. »Ed sagte, Sie seien geritten?«

Belustigt über die verschlüsselte Frage, antwortete ich: »Ich bin mit zwei von den Jockeys um die Bahn geritten, damit sie sehen, was morgen Sache ist.«

»Seien Sie vorsichtig.«

»Klar«, sagte ich. »Immer.«

Wir verabschiedeten uns, und ich führte im Weitergehen noch ein Telefongespräch, diesmal mit Robbie Gill.

»Thomas Lyon«, sagte ich, als er sich meldete. »Wie geht's meinem Mädchen?«

»Sie ist noch auf der Intensivstation. Ich habe mit ihrem Arzt Verbindung aufgenommen. Er hat sie transportunfähig geschrieben, zumindest solange sie Infusionen braucht. Auf jeden Fall noch zwei, drei Tage. Ich kann ihren Sohn nicht ausstehen. So ein Stinkstiefel!«

»Was hat er gemacht?«

»Die Schwestern drohen mit einem Aufstand. Er ist so verdammt überheblich.«

»Ist Dorothea schon bei Bewußtsein?«

»Ja, sie hat kurz mit der Polizei geredet. Das letzte, an das sie sich erinnert, ist anscheinend, daß sie sich nach dem Abendessen bei einer befreundeten Witwe, die einen halben Kilometer entfernt wohnt, auf den Heimweg gemacht hat. Sie sehen manchmal zusammen fern, und nach Valentines Tod hatte sie Lust auf Gesellschaft. Ein Glück, daß sie nicht schon früher zu Hause war.«

»Mag sein. Vielleicht.«

»Vielleicht«, stimmte er zu.

»Sonst was Neues?« fragte ich.

»Nein. Ich habe die Polizei gefragt. Nur leere Sprüche, was bedeutet, daß sie im Wald stehen.«

»Ich würde Dorothea gern besuchen.«

»Das habe ich ihr auch gesagt. Es hat sie offensichtlich gefreut. Vielleicht geht's morgen abend, oder übermorgen.«

»Ich rufe Sie an«, sagte ich.

Am Wagen angelangt, teilte ich dem Fahrer die Programmänderung mit und sah mir die Straßenkarte an. Rechts ab auf die A 14 in nordöstlicher Richtung, um Kettering herum und weiter geradeaus. Vierzig Meilen vielleicht bis Market Harborough. »Wecken Sie mich, wenn wir da sind«, sagte ich und legte mich auf dem Rücksitz schlafen.

Alison Visboroughs Zufluchtsort offenbarte von den Torpfosten an ihre Persönlichkeit. Ein löchriger Schotterweg führte zu einem zweigeschossigen alten Haus aus Ziegeln, vermutlich achtzehntes Jahrhundert, aber ohne Besonderheit. Die Wiesen ums

Haus waren in zahlreiche Koppeln mit verwitterten Lattenzäunen unterteilt, und auf einigen standen kräftige, aber wenig bemerkenswerte Pferde. Eine größere Koppel auf der einen Seite war mit diversen Gattern, Stangen und Mauerattrappen ausgestattet, den Utensilien des Springreitens, der abblätternden Farbe nach nicht mehr ganz neu. Am anderen Ende ließ ein Mann in Tweedjacke und hoher schwarzer Reitkappe langsam ein Pferd im Kreis kantern und übte es, die Augen streng auf das führende Vorderbein gerichtet, in der Dressur. Ein Kind, das ihm zusah, hielt ein Arbeitspony bei den Zügeln. Lehrer und Schüler beim Unterricht, wie es schien.

Alles an dem Hof sah sauber und effizient aus und zeugte eher von Geldknappheit.

Mein Fahrer hielt vor der unprätentiösen Haustür. Er sagte, er wolle fragen, ob wir hier richtig seien, doch das war nicht nötig. Die Tür öffnete sich, ehe er läuten konnte, und eine vollbusige Frau mittleren Alters in Reithose, Hemd und mattgrünem Pullover erschien, begleitet von zwei halbwüchsigen Labradors.

»Mr. Lyon?« Ihre Stimme drang laut, herrisch, ungnädig zu mir herüber.

Mein Fahrer deutete auf den Wagen, und ohne große Begeisterung stieg ich aus.

»Ich bin Thomas Lyon«, sagte ich, auf sie zugehend.

Sie gab mir die Hand, als wäre das eine leidige gesellschaftliche Verpflichtung, und führte mich genauso auch ins Haus, während mein Fahrer sich selbst überlassen blieb.

»Ich bin Alison Visborough. Howard hat Sie schon angekündigt«, erklärte sie und führte mich in ein kaltes, ordentliches Zimmer mit hartgepolsterten Sesseln und Sofas, die einladend aussahen, aber gewissermaßen die Lust am Bleiben dämpften. Ich hockte mich auf eine ungastliche Sesselkante und sie auf eine andere. Die Hunde waren ohne viel Federlesens in die Diele verbannt worden.

»Ich habe Sie mir älter vorgestellt«, sagte sie mit unbefangen vornehmer Diktion. »Sind Sie auch sicher, daß Sie der sind, der Sie zu sein behaupten?«

»Meistens.«

Sie machte große Augen.

Ich sagte: »Ich bin nicht der Unmensch, den Sie im *Drumbeat* geschildert haben.«

»Sie haben Howard zur Verzweiflung getrieben«, sagte sie energisch. »Da mußte was passieren. Ich hatte nicht mit so einem Wirbel gerechnet. Schon gar nicht wollte ich Howard in Schwierigkeiten bringen. Er hat mir erklärt, daß Ihre blöde Filmgesellschaft sauer auf mich ist, aber wenn ich eine Ungerechtigkeit erkenne, muß ich meine Meinung sagen.«

»Immer?« fragte ich interessiert.

»Natürlich.«

»Und bringt Sie das oft in Schwierigkeiten?«

»Widerstand hält mich nicht ab.«

»Würden Sie Howard zuliebe«, sagte ich, »der Filmgesellschaft einen kurzen Entschuldigungsbrief schreiben?«

Sie schüttelte empört den Kopf, dachte noch einmal darüber nach und sah dann aus, als könne sie sich nicht entscheiden, ein für sie wohl ungewohnter Zustand.

Sie hatte angegrautes, kurzes braunes Haar, furchtlose braune Augen, trug keinen Lippenstift und keine Ringe an den rauhen, arbeitsgewohnten Händen. Eine Frau, streng mit sich selbst und mit allen anderen, aber von Howard bewundert.

Ich fragte: »Mit wem haben Sie gesprochen, der beim *Drumbeat* arbeitet?«

Sie zögerte wieder und sah nicht allzu erfreut aus. »Es sind nicht so ganz meine Worte«, sagte sie widerstrebend, »was sie in der Zeitung geschrieben hat.«

»Sie?«

»Eine alte Bekannte von mir. Wir waren auf der gleichen

Schule. Sie gehört zum ›Sterngeflüster‹-Team, und ich dachte, es würde Howard helfen, gegen Sie zu bestehen. Von *ihr* stammt der Artikel auch nicht. Sie hat nur die Informationen an einen der Schreiber weitergegeben, wie sie's immer macht. Sie stellt das Material zusammen, hat sie mir erklärt, und dann wird es von einem, der dafür zuständig ist, auf Sensation getrimmt.«

Auf Sensation getrimmt. Man denke! Aber anders wäre Howards Nörgelei die Spalte wahrscheinlich nicht wert gewesen.

»Seit wann«, fragte ich, »kennen Sie Howard?«

»Warum wollen Sie das wissen?«

»Ich habe nur überlegt, wie lange Sie sich wohl schon für ihn einsetzen.«

Mit einem Anflug von Streitlust, wie sie mir neuerdings öfter begegnete, sagte sie: »Ich kann mich innerhalb von fünf Minuten für eine gute Sache einsetzen.«

»Bestimmt.«

»Genaugenommen kennen wir Howard, seit er uns nach Papas Tod besuchen kam.«

Das Wort »Papa« kam ganz spontan; nur ich fand es seltsam und verfehlt bei einem Menschen ihres Alters.

»Wollte er zu Ihrer Mutter?«

»Ja, wohl hauptsächlich zu ihr.«

»Wegen des Nachrufs?«

Sie nickte. »Der hat Howard interessiert.«

»Mhm.« Ich schwieg. »Haben Sie eine Ahnung, von wem dieser Nachruf stammt?«

»Warum wollen Sie das wissen?«

Ich zuckte die Achseln. »Interessehalber. Er schien mir ein Ausdruck persönlicher Gefühle zu sein.«

»Verstehe.« Sie ließ Sekunden hingehen. Dann sagte sie: »Er stammt von mir. Die Zeitung hat ihn bearbeitet, aber das Wesentliche war von mir.«

»So?« sagte ich unverfänglich. »Und Sie haben auch geschrieben, daß die Karriere Ihres Vaters durch Sonias Tod vereitelt worden ist?«

»Ja.«

»Das schien Ihnen nahezugehen.«

»Natürlich ist es mir nahegegangen«, sagte sie heftig. »Papa hat nie mit mir darüber gesprochen, aber ich wußte, daß er verbittert war.«

»Hm«, sagte ich, »aber weshalb mußte er denn nach Sonias Tod die Politik aufgeben?«

Gereizt, als ob sich das von selbst verstünde, sagte sie: »Wegen des Geredes natürlich. Aber er sprach nie darüber. Er hätte niemals zugelassen, daß dieser Film gemacht wird. Rodbury und ich waren auch dagegen, konnten aber nichts ausrichten. Es war Howards Buch, nicht unseres. Unser Name, Papas Name kommt nicht darin vor. Howard sagte, Sie hätten ihn zu den lächerlichen, lügenhaften Änderungen an seinem Buch gezwungen; da dachte ich natürlich, jemand müßte Ihnen Einhalt gebieten. Howard zuliebe und – jawohl – Papa zu Ehren mußte ich es tun.«

Und beinah wäre es ihr geglückt, dachte ich.

Ich versuchte weder mich noch das Vorgehen der Filmgesellschaft zu rechtfertigen, sondern sagte: »Verzeihen Sie, aber wer ist Rodbury?«

»Mein Bruder Roddy.«

Roddy, natürlich.

»Könnten Sie mich vielleicht Ihrer Mutter vorstellen?« fragte ich.

»Wozu?«

»Ich würde sie gern kennenlernen.«

Es hing in der Schwebe, aber die Entscheidung blieb nicht ihr überlassen. Die angelehnte Tür wurde von einem Gehstock in der Hand einer dünnen, hinkenden Dame um die Siebzig aufgestoßen. Sie kam langsam und bedrohlich auf mich zu und teilte mir, während ich aufstand, mit, daß ich ein Scheusal sei.

»Sie sind doch der Mensch«, hielt sie mir mit blassen, schmalen Lippen vor, »der behauptet, ich hätte meinen Mann mit Jackson Wells betrogen – Jackson Wells!« Empörtes Klassenbewußtsein lag in ihrer dünnen Stimme. »Dieser schreckliche Kerl! Ich habe meine Schwester vor der Ehe mit ihm gewarnt, aber sie war dickköpfig und hat nicht auf mich gehört. Er war nicht gut genug für sie. Wie kann jemand glauben, daß ich… *ich*…« Ihr fehlten fast die Worte. »Es fiel mir ja schon schwer, zu dem Mann höflich zu sein – und er war zwanzig Jahre jünger als ich.«

Sie bebte vor Mißbilligung. Ihre Tochter stand auf, ergriff den Arm der Mutter und half ihr zu einem der Sessel, deren feste Polsterung mit einemmal sinnvoll erschien.

Sie hatte kurzes weißes Lockenhaar und hohe Wangenknochen und mußte einmal hübsch gewesen sein, aber Schmerzen oder eine allgemeine Unzufriedenheit mit dem Leben hatten ihrem Mund einen verkniffenen, übellaunigen Zug nach unten verliehen. Ich dachte an Silva und ihre strahlende Schönheit und konnte mir vorstellen, daß die beiden Frauen wahrscheinlich wenig Wert darauf legen würden, sich kennenzulernen.

Ich sagte ohne Nachdruck: »Die Filmgesellschaft hat sich mit Howard Tyler darüber verständigt, daß einige Punkte gegenüber der Buchvorlage geändert werden sollten. Ich habe das nicht veranlaßt. Ich wurde engagiert, nachdem die wichtigsten Änderungen bereits abgesprochen waren. Trotzdem glaube ich, daß sie nötig waren und daß sie gutes und unterhaltsames Kino ergeben, auch wenn ich Ihre Vorbehalte verstehe.«

»Vorbehalte!«

»Dann eben Ihre Mißbilligung. Da aber nirgends Ihr Name fällt und die Filmhandlung erfunden ist, werden nicht viele Leute Sie damit in Verbindung bringen.«

»Daß ich nicht lache. Wir sind doch das Gespött von ganz Newmarket.«

»Glaube ich nicht«, sagte ich. »All das ist so lange her. Aber ich möchte Ihnen gern eine Frage stellen, und ich hoffe, daß Sie sie mir beantworten, schon weil sich vielleicht dann auch Ihre verständliche Empörung legt. Hat Ihre Schwester Sonia so stark in einer Phantasiewelt gelebt, wie Howard es in seinem Buch schildert? War sie wirklich eine verträumte junge Frau?«

Während die Ältere zögerte, sagte Alison: »Ich habe ihren Mann nie kennengelernt und kann mich an sie kaum erinnern. Ich war ja erst vierzehn.«

»Sechzehn«, berichtigte ihre Mutter spitz.

Alison warf einen gereizten Blick auf ihre Mutter, die etwas selbstzufrieden aussah. Offenbar gab es zwischen Mutter und Tochter unangenehme Spannungen, die nur halb durch gute Manieren verdeckt wurden. Alison, so sehr es bei ihrem Naturell auch verwunderte, war Frau genug, sich zu wünschen, daß ich sie für jünger hielt.

»Träume?« hakte ich nach.

»Meine Schwester«, erklärte Audrey Visborough abfällig, »hat sich bald in jeden Kerl verliebt, der Reithosen trug. Sie hat von Männern geschwärmt, die sie niemals bekommen konnte. Reichlich albern. Ich denke, das habe ich auch Howard gesagt, als er zum erstenmal hier war. Jackson Wells sah gut aus in Reithosen, und natürlich fühlte er sich geschmeichelt, als ihm Sonia schöne Augen machte. Das war keine Grundlage für eine Ehe.«

»Hm«, sagte ich, ohne dazu Stellung zu nehmen.

»Wenigstens hat es meine Tochter davon abgehalten, den gleichen Fehler zu begehen.«

Alison, die unverheiratete Tochter, warf ihr einen von altem und bitterem Groll erfüllten Blick zu.

Ich räusperte mich diplomatisch und fragte: »Haben Sie zufällig ein Foto von Ihrer Schwester?«

»Ich glaube nicht.«

»Auch keins aus der Zeit, als Sie beide jung waren?«

Audrey sagte streng: »Sonia war ein unerwarteter Nachzügler, sie kam zur Welt, als ich schon groß war. Am Anfang war sie wohl auch ganz nett. Ich hatte nicht viel mit ihr zu tun. Dann habe ich Rupert geheiratet, und... also wirklich! Sonias Verhalten wurde untragbar! Sie hat einfach nicht auf mich gehört!«

»Aber... als sie dann so starb...?« Ich ließ die Frage offen, empfänglich für jederlei Antwort.

Audrey schauderte ein wenig. »Schrecklich«, sagte sie, aber das Wort und das Schaudern waren Reflexe, die Empfindung dahinter begraben und vergessen.

»Haben Sie eine Ahnung, warum sie gestorben ist?« fragte ich.

»Wir haben doch immer wieder gesagt, daß wir das nicht wissen.«

»Und«, setzte Alison im gleichen Ton hinzu, »es ist unerhört, daß Sie und Ihr Film sich in unser Leben einmischen.«

Audrey nickte heftig: Hier zumindest waren Mutter und Tochter sich einig.

Ich fragte Alison: »Würden Sie denn nun Howard zuliebe die paar entschuldigenden Zeilen an die Filmgesellschaft schreiben?«

Sie entgegnete scharf: »Es geht Ihnen doch nicht um Howard. Ihnen geht's nur um Sie selbst.«

Geduldig sagte ich ihr, wie es war. »Howard schreibt ein gutes Drehbuch. Sein Name ist mit dem Film verbunden. Wenn er befürchtet, daß die Filmgesellschaft ihn verklagt, wird er in den Szenen, die noch entwickelt werden müssen, nicht sein wahres Format zeigen. Er bewundert Sie, Miss Visborough. Geben Sie ihm die Möglichkeit, unbeschwert zu arbeiten.«

Sie kniff die Augen zusammen, stand auf, ging festen Schrittes aus dem Zimmer und zog die Tür hinter sich zu.

Ihre Mutter hüstelte mit unversöhnlichem Mißtrauen und sagte: »Darf ich fragen, weshalb Sie ein Foto von meiner Schwester haben möchten?«

»Es wäre nützlich, weil ich dann darauf achten könnte, daß die Schauspielerin, die sie im Film darstellt, ihr nicht ähnlich sieht.

Wenn Ihre Schwester zum Beispiel rothaarig war, könnten wir der Schauspielerin eine schwarze Perücke aufsetzen.«

Es war, als müßte man ihr jede Antwort einzeln abringen. Schließlich sagte sie: »Meine Schwester hatte von Natur aus unauffällig braune Haare. Das gefiel ihr nicht, und sie hat sie in allen erdenklichen Tönen gefärbt. Einmal gab es eine heftige Auseinandersetzung mit meinem Mann, als sie mit einem grünen Bürstenschnitt hier auftauchte.«

Es gelang mir, ein Lächeln zu unterdrücken. »Allerhand«, sagte ich.

»Mir ist egal, was Sie über Sonia sagen«, fuhr sie fort, »aber es stört mich doch sehr, daß Sie meinen Mann und seine Leistungen herabsetzen. Blöd im Kopf! Er war niemals blöd im Kopf. Er war ein vernünftiger und kluger Mensch von makellosem Ruf.«

Und ich brauchte auch nicht zu rätseln, wie er wohl ausgesehen hatte, denn silbergerahmte Fotos von Rupert Visborough in wechselndem Alter waren fast überall im Raum verteilt. Er war gutaussehend, rechtschaffen und humorlos gewesen: kein Schalk in den Augen. Ich dachte ein wenig schuldbewußt, daß ich aus Cibber etwas machte, was Visborough niemals gewesen war: ein wilder Stier, der durchdreht bis zur Selbstzerstörung.

Die Wohnzimmertür öffnete sich, und es war nicht Alison, sondern ein wenig anziehender Mann in Reitjacke und Reithose, der hereinkam, als wäre er hier zu Hause, und ein Tablett mit Gläsern und einer einzelnen Flasche Whisky ansteuerte. Er schenkte sich ein Glas Whisky ein und nahm einen Schluck, bevor er mich musterte und auf die Vorstellung wartete.

»Roddy«, sagte Audrey Visborough dann auch automatisch, »das ist Thomas Lyon, der den vermaledeiten Film dreht.«

Roddy Visborough hatte sein Glas vorm Gesicht, so daß ich seinen Ausdruck nicht sehen konnte, aber sein Körper versteifte sich vor Unmut. Es war, wie ich merkte, der Dressurreiter von der Trainingskoppel: ein mittelgroßer Mann, weder dick noch dünn, ohne Ausstrahlung, mit schütterem graubraunem Haar, angehend kahl.

Er ließ das Glas auf Brusthöhe sinken und sagte beleidigend: »Hauen Sie ab.« Das »ab« hörte sich wie *Ahab* an.

Audrey Visborough erhob nicht den mindesten Protest. Sie bemerkte lediglich: »Mr. Lyon geht gleich.«

Ihr Sohn kippte den Rest seines Whisky pur hinunter und schenkte sich nach. »Was wollen Sie hier?« sagte er. »Sie regen meine Mutter auf.«

»Ich wollte etwas für Howard Tyler in Ordnung bringen«, erwiderte ich.

»Ach, der.« Roddy Visborough lächelte verstohlen. »Scheint scharf auf Alison zu sein. Was er bloß an ihr findet?«

Seine Mutter äußerte sich nicht.

Ich dachte bei mir, daß Howard in Alison eine starke Frau mit einer realistischen, nicht allzu rosigen Auffassung vom Leben sah. Es hatte schon unwahrscheinlichere Beziehungen gegeben.

Alison selbst kam mit einem weißen Umschlag wieder, den sie mir hinhielt. Ich dankte ihr. Sie nickte verhalten und wandte sich an ihren Bruder: »Wie war die Reitstunde?«

»Die Kleine ist doof.«

»Wir brauchen die Kundschaft.«

»Ich brauche deine Belehrung nicht.«

Alison sah aus, als wäre sie diesen Grad an brüderlicher Liebe gewohnt. Und eher zu meiner Überraschung erklärte sie mir: »Wir bilden Pferde und Reiter für die Vielseitigkeit und fürs Springreiten aus. Wir haben einen Mietstall für Pferde und Ponys.«

»Ach so.«

»Ich wohne nicht hier«, sagte Roddy mit unterdrücktem Groll. »Ich habe ein Cottage weiter unten an der Straße. Hier arbeite ich nur.«

»Er ist der Springreiter«, sagte Alison, als müßte ich von ihm gehört haben. »Ich beschäftige ihn als Lehrer.«

»Ah«, sagte ich unbestimmt.

»Das Haus hier gehört mir«, sagte Alison. »Papa hat mir unseren Familiensitz testamentarisch vermacht. Mama ist natürlich jetzt mein Gast.«

Vorsichtig schaute ich Alison ins Gesicht. Unter der geschäftsmäßigen Fassade ließ sie mich den Schalk sehen, verdeckt, aber eindeutig, ein schadenfrohes Funkeln äußerster Genugtuung über diese vielleicht süßeste Rache für ein Leben voller Brüskierungen.

10

Am nächsten Morgen erwachte ich mit einem Stöhnen, und jeder Muskel belehrte mich steif, wie dumm es war, etwas beweisen zu wollen. Ich schleppte mich hinunter zum Wagen, wurde aber in der Halle von Nash, O'Hara und Moncrieff aufgehalten, die sich anscheinend schon besprochen hatten.

O'Hara sagte nicht guten Morgen, er sagte: »Sie sind wahnsinnig, wissen Sie das?«

Ich blickte enttäuscht zu Moncrieff, der meinte: »Ja, ja, nichts ist vertraulich, das sagen Sie ja selbst immer.«

Nash sagte: »Nach zwölf heute nacht, als Sie im Bett waren, hat Moncrieff uns das Video vorgespielt.«

Ich kniff meine schläfrigen Augenlider mit Daumen und Zeigefinger und fragte O'Hara, ob er wie vorgesehen Alisons Brief nach Hollywood gefaxt habe.

Er nickte. »Wenn Howard jetzt bei der Stange bleibt, ist er aus dem Schneider.«

»Gut. Okay, dann zu heute. Es regnet nicht. Wir können wie geplant das Rennen aufnehmen. Das geht nur einmal, also wird jeder, der belichteten Film einlegt oder die Blende falsch zieht, mit verbundenen Augen an die Wand gestellt. Moncrieff, ich bringe Sie allen Ernstes um, wenn Ihre Leute das vermasseln.«

O'Hara sagte: »Haben Sie gestern diesen Fernsehmann, Greg Compass, angerufen?«

Ich dachte zurück und nickte. »Von Huntingdon. Ich konnte ihn nicht erreichen.«

»Er hat Ihnen eine Nachricht hinterlassen. Die Rezeption sagt, Sie haben nicht nachgehört.«

Er gab mir einen Zettel, auf dem eine Telefonnummer und eine Zeit, 9.00, stand.

Um neun waren wir mit getrennten Wagen und Fahrern längst wieder auf der Rennbahn von Huntingdon angelangt. Getreu seiner Nachricht meldete sich Greg, als ich anrief, sofort.

Ich sagte: »Ich wollte mich bei dir für Samstag bedanken.«

»Schon gut. Wenn ich recht verstehe, bist du noch am Ruder?«

»So ungefähr.« Ich erklärte ihm, was wir in Huntingdon drehten, und fragte ihn, ob er Lust habe, seine vertraute Gestalt in die Aufnahmen einzubringen.

»Wann?«

»Heute, morgen oder am Donnerstag. Oder an allen drei Tagen.«

»Zuviel zu tun«, sagte er.

»Dann lassen wir's.«

»Honorar?«

»Natürlich.«

»Ich komme morgen vorbei.« Er lachte und legte auf, und ich fragte mich, ob mich das noch eine Sitzreihe kosten würde.

Ich fuhr mit Moncrieff die Bahn ab, um die Kamerapositionen zu prüfen und hier und da das Licht. Abgesehen von unseren beiden ständigen Teams hatten wir noch drei Kamerawagen gemietet und zwei Kameras für Nahaufnahmen in die Hindernisse eingebaut. Moncrieff selbst würde auf dem Kamerawagen sein, der vor den Pferden herfuhr, und sie frontal filmen. Die letzte gemietete Kamera war oben auf der Tribüne, um aus dieser Perspektive den Ablauf vom Start bis zum Ziel zu verfolgen. Wie immer bei Szenen, die man nur einmal drehen konnte, würde es Pannen geben, aber ich hoffte inständig, daß doch genügend Brauchbares zusammenkam.

Ed hatte die Jockeys angewiesen, auf mich zu warten, und so fand ich sie in der Jockeystube versammelt, ausstaffiert wie für ein normales Rennen. Vierzehn Mann. Keiner fehlte.

»Morgen«, sagte ich trocken.

»Morgen.«

Niemand redete vom Tag vorher. Ich sagte: »Ich weiß, daß Ed Sie schon instruiert hat, aber wir gehen es kurz noch mal durch. Aus Ihrer Sicht wird es ein Rennen wie die meisten anderen sein. Zwei Meilen Hindernis. Sie gehen an der Startmaschine im Kreis, und der Starter ruft Sie auf. Der Starter ist ein Schauspieler. Er ist gut eingeübt worden, aber wenn er trotzdem patzt, bleiben Sie nicht etwa stehen und machen kehrt. Sie reiten durch.« Ich hielt inne. »Wie gewohnt stehen an jedem Sprung ein Bahnarbeiter und ein Sanitäter. Die sind echt. Der Krankenwagen ist echt. Wie auch der Arzt. Und auch der Tierarzt. Alle Zuschauer am Geläuf und an den Sprüngen sind Komparsen. Die Zuschauer auf der Tribüne sind Einheimische. Okay soweit?«

Sie nickten.

»Unsere vierzehn Pferde sind einigermaßen fit, aber wie Sie wissen, wurden sie wegen ihrer Sprungsicherheit ausgesucht und billig eingekauft. Sie werden keine Schallmauern durchbrechen, und die drei, die gestern gelaufen sind, stehen heute vielleicht den Kurs nicht durch. Wenn Sie wollen, können Sie gleich auslosen, wer welches Pferd bekommt; eins bis vierzehn wie auf den Nummerndecken.«

Ihre Mienen waren geschäftsmäßig. Eine Auslosung war allen recht.

»Das Rennen wird nur gut«, sagte ich, »wenn Sie gut reiten. Sie möchten es Ihrer Familie doch sicher gern auf Band zeigen und sich freuen, wenn Sie es im Kino sehen. Jeder von Ihnen bekommt später noch eine CD oder eine Videoaufnahme.«

»Wer soll gewinnen?« fragte einer.

»Hat Ed Ihnen das nicht gesagt?«

Sie schüttelten die Köpfe.

»Es wird ein echtes Rennen. Wer siegt, der siegt. Seine Farben ziehen wir dann dem Schauspieler an, der den Jockey in Großaufnahme spielt. Der Schauspieler sieht im Sattel ganz gut aus und kann zur Not auch traben. Tut mir leid, aber *er* wird in den Farben des Siegers zum Absattelring geführt. Aber, ehm… zum Ausgleich dafür bekommt derjenige von Ihnen, der gewinnt, die üblichen Prozente. Verlassen Sie die Bahn durch das gewohnte Tor. Die Geschlagenen können an gewohnter Stelle absatteln. Ein paar Komparsen agieren da als Besitzer und Trainer. Die Pfleger übernehmen die Pferde. Verhalten Sie sich wie sonst auch. Die ersten vier werden zum Absattelring für den Sieger geführt. Noch Fragen?«

»Was ist, wenn wir stürzen?« Die Frage kam von Blau.

»Wozu sind Sie denn sonst gekommen?«

Einige lachten, und einige fluchten. Die Spannungen waren weg.

»Viel Spaß«, sagte ich.

Einer fragte: »Und wo werden Sie sein?«

Ich sagte mit hörbarem Bedauern: »Ich sehe vom Boden aus zu.« Ich schwieg. »Wenn es irgend geht, liefern Sie uns keinen zwingenden Grund für eine Untersuchung. Es steht keine Untersuchung im Drehbuch. Kreuzen Sie möglichst nicht. Okay?«

Ich ging durch den verlassenen Waageraum nach draußen, der an einem echten Renntag von Funktionären und Trainern gewimmelt hätte, und sah einen Augenblick zu, wie die hilfsbereiten Leute von Huntingdon in Scharen eintrafen, alle für den Rennbahnbesuch gekleidet und beeindruckend viele auch mit Ferngläsern ausgerüstet. Ed, sah ich, hatte gute Arbeit geleistet.

Einer vom Aufnahmestab kam und drückte mir einen, wie er sagte, dringenden Brief in die Hand. Ich dankte ihm flüchtig, und er war fort, ehe ich den Umschlag geöffnet hatte.

Ich faltete das inliegende Blatt Papier auseinander und las:

Lassen Sie den Film sein, sonst werden Sie noch heute erstochen.

Zu liebenswürdig.

Es sah aus wie ein Computerausdruck auf anonymem weißem Büropapier.

O'Hara erschien, um ein paar Einzelheiten mit mir zu besprechen, und fragte, was los sei. »Was machen Sie für ein Gesicht?«

Ich zeigte ihm die Nachricht. »Es ist nicht meine erste Morddrohung«, hob ich hervor.

»Die anderen kamen, als der Film schon im Verleih war. Die hier müssen wir ernst nehmen.« Er schnippte mit dem Fingernagel gegen das Blatt. »Was sollen wir tun?«

»Was schlagen Sie vor?«

»Wenn Sie Ihre Zelte abbrechen«, sagte O'Hara ohne Umschweife, »wird der Film automatisch zurückgestellt. Dann hätten wir Zeit, diesen Irren zu finden und ihn hinter Schloß und Riegel zu bringen.«

»Wir können die Dreharbeiten nicht unterbrechen«, sagte ich. »Nicht nach dem *Drumbeat*-Artikel und dem Messer auf der Heide... noch so ein Schreck, und die Bosse bekommen eine solche Angst, daß sie den Film endgültig fallenlassen.«

O'Hara dachte das gleiche, sagte aber beunruhigt: »In dem Brief steht nicht nur, daß Sie erstochen werden, sondern daß es *heute* passiert.«

»Mhm.«

»Thomas, tot nützen Sie uns nichts.«

»Mir kommt es vor«, sagte ich, ein wenig über seinen Pragmatismus lächelnd, »als ob der Absender des Briefes mich nicht unbedingt töten, sondern vielmehr den Film verhindern will, ohne drastische Maßnahmen ergreifen zu müssen. Wenn es darum ginge, den Film zu verhindern, indem man mich umbringt, warum tut er – oder sie – es nicht einfach? Wozu erst das dramatische Geplänkel? Wir pfeifen drauf und machen weiter.«

»Zumindest stelle ich Ihnen einen Bodyguard, wie Nash.«

Nash wurde an diesem Tag nicht von einem, sondern von zwei Bodyguards begleitet, aber ich erinnerte O'Hara daran, daß wir die beiden gut kannten.

»Wenn Sie jetzt einen Fremden einstellen, riskieren Sie gerade das, was Sie vermeiden wollen«, sagte ich. »In klassischen Fällen sind es die Leibwächter selbst, die das Opfer töten.« Ich griff zu einer Lüge, von der ich hoffte, sie möge sich als wahr erweisen, und sagte: »Ich glaube nicht, daß ich groß in Gefahr bin, also vergessen Sie's einfach.«

»Leicht gesagt.« Dennoch beruhigte ihn meine Einstellung ein wenig.

»Heben Sie den Brief auf«, sagte ich, »und auch den Umschlag.« Ich gab ihn ihm. »Jetzt wollen wir weiterdrehen.«

»Das gefällt mir trotzdem nicht.«

Mir gefiel es auch nicht besonders, aber eine Morddrohung loszulassen erforderte wenig Organisation, wenig Mut, und um jemanden zu erstechen, brauchte man beides.

Das für Nash bestimmte Messer war ungeschickt fallen gelassen worden. Klammere dich daran. Vergiß – um Himmels willen vergiß – Dorotheas bloßliegende Eingeweide.

»Wer hat Ihnen den Brief gegeben?« fragte O'Hara.

»Ein Arbeiter. Ich habe ihn schon gesehen, aber ich weiß nicht, wie er heißt.«

Man kam nie dazu, sich die Namen der sechzig bis hundert Leute, die bei Außenaufnahmen mitwirkten, einzuprägen. Ich wußte noch nicht einmal die Namen der Pferde, weder ihre eingetragenen noch die, die ihnen die Pfleger gaben, noch die erfundenen, die sie im Film hatten. Ich kannte weder die Jockeys noch die Komparsen mit Namen. Gesichter merkte ich mir leicht, ob von Pferden, von Jockeys, von Schauspielern: Mein Gedächtnis war immer schon vorwiegend visuell ausgerichtet gewesen.

Eine Zeitlang vergaß ich die Morddrohung: Es gab zuviel zu tun.

Wie immer bei Szenen mit mehreren hundert Leuten dauerte es eine Ewigkeit, bis das Rennen gestellt war. Endlos prüfte ich über Sprechfunk die Situation an den weiter entfernten Bahnabschnitten, aber gegen Mittag schien endlich alles bereit zu sein. Die Pfleger holten die Pferde aus dem Stall, und die Jockeys sprangen auf ihre ausgelosten Starter und galoppierten auf.

Ich entschloß mich, bei Moncrieff auf dem Kamerawagen mitzufahren, um näher am Geschehen zu sein – und um meine feige Haut zu schützen, gestand ich mir insgeheim ein.

Ed animierte über Lautsprecher die Huntingdoner Massen, Renntagsgesichter aufzusetzen und das Finish zu bejubeln. Daß die Ansage flachfallen würde, hatten wir erklärt; sie mußten wir später gesondert aufnehmen. Wie auch immer, betonte Ed, jubeln Sie dem zu, der siegt.

Ed war es schließlich auch, der »Und bitte« rief, das über die ganze Tribüne hallende Kommando, und ich flehte mit erhöhtem Puls unbekannte Gottheiten um Vollkommenheit an.

Natürlich lief nicht alles glatt. Eine der gemieteten Kameras blockierte, und eine von den beiden, die in die Hindernisse eingebaut waren, wurde von einem Pferdetritt ins Jenseits befördert, doch der Start ging in Ordnung, und es war von Anfang an erfreulich klar, daß meine Quasikollegen sich Mühe gaben.

Sie hatten mich auf dem Wagen gesehen, als er für den Start in Stellung gebracht wurde; auf dem als Aussichtspunkt idealen Dach des Fahrerhauses. Sie hatten mir zugewinkt, als wollten sie mich ihrer Loyalität versichern – und sie ritten wirklich die zwei Meilen mit vollem Einsatz.

Einen Großteil des Weges fuhren wir den Wagen so, daß die Kamera kaum zwei Meter von den Köpfen der führenden Pferde entfernt war, dann beschleunigten wir und gingen weiter weg, dann wieder näher ran, mit wechselndem Kamerawinkel.

Zwei Pferde stürzten im zweiten Durchgang auf der Gegengeraden. Ich schaute besorgt hin, doch beide Jockeys standen auf, und die reiterlosen Pferde zeigten als nicht im voraus geplanter Effekt schließlich nur, daß es sich um einen echten Wettkampf handelte.

Die anderen Reiter sorgten im Schlußbogen wieder für Druck, und wieder gingen sie in vollem Tempo über die letzten beiden Sprünge und setzten alles daran zu gewinnen. Der Endkampf war noch schneller und enger als am Tag vorher, doch Blau, Grünweißgestreift und Gelb kamen erkennbar als die ersten drei durchs Ziel, und als der Wagen verlangsamte, hörte ich das Publikum ihnen zujubeln, als hätten sie ihr letztes Hemd auf sie gewettet. Diese Jockeys waren mit einem so gewaltigen Mut geritten, daß mir die Spucke und die Luft wegblieben; ich war hellauf begeistert, erfüllt von größter Bewunderung.

Als sie ihre müden Pferde zum Absattelring führten, filmte eine andere Kamera Moncrieffs sie wie vereinbart weiter. Ich konnte nicht in die Aufnahme laufen, um mich bei ihnen zu bedanken, und Dank, in gleich welcher Form, wäre auch unzureichend gewesen.

»Teufel«, rief Moncrieff aus, der die Geschwindigkeit und das eiserne Engagement ganz aus der Nähe mitgekriegt hatte. »Und das machen die *berufsmäßig*?«

»Tagaus, tagein, jeden Nachmittag ein paarmal.«

»Verrückt.«

»Da geht nichts drüber«, sagte ich.

Wir hüllten den Jockeymimen in Blaus Farben und ließen ihn unter dem Beifall einer gemischten Schar von Komparsen und Einheimischen zum Absattelring führen. Das Absatteln mußte gefilmt werden, solange die Pferde noch dampften und schwitzten und vom Rennen erregt herumtrampelten. Wir filmten Nash, wie er den Hals des Siegers tätschelte. Wir filmten den Jockeymimen, wie er den Sattelgurt löste und sich für meinen Geschmack dabei viel zu ungeschickt anstellte. Wir filmten die vier

Pferde, wie die Pfleger ihnen Decken auflegten und sie davonführten; und wir gingen in die Mittagspause.

Nash gab, vom Bodyguard bewacht, gutmütig einen Haufen Autogramme, vorwiegend auf den Rennprogrammen, die wir massenhaft verteilt hatten.

O'Hara erschien wieder an meiner Seite und sagte mir ins Ohr: »Zufrieden?«

»Und Sie?«

»Nash und ich haben uns das Rennen von der Rennleitungsloge aus angesehen. Nash sagt, die drei erstplazierten Jockeys haben mehr als ihre Pflicht getan.«

»Das stimmt.«

»Er sagt, so haut es erst richtig rein, daß sein Pferd über Cibbers Pferd siegt.«

»Cibber klinkt aus.«

»Es gibt ihm den Rest?«

»Beinah. Cibber kann es nicht ertragen, daß sein bestes Pferd von dem Mann, den er haßt, auf den zweiten Rang verwiesen wird.«

»Beim Lesen der Neufassung dachte ich erst, Howard hätte den Haß übertrieben. Ich konnte mir nicht vorstellen, daß ein Rennen solche Abgründe aufreißt.«

»Haß kann eine ganze Seele zerfressen.«

»Mag sein. Aber um das zu zeigen, brauchten Sie ein Ausnahmerennen...«, seine Stimme verlor sich einen Moment lang, »und ich denke, das haben Sie auf Ihre Art auch bekommen.«

Ich lächelte ein wenig. »Gehen wir was essen.«

»Sie essen in der Rennleitungsloge mit Nash und mir. Ist Ihnen klar, daß ich mich gerade von hinten an Sie ranschleichen und Ihnen ein Messer in die Rippen hätte jagen können? Ist Ihnen klar, daß ungefähr dreihundert Unbekannte hier herumlaufen?«

Es war mir klar. Ich ging mit ihm und speiste oben in sicherer Höhe.

Bis wir zum Weiterarbeiten wieder nach unten kamen, hatte einer von Eds Assistenten den Mann aufgetrieben, der den Brief gebracht hatte. Irgendein Kind hatte ihn ihm gegeben. Welches Kind? Unsicher sah er sich um. Es wimmelte von Kindern. Der Mann konnte sich weder an Alter, Geschlecht noch Kleidung erinnern. Er war mit dem Ausladen der Dekoration für den nächsten Tag beschäftigt gewesen.

»Mist«, sagte O'Hara.

Jemand anders vom Aufnahmestab kam und hielt mir eine Karte hin, als wagte er kaum, mich deswegen zu stören. »Eine Familie Batwillow sagt, Sie erwarten sie.« Er blickte zu der kleinen Gruppe hinüber: Jackson Wells, seine Frau und Lucy und ein Mann, den ich nicht kannte.

Ich nahm die Karte und winkte sie zu mir und konnte zu O'Hara nur gerade noch sagen: »Das ist der echte Mann unserer Erhängten«, bevor wir uns schon die Hände schüttelten. Sie waren für den Rennbahnbesuch gekleidet, und Jackson Wells selbst, in Tweed und Trilby, sah auf undefinierbare Weise mehr wie ein Trainer als wie ein Farmer aus. Er stellte den Fremden als »Ridley Wells, mein Bruder« vor. Ich drückte eine ledrige Hand.

Ridley Wells war insgesamt blasser als Jackson, der Gesichtsfarbe wie der Persönlichkeit nach, und er schien mir auch weniger intelligent zu sein. Er blinzelte viel. Er war in Reitkleidung, als sei er direkt von der Arbeit gekommen, die, so Jackson zu O'Hara, darin bestand, »schwierigen Pferden Manieren beizubringen«.

Ridley nickte und sagte klagend, mit stärkerem mundartlichem Einschlag als sein Bruder: »Ich bin bei jedem Wetter draußen auf der Newmarketer Heide, aber es ist ein undankbarer Job. Ich reite besser als die meisten Leute und werde unter Wert bezahlt. Können Sie mich nicht bei Ihrem Film gebrauchen?«

Jackson schüttelte resigniert den Kopf über Ridleys selbstmitleidige Haltung. O'Hara sagte, es sei leider nichts mehr frei. Ridley schaute drein, als habe man ihn schlecht behandelt; ein gewohnheitsmäßiger Ausdruck, nahm ich an. Mir wurde klar, warum Jackson von der Idee, Ridley heute mitzubringen, nicht begeistert gewesen war.

Jackson hatte offenbar noch das alte geschulte Trainerauge, denn nach einigen Höflichkeitsfloskeln meinte er: »Ihre Jockeys sind ganz schön rangegangen. Das war aufregender als die meisten normalen Rennen.«

»Das haben Sie mitgekriegt?« fragte O'Hara interessiert.

»Haben Sie den Jubel nicht gehört? Der war nicht gespielt. Man hat uns zwar gesagt, wir sollten dem Sieger zujubeln, aber der Beifall kam ganz von selbst.«

»Allerdings«, sagte O'Hara, der selbst kein Pferdemensch war. Er sah meine Gäste nachdenklich an und sagte spontan zu mir: »Lassen Sie sich ruhig weiter von der Familie Batwillow begleiten, ja?«

Beschützen, meinte er.

Er wußte nicht, daß Jackson Wells mir gesagt hatte, ihm wäre es lieber, der Film würde nicht gedreht. Bei seiner Frau und seiner Tochter fühlte ich mich jedoch sicher, und so drapierte ich sie wie einen lebenden Schild um mich, Mrs. Wells an dem einen Arm, Lucy am anderen, und ging mit ihnen allen zu Nash.

Obwohl Nash den Mann, den er darstellte, nicht hatte kennenlernen wollen, stellte ich sie ohne Trara einander vor: »Jackson Wells – Nash Rourke«, und sah zu, wie reserviert sie sich die Hand gaben.

Äußerlich waren sie einander nicht ganz unähnlich: die gleiche Statur, die gleiche Altersklasse, die gleiche kräftige Gesichtsmuskulatur. Jackson war blond und von sonniger Offenheit, Nash dagegen dunkelhaarig und als langjähriger Megastar aus Selbstschutz argwöhnisch. Lockerer im Umgang mit den Damen, signierte Nash Rennprogramme für Frau und Tochter Wells und gewann mühelos ihre Herzen. Er gab auch Ridley ein Autogramm, fand aber keinen Draht zu ihm.

Wir wollten Nash filmen, wie er die Stufen zur Tribüne hinaufging, um »sein« Pferd im Rennen laufen zu sehen. Zu O'Haras gelinder Bestürzung lud er Mrs. Wells und Lucy ein, sich für die Aufnahme zu ihm und den Bodyguards zu stellen. Ridley folgte ihnen unaufgefordert die Stufen hinauf, so daß Jackson Wells ganz allein neben mir zurückblieb, mit einem Gesicht, als wünschte er, er wäre nicht gekommen.

»Ihre Frau hat nicht begriffen«, sagte ich.

»Was?« fragte er, doch er wußte, was ich meinte.

»Daß sie da jetzt neben Ihnen steht, vor sechsundzwanzig Jahren.«

»Das Alter stimmt nicht«, sagte er schroff. »Wir waren alle Kinder damals. Und Sie haben recht, es gefällt mir nicht.«

Er ertrug es jedoch mit Fassung und blieb unbewegt stehen, während Nash sein Double ablöste, die Stufen hinaufstieg und sich an genau der richtigen Stelle umdrehte, um sein Gesicht in Moncrieffs feinabgestimmtes Licht zu bringen. Wir filmten die Szene dreimal, und ich notierte die Einstellungen eins und drei als Kopierer; die ganze Zeit aber stand O'Hara quasi als mein Schutzengel links neben mir.

Ich grinste ihn an. »Vielleicht sollte ich mir einen Panzer zulegen«, sagte ich.

»Das ist überhaupt nicht komisch.«

»Nein.«

Irgendwie kann man nicht glauben, daß einem wirklich der Tod bevorsteht. Ich hatte die Dreharbeiten nicht unterbrochen, und wir filmten Stückchen für Stückchen den ganzen Nachmittag weiter, so daß ich manchmal für geschlagene zehn Minuten vergaß, an scharfen Stahl zu denken.

Irgendwann, als ich gerade wieder einmal auf die Licht- und Kameraeinrichtung wartete, stand ich neben Lucy ein wenig abseits vom Zentrum des Geschehens, sah in ihre wundersamen blauen Augen und fragte mich, wie alt sie war.

Sie sagte unvermittelt: »Sie haben Papa doch nach einem Foto von Sonia gefragt, damit Sie sie ihr im Film nicht zu ähnlich machen.«

»Richtig. Er hatte keins.«

»Mhm«, stimmte sie zu. »Aber, na ja... ich habe eins. Das hab ich mal gefunden, hinten in einer Schublade. Eigentlich wollte ich's Papa geben, aber er redet ja nicht über Sonia. Er will nichts von ihr hören. Da habe ich's eben behalten.« Sie klappte die kleine Handtasche auf, die sie über der Schulter trug, und gab mir das Bild, einen zerknitterten, aber deutlichen Schnappschuß, der ein hübsches Mädchen neben einem gut aussehenden jungen Mann zeigte. »So lassen Sie Yvonne dann nicht aussehen?«

Ich schüttelte den Kopf und las die mit Bleistift geschriebene Notiz auf der Rückseite des Fotos: »Sonia und Pig.«

»Wer ist Pig?« fragte ich.

»Keine Ahnung«, sagte Lucy. »Ich habe Pa nie von ihm reden hören. Aber das ist Pas Handschrift, er muß ihn also früher mal gekannt haben.«

»Lange bevor Sie geboren wurden.«

»Ich bin achtzehn«, sagte sie.

Ich kam mir alt vor. Ich sagte: »Könnten Sie mir das Foto mal leihen?«

Sie sah unschlüssig aus. »Ich möchte es nicht verlieren.«

»Bis morgen?« schlug ich vor. »Wenn Sie morgen wiederkommen...«

»Ich glaube, da wird nichts draus. Papa wollte eigentlich gar nicht herkommen. Er hat sich nur Mama gefügt, damit sie Nash Rourke sehen konnte.«

»Würden Sie und Ihre Mutter morgen wiederkommen?«

»Sie tut nichts, was Papa nicht recht ist.«

»Und Sie?«

»Ich hab kein Auto.«

»Dann leihen Sie mir das Foto doch für eine Stunde.«

Sie strahlte und willigte ein, und ich brachte das Foto mit flehentlicher Miene zu Moncrieff und bat ihn, mir ein gutes Negativ davon zu machen, von dem wir einen Abzug anfertigen könnten. Das Bild mußte wie üblich zum Entwickeln nach London ins Kopierwerk gebracht werden, aber mit einigem Glück konnte ich es morgen früh haben.

Morgen früh. Noch heute erstochen. Sei schon still, dachte ich.

»Haben Sie«, fragte ich Lucy später, »einen Computer mit Drucker zu Hause?«

»Natürlich«, antwortete sie verwirrt. »Sonst kann man doch heute keine Farm mehr bestellen. Die Büroarbeit macht Papa verrückt. Warum fragen Sie?«

»Nur so. Wir haben hier ständig einen in Betrieb.« Ich ließ mich näher darüber aus, um meine Frage zu entschärfen. »Jeder Zentimeter Film, jede Brennweite, jede Blende... alles wird vom Scriptgirl eingetragen. So finden wir jedes Einzelbild wieder und können außerdem sicherstellen, daß sich eine später gedrehte Szene nahtlos an die vorhergehende anschließt.«

Sie nickte halbwegs verstehend und fragte: »Und wer sind die tausend Leute, die alle im Nachspann auftauchen? Kamerabühne, Beleuchter... was machen die?«

»Die Leute von der Kamerabühne bewegen die Ausrüstung. Die Beleuchter setzen das Licht. Unser wichtigster Mann im Moment ist der Produktionsleiter. Er sorgt dafür, daß der Wagen, die Kulisse, die Requisiten und weiß ich was an Ort und Stelle sind, wenn wir sie brauchen.«

»Und Sie«, sagte sie mit wenig schmeichelhafter Skepsis, »haben die Oberaufsicht über das Ganze?«

»Ich und der Produzent. »Ohne uns kein Film.«

Sie sagte unverblümt: »Das hat auch Papa gesagt, aber Mama meinte, Sie seien zu jung.«

»Sind Sie immer so offen?«

»Mit sechzehn war ich ganz verschlossen«, sagte sie. »Hab kein Wort rausgebracht. Vor einiger Zeit bin ich aber aus dem Ei geschlüpft.«

»Herzlichen Glückwunsch.«

»Papa sagt, ich rede Unsinn.«

»Darf man in dem Alter. Bleiben Sie zum Abendessen. Ich bringe Sie nachher heim.«

»Tut mir leid.« Ihre Reaktion war automatisch, ihre blauen Augen erfüllt von Warnungen vor Stelldicheins mit Vergewaltigern und dergleichen. »Nicht wir allein.«

Ich lächelte schief. Ich hatte nur daran gedacht, tödlichen Messerstichen zu entgehen, nicht ans Bett. Du läßt nach, dachte ich, wenn dir jetzt schon eine Achtzehnjährige, die noch halb in den Kinderschuhen steckt, das Leben retten soll. Ich holte ihren Schnappschuß bei Moncrieff ab – alles klar, meinte er –, und gab ihn ihr wieder.

»Es war nicht so gemeint«, sagte sie verlegen, in einem kurzen Rückfall in die Sechzehn. »Ich meine, ich wollte Sie nicht kränken...«

»Aber keine Verführungsszenen. Das ist schon in Ordnung.«

Sie wurde rot und ging, vernünftig und verwirrt, zurück zu ihren Eltern, und ich dachte bei mir, das Bett wäre gar keine so schlechte Idee gewesen.

Dummerweise verschlang das Filmemachen sehr viel Zeit. In der dreimonatigen Vorbereitungsphase plante ich jeweils fieberhaft das Projekt, suchte Drehorte aus, entwickelte ein Gesamtkonzept – die Vision –, arbeitete das Skript um, fühlte mich in die Figuren ein. Während der Produktion, wie jetzt, arbeitete ich sieben Tage in der Woche und schlief wenig. Die Nachproduktion – das Aufnehmen der Musik und der Toneffekte, das wirkungsvolle Zusammenschneiden von Bildern und Szenen zu einer gut erzählten Geschichte, die Debatten und Besprechungen und Voraufführungen – all das hatte oft in weiteren drei Monaten über die Bühne zu gehen. Und war ein Film dann fertig, saß mir der nächste schon im Nacken. In den letzten knapp zwei Jahren hatte ich drei Filme abgedreht. Der neue hier hatte bei weitem das größte Budget. Ich liebte die Arbeit, ich hatte das Glück, gefragt zu sein, ich empfand nicht das geringste Bedauern – nur kam ich anscheinend nicht dazu, mir eine Frau zu suchen.

Eines Tages konnte es mich ja immer noch treffen wie ein Blitz aus heiterem Himmel. Bis jetzt allerdings hatte der Himmel nur vereinzelte Schauer herabgeschickt, und Lucy sah nach fortdauernder Trockenheit aus.

Irgend jemand stieß unverhofft gegen meinen Ellbogen. Ich fuhr pochenden Herzens herum und blickte Moncrieff direkt in die Augen.

»Bißchen schreckhaft!« meinte er und sah zu, wie ich um Haltung rang. »Was haben Sie denn erwartet? Einen Tiger?«

»Mit Krallen«, gab ich zu. Ich bekam mich wieder in die Gewalt, und wir erörterten die nächste Szene.

»Alles in Ordnung?« fragte er verwirrt. »Fehlt Ihnen was?«

Mir fehlte nichts, ich hatte einfach Angst. Ich sagte: »Mir geht's gut. Aber, ehm… irgendein Spinner will den Film verhindern, und wenn Sie sehen sollten, wie in meiner Nähe jemand einen stumpfen Gegenstand schwingt, schreien Sie bitte.«

Er zog die Brauen hoch. »Stellt sich O'Hara deshalb hinter Sie, wo er nur kann?«

»Wahrscheinlich.«

Er dachte darüber nach. »Böses Ding, das Messer auf dem Trainingsgelände.« Eine Pause. »Hätte Ivan um ein Haar erwischt.«

»Tun Sie mir den Gefallen und erinnern Sie mich nicht dran.«

»Ich soll nur die Augen offenhalten?«

»Genau.«

Wir beleuchteten und filmten ein paarmal Nashs Mienenspiel

während des Rennens. Der Zuschauerblock hinter ihm, vorwiegend Komparsen, aber auch Einheimische, dazu Mrs. Wells, Lucy, Ridley und Nashs Leibwache, gehorchten Ed aufs Wort, schauten bei jeder Einstellung in die von ihm verlangte Richtung, riefen Oh und Ah, gebärdeten sich erst unruhig, dann aufgeregt und feuerten schließlich wild die Pferde an, deren Endkampf sie nur noch in der Erinnerung sahen.

Alle Gesichter bis auf das von Nash würden dank Moncrieffs Blendenzauberei ein wenig unscharf sein. Eins seiner Lieblingsobjektive mußte dazu eigens auf das Licht in den Augen des Schauspielers eingestellt werden. Der übrige Kopf, Hals, Haare und so weiter verschwammen dann schon leicht.

»Das Sonnenlicht geht weg«, sagte Moncrieff schließlich, wenn auch die Veränderung einem anderen Auge als dem seinen kaum aufgefallen wäre. »Wir sollten Schluß machen für heute.«

Ed dankte über Megaphon den Bürgern von Huntingdon für ihre Mitarbeit und lud sie ein, am nächsten Tag wiederzukommen. Sie klatschten. Zufriedene Gesichter ringsum. Nash gab, von den Leibwachen flankiert, Autogramme.

Auch Lucy stand die Freude über den gelungenen Tag im Gesicht, und sie kam zu mir, als ich mit O'Hara den Drehplan für den nächsten Tag besprach, und reichte mir eine flache, etwa dreißig mal zehn Zentimeter große weiße Schachtel, die mit einem Gummi verschlossen war.

»Was ist das?« fragte ich.

»Ich weiß es nicht«, sagte sie. »Ein Junge bat mich, es Ihnen zu geben.«

»Was für ein Junge?«

»Na, irgendeiner. Ein Geschenk, sagte er. Wollen Sie's nicht aufmachen?«

O'Hara nahm es mir aus den Händen, streifte das Gummiband ab und öffnete die Schachtel vorsichtig. Im Innern lag auf zerknülltem weißem Büropapier ein Messer.

Ich schluckte. Das Messer hatte ein Heft aus dunklem poliertem Holz, das ringsum gerillt war, damit es gut in der Hand lag, einen schlichten schwarzen Fingerschutz und eine schmale, fast fünfzehn Zentimeter lange schwarze Klinge; insgesamt sah es gut und brauchbar aus.

»Mensch«, sagte Lucy. »Ist das schön.«

O'Hara schloß die Schachtel, ohne das Messer anzurühren, schlang wieder den Gummi drum und steckte sie in seine Jackentasche. Ich dachte bei mir, daß ein Messer in einer Schachtel immerhin besser war als ein Messer im Leib.

»Wir sollten alle Jungen festhalten«, sagte O'Hara, doch er sah ebensogut wie ich, daß es dafür zu spät war. Die Hälfte des Publikums war schon durch die Ausgänge verschwunden.

»Stimmt was nicht?« fragte Lucy stirnrunzelnd, da sie unsere Bestürzung spürte.

»Ach was«, ich lächelte in ihre blauen Augen. »Sie hatten hoffentlich einen schönen Tag.«

»Wunderschön!«

Ich küßte sie auf die Wange. In der Öffentlichkeit ließ sie es zu. Sie sagte: »Ich muß los, Papa wartet«, und verabschiedete sich unbekümmert mit einem Winken.

O'Hara nahm die weiße Schachtel aus der Tasche, öffnete sie vorsichtig noch einmal und zog ein längsgefaltetes, ebenfalls weißes Blatt Papier aus dem Deckel. Er gab es mir, und ich las, was daraufstand.

Es war wieder ein Computerausdruck: *»Morgen.«*

O'Hara und ich gingen gemeinsam hinaus zu den Wagen, und ich erzählte ihm von Dorothea und ihren Verletzungen. Noch einmal beschrieb ich, wie vor zwei Tagen schon, das Messer, das ich auf der Heide gefunden hatte. Er blieb abrupt stehen. »Wollen Sie damit sagen«, fragte er, »daß Ihre Bekannte mit eben dem Messer angegriffen worden ist? Dem von der Heide?«

»Ich weiß es nicht.«

»Aber«, wandte er nachdenklich ein, »was für eine Verbindung sollte zwischen ihr und unserem Film bestehen?«

»Ich weiß es nicht.«

»Es kann nicht dasselbe Messer gewesen sein.« Besorgt, aber von seiner Ansicht überzeugt, ging er weiter.

»Die einzige Verbindung«, sagte ich, mit ihm gehend, »besteht darin, daß vor langer Zeit Dorotheas Bruder Valentine die Rennpferde von Jackson Wells beschlagen hat.«

»Viel zu weit hergeholt.«

»Und Valentine sagte, er habe mal einem gewissen Derry ein Messer gegeben.«

»Verdammt, Thomas, Sie reden wirres Zeug.«

»Ja. Wie Valentine damals.«

»Wieso Valentine?«

»Er hat auch wirr geredet«, sagte ich. »Im Fieber.«

Ich habe den Jungen aus Cornwall umgebracht…

Zu viele Messer.

»Sie werden sehen«, sagte O'Hara energisch, »Sie werden morgen *nicht* erstochen.«

»Gut.«

Er lachte. »Sie sind ein Esel, Thomas.«

Er wollte mich in seinem Wagen mitnehmen, aber ich hatte Robbie Gill angerufen und erfahren, daß ich Dorothea kurz besuchen könnte, wenn ich vor sieben hinkam.

Im Krankenhaus hatte der unsägliche Paul sich in einem Lehnstuhl vor dem Einzelzimmer postiert, in das Dorothea verlegt worden war. Er stand schwerfällig auf, als er mich erblickte, machte zu meiner Überraschung aber nicht die Einwendungen, die ich erwartet hatte.

»Meine Mutter möchte Sie sehen«, sagte er mißbilligend. »Ich habe ihr gesagt, daß ich Sie hier nicht haben möchte, aber sie weint immer nur.«

Mit Paul, dachte ich, war eine kaum merkliche Veränderung vorgegangen. Seine übergroße innere Gewißheit schien erschüttert zu sein. Er trat zwar immer noch großspurig auf, aber es war nur noch halb soviel Dampf dahinter.

»Sie dürfen sie nicht ermüden«, mahnte er. »Fünf Minuten, damit hat sich's.«

Paul öffnete Dorotheas Tür und kam zielstrebig mit hinein.

Dorothea lag auf einem hohen Bett, ihr Kopf ruhte auf einem Berg von Kissen, ihr altes Gesicht war fast so farblos wie das Bettzeug, bis auf die abscheulichen dunklen Prellungen und die fadendünnen, sauber vernähten Stichwunden. Sie hing an Schläuchen, einer Flasche, die ihr tropfenweise Blut zuführte, einer anderen mit einer klaren Flüssigkeit und einem von ihr selbst zu bedienenden System, mit dem sie bei Bedarf ein Schmerzmittel in ihre Blutbahn leiten konnte. Es sah nicht so aus, als wäre ihr Überleben schon gesichert. Ihre Augen waren geschlossen, ihr weißer Leib bewegungslos, selbst das Heben und Senken ihrer Brust schien zu schwach, um sich auf die Bettdecke zu übertragen.

»Dorothea«, sagte ich leise. »Sie haben Besuch, hier ist Thomas.«

Sie lächelte matt.

Pauls laute Stimme störte ihren Frieden. »Ich habe ihm gesagt, daß er fünf Minuten hat, Mutter. Und ich bleibe natürlich bei euch.«

Dorothea murmelte, sie wolle mich allein sprechen.

»Sei nicht albern, Mutter.«

Zwei Tränen erschienen unter ihren Augenlidern und zitterten in den Wimpern.

»Ach du lieber Gott«, sagte Paul schroff. »So geht das die ganze Zeit.« Er drehte sich auf dem Absatz um und kam ihrem Wunsch nach, schien jedoch über seinen Ausschluß gekränkt zu sein. »Fünf Minuten«, war sein gewichtiges letztes Wort.

»Paul ist weg«, sagte ich, als die Tür sich hinter ihm schloß. »Wie geht es Ihnen?«

»Müde bin ich, Thomas.« Ihre Stimme war leise, aber klar und deutlich. »Ich weiß nicht, wie ich hierhergekommen bin.«

»Nein, das habe ich gehört. Robbie Gill hat es mir gesagt.«

»Robbie Gill ist sehr freundlich.«

»Ja.«

»Geben Sie mir Ihre Hand, Thomas.«

Ich zog den Besucherstuhl heran und tat, was sie verlangte, wobei mir lebhaft Valentines um meinen Unterarm gekrallte Hand einfiel. Dorothea hatte jedoch keine Sünden zu beichten.

»Paul hat mir erzählt«, sagte sie, »daß jemand, der hinter etwas her war, mein Haus verwüstet hat.«

»Leider ja. Ich habe es gesehen.«

»Was haben die gesucht?«

»Wissen Sie das nicht?«

»Nein, Thomas. Die Polizei hat mich schon gefragt. Es muß etwas von Valentine gewesen sein. Manchmal denke ich, ich weiß es. Manchmal meine ich, ich höre ihn schreien, daß ich es ihm sagen soll. Dann geht alles wieder weg.«

»Wer hat geschrien?«

Sie sagte unsicher: »Paul hat geschrien.«

»Aber nein.«

»Er schreit schon, wissen Sie. Er meint's gut. Er ist mein Sohn, mein süßes Baby.« Tränen der Schwäche und des Bedauerns liefen ihr an den Wangen hinunter. »Warum werden süße kleine Babys groß ...?« Ihre Frage endete in einem leisen Schluchzen, unbeantwortbar. »Er will sich um mich kümmern.«

Ich fragte: »Hat Robbie Gill mit Ihnen über die Privatklinik gesprochen?«

»Wirklich schön. Da würde ich gerne hingehen. Aber Paul sagt...« Sie schwieg und wedelte erschöpft mit einer weißen Hand. »Ich habe nicht die Kraft zu streiten.«

»Robbie Gill kann Sie verlegen«, drängte ich. »In ein paar Tagen, wenn Sie mehr bei Kräften sind.«

»Paul sagt...« Sie schwieg; die Anstrengung, sich ihm entgegenzustellen, war zuviel für sie.

»Ruhen Sie sich aus«, sagte ich. »Machen Sie sich keine Gedanken. Schlafen Sie, lassen Sie sich treiben und tanken Sie Kraft.«

»Sie sind sehr lieb, Thomas.« Sie lag eine Weile still, dann sagte sie: »Ich weiß bestimmt, was der gesucht hat, aber ich komme nicht drauf.«

»Was Paul gesucht hat?«

»Nein, Thomas. Nicht Paul.« Sie runzelte die Stirn. »Ich bringe alles durcheinander.« Nach einem neuerlichen Schweigen fragte sie: »Wie viele Messer hatte ich?«

»Wie viele...«

»Die Polizei hat mich das gefragt. Wie viele Messer in der Küche seien. Ich kann mich nicht erinnern.«

»Kein Mensch weiß, wie viele Messer er in der Küche hat.«

»Nein. Sie sagten, es seien keine Messer mit Blut daran im Haus gewesen.«

»Ach so, ja.«

»Wenn ich heimkomme, sehe ich vielleicht, was für ein Messer fehlt.«

»Mag sein, ja. Möchten Sie, daß ich Ihr Haus ein wenig in Ordnung bringe?«

»Das kann ich doch nicht verlangen.«

»Ich tu's gern.«

»Paul wollte es machen. Er fragt mich andauernd. Er schimpft mit mir, aber ich weiß nicht, wer den Schlüssel hat. Zu dumm, was? Ich kann nicht nach Hause gehen, weil ich keinen Schlüssel habe.«

»Den Schlüssel finde ich schon«, sagte ich. »Möchten Sie von dort was haben?«

»Nein, Thomas. Ich möchte nur wieder daheim bei Valentine sein.« Die Tränen kamen wieder. »Valentine ist tot.«

Ich streichelte ihre weiche Hand.

»Es war ein Fotoalbum«, sagte sie plötzlich und schlug die Augen auf.

»Was denn?«

»Was sie gesucht haben.« Sie sah mich bekümmert an, mit hellblauen Schatten um die Augen.

»Was für ein Fotoalbum?«

»Ich weiß es nicht. Ich habe keins, nur ein paar alte Schnappschüsse in einer Schachtel. Bilder von Paul, als er klein war. Ich hatte nie einen Fotoapparat, aber Freunde haben mir Abzüge geschenkt...«

»Wo ist die Schachtel?«

»In meinem Schlafzimmer. Aber es ist kein Album... Deshalb habe ich erst nicht daran gedacht. Es ist so verwirrend, alles.«

»Mhm. Zerbrechen Sie sich darüber nicht den Kopf. Und Robbie Gill wird sauer, wenn ich Sie ermüde, von Paul ganz zu schweigen.«

Ein Lächeln glomm in den alten Augen auf. »Ich kann doch ruhig müde sein. Hab ja sonst nichts zu tun.«

Ich lachte. »Es ist schon ein Jammer«, sagte ich, »daß Paul nun doch Valentines Bücher abgeschleppt hat. Er bestreitet es, aber er muß sie weggeholt haben, denn sie sind nicht mehr im Haus.«

Dorothea runzelte die Stirn. »Nein, Thomas, Paul hat sie nicht geholt.«

»Nein?« Ich war skeptisch. »Hat er jemanden beauftragt?«

»Nein, Thomas.« Sie legte die Stirn noch mehr in Falten. »Valentine wollte ja, daß Sie seine Bücher bekommen, und ich weiß, daß er in die Luft gegangen wäre, wenn Paul sie an sich gebracht hätte, denn er mochte Paul nicht besonders, er hat sich nur meinetwegen mit ihm abgefunden, leider.«

»Und... wer hat sie nun?«

»Bill.«

»Wer?«

»Bill Robinson, Thomas. Bei ihm sind sie sicher.«

»Aber Dorothea, wer ist Bill Robinson, und wo und weshalb hat er die Bücher?«

Sie lächelte schuldbewußt. »Na ja, ich hatte Angst, Paul könnte wiederkommen und versuchen, sie mir abzuschwatzen. Er läßt mir manchmal keine Ruhe, bis er kriegt, was er will, Thomas, aber schließlich ist er mein Sohn… Deshalb habe ich Bill Robinson gesagt, er soll sie alle abholen und in seine Werkstatt bringen, und weil er mich gut leiden kann, hat er sie gleich geholt, und bei ihm sind sie auch wirklich gut aufgehoben, Thomas, er ist ein netter junger Mann, er repariert Motorräder.«

11

Ich ging nach Mitternacht zu Bett und schlief ein mit dem Gedanken, daß ich zwar heute nicht gestorben war, daß es aber jetzt schon »morgen« war.

Nash und ich hatten gemütlich zusammen zu Abend gegessen und seine kommenden Szenen im Führring besprochen, wo sein Jockey Blau und der von Cibber die grünweißen Streifen tragen würde.

Nach der abendlichen Vorbereitung auf die Untersuchungsszene im Jockey Club hatte Nash mir, ohne es direkt auszusprechen, zu verstehen gegeben, daß er nach Möglichkeit lieber mit mir unter vier Augen probte und mit klaren Vorstellungen von seinem Auftritt in die Aufnahme ging, statt auf dem Set noch viel hin und her zu fragen. Ich wußte nicht, ob er mit jedem Regisseur so arbeitete, aber bei uns funktionierte es ausgezeichnet, was seine Einstimmung auf die jeweilige Aufnahme betraf. Daß wir Zeit sparten und dem Drehplan voraus waren, lag also hauptsächlich daran.

Wie üblich hatte ich die beiden letzten Stunden des Abends mit Moncrieff verbracht und den Licht- und Positionsplan für die Kameras am Führring mit ihm erarbeitet, auch für die, die den Routineablauf vor dem Rennen einfingen: das Satteln und Herausführen der Pferde, das Vorführen im Ring, das Abnehmen der Decke, das Aufsitzen. Ein großes Kameraaufgebot war an sich zwar nicht billig, sparte aber ebenfalls Zeit: Aus mehreren längeren Einstellungen konnte ich später die Stücke und Schnipsel zusammenschneiden, die einen prägnanten Gesamteindruck von der Spannung vor dem Rennen ergaben. Durch Schnallen gleitende Lederriemen, ein mit Öl gewienerter Huf, groß aufgenommene Muskelbewegungen unter glänzendem Fell. Ein zwei Sekunden langes anschauliches Bild konnte schon den Eindruck von Eile und Entschlossenheit vermitteln, aber man mußte vielleicht zehn ganze Minuten filmen, um ihn zu bekommen.

Gute Filmarbeit hatte viel mit Timing zu tun. Es würde keine raschen Schnitte bei den Traum- und Phantasie-Sequenzen geben, nur eine langsam fortschreitende Einsicht in ihre Bedeutung.

Nun… jedenfalls hoffte ich das.

Während mein schweigsamer junger Fahrer mich am Morgen nach Huntingdon fuhr, dachte ich an Dorotheas Manöver zur Rettung von Valentines Büchern und an die neue Unsicherheit hinter Pauls Großtuerei. Er hatte nicht versucht, meinen Besuch bei der Kranken abzukürzen: Aus den zugestandenen fünf Minuten waren zehn geworden, ehe ich selbst fand, sie habe genug geredet.

Paul hatte mich von ihrem Zimmer zum Ausgang begleitet und dabei so schwer und tief geatmet, als ob er etwas loswerden wollte, sich aber doch nicht ganz dazu durchringen könnte. Ich gab ihm Zeit und Gelegenheit, doch er war im Gegensatz zu seinem Onkel nicht verzweifelt genug, um zu beichten.

Paul habe geschrien, hatte Dorothea gesagt. Um ihretwillen hoffte ich, daß sie da etwas durcheinanderbrachte.

In Huntingdon waren die Tore der Rennbahn vor acht schon weit geöffnet, um die Einheimischen einzulassen. Als Gratisfrühstück für alle gab es heiße Würstchen nach Belieben an einem Imbißwagen der Filmküche. Das Wetter war kalt, aber freundlich. Ringsum fröhliche Gesichter. Ich hätte mich nicht zu sorgen brauchen, daß die Einheimischen aus Langeweile nicht mehr wiederkämen: Die Mundpropaganda hatte für uns gearbeitet, und wir bekamen sogar noch mehr Publikum als am Tag vorher.

Die Werbeabteilung der Filmgesellschaft hatte als Dankeschön zum Mitnehmen für die einheimischen Helfer fünfhundert T-Shirts angeliefert – (zu meiner Belustigung trugen sie den Slogan UNSICHERE ZEITEN in großen Blockbuchstaben auf der Brust, aber wenn man das Kleingedruckte mitlas, stand da UNSICHERE ZEITEN – *mir nach!*) – und ich fragte mich schon, ob sie reichen würden.

Der Rennverein von Huntingdon, großzügig und hilfsbereit von Anfang an, hatte uns uneingeschränkten Zugang zu den Örtlichkeiten gewährt. Da ich dieses Entgegenkommen auf keinen Fall mißbrauchen wollte, hatte ich O'Hara gedrängt, ein Heer von Straßenfegern zur Beseitigung des von uns hinterlassenen Mülls anzuheuern.

»Die haben doch sicher ihr eigenes Reinigungspersonal«, hatte er eingewandt. »Wir bezahlen sie ja schließlich.«

»Wohlwollen ist unbezahlbar.«

Er hatte dem Produktionsleiter mitgeteilt, daß die Stätte blitzsauber zu hinterlassen sei.

Der Waageraum und die Jockeystube waren bereits aufgeschlossen, als ich auf der Bahn ankam, und die Garderobenleute legten neben den Reithosen und Stiefeln schon die leuchtenden Farben für die Jockeys parat.

Wir hatten ihre ganze Ausrüstung, nicht nur die Dresse, eigens für den Film anfertigen lassen. Mit Ausnahme der gemieteten Rennsättel war alles Eigentum der Filmfirma.

Insgesamt waren es zwanzig Garnituren, da wir Reserven eingeplant und zum Zeitpunkt der Bestellung nicht gewußt hatten, wie viele Teilnehmer wir schließlich zusammenbekommen würden. In den Umkleideräumen hatte sich noch kein Jockey eingefunden – sie waren für neun Uhr bestellt –, und ich fand ohne weiteres, was ich suchte, und schloß mich damit in der Toilette ein.

Ich hatte mir zwei von den Sicherheitswesten geholt, wie Jockeys sie tragen, um bei einem Sturz einigermaßen gegen Hufschläge geschützt zu sein. Ausgezogen bis auf Hemd und Slip, legte ich die erste Weste an und zog ihren Reißverschluß zu.

Im wesentlichen ist die Sicherheitsweste ein leichtes blaues Baumwollding, ausgepolstert mit flachen, etwa zehn mal fünfzehn Zentimeter großen, anderthalb Zentimeter starken Polystyrolscheiben. Die festgenähten Kunststoffscheiben bedecken den Oberkörper vom Hals bis unter die Taille, ziehen sich im Rücken aber noch weiter hinab, so daß auch das Steißbein geschützt ist. Von dort wird ein breiter weicher Gurt zwischen den Beinen hindurchgeführt und vorn an der Weste befestigt, damit sie nicht verrutscht. Zusatzteile lassen sich wie Epauletten über die Schultern und Oberarme klappen und werden mit Klettband am Arm fixiert.

Obwohl ich mir die größte Größe herausgegriffen hatte, saß die Weste wie angegossen. Als ich die zweite darüberzog, ging der Reißverschluß über meiner Brust nicht zu; ein Problem, das ich halbwegs dadurch löste, daß ich meine Hose über beide Westen und meinen Gürtel eng um die Taille zog, um alles zusammenzuhalten. Zum Schluß kam ich mir vor wie ein schulterlastiger Footballspieler, aber ich zog noch meinen Pullover an, schloß meine blaue Windjacke über dem Ganzen und sah im Spiegel nicht wesentlich dicker aus.

Ich hatte keine Ahnung, wie sich die trittdämpfende Weste der Jockeys gegen ein Messer behaupten würde, aber psychologisch waren drei Zentimeter Polystyrol und vier Lagen robuster Baumwollstoff besser als nichts, und ich konnte mir nicht leisten, mich den ganzen anstrengenden Tag hindurch über etwas zu sorgen, das wahrscheinlich nicht passierte.

Mit Vergnügen war ich ohne Sicherheitsweste in vollem Tempo um die Bahn geritten und hatte meinen Hals riskiert. Mit Vergnügen hätte ich es wieder getan. Seltsam, die verschiedenen Gesichter der Furcht.

Draußen hatte Moncrieff seine Kamera bereits auf dem Dolly

montiert, um die erste Szene des Tages aufzunehmen, den Auszug der Jockeys aus dem Waageraum und ihren Gang zum Führring vor dem Rennen. Auf halbem Weg sollte ein Kind-Komparse angesaust kommen und dem Jockeymimen ein Autogrammheft hinhalten. Ed, der eine zweite Kamera dirigierte, würde die freundliche Reaktion des Jockeys in Großaufnahme filmen, sein Gesicht, seinen blauen Dreß und seine Nettigkeit herausarbeiten, während die anderen Jockeys hinter ihm weiter durchs Bild gingen.

Wir filmten die Sequenz dann zweimal, wenn sie auch dank der Proben gleich beim erstenmal gelang. Auf Nummer Sicher zu gehen war für mein Empfinden aber nie verkehrt.

Zwischen den beiden Einstellungen unterhielt ich mich mit den im Waageraum wartenden Jockeys. Ich dankte ihnen für das glänzende Rennen von tags zuvor, und sie spielten es scherzend herunter. Von ihrer Gereiztheit war nichts geblieben. Sie sagten Thomas zu mir. Sie sagten, einige von ihnen würden am kommenden Montag wirklich in Huntingdon starten, aber das würde die alte Tretmühle sein, ohne das Vergnügen des So-Tuns-als-ob. Wenn ich noch mal einen Rennsportfilm drehte, meinten sie mit typischer Ironie, würden sie ihr Heil in der Flucht suchen.

Als sie für die Wiederholung der Szene zum Führring hinausgerufen wurden, ging ich vor und sah ihnen neben Moncrieff stehend zu; als er dann die beiden kopierbaren Aufnahmen im Kasten hatte, zog Moncrieff mit Kamera und Crew in den Führring selbst, wo die Kamera auf einer Drehscheibe in einem Winkel von fast 360 Grad die herumgeführten Pferde aufnehmen konnte. Ich stand neben ihm in der Ringmitte und beaufsichtigte den Vorgang.

Wie immer nahm das Einrichten die meiste Zeit in Anspruch: Wo kamen die Komparsen hin, die die kleinen Besitzer-Trainer-Gruppen spielten; wo die Komparsen, die Funktionäre und Vertreter der Rennleitung darstellten; wie sollten die Einheimischen um den Ring verteilt werden; welcher Jockey – das mußte man üben – ging zu welchem Besitzer; wann kamen die beiden unversöhnlichen Rivalen – der Jockeymime in Blau, der grünweiß Gestreifte – zusammen in den Ring, und wo genau trennten sie sich, um zu den beiden Gruppen um Nash und Cibber zu stoßen?

Die beiden Leibwächter Nashs, als Besitzer verkleidet, hielten ihre Ferngläser, als hätten sie lieber Pistolen in der Hand. Die dem Anschein nach ältere Dame, die Nashs Gruppe vervollständigte, war eine achtundzwanzigjährige Meisterin diverser Kampfkünste mit den Instinkten einer Löwin.

Zu Cibbers Gruppe gehörte Silva, gekleidet, wie es der Frau eines Jockey-Club-Mitglieds zukam, in einen gutgeschnittenen Wollmantel, kniehohe Stiefel und Pelzmütze; warm und hübsch im kalten Wind. Cibbers »Trainer« allerdings war Judolehrer. O'Hara hatte diese Vorsichtsmaßnahmen getroffen. Mein eigener Schatten, den er am Abend vorher durchgesetzt hatte, stand stumpfsinnigen Angesichts neben mir im Ring. Angeblich war er Träger des schwarzen Gürtels, aber ich hatte mehr Vertrauen zum Polystyrol.

Später am Tag würden wir Großaufnahmen von einem vor Wut kochenden Cibber machen, der die unerträgliche Nähe Nashs, des Liebhabers seiner Frau, hinnehmen mußte; Großaufnahmen von Silva, wie sie Nash zärtlich anblickte und den armen Cibber noch mehr reizte; Großaufnahmen von Nash, wie der die Form wahrte und Cibber mit Gleichmut, Silva mit Zurückhaltung begegnete; kurze, tragende Nahaufnahmen, die auszuleuchten eine Ewigkeit dauern würde.

Mittlerweile wurden die Pferde im Ring herumgeführt, alle standen an den vorgesehenen Plätzen, und wir filmten den Einzug der Jockeys. Wunderbarerweise gingen alle zu den richtigen Gruppen, tippten den Besitzern zum Gruß an ihre Kappen, unterhielten sich zum Schein, schauten die Pferde an, benahmen sich wie Jockeys. Der Jockeymime in Blau trat zu Nash. Grünweißgestreift ging zu Cibber. Niemand stolperte über Kabel, niemand lief aus Versehen in die Aufnahme, niemand fluchte.

»Halleluja«, atmete Moncrieff neben mir auf, als Ed »Aus« rief.

»Und kopieren«, setzte ich hinzu. »Und das Ganze noch mal.«

Wir hielten Mittagspause. Nash gab in der Mitte des Führrings einer artigen, aber schier endlosen Reihe von Leuten Autogramme. Ein Assistent von Ed dirigierte die Schlange, O'Hara, ein Leibwächter und die Löwin bildeten einen menschlichen Schutzwall um den Rücken des Megastars.

Nash, O'Hara und ich aßen wieder hoch oben in der Loge der Rennleitung.

Von den Drohungen um den Film einmal abgesehen, konnte man mit dem Morgen zufrieden sein; wir wußten alle, daß die Aufnahmen gut gelaufen waren.

O'Hara sagte: »Howard ist hier, wußten Sie das?«

»Howard!« rief Nash ungehalten.

»Ein sehr stiller Howard«, erläuterte O'Hara mit grimmiger Belustigung. »Howard ist jetzt Wachs in unseren Händen.«

«Ich glaube nicht, daß sich seine Ansichten geändert haben«, sagte ich. »Er hat Angst bekommen. Deswegen hält er den Mund. Ich würde das einen verkorkten Vulkan nennen. Er steht garantiert leidenschaftlich hinter dem, was er Alison Visborough verbraten hat. Sie war davon so beeindruckt, daß sie mit seinen Meckereien zu ihrer Bekannten vom *Drumbeat* gelaufen ist, und was er ihr gesagt hat, ist noch immer seine Überzeugung.«

»Aber«, wandte O'Hara ein, »er will doch den Film wohl nicht wirklich verhindern?«

»Das volle Honorar für sein Drehbuch ist mit den ersten Standfotos fällig geworden – am ersten Drehtag in Newmarket. Das ist ja normal, und es steht in seinem Vertrag. Ob wir ihn fertigstellen oder abbrechen, ihm bringt der Film keinen Penny mehr, wenn er nicht gerade Milliarden einspielt. Und ich glaube, er will mich immer noch raushaben. Er ist nach wie vor überzeugt, daß ich ihm seinen Bestseller zerstückele.«

»Tun Sie ja auch«, lächelte Nash.

»Ja. Ohne einen guten Metzger gibt's kein gutes Fleisch.«

Die Antwort gefiel O'Hara. »Das werde ich Howard mal sagen.«

»Lieber nicht«, meinte ich, bezweifelte aber, ob ihn das bremsen würde.

O'Haras Mobiltelefon summte, und er meldete sich. »Bitte? Wie war das? Ich kann Sie nicht verstehen. Sprechen Sie langsamer.« Er hörte noch einen Moment lang zu und gab dann mir den Apparat. »Es ist Ziggy«, sagte er. »Reden Sie mit ihm. Er spricht mir zu schnell.«

»Wo ist er?« fragte ich.

O'Hara zuckte die Achseln. »Er ist gestern morgen nach Norwegen geflogen. Ich habe einem Agenten erklärt, was Sie brauchen, und er ist gleich mit ihm los.«

Ziggys Stimme am Telefon ratterte wie Maschinengewehr-Feuer, und die Wörter kamen genauso schnell herausgeschossen.

»He«, sagte ich nach einer Weile, »hab ich das richtig verstanden? Sie haben zehn halbwilde Fjordpferde gefunden, aber die müssen sofort hergebracht werden?«

»Sie können weder in vierundzwanzig Tagen noch in achtunddreißig. Dann sind sie nicht frei. Für den richtigen Gezeitenstand sind sie nur nächste Woche frei. Sie kommen mit der Fähre am Montag von Bergen nach Immingham.«

»Newcastle«, korrigierte ich.

»Nein. Die Fähre von Bergen geht zwar normalerweise nach Newcastle, aber Pferde müssen nach Immingham. Ist auch günstiger für uns, sagen sie. Es liegt an der Humber. Sie reisen am Sonntag von Bergen ab, begleitet von einem Trainer und fünf

Pflegern. Sie kommen alle mit großen Pferdetransportern und bringen auch das Futter für die Tiere mit. Sie können Mittwoch und Donnerstag arbeiten und müssen Freitag zurück nach Immingham. Das ist alles schon geregelt, Thomas. Gut so?«

»Hervorragend«, sagte ich.

Er lachte fröhlich. »Gute Pferde. Ohne Zaumzeug bewegen sie sich wie Wildpferde, aber sie sind trainiert. Wie Sie wünschen, habe ich eines ohne Sattel geritten. Die sind ideal.«

»Fabelhaft, Ziggy.«

»Der Trainer möchte wissen, wo wir von Immingham aus hinmüssen.«

»Ehm… wollen Sie mit ihnen fahren?«

»Ja, Thomas. Diese Woche bleibe ich bei dem Trainer. Ich schaue mir an, wie er mit den Pferden umgeht. So lernen sie mich kennen. Ich arbeite auch schon mit blonder Perücke und Nachthemd. Das ist geregelt. Dann werden die Pferde nicht mehr erschrecken. Gut so?«

Ich war praktisch sprachlos. Gut war gar kein Ausdruck. »Sie sind ein Genie«, sagte ich.

Er sagte bescheiden: »Ja, Thomas, ich weiß.«

»Wo die Pferde hinsollen, kläre ich noch. Rufen Sie mich am Samstag noch mal an.«

Er verabschiedete sich aufgeregt, ohne mir eine Nummer zu geben, unter der ich ihn zurückrufen konnte, doch ich nahm an, im Notfall würde mir der Agent weiterhelfen. Ich gab Ziggys Neuigkeit an O'Hara und Nash weiter und sagte, wir müßten den Drehplan für die kommende Woche umstoßen, das werde aber kein großes Problem sein.

»Nächste Woche kommt die Darstellerin der Erhängten«, erinnerte mich O'Hara. »Wir müssen ihre Szenen komplett in vierzehn Tagen abdrehen.«

Ich würde mit ihr an den Strand gehen, überlegte ich. Das Nachthemd würde durchscheinend im Licht des Sonnenaufgangs flattern. Ich würde sie ans Meeresufer stellen und Ziggy für sie auf dem Pferd galoppieren lassen. Geisterhaft. Unwirklich. In ihrem Kopf.

Bete um einen Sonnenaufgang.

»Sonia«, sagte ich.

»Yvonne«, berichtigte O'Hara. »Wir sollten bei Yvonne bleiben. So heißt sie im Roman und im Drehbuch.«

Ich nickte. »Howard bringt das alte Erhängtenklischee mit den in der Luft baumelnden Beinen und Schuhen und schockierten Betrachtern. Aber ich hab schon was anderes im Kopf.«

O'Hara schwieg. Nash schauderte.

»Bloß nichts zu Brutales«, sagte Nash schließlich. »Sonst fliegt die Szene ja doch raus.«

»Geschmackvoll grausig soll es sein?«

Sie lachten.

»Sie hat wirklich gehangen«, sagte ich.

Eine der ersten, die ich sah, als wir wieder nach unten kamen, war Lucy Wells im Streit mit einem Mann, der ihr den Weg versperrte. Ich ging zu ihnen und fragte, was los sei.

»Der Mann hier«, sagte Lucy erregt, »hat angeblich Anweisung, niemand in Ihre Nähe zu lassen.«

O'Haras Order, erklärte der Mann. Ich beruhigte ihn bezüglich Lucy, nahm sie beim Arm und entführte meine Beute.

»Ich dachte, Sie wollten heute nicht kommen«, sagte ich.

»Papa hat sich's anders überlegt. Er ist mit Mama wieder hier. Und Onkel Ridley auch. Keine zehn Pferde könnten ihn davon abhalten, hat er gemeint.«

»Ich freue mich, Sie zu sehen.«

»Tut mir leid, daß ich so schroff war.«

Ich lächelte ihr in die blauen Augen. »Ein kluges Kind.«

»Ich bin kein Kind.«

»Bleiben Sie bei mir«, sagte ich. »Ich sage Moncrieff, daß es okay ist.«

»Wer ist Moncrieff?«

»Der Chefkameramann. Sehr wichtiger Mensch.«

Sie sah mich zweifelnd an, als ich sie mit dem Zottelbart in der Erdbebenopfermontur bekannt machte; und er fand, nachdem er uns einen altmodischen Seitenblick zugeworfen hatte, Gefallen an ihr und nahm ihre Anwesenheit ohne zu schimpfen hin.

Sie sah farbenfroh aus in ihrer roten Jacke über sauberen neuen Bluejeans, und eine wache Intelligenz lag in den aufmerksamen Augen und dem festen, ruhigen Mund. Sie verfolgte das Geschehen ohne sinnloses Geplapper.

»Ich habe Papa von dem Messer erzählt«, sagte sie mir nach einer Weile.

»Und was hat er dazu gemeint?«

»Komisch, das waren genau seine Worte. Er sagte: ›Und was hat er dazu gemeint?‹«

»So?« Ich betrachtete ihr argloses Gesicht. »Und was haben Sie gesagt, was ich dazu gemeint habe?«

Sie zog die Stirn kraus. »Ich habe ihm gesagt, daß es ein schönes Messer war, aber daß Sie gar nichts weiter dazu gesagt haben. Und daß der Produzent O'Hara nicht gerade erbaut darüber war und daß ich nicht wußte, warum.«

»O'Hara mag keine Messer«, sagte ich, um die Sache abzutun.

»Ach so. Papa sagte, es wäre vielleicht, weil jemand versucht hat, Nash Rourke mit dem Messer zu verletzen, wie er im Radio gehört hat, nur daß er an Nashs Double statt an Nash geraten ist.«

»Deswegen auch«, gab ich zu.

»Papa sagt, Regisseure haben kein Double«, neckte sie mich arglos, »und man erkennt sie überhaupt nur, wenn sie einem gezeigt werden.«

»Oder wenn sie zu einem nach Hause kommen.«

»Ach Gott ja. Ist das Foto von Sonia gut geworden?«

»Bestimmt, aber ich bekomme es erst heute abend zu sehen, wenn ich wieder in Newmarket bin.«

Sie sagte zögernd: »Ich habe Pa nichts davon gesagt. Es wäre ihm wirklich nicht recht.«

»Von mir hört er nichts. Die Darstellerin der Yvonne – das ist Nashs Frau im Film – dreht ab nächster Woche. Ich verspreche, daß sie nicht wie auf dem Foto aussehen wird. Da gibt's keine unliebsame Überraschung für Ihren Vater.«

Sie lächelte froh und dankbar, freigesprochen von ihrer kleinen Schwindelei. Ich hoffte, daß ihr nichts Schlimmes zustoßen würde, aber dagegen ist im Leben ja niemand gefeit.

Auf dem Nachmittagsdrehplan stand als erstes die letzte Totale von dem Publikum am Führring, dann das Aufsitzen der Jockeys und ihr Hinausgehen auf die Bahn. Auch wenn es nachher nur Beiwerk für das menschliche Drama war, mußten die Renntagssequenzen der Authentizität wegen doch in sich stimmen. Wir stellten die Besitzer-Trainer-Gruppen wieder wie zuvor auf und ergänzten sie durch den jeweiligen Jockey. Moncrieff prüfte die drehbare Kamera und bugsierte Lucy sanft aus der Aufnahme.

Nash kam mit einem Troß von Bewachern in den Ring und machte einen Schlenker, um mir mitzuteilen, daß ein Bekannter mich suche.

»Wer?« fragte ich.

»Ihr Fernsehmann von Doncaster.«

»Greg Compass?«

Er nickte. »Vor dem Waageraum. Er hat sich mit den Jockeys unterhalten. Er sagt, er wartet da auf Sie.«

»Prima.«

Wir probten die Aufsitzszene zweimal und filmten sie dreimal aus zwei Kamerawinkeln, bis die Pferde unruhig wurden, dann baten wir die Einheimischen, vor die Tribüne zu gehen, um den Pferden beim Aufkantern zuzuschauen.

Während des unvermeidlichen Hin und Hers, bis die Kamera eingerichtet war, ließ ich Lucy bei Moncrieff und ging zum Waageraum, um Greg zu treffen, der, gekleidet in einen teuren Anzug, die Freundlichkeit selbst war und überaus empfänglich für meinen Vorschlag, sich ein unverhofftes Zubrot zu verdienen, indem er kurz in seine gewohnte Rolle schlüpfen und den Trainer des Siegers interviewen sollte; mit anderen Worten: Nash.

»Das gibt nur ein paar Sekunden auf der Leinwand«, sagte ich. »Gerade genug, um dein hübsches Gesicht vorzuführen.«

»Hört sich gut an.« Er war belustigt und höflich; liebenswürdig.

»In einer halben Stunde?«

»Abgemacht.«

»Weißt du übrigens von damals noch was über den Trainer – den Mann der Erhängten aus unserem Epos?«

»Jackson Wells?«

»Ja. Er ist heute persönlich hier. Mit seiner jetzigen Frau. Und seiner Tochter. Und seinem Bruder.«

»Vor meiner Zeit, Alter.«

»Aber nicht lange«, versicherte ich ihm. »Du mußt so sechzehn gewesen sein, als Jackson das Trainieren aufgab. Bald darauf bist du dein erstes Rennen geritten. Hast du also von den älteren Jockeys vielleicht mal… irgendwas gehört?«

Er sah mich spöttisch an. »Ich müßte lügen, wenn ich behaupten wollte, ich hätte seit vorigem Samstag nicht darüber nachgedacht. Soweit ich weiß, ist das Buch *Unsichere Zeiten* sentimentaler Quatsch. Die Jockeys, die die echte Yvonne gekannt haben, waren keine Traumliebhaber, das war ein Haufen geiler Draufgänger.«

Ich lächelte.

»Du hast es gewußt?« fragte er.

»Es liegt irgendwie nahe. Im Film bleiben sie trotzdem Traumliebhaber.« Ich hielt inne. »Weißt du noch Namen? Weißt du zufällig, wer?«

»Bis ich in der Jockeystube trocken hinter den Ohren war, hat kein Mensch mehr was gesagt. Alle hatten Angst, in einen Mord reingezogen zu werden. Das Schweigen im Walde.« Er hielt inne. »Wenn Jackson Wells heute wirklich hier ist, würde ich ihn gern kennenlernen.«

»Seine Tochter sagt, er ist da.«

Ich enthielt mich der Frage, warum er Jackson Wells kennenlernen wollte, aber er sagte es mir trotzdem. »Gutes TV. Fesselt die Couchgemeinde. Gute Werbung für deinen Film.«

»Jackson Wells legt keinen Wert auf den Film.«

Greg grinste. »Um so besser, mein Alter.«

Ich kehrte mit Greg im Schlepptau zu Moncrieff zurück und verlor Lucys Aufmerksamkeit prompt an den geölten Charme des Kommentators. Lucy versprach atemlos, ihn zu ihrem Vater zu bringen, und als sie gegangen waren, machten Moncrieff und ich uns wieder an die Arbeit.

Wir drehten die Szenen, in denen die Pferde aufs Geläuf hinausgehen und zum Start kantern. Ein Pferd ging durch. Ein Sattel rutschte, so daß der Reiter zu Boden fiel. Eine gemietete Kamera blockierte. Das Publikum wurde unruhig, die Jockeys regten sich auf, und Moncrieff fluchte.

Schließlich bekamen wir es hin.

Ich ging ausgepumpt wieder zum Waageraum und fand dort O'Hara im Gespräch mit Howard.

Howard hatte zu meiner Verblüffung seine drei Freunde dabei – Mrs. Audrey Visborough, ihre Tochter Alison und ihren Sohn Roddy.

O'Hara warf mir einen wirren Blick zu und sagte: »Mrs. Visborough möchte, daß wir aufhören, den Film zu drehen.«

Ich sagte zu Howard: »Sind Sie beknackt?«, was vielleicht nicht taktvoll war, aber meinen Ärger auf den Punkt brachte. Ich hatte Angst gehabt, ein Stilett ins Herz zu bekommen, und Howard kam mit diesen Clowns an.

Alle drei trugen jedoch gängige Renntagskleidung, keine spitzen weißen Hüte, Bommeln und Pappnasen. Audrey Visborough stützte sich auf ihren Stock und setzte ihre Beschwerde fort.

»Ihr Regisseur Thomas Lyon«, ein giftiger Blick traf mich, »hat offensichtlich weder die Absicht, auf den Boden der Tatsachen zurückzukehren noch auf die Herstellung dieses sich Film nennenden Machwerks zu verzichten. Ich ersuche Sie, ihm auf der Stelle Einhalt zu gebieten.«

Howard scharrte mit den Füßen und sagte hilflos: »Ehm... Audrey.«

O'Hara, der sich erstaunlich zurückhielt, sagte ihr, er persönlich habe nicht die Macht, den Film zu stoppen (obwohl er sie vermutlich hatte), und sie möge ihre Einwendungen doch bitte schriftlich an die Bosse der Filmgesellschaft richten, mit anderen Worten: an die Chefetage.

Sie erklärte, das werde sie tun, und verlangte Namen und Adressen. O'Hara gab ihr entgegenkommend zwei oder drei Visitenkarten und einige nützliche, begütigende Ratschläge, die aber an ihr vorbeigingen. Audrey Visborough fühlte sich durch die Handlung des Films persönlich in unverzeihlicher Weise beleidigt, und sie würde nur zufrieden sein, wenn der Film in der Versenkung verschwand.

Alison stand neben ihr und nickte. Roddy schien zwar halbwegs ihre Auffassung zu teilen, doch nach den Blicken, die er seiner Mutter zuwarf, hatte er offenbar weniger Not mit der gemeinen Unterstellung, daß sie auch nur erwogen haben könnte, mit dem unsäglichen, so gar nicht standesgemäßen Jackson Wells ins Bett zu gehen.

Ich sagte zu Howard: »Wie kommen Sie dazu, die Leute mit hierher zu bringen?«

»Ich konnte sie nicht zurückhalten«, sagte er grantig. »Und natürlich kann ich auch verstehen, wenn Audrey meint, daß Sie sie regelrecht krank machen.«

»Sie waren mit den Storyänderungen einverstanden«, hob ich

hervor. »Und die Liebesszenen zwischen Nash und Silva haben Sie selbst verfaßt.«

»Aber es sollten leise Szenen im Wohnzimmer sein, kein kopfloses Gerammel.« Seine Stimme triefte von Selbstmitleid. »Ich wollte den Visboroughs mit dem Film eine Freude bereiten.«

Mit neuerlichen Gewissensbissen dachte ich daran, daß seine Probleme mit Audrey Visborough noch nicht auf dem Höhepunkt angelangt waren.

Ich sagte zu ihrer Tochter Alison: »Hätten Sie Lust, sich anzusehen, wie eine Szene gedreht wird?«

»Ich?« Sie war überrascht und warf ihrer Mutter einen Blick zu, ehe sie antwortete. »Damit kriegen Sie uns aber nicht rum. Der Film ist eine Schande.«

Als ich ungehalten einen Schritt wegging, kam sie jedoch hinter mir her.

»Wo willst du hin?« fragte ihre Mutter scharf. »Ich brauche dich hier.«

Alison blickte mich düster an und sagte: »Ich bearbeite Mr. Lyon.«

Sie ging entschlossen neben mir her, nüchtern in Tweedkostüm und flachen Schuhen, jederzeit bereit, sich ernsthaft für eine gerechte Sache einzusetzen.

»Papa«, sagte sie, »war ein guter Mensch.«

»Bestimmt.«

»Er hat es sich nicht leicht gemacht«, führte sie beifällig aus. »Ein Mann mit Grundsätzen. Einige Leute fanden ihn langweilig, ich weiß, aber mir war er ein guter Vater. Er war der Meinung, daß Frauen durch die alte englische Tradition, den Familienbesitz vorwiegend unter die Söhne zu verteilen, stark benachteiligt werden, und deshalb hat er mir das Haus vererbt.« Sie schwieg. »Rodbury war wütend. Er ist drei Jahre älter als ich, und er war davon ausgegangen, daß alles an ihn fällt. Sie waren immer großzügig zu ihm. Papa hat ihm seine ganzen Springpferde gekauft und nur darauf bestanden, daß Rodbury mit Reitunterricht selbst seinen Lebensunterhalt verdient. Das fand ich auch ganz vernünftig, denn Papa war kein Krösus. Er hat sein Geld unter uns dreien aufgeteilt. Wir sind alle nicht vermögend.« Sie schwieg wieder. »Sie fragen sich bestimmt, warum ich Ihnen das alles erzähle. Ich möchte, daß Sie Papas Andenken gerecht werden.«

Das konnte ich nicht, wenigstens nicht so, wie sie es wünschte.

Ich sagte: »Betrachten Sie den Film als eine Geschichte, die von erfundenen Personen handelt, nicht von Ihren Eltern. Es *sind* nicht Ihre Eltern. Es sind Phantasiegestalten.«

»Das wird Mama nicht einsehen.«

Ich ging mit ihr in den Führring, wo Moncrieff wie immer mit Lichtsetzen beschäftigt war.

»Ich zeige Ihnen mal zwei Personen«, sagte ich zu Alison. »Sagen Sie mir, was Sie von denen halten.«

Sie sah verwirrt aus, folgte aber mit den Augen meinem Finger, der auf ein in der Nähe stehendes Paar wies, und betrachtete emotionslos erst Cibber, ernst, um die Fünfzig, dann die reizende junge Silva in ihrem gut geschnittenen Mantel, den blanken, eng anliegenden Stiefeln und der betörenden Pelzmütze.

»Und?« fragte Alison. »Die sehen ganz nett aus. Wer ist das?«

»Mr. und Mrs. Cibber«, sagte ich.

»Was?« Sie fuhr halb wütend zu mir herum. Dann entschied sie sich gegen eine direkte Tätlichkeit, drehte sich nachdenklich wieder um und schaute einfach.

»Hinter ihnen«, sagte ich, »steht Nash Rourke. Er spielt die Figur, die frei auf Jackson Wells basiert.«

Alison starrte sprachlos den breitschultrigen Herzensbrecher an, dem man die gutmütige Intelligenz auf zehn Meter Entfernung ansah.

»Kommen Sie mit«, sagte ich.

Verdattert folgte sie mir, und ich nahm sie mit dahin, wo Greg

Compass und Lucy offenbar endlich Lucys Vater gefunden hatten.

»Dieser Mann«, erklärte ich Alison, »ist Greg Compass, der Leute aus dem Rennsport fürs Fernsehen interviewt.«

Alison zeigte nickend an, daß sie ihn kannte.

»Dies«, sagte ich mit unbeteiligter Stimme, »sind Mr. und Mrs. Jackson Wells und ihre Tochter Lucy.«

Alison öffnete den Mund, brachte aber kein Wort heraus. Jackson Wells stand lächelnd, gut aussehend zwischen seinen beiden sehr lebendigen, gepflegten Frauen und wartete darauf, daß ich die Vorstellung zu Ende führte.

»Alison Visborough«, sagte ich.

Jackson Wells' sonnige Miene verfinsterte sich. Er sagte fast ausspeiend: »Ihre Tochter!«

»Sie sehen«, sagte ich zu Alison, »Jackson Wells kann Ihre Mutter ebensowenig ausstehen wie sie ihn. Es ist undenkbar, daß sie im wirklichen Leben eine Liebesaffäre gehabt haben könnten. Die Personen in unserem Film *sind nicht sie*.«

Alison blieb stumm. Ich nahm sie beim Arm und führte sie weg.

»Ihre Mutter«, sagte ich, »macht sich nur selber krank. Überreden Sie sie, unserem Treiben den Rücken zu kehren. Lenken Sie ihr Interesse auf etwas anderes und lassen Sie sie nicht den fertigen Film sehen. Sie können mir glauben, daß ich weder sie noch das Andenken Ihres Vaters schmähen will. Ich drehe einen Film über erfundene Personen. Ich habe durchaus Verständnis für die Gefühle Ihrer Mutter, aber sie erreicht nicht, daß die Produktion abgebrochen wird.«

Alison fand ihre Sprache wieder. »Sie sind skrupellos«, sagte sie.

»Gut möglich. Dennoch bewundere ich Sie, Miss Visborough, ebenso wie Howard. Ich bewundere Ihre Vernunft und die Treue, mit der Sie zu Ihrem Vater stehen. Daß ich Ihnen Anlaß gebe, sich zu ärgern, bedaure ich, kann es aber nicht ändern. Ich muß Sie auch darauf hinweisen, daß der Cibber im Film ganz und gar kein netter Mensch ist. Wieder kann ich Ihnen nur sagen, setzen Sie ihn nicht mit Ihrem Vater gleich.«

»Howard hat das aber getan!«

»Howard hat Cibber als einen guten Menschen ohne starke Gefühlsregungen gezeichnet. Das gibt keinen Konflikt, kein Drama her. Im Konflikt liegt das Wesen der Dramatik... Leitsatz Nummer eins beim Filmemachen. Jedenfalls bitte ich Sie und Ihre Mutter und Ihren Bruder um Entschuldigung, aber bis vorige Woche wußte ich kaum, daß es Sie gibt.«

»Ach, Roddy!« sagte sie ohne Zuneigung. »Machen Sie sich wegen dem keine Gedanken. Den kratzt das nicht besonders. Er und Papa waren ziemlich kühl zueinander. Zu verschieden wahrscheinlich. Rodbury – und ich nenne ihn bei seinem vollen Namen, weil Roddy sich nach einem netten kleinen Jungen anhört, dabei hat er mich, als wir Kinder waren, nie bei seinen Spielen mitmachen lassen, und wenn die anderen Mädchen meinten, ich könnte froh sein, daß ich einen älteren Bruder hatte, waren sie schwer im Irrtum –« Sie brach plötzlich ab. »Ich weiß nicht, warum ich das gesagt habe. Ich kann sonst nicht gut mit Leuten reden. Schon gar nicht, wenn ich ihr Verhalten mißbillige. Jedenfalls dürfte es Roddy egal sein, was Sie über Papa sagen, solange ihm dadurch kein Geld flöten geht. Er tut nur Mama gegenüber so, als ob ihm was dran liegt, damit sie spendabel bleibt und ihm Sachen kauft.«

»Er ist nicht verheiratet?«

Sie schüttelte den Kopf. »Er brüstet sich mit Frauen. Mehr Worte als Taten, denke ich manchmal.«

Ich lächelte ihrer Offenheit wegen und dachte an ihr unerfülltes Leben: den enttäuschenden Bruder, den innig geliebten, aber fernen Vater, die Mutter, die eine vielleicht unpassende Partie verhindert hatte. Alles in allem eine bewundernswerte Frau.

»Ich mag Sie, Miss Visborough«, sagte ich.

Sie sah mir gerade ins Gesicht. »Dann hören Sie mit dem Film auf.«

Ich dachte an ihre Gefühle, und ich dachte an das Messer.

»Ich kann nicht«, sagte ich.

Wir wurden mit dem Tagesdrehplan früh genug fertig, um noch die halb geplante Gutwetter-PR-Signierstunde vor der Waage abzuhalten. Nash, Silva und Cibber krakelten dort mit allem verfügbaren Charme.

Viele Huntingdoner trugen bereits ihre UNSICHERE ZEITEN – *mir nach!*-Shirts. Ringsum herrschte gute Stimmung. Die vorgesehene geordnete Reihe von Autogrammjägern löste sich in einem freundlichen Gedränge auf. O'Hara signierte Bücher und Rennprogramme, die ihm große Filmkenner unter die Nase hielten, und auch mein Autogramm war gefragt. Howard schrieb bescheiden in ihm vorgelegte Exemplare seines Buches.

Das fröhliche Publikum streifte umher. Nashs Leibwachen lächelten. Die Löwin suchte ihn vor Küssen zu bewahren. Mein Schwarzgürtel stand links von mir, damit ich ihm mit rechts Zeichen geben konnte.

Ich spürte einen Schlag, als hätte mich jemand angerempelt, einen so heftigen Stoß, daß ich nach vorn stolperte, auf einem Knie aufkam, das Gleichgewicht verlor und umkippte. Ich fiel auf die rechte Seite, fühlte jäh und alarmierend den ersten Schmerz und begriff mit sengender Klarheit, daß ich die Klinge eines Messers im Leib hatte, daß ich auf den Griff gefallen war und es noch tiefer hineingetrieben hatte.

12

O'Hara streckte lachend die Hand aus, um mir hochzuhelfen. Ich ergriff sie mit der Rechten, seine Hilfe reflexartig annehmend, und er sah, wie ich die Augen zusammenkniff, und hörte auf zu lachen.

»Haben Sie sich weh getan?«

»Nein.« Er hatte mich bereits auf die Knie gezogen. Ich sagte: »Leihen Sie mir Ihre Jacke.« Er trug eine alte Fliegerjacke, armeegrün, mit offenem Reißverschluß. »Die Jacke«, wiederholte ich.

»Was?« Er beugte sich aus seiner knorrigen Höhe zu mir herunter.

»Leihen Sie mir Ihre Jacke.« Ich schluckte, zwang mich zur Ruhe. »Leihen Sie mir Ihre Jacke und sagen Sie meinem Fahrer, er soll mit dem Wagen direkt hierher zum Waageraum kommen.«

»Thomas!« Er war zunehmend besorgt und neigte sich tiefer herab, um mich besser zu verstehen. »Was ist los?«

Mit einem anormal klaren Kopf sagte ich deutlich: »Ich habe ein Messer in der Seite. Legen Sie mir Ihre Jacke um die rechte Schulter, damit man es nicht sieht. Machen Sie keinen Aufstand. Erschrecken Sie die Bosse nicht. Kein Wort an die Presse. Holen Sie nicht die Polizei. Ich bin nicht tot, und der Film geht weiter.«

Er hörte zu und verstand, traute aber seinen Ohren kaum. »Wo ist denn das Messer?« fragte er unsicher. »Man sieht keine Verletzung.«

»Es sitzt irgendwo unter meinem Arm, oberhalb des Ellbogens. Geben Sie mir doch die Jacke.«

»Ich hole unseren Arzt.«

»Nein, O'Hara. Nein! Nur die Jacke.«

Ich legte wahrscheinlich jedes bißchen Autorität, das er mir verliehen hatte, in meine halb bittenden, halb befehlenden Worte. Jedenfalls zog er ohne weitere Einwendungen seine Wetterjacke aus und legte sie mir über die Schultern, während er jetzt in einem dick gestrickten armeegrünen Pullover dastand.

Andere Augen blickten neugierig in unsere Richtung. Ich hielt mich mit der linken Hand an O'Haras Arm fest und zog mich zentimeterweise an ihm hoch. Ich konzentrierte mich auf seine Augen, die auf gleicher Höhe wie meine waren.

»Das Schwein«, sagte ich leise, mit unverhülltem Zorn, »wird kein Glück haben.«

»Gut«, sagte O'Hara.

Ich entspannte mich ein ganz klein wenig – nicht dergleichen zu tun war jetzt wirklich das beste Anästhetikum, und zuviel Teilnahme hätte mich schneller geschafft als jeder Schmerz zwischen den Rippen.

O'Hara schickte einen von Eds Assistenten nach meinem Wagen und erklärte einigen Fragestellern beruhigend, ich sei gefallen und hätte mir die Schulter verrenkt, aber es bestehe kein Grund zur Sorge. Ich sah einen Wirrwarr von vertrauten Gesichtern um mich herum und konnte mich nicht entsinnen, daß eins davon nah genug gewesen wäre, um mich anzugreifen. Aber die Leute waren pausenlos in Bewegung gewesen. Jeder, den ich in England kannte, oder irgendein bezahlter Handlanger – und Profikiller waren überall zu haben, immer unsichtbar – konnte zwischen den Autogrammjägern gestanden und den Augenblick genutzt haben. Ich konzentrierte mich hauptsächlich darauf, in der Senkrechten zu bleiben, während ich überlegte, welche lebenswichtigen Organe noch mal rechts hinter den Rippen lagen, und mir fiel auf, daß sich die Haut meines in Aufruhr gebrachten Organismus zwar feucht anfühlte, aber es nicht so aussah, als ob ich große Mengen Blut verlor.

»Sie haben Schweiß auf der Stirn«, bemerkte O'Hara.

»Macht nichts.«

»Lassen Sie mich den Arzt holen.«

»Dann sind auch Greg Compass und das Fernsehen gleich da.«

Er schwieg.

»Ich kenne einen anderen Arzt«, versicherte ich ihm. »Wo bleibt der Wagen?«

Ed war recht bald damit zurück, auch wenn es mir wie eine Ewigkeit vorkam. Ich bat ihn, sich bei allen zu bedanken und auf die allgemeine Sicherheit zu achten, und sagte, wir würden die Nahaufnahmen am nächsten Tag beenden.

Er nickte nur und übernahm das Ruder, und ich zwängte mich vorsichtig auf den Rücksitz des Wagens.

O'Hara stieg auf der anderen Seite ein. »Das brauchen Sie nicht«, sagte ich.

»Doch.«

Froh darüber, daß er mitfuhr, bat ich ihn, auf seinem Mobiltelefon eine Nummer zu wählen, und ließ mir den Hörer geben, nachdem er die Tasten gedrückt hatte.

»Robbie?« sagte ich; zum Glück war es nicht sein Auftragsdienst. »Thomas Lyon. Wo sind Sie?«

»Newmarket.«

»Hm... Könnten Sie in einer Stunde ins Hotel kommen? Ziemlich dringend.«

»Inwiefern dringend?«

»Kann ich jetzt nicht sagen.«

O'Hara sah mich überrascht an, doch ich nickte zu unserem Fahrer hin, der wortkarg sein mochte, aber keineswegs taub war.

O'Hara verstand, war jedoch besorgt. »Einer der Bosse aus L. A. ist im Hotel abgestiegen und wartet auf uns.«

»Oh.« Ich zögerte und sagte dann: »Robbie, wollen wir uns lieber bei Dorothea zu Hause treffen? Es ist auch wieder ein Fall Dorothea, nur nicht so radikal.«

»Sie haben jemanden bei sich, der mithört und nicht merken soll, wovon Sie reden? Und es geht um eine Stichwunde?«

»Genau«, sagte ich, froh über seine rasche Auffassungsgabe.

»Wer ist der Patient?«

»Ich.«

»Guter Gott... Haben Sie einen Schlüssel zu Dorotheas Haus?«

»Ihre Freundin Betty hat sicher einen. Sie wohnt schräg gegenüber.«

»Die kenne ich«, sagte er knapp. »Eine Stunde. Bei Dorothea. Ist es schlimm?«

»Ich bin in der inneren Geographie nicht so bewandert, aber ich glaube, es hält sich in Grenzen.«

»Unterleib?« fragte er besorgt.

»Nein. Weiter oben und auf der Seite.«

»Bis gleich«, sagte er. »Husten Sie nicht.«

Ich gab den Hörer wieder O'Hara, der sich mit Mühe und Besorgnis aller Fragen enthielt. Ich setzte mich quer und stützte mich so gut wie möglich gegen die Fahrzeugbewegungen ab, und dennoch waren es diesmal lange vierzig Meilen von Huntingdon nach Newmarket.

Ich dirigierte den Fahrer zu Dorotheas Haus. Der Wagen von Robbie Gill stand schon da, und Robbie selbst öffnete von innen die Haustür, als wir anhielten, und kam uns über den Fußweg entgegen. O'Hara bat den Fahrer, uns in einer halben Stunde abholen zu kommen, während ich mich aus dem Wagen schälte und mich unauffällig stützte, indem ich Robbies Arm ergriff.

Ich sagte: »Wir legen keinen Wert darauf, daß das publik wird.«

»Dachte ich mir schon. Ich hab's keinem erzählt.«

Er sah zu, wie O'Hara ausstieg und dem Fahrer ein Zeichen gab, loszufahren, und ich sagte kurz: »O'Hara... Robbie Gill«, was beiden offenbar genügte.

Wir gingen langsam den Weg hinauf und in das leere, aber immer noch verwüstete Haus. Dorothea, sagte Robbie, habe ihm von meinem Angebot, das Gröbste aufzuräumen, erzählt. Wir gingen in die Küche, wo ich mich auf einen Stuhl setzte.

»Haben Sie das Messer gesehen?« fragte Robbie. »Wie lang war die Klinge?«

»Sie steckt noch.«

Er sah perplex aus. O'Hara sagte: »Der Junge ist echt verrückt.«

»O'Hara produziert den Film«, sagte ich. »Er hätte gern, daß ich morgen früh frisch vernäht wieder am Drehort bin.«

Robbie nahm mir O'Haras Jacke von der Schulter und kniete sich auf den Boden, um das Problem genauer zu betrachten.

»So ein Messer habe ich noch nie gesehen«, verkündete er.

»Wie das auf der Heide?« fragte ich.

»Anders.«

»Ziehen Sie's raus«, sagte ich. »Es tut weh.«

Statt dessen stand er auf und sagte zu O'Hara etwas von Betäubungsmitteln.

»Herrgott noch mal«, hakte ich nach. »Ziehen … Sie's … einfach … raus.«

Robbie sagte: »Dann wollen wir uns den Schaden mal direkt besehen.«

Er öffnete den Reißverschluß meiner dunkelblauen Windjacke, schnitt mit Dorotheas Haushaltsschere meinen Pullover auf und stieß auf die Sicherheitswesten darunter.

»Was in aller Welt –?«

»Wir haben Morddrohungen bekommen«, erklärte ich, »und deshalb dachte ich …« Ich schloß kurz die Augen und schlug sie wieder auf. »Ich habe mir zwei Sicherheitswesten ausgeliehen, wie sie die Jockeys tragen. Falls sie ein Pferd tritt.«

»Morddrohungen?«

O'Hara erklärte es und fragte mich: »Wie sind Sie auf die Westen gekommen?«

»Aus Angst«, sagte ich wahrheitsgemäß.

Sie lachten beinah.

»Hören Sie«, sagte ich sachlich. »Das Messer ist durch meine Windjacke, einen dicken Pullover, zwei schlagdämpfende Westen und noch ein Hemd gegangen, bevor es an meine Haut kam. Es ist ein Stück weit eingedrungen, aber da ich kein Blut huste und mich nicht schlechter fühle als vor einer Stunde... darf ich Sie vielleicht bitten, Robbie... mit gewohnt fester Hand...«

»In Ordnung«, sagte er.

Er zog die Westen auseinander und fand mein Hemd darunter naß und rot. Er zog das Hemd auseinander, um die Klinge selbst zu sehen, und dann blickte er mit einem Ausdruck zu mir auf, den man nur als Entsetzen bezeichnen konnte.

»Was ist?« sagte ich.

»Die Klinge ist so... breit. Die quetscht Ihnen die ganzen Stofflagen in die Seite.»

»Dann mal los«, sagte ich. »Raus damit.«

Er klappte seine Tasche auf, zog eine gebrauchsfertige Einwegspritze hervor und injizierte mir ein nicht näher bezeichnetes Schmerzmittel. Danach suchte er einen steril verpackten Wundverband heraus. Wie bei Dorothea, dachte ich. Er sah auf die Uhr, um die Injektion wirken zu lassen, dann riß er die Verpackung auf, legte den Verband unter meinem Hemd zurecht und zog mit der linken Hand an dem hervorstehenden Griff des Messers.

Es rührte sich nicht, und trotz der Injektion fühlte es sich schrecklich an.

»Aus dem Winkel schaffe ich es nicht«, sagte Robbie. Er sah O'Hara an. »Sie sind kräftig«, sagte er. »Ziehen Sie es raus.«

O'Hara starrte erst ihn, dann mich an.

»Denken Sie an die Bosse«, sagte ich.

Er lächelte schief und sagte zu Robbie: »Sagen Sie, wann.«

»Jetzt«, sagte Robbie, und O'Hara packte den Messergriff und zog, bis die Klinge herauskam.

Robbie brachte rasch den Verband an, und O'Hara stand da wie betäubt, in der Hand ungläubig das Gerät, das mir so zugesetzt hatte.

»Tut mir leid«, meinte Robbie zu mir.

Ich schüttelte mit trockenem Mund den Kopf.

O'Hara legte das Messer auf den Küchentisch, auf die leere Verbandhülle, und eine ganze Zeitlang sahen wir es uns nur schweigend an.

Insgesamt war es zwanzig Zentimeter lang, und die Hälfte davon war Griff. Die flache Klinge, oben gut sieben Zentimeter breit, verjüngte sich zur Spitze hin stark. Die eine Längsseite des Dreiecks bildete eine normale scharfe Schneide, die andere war unfein gezackt. Am breiten Ende ging die Klinge nahtlos in ein Heft mit einer Öffnung zum Durchgreifen über. In der Öffnung fingergerecht gewellt, war das Heft durch angeschraubte, handtellerbreite Griffschalen aus dunklem, hochglänzendem Holz verstärkt; der Rest war blankes Metall.

»Schweres Ding«, sagte O'Hara ausdruckslos. »Damit könnte man jemand durchsäbeln.«

Das breite Ende der Klinge zierte ein Beschlagnagel mit dem Wort für Wut, »Fury«.

Ich ergriff die furchtbare Waffe, um sie mir näher anzusehen, und sie war wirklich schwer (über ein halbes Pfund, wie Robbie mit Hilfe von Dorotheas Küchenwaage bald herausfinden sollte) und den eingestanzten Lettern nach aus rostfreiem Stahl in Japan angefertigt.

»Was wir brauchen«, ich legte es wieder hin, »ist ein Messerfachmann.«

»Und was Sie erst mal brauchen«, sagte Robbie entschuldigend, »ist eine Reihe Klammern, damit die Blutung aufhört.«

Wir entfernten meine sämtlichen Schutzhüllen, damit er sehen konnte, was er tat, und bald teilte er mir dann beruhigend mit, daß die Messerspitze auf eine Rippe getroffen und daran entlanggeglitten sei, statt durch weiches Gewebe in die Lunge einzudringen. »Die Rippe ist durch den Schlag gebrochen, aber Sie können von Glück sagen, daß die Verletzung, wie Sie dachten, schnell heilen dürfte.«

»Hurra«, meinte ich ironisch, aber dennoch erleichtert. »Morgen hole ich mir vielleicht doch eine kugelsichere Weste.«

Robbie wischte mir eine ganze Menge getrocknetes Blut von der Haut, wozu er ein angefeuchtetes Küchenhandtuch von Dorothea benutzte, und half mir dann in mein besterhaltenes Kleidungsstück, die relativ unbeschädigte Windjacke.

»Sie sehen so gut wie neu aus«, versicherte er mir, als er die Enden des Reißverschlusses ineinandersteckte und ihn zuzog.

»Der Häuptling wird nichts merken«, stimmte O'Hara zu. »Fühlen Sie sich in der Lage, mit ihm zu reden?«

Ich nickte. Es war notwendig, mit ihm zu reden. Notwendig, ihn davon zu überzeugen, daß das Geld der Firma bei mir in guten Händen war. Notwendig, jeden Verdacht auszuräumen, daß über dem Film ein Fluch lag.

Ich sagte: »Wir müssen auf alle Fälle herausfinden, wer so versessen darauf ist, den Film zu verhindern, daß er – oder sie – dafür bis zum Mord geht. Es wäre zwar möglich, daß uns das Messer heute wie der Dolch von gestern nur Angst einjagen sollte, aber wenn ich die Schutzwesten nicht getragen hätte…«

»Kein Schutz und ein Fingerbreit nach links oder rechts«, nickte Robbie, »dann wären Sie wahrscheinlich abgetreten.«

»Wenn wir also annehmen, daß man mich wirklich ums Leben bringen wollte«, sagte ich, »dann muß ich unbedingt herausfinden, wer und warum. Diskret herausfinden, meine ich, ohne die Polizei einzuschalten. Sonst…«, ich zögerte, fuhr dann fort, »…wenn der Grund für den Anschlag auf mich weiterhin besteht, und davon müssen wir ausgehen, versucht oder versuchen der oder die Täter es vielleicht noch einmal.«

Ich hatte den Eindruck, daß der Gedanke ihnen beiden auch

schon gekommen war, daß sie ihn aber, um meinen Seelenfrieden zu bewahren, nicht laut hatten aussprechen wollen.

»Für einen Film zu sterben, lohnt sich nicht«, sagte O'Hara.

»Der Film hat Dreck aufgewühlt, der seit sechsundzwanzig Jahren ruht«, sagte ich. »Darum geht es, und es nützt gar nichts, wenn uns das leid tut. Wir haben jetzt die Möglichkeit, entweder den Film hinzuschmeißen und den ungeordneten Rückzug anzutreten – und wieviel Zukunft hätte ich dann noch? –, oder, ehm... wir sieben den Dreck und gehen der Sache auf den Grund.«

»Aber«, sagte Robbie zweifelnd, »ist das überhaupt zu schaffen? Ich meine, als das Ganze damals passiert ist, als es noch frisch war, ist die Polizei ja zu keinem Ergebnis gekommen.«

»Polizisten sind normale Sterbliche«, sagte ich. »Keine unfehlbaren Supermenschen. Wenn wir's versuchen und auch zu nichts kommen, dann sei es drum.«

»Aber wo fangen wir an?«

»Wie ich schon sagte, wir brauchen jemanden, der sich mit Messern auskennt.«

Es war dunkel geworden, während wir uns unterhielten. Als Robbie zum Lichtschalter ging, hörten wir, wie die Haustür sich öffnete und schloß und schwere Schritte über den Flur auf uns zukamen.

Paul erschien im Kücheneingang: ein verärgerter, ein argwöhnischer Paul, dessen Augen sich mit wütendem Erstaunen auf mein Gesicht richteten. Die Unsicherheit unseres letzten Zusammentreffens war verschwunden. Die großen Töne waren wieder da.

»Was haben Sie denn hier zu suchen?« fragte er. »Ich habe Ihnen doch gesagt, Sie sollen wegbleiben, Sie sind hier nicht erwünscht.«

»Ich habe Dorothea versprochen, ein wenig aufzuräumen.«

»*Ich* bringe das Haus in Ordnung. Ich will Sie hier nicht haben. Und was Sie betrifft, Dr. Gill, Ihre Dienste werden nicht benötigt. Raus hier, alle miteinander.«

Es war O'Haras erste Begegnung mit Paul Pannier; immer eine lehrreiche Erfahrung.

»Wo haben Sie überhaupt den Schlüssel her?« fragte er gekränkt. »Oder sind Sie eingebrochen?« Er sah O'Hara zum erstenmal direkt an und fragte: »Wer zum Teufel sind *Sie* denn? Ich will, daß Sie alle hier sofort verschwinden.«

Ich sagte mit unbeteiligter Stimme: »Das Haus gehört Ihrer Mutter, und ich bin mit ihrer Erlaubnis hier.«

Paul hörte nicht zu. Sein Blick war auf den Tisch gefallen, und er starrte auf das Messer.

Es war kaum Blut daran, da es beim Herausziehen durch die verschiedenen Lagen von Polystyrol und Stoff abgewischt worden war; nein, offenbar war es das Messer selbst, nicht seine Verwendung, was Paul vorübergehend die Sprache verschlug.

Er hob den Blick, um mir ins Gesicht zu schauen, und sein Schock war nicht zu übersehen. Seine Augen waren so dunkel, wie sein dickliches Gesicht blaß war. Sein Mund stand offen. Er sagte kein einziges Wort, sondern machte auf dem Absatz kehrt und stampfte aus der Küche, durch den Flur und zur Haustür hinaus, ohne sie hinter sich zu schließen.

»Wer war denn das?« fragte O'Hara. »Und was war mit ihm?«

»Seine Mutter«, erklärte Robbie, »ist vorigen Samstag hier mit einem Messer übel zugerichtet worden. Vielleicht denkt er, wir haben irgendwie die Waffe gefunden.«

»Und, haben Sie?« O'Hara wandte sich an mich. »Was wollten Sie mir gestern noch erzählen? Das ist aber doch nicht das Messer, das Sie auf der Heide gefunden haben, oder?«

»Nein.«

Er runzelte die Stirn. »Ich verstehe überhaupt nichts mehr.«

Da ging es ihm wie mir; aber irgendwo mußte es eine Erklärung geben. Nichts geschah ohne Grund.

Ich fragte Robbie Gill, während er seine Sachen in die Tasche räumte: »Kennen Sie einen Bill Robinson, der Motorräder repariert?«

»Geht's Ihnen auch bestimmt gut?«

»Nicht hundertprozentig. Kennen Sie ihn?«

»Bill Robinson, Motorradmechaniker? Nein.«

»Aber Sie kennen die Stadt. Wer wüßte so was?«

»Ist Ihnen das wichtig?«

»Er könnte im Besitz dessen sein«, erklärte ich kurz, »weshalb man die Laube hier so auf den Kopf gestellt hat.«

»Und das ist alles, was Sie mir sagen wollen?«

Ich nickte.

Robbie griff sich das Telefon, schaute in ein Notizbuch und wählte eine Nummer. Er wurde Zug um Zug an vier weitere Nummern verwiesen, aber endlich schob er den Apparat befriedigt weg und teilte mir mit: »Bill Robinson arbeitet in Wrigley's Werkstatt und wohnt irgendwo in der Exning Road. In seiner Freizeit bastelt er an Harley Davidsons herum.«

»Großartig«, sagte ich.

»Aber«, wandte O'Hara ein, »was hat das alles mit unserem Film zu tun?«

»Messer«, sagte ich. »Und Valentine Clark hat Jackson Wells gekannt.«

»Viel Glück beim Sieben«, meinte Robbie.

Der Häuptling erwies sich als ein verbiesterter Geschäftsmann in den Vierzigern, der noch nicht einmal einen Blick auf die sich mehrenden Rollen kopierten Films werfen wollte. Er hielt nichts von Spielfilmen, sagte er. Noch weniger von Filmschauspielern. Seiner Meinung nach gehörten Regisseure finanziell an die Kette gelegt. Spekulationskapital mit voll gedecktem Risiko sei sein Fach, sagte er.

Das falsche Fach, dachte ich.

Er hatte im voraus eine Abrechnung über jeden vom ersten Drehtag an ausgegebenen oder verplanten Cent angefordert, so daß O'Haras Produktionsabteilung den ganzen Tag damit verbrachte, die Kosten für beispielsweise Lebensmittel, Transport, Stallangestelltengehälter, Lippenstifte und Glühlampen einzeln aufzuführen.

Wir saßen an dem Eßtisch in O'Haras Suite, nachdem ich in meiner vorbeigeschaut hatte, um die Windjacke gegen Hemd und Pullover einzutauschen. Robbie hatte nur ein Pflaster auf die versorgte Wunde geklebt. Mir war immer noch etwas schwummrig, aber anscheinend merkte man es mir nicht an. Ich konzentrierte mich darauf, Ziggys Fahrgeld und Spesen für Norwegen zu rechtfertigen, während ich Mineralwasser trank und mich nach Brandy sehnte.

»Wildpferde!« fuhr der Häuptling fast empört O'Hara an. »Sie haben doch wohl nicht zugelassen, daß eigens aus Norwegen Pferde herangeschafft werden. Die stehen nicht im Skript.«

»Sie kommen in der Phantasie der Erhängten vor«, erklärte O'Hara ohne Umschweife. »Ihr Traumleben ist nach Auffassung der Firma das Beste an der Handlung und muß filmisch umgesetzt werden. Fjordpferde sind werbewirksam und werden mehr Geld hereinbringen, als sie kosten.«

O'Haras Argument brachte den Häuptling zum Schweigen; er blickte zwar finster, schien aber einzusehen, daß sein Klasseproduzent ihm davonlaufen könnte, wenn er sich allzusehr gegen ihn stellte, und daß er damit die ganze Investition gefährdete. Jedenfalls rückte er von seiner aggressiven Haltung ab und genehmigte, fast ohne eine Miene zu verziehen, den Bonus für den siegreichen Jockey.

Nach Prüfung der Bücher wollte er über Howard sprechen.

Ich wollte nicht.

O'Hara auch nicht.

Da Howard glücklicherweise nicht im Hotel war, fiel das Gespräch flach. Ich empfahl mich mit Hinweis auf die allabendliche Besprechung mit Moncrieff, und der Häuptling sagte zum Abschied, es werde hoffentlich keine weiteren »Zwischenfälle« mehr geben, und kündigte an, er wolle am nächsten Morgen bei den Dreharbeiten zuschauen.

»Gern«, sagte O'Hara leichthin und kniff kaum die Augen zusammen. »Auf dem Programm stehen Dialoge und Nahaufnahmen und noch einige Gesamtaufnahmen von ein und ausgehenden Leuten am Waageraum auf der Rennbahn von Huntingdon. Allerdings keine Massenszenen, die sind schon im Kasten. Keine Jockeys, die sind auch durch. Die Pferde werden morgen nachmittag wieder hierhergebracht. Dank des guten Wetters und des guten Managements von Thomas werden wir mit den Rennbahnszenen einen Tag früher fertig.«

Der Häuptling sah aus, als hätte er auf eine Wespe gebissen. Im Hinausgehen überlegte ich, ob er sich eigentlich auch freuen konnte.

Die Sitzung mit Moncrieff erweiterte sich um Nash und Silva, die hinzukamen, um ihre Proben im kleinen Kreis fortzusetzen. Nash hatte sein Skript dabei. Silva war ungeschminkt und wirkte sehr feministisch. Ich fragte mich, wie sie und O'Hara wohl im Bett waren, eine Überlegung, die mich in der Arbeit kein bißchen voranbrachte, der aber nicht abzuhelfen war.

Wir gingen die Szenen durch. Moncrieff und Nash besprachen das Licht. Silva schob ihre göttliche Kinnlade vor, und zu ihrem Vergnügen schätzte Moncrieff ihre Gesichtsknochen im Hinblick auf Flächen und Schatten ab.

Ich trank hingebungsvoll Brandy mit Schmerztabletten: medizinisch vielleicht eine ungute Kombination, die aber jede Trübsal wegblies. Als die Gesellschaft sich auflöste, ging ich ins Bett und blieb halb sitzend noch viele Stunden wach, dachte mit pochenden Schläfen nach und nahm mir vor, mich in nächster Zeit konsequent mit dem Rücken zur Wand zu stellen.

O'Hara weckte mich aus einem unruhigen Schlaf, indem er um halb acht anrief. Höchste Zeit.

»Wie geht's Ihnen?« fragte er.

»Miserabel.«

»Es regnet.«

»So?« Ich gähnte. »Na fein.«

»Moncrieff hat den Wetterdienst angerufen. Heute nachmittag soll es trocken sein. Wir können uns heute morgen also erst mal die Huntingdonmuster ansehen, wenn der Wagen aus London kommt.«

»Ja... ich dachte, das sei dem Häuptling zuviel Mühe.«

»Der fährt zurück nach London. Er hat keine Lust, bis heute nachmittag auf Huntingdon zu warten. Er hat mir gesagt, daß mit dem Film ja jetzt alles glattzugehen scheint und daß er das so auch weitergibt.«

»Uff.«

O'Hara lachte leise. »Er fand Sie professionell. Das ist sein höchstes Lob. Er sagt, ich kann nach L. A. zurück.«

»Oh.« Ich staunte, wie bestürzt ich war. »Und fliegen Sie?«

»Es ist Ihr Film«, sagte er.

Ich sagte: »Bleiben Sie.«

Nach einer Pause meinte er: »Wenn ich fliege, zeigt das, daß Sie alles im Griff haben.« Neuerliche Pause. »Denken Sie drüber nach. Wir machen das nach den Mustern ab. Die sehen wir um elf, im Vorführraum. Sind Sie fit genug dafür?«

»Ja.«

»Wäre ich mal bestimmt nicht«, sagte er und legte auf.

Bis neun hatte ich mich gegen das große britische Frühstück entschieden und Wrigley's Werkstatt auf einem Stadtplan geortet. Um Viertel nach neun fand mein Fahrer sie in voller Lebensgröße. Die Zapfsäulen waren überdacht: Schutz vor Regen.

Bill Robinson hatte lange Haare, zwei, drei Pickel, einen starken East-Anglia-Akzent, eine mit goldenen Knöpfen besetzte, kurze schwarze Lederjacke und um die Hüfte einen Gürtel mit schweren Werkzeugen. Er nahm zur Kenntnis, daß ich mit Chauffeur kam, und schaltete auf schuldigen Respekt.

»Was kann ich für Sie tun?« fragte er kaugummikauend.

Ich grinste. »Mrs. Dorothea Pannier hält große Stücke auf Sie.«

»Ja?« Er hob erfreut den Kopf und nickte. »Selber auch nicht übel, das alte Mädchen.«

»Wußten Sie, daß sie im Krankenhaus ist?«

Seine gute Laune verschwand. »Hab gehört, daß irgendein Schwein sie mit dem Messer schlimm zugerichtet hat.«

»Ich bin Thomas Lyon«, sagte ich. »Sie hat mir Ihren Namen genannt.«

»So?« Er war vorsichtig. »Kommen Sie auch nicht von ihrem Sohn? Ein echter Scheißkerl, der Sohn.«

Ich schüttelte den Kopf. »Ihr Bruder Valentine hat mir testamentarisch seine Bücher vermacht. Sie sagte mir, daß sie sie Ihnen anvertraut hat.«

»Ich soll sie keinem geben, hat sie gesagt.« Er trat entschlossen und direkt auf. Ich hatte das Gefühl, es wäre sehr unklug, ihm Geld anzubieten, und in der heutigen Zeit verlieh ihm das schon etwas Heiligmäßiges.

»Wie wär's«, sagte ich, »wenn wir sie ans Telefon holten?«

Da er daran nichts auszusetzen fand, rief ich über Funk das Krankenhaus an und erreichte nach vielem Klicken und Warten Dorothea selbst.

Sie unterhielt sich mit Bill Robinson in seiner schweren metallbeschlagenen Lederkluft, und Bill Robinsons Gesicht strahlte vor Liebenswürdigkeit und Freude. Doch noch Hoffnung für die alte Welt.

»Sie sagt«, verkündete er, als er mir den Hörer zurückgab, »daß Sie ein unwahrscheinlich toller Mensch sind und daß die Bücher Ihnen gehören.«

»Prima.«

»Aber sie sind nicht hier«, sagte er. »Sie sind bei mir in der Garage.«

»Wann könnte ich sie abholen?«

»Ich kann in der Mittagspause heimfahren.« Er blickte kurz zu einem glitzernden Ungetüm von einem Motorrad hinüber, das diebstahlsicher angekettet war. »Tu ich sonst nicht, aber ausnahmsweise.«

Ich schlug vor, ihn sofort für eine Stunde von seinem Chef freizukaufen, statt auf die Mittagspause zu warten.

»Mann«, sagte er, schwer beeindruckt; aber sein Chef, ein Realist, nahm den Vorschlag und das Geld bereitwillig an, und Bill Robinson ließ sich mit sichtlichem Vergnügen in meinem Wagen nach Hause fahren.

»Woher kennen Sie Dorothea?« fragte ich unterwegs.

»Meine Freundin wohnt im Haus neben ihr«, erklärte er einfach. »Wir nehmen der Guten manchmal Gänge ab. Helfen ihr beim Einkaufen und so. Sie gibt uns dafür Süßigkeiten, als ob wir Kinder wären.«

»Ehm«, sagte ich, »wie alt sind Sie denn?«

»Achtzehn. Wie fanden Sie meine Maschine?«

»Ich beneide Sie drum.«

Sein Lächeln war selbstzufrieden, aber das ging in Ordnung. Als wir bei ihm zu Hause ankamen (»Ma ist auf der Arbeit, der Schlüssel liegt da in dem Ding, das wie ein Stein aussieht«), sperrte er ein Vorhängeschloß an dem massiven Tor einer Backsteingarage auf und enthüllte seine wahre Berufung, die Pflege und den Bau von Motorrädern.

»Ich kaufe kaputte Maschinen und richte sie wieder her«, erklärte er, während ich in der Garage stand und auf Räder, Lenkstangen, verdrehte Röhren, blitzende Wrackteile schaute. »Ich mache sie wieder so gut wie neu, und dann verkaufe ich sie.«

»Allerhand«, sagte ich abwesend. »Wollen Sie in einem Film mitspielen?«

»Bitte was?«

Ich erklärte ihm, daß ich immer auf der Suche nach interessanten Kulissen sei. Ob er sich vorstellen könne, mit ein paar Motorradteilen aus der Garage draußen auf seiner Zufahrt zu arbeiten, während wir Nash Rourke filmten, wie er nachdenklich die Straße entlangging? »Kein Dialog«, sagte ich, »nur Nash, wie er vorbeischlendert und ein paar Sekunden stehenbleibt, um sich die laufende Arbeit anzusehen. Die Figur, die er spielt, läuft durch Newmarket und versucht sich über etwas klarzuwerden.« Dazu gehöre eben auch Lokalkolorit, sagte ich.

»Nash Rourke! Sie wollen mich verkohlen.«

»Nein. Sie werden ihn kennenlernen.«

»Mrs. Pannier hat gesagt, daß Sie der sind, der den Film dreht, über den alles redet. Stand im *Drumbeat*.«

»Der kleine Tyrann? Ja, der bin ich.«

Er lächelte breit. »Ihre Bücher sind in den Kisten da.« Er wies auf eine lange Reihe bunt gestapelter Kartons, die einmal Fernseher, Büroelektronik, Mikrowellenherde und Backhauben enthalten hatten. »Eine Tonne Papier, möchte ich meinen. Den ganzen Samstagmorgen hab ich sie verpackt und hierhergebracht, aber bei der guten Mrs. Pannier lohnt sich die Mühe.«

Es war eher ein Lob als ein Wink, doch ich sagte, bei mir würde sie sich ebenfalls lohnen, zumal wenn er mir sagen könne, was in welchem Karton sei.

Beim besten Willen nicht, meinte er vergnügt. Warum ich nicht nachschaute?

Dazu fehle mir die Zeit, sagte ich, und vor allem auch die Energie. Ich sagte, ich könne die Kartons nicht heben, denn ich hätte mir die Schulter verrenkt, und bat ihn, mir so viele wie möglich in den Kofferraum zu packen. Er sah resigniert auf den Regen, platschte dann aber zügig hin und her, bis auch mein zunächst abwartender Fahrer sich die Jacke zuknöpfte, den Kragen hochstellte und tragen half.

Der Wagen einschließlich des Beifahrersitzes faßte die Hälfte der Kartons. Ich fragte Bill, womit er sie am Samstag transportiert habe.

»Mein Pa hat einen alten Kleinlaster«, sagte er. »Damit waren's drei Touren. Werktags fährt er damit auf die Arbeit, vor heute abend kriege ich ihn also nicht.«

Er erklärte sich bereit, die übrigen Kisten mit dem Kleinlaster nachzuliefern, und kam gutgelaunt mit zum Hotel, um gemeinsam mit dem Portier dort die Kartons in der Halle zu stapeln.

«Wollen Sie mich wirklich in Ihren Film reinnehmen?« fragte er auf dem Rückweg zu Wrigley's Werkstatt. »Und... wann?«

»Vielleicht morgen«, sagte ich. »Ich gebe Ihnen noch Bescheid. Ich mache das mit Ihrem Chef ab, und von der Filmgesellschaft bekommen Sie für Ihre Mitarbeit ein Honorar.«

»Mann«, sagte er.

Nash, Silva und Moncrieff schauten sich zusammen mit O'Hara und mir die Muster von Huntingdon an.

Auch ohne viel Ton sahen die Massenszenen nach einem normalen Renntag aus, und das Rennen selbst bestach immer noch durch die viktoriakreuzreife Leistung der Jockeys. Das Rennen war von fünf Kameras gut und von einer halbwegs gut eingefangen worden. Das Material reichte allemal, um einen Wettkampf zusammenzuschneiden, der auch Leuten, die noch nie ein Jagdrennen von nahem gesehen hatten, Herzklopfen bereiten würde. Sogar Silva hielt bei einer Sequenz die Luft an, und Nash sah nachdenklich aus. Moncrieff regte sich über verquere Schatten auf, die sonst niemand bemerkt hatte.

Die Nahaufnahmen mit Dialog zeigten Silva von ihrer bezauberndsten Seite. Ich lobte ihre Darstellung, nicht ihr Aussehen, und sie quittierte das mit einem kurzen Nicken. Alles in allem waren die zwei Tage Arbeit die Mühe wert gewesen.

An die Muster hatten die Leute vom Kopierwerk Moncrieffs eine dreißig Sekunden lange Aufnahme von Lucys Foto angehängt. Groß und deutlich erschienen die beiden Gesichter auf der Leinwand.

»Wer ist das?« fragte O'Hara verblüfft.

»Das Mädchen links«, sagte ich, »ist Yvonne. Besser gesagt, sie war Sonia Wells, die erhängte junge Frau. Die echte.«

»Himmel«, sagte O'Hara.

»Und wer ist der Mann?« fragte Nash.

»Er heißt, glaube ich, Pig.« Ich erklärte, daß die Aufnahme Lucy gehörte. »Ich habe ihr versprochen, daß Yvonne Sonia nicht ähnlich sehen wird.«

Das Mädchen auf der Leinwand hatte lockiges hellbraunes Haar, keinen grünen Bürstenschnitt oder sonst etwas Abgehobenes. Wir würden Yvonne eine lange, glatte blonde Perücke aufsetzen und das Beste hoffen.

Die Leinwand wurde hell. Wir schalteten das Licht an, unterhielten uns über das Gesehene und gingen wie stets wieder an die Arbeit.

Später in Huntingdon legte ein Fotograf, den die Firma engagiert hatte, um die Dreharbeiten für die Werbeabteilung zu dokumentieren, O'Hara einen Satz Fotos im Format 20 mal 25 cm vor. Er und ich gingen damit in den Waageraum, setzten uns an einen Tisch und suchten minutenlang die Fotos mit der Lupe ab.

Wir sahen nichts, was uns weitergeholfen hätte. Da waren Fotos von Nash bei der Feierabend-Signierstunde. Ein Schnappschuß von Howard, wie er selbstgefällig sein Buch signierte. Silva als charmanter Filmstar. Greg beim Signieren von Rennprogrammen. Ein Foto von O'Hara und mir, Schulter an Schulter. Die Kamera war jeweils auf das Gesicht der zentralen Person eingestellt, die Leute ringsum waren erkennbar, aber nicht in allen Einzelheiten.

»Wir brauchen Vergrößerungen vom Publikum«, sagte O'Hara.

»Gestochen scharfe Bilder von Fury bringt uns das auch nicht.«

Mürrisch stimmte er zu, bestellte die Vergrößerungen aber trotzdem.

Es tauchten keine Messer mehr auf, weder in noch an irgend jemandem. Wir filmten die noch ausstehenden Szenen und schickten die Pferde auf die Heimreise. Wir überzeugten uns, daß der Platz in bester Ordnung war, dankten dem Rennverein Huntingdon für sein Entgegenkommen und waren kurz nach sechs wieder zurück in Newmarket.

Mein Anrufbeantworter blinkte unerbittlich im Salon: Konnte er überhaupt anders?

Robbie Gill wollte mich dringend sprechen.

Ich bekam seinen Auftragsdienst: Ab sieben sei er wieder zu erreichen.

Um die Zeit auszufüllen, öffnete ich ein paar von den Kartons mit Valentines Büchern, die jetzt einen ganzen Teil der Fußbodenfläche einnahmen, da ich extra angeordnet hatte, sie sollten nicht übereinandergestellt werden. Dabei hatte ich natürlich übersehen, daß auch beim Bücken die Brustmuskulatur beansprucht wird. So begann ich auf den Knien, mein Erbe zu inspizieren.

Es war zuviel. Nach den ersten drei Kisten, die einen Teil der gesammelten Biographien und Rennsportchroniken enthielten, die ich gewissenhaft Band für Band herausgenommen, nach eingelegten Papieren durchforstet und wieder zurückgestellt hatte, wurde mir klar, daß ich eine Bürokraft brauchte, einen Archivgehilfen mit einem Laptop-Computer.

Lucy, dachte ich. Wäre es ein Tagtraum, würde ich sie mir in die gute Stube zaubern wie Yvonne ihre Traumliebhaber. Lucy konnte mit einem Computer umgehen.

Spontan rief ich bei ihrem Vater zu Hause an und machte der Tochter ein Angebot.

»Sie sagten mir doch, daß Sie die Schule hinter sich haben und auf einen Handelskursus warten. Hätten Sie Lust auf eine zweiwöchige Übergangsbeschäftigung in Newmarket?« Ich erklärte, um was es mir ging. »Ich will Sie nicht verführen«, sagte ich. »Sie können einen Anstandswauwau mitbringen, Sie können wohnen, wo Sie wollen, oder auch jeden Tag heim nach Oxfordshire fahren, wenn Ihnen das lieber ist. Ich bezahle Sie angemessen. Wenn Sie nicht wollen, suche ich mir jemanden von hier.«

Sie sagte ein wenig atemlos: »Würde ich Nash Rourke noch mal sehen?«

Schief lächelnd versprach ich es ihr. »Jeden Tag.«

»Er ist... er ist...«

»Ja«, räumte ich ein, »und er ist verheiratet.«

»Na und«, sagte sie empört. »Er ist einfach... nett.«

»Stimmt. Und der Job jetzt?«

»Ich könnte morgen anfangen.«

So lange konnten die Kisten warten, dachte ich.

Um sieben rief ich wieder bei Robbie Gill an und erreichte ihn sofort.

»Was möchten Sie zuerst hören?« fragte er, »die gute oder die Schreckensnachricht?«

»Die gute. Ich bin müde.«

»Das überrascht mich nicht. Die gute Nachricht ist eine Liste mit Namen von Messerexperten. Drei in London, zwei in Glasgow, vier in Sheffield und einer in Cambridge.« Er las sie alle vor und raubte mir das bißchen Atem, das noch über meine gebrochene Rippe ging.

Ich sagte schwach: »Bitte noch mal den aus Cambridge.«

Er wiederholte den Namen deutlich: »Professor Meredith Derry, ehemals Dozent für mittelalterliche Geschichte am Trinity College; jetzt im Ruhestand.«

Derry.

Messer…

»Möchten Sie die Schreckensnachricht hören?« fragte Robbie.

»Muß ich?«

»Leider ja. Paul Pannier ist ermordet worden.«

13

Ermordet?«

»Leider ja.«

»Wo? Und, ehm... wie?«

Als wäre es unvermeidlich, teilte mir die schottische Stimme mit: »Er ist in Dorotheas Haus umgebracht worden... erstochen.«

Ich seufzte; ein Stöhnen. »Weiß es Dorothea schon?«

»Die Polizei hat eine Beamtin zum Krankenhaus geschickt.«

»Arme, arme Dorothea.«

Er sagte unverblümt: »Jetzt wird sie nicht mehr herumkommandiert.«

»Aber sie hat ihn geliebt«, wandte ich ein. »Sie hat das Baby geliebt, das er mal war. Ihren kleinen Sohn. Sie wird am Boden zerstört sein.«

»Gehen Sie zu ihr«, sagte Robbie. »Sie verstehen Sie ja offenbar. Mir war es immer ein Rätsel, daß sie ihn hat gewähren lassen.«

Sie brauchte jemanden, der sie in den Arm nahm, dachte ich. Der sie festhielt, wenn sie weinte. Ich sagte: »Was ist mit Janet, Pauls Frau?«

»Die Polizei hat sie benachrichtigt. Sie wird jetzt auf dem Weg hierher sein.«

Ich sah auf meine Uhr. Fünf nach sieben. Ich hatte Schmerzen, hatte Hunger und mußte noch die morgigen Aufnahmen mit Nash und Moncrieff besprechen. Trotzdem...

»Robbie«, sagte ich, »gibt's von Professor Derry eine Anschrift?«

»Eine Telefonnummer.« Er las sie vor. »Was ist mit Dorothea?«

»Ich fahre gleich zu ihr. So in vierzig Minuten könnte ich am Krankenhaus sein. Können Sie dafür sorgen, daß man mich zu ihr läßt?«

Er konnte und versprach mir, es zu tun. Wer den Mord an Paul entdeckt habe, fragte ich.

»Ich, verdammt noch mal. Heute nachmittag gegen drei bin ich hingefahren, weil ich gestern abend bei Dorothea in der Küche ein Notizbuch hatte liegenlassen. Ich wollte mir bei ihrer Freundin Betty wieder den Schlüssel holen, aber sie sagte, sie hätte den Schlüssel nicht mehr, sie habe ihn heute früh Paul gegeben. Also bin ich rüber zum Haus und hab geklingelt – das blöde leise Glöckchen –, und weil keiner kam, bin ich hintenrum zur Küchentür, und die war offen.« Er schwieg. »Paul lag in der Diele, fast genau an der Stelle, wo Betty Dorothea gefunden hat. Nur daß kein Blut da war. Der Stich hat ihn sofort getötet, und er war seit Stunden tot. Er wurde offenbar mit einem von Dorotheas großen Küchenmessern umgebracht. Das Messer steckte noch, und es ist ihm an einem Punkt etwas oberhalb des rechten Ellbogens von hinten tief in die Brust getrieben worden...«

»Robbie«, sagte ich entgeistert.

»Ja. Fast die gleiche Stelle wie bei Ihnen. Der Griff stand heraus. Ein normaler Küchenmessergriff, nichts Ausgefallenes. Kein Fury. Also habe ich die Polizei verständigt, und die haben mich den ganzen Tag da im Haus festgehalten, aber ich konnte ihnen nicht sagen, was Paul da gewollt hat. Woher sollte ich das wissen? Ich konnte ihnen gar nichts sagen, außer daß ihm das Messer anscheinend ins Herz gedrungen war und es zum Stillstand gebracht hatte.«

Ich räusperte mich. »Sie haben ihnen nichts von... mir gesagt?«

»Nein. Das hätten Sie doch nicht gewollt, oder?«

»Wirklich nicht.«

»Aber jetzt sieht die Sache anders aus«, meinte er zweifelnd.

»Nicht, wenn die Polizei Pauls Mörder rasch findet.«

»Ich habe nicht den Eindruck, daß sie weiß, wo sie suchen soll. Aber sie wird eine Sonderkommission einrichten. Dann kommen alle möglichen Fragen. Darauf sollten Sie sich besser schon mal vorbereiten, denn Sie waren nach dem Überfall auf Dorothea dort im Haus, und die haben Ihre Fingerabdrücke.«

»Allerdings.« Ich überlegte ein wenig und fragte: »Ist es gesetzwidrig, wenn man mit einem Messer attackiert wird und es nicht anzeigt?«

»Ich weiß nicht genau«, sagte Robbie, »aber ich weiß, daß es verboten ist, ein Messer wie das Fury in der Öffentlichkeit mit sich herumzutragen, und das hat O'Hara gestern abend, als Sie es mitgenommen haben, getan. Damit könnte er sich eine Geldstrafe und sechs Monate Knast einhandeln.«

»Machen Sie Witze?«

»Nein. Es gibt jetzt strenge Gesetze über das Tragen gefährlicher Waffen, und gefährlicher als Fury geht's kaum.«

»Vergessen Sie, daß Sie es je gesehen haben.«

»Kinderspiel.«

Wir hatten die Küche am Abend vorher sauber zurückgelassen: Die Schutzwesten, mein Hemd, mein Pullover und Robbies Ärzteabfall waren in einen Müllsack gewandert, den wir am Hals verknotet und mitgenommen hatten, um ihn unauffällig zu einem Haufen ähnlicher Säcke am Bedford Lodge zu stellen, wo täglich Berge von Müll und leeren Flaschen abgeholt wurden.

Robbie sagte abschließend noch einmal, er werde den Schwestern klarmachen, daß es in Ordnung sei, wenn ich Dorothea besuchte, und bat mich, ihn nachher noch mal anzurufen.

Ich versprach es ihm, sagte tschüs und wählte die Nummer von Professor Meredith Derry, der zu meiner Erleichterung an den Apparat geholt wurde und sich bereit erklärte, mir eine halbe

Stunde etwas über Messer zu erzählen, insbesondere, wenn ich dafür eine Beratungsgebühr zahlte.

»Selbstverständlich«, schlug ich ein. »Das Doppelte, wenn's heute abend geht.«

»Kommen Sie, wann Sie wollen«, meinte der Professor und nannte mir seine Anschrift und beschrieb den Weg dahin.

Dorotheas Kummer war so tief und herzzerreißend, wie ich befürchtet hatte. Die Tränen flossen, sobald sie mich sah, schwache, endlose stille Tränen, kein Aufheulen und Schluchzen vor Schmerz, sondern eine heftige Trauer um vergangene Zeiten ebensosehr wie um einen frischen Verlust.

Ich legte eine Weile den Arm um sie und hielt dann einfach ihre Hand, während ich bei ihr saß, bis sie schließlich nach einem auf dem Bett liegenden Papiertuch tastete und sich matt die Nase putzte.

»Thomas.«

»Ja, ich weiß. Es tut mir sehr leid.«

»Er wollte nur mein Bestes. Er war ein guter Sohn.«

»Ja«, sagte ich.

»Ich habe es ihm nicht genug gedankt...«

»Sie brauchen sich nicht schuldig zu fühlen.«

»Tu ich aber. Ich kann nichts dafür. Ich hätte mich gleich nach Valentines Tod von ihm mitnehmen lassen sollen.«

»Nein«, sagte ich. »Hören Sie auf damit, liebe Dorothea. Sie trifft überhaupt keine Schuld. Sie haben sich nichts vorzuwerfen.«

»Aber warum? Warum bringt jemand meinen Paul ums Leben?«

»Die Polizei wird es herausfinden.«

»Wenn ich nur daran *denke*.« Die Tränen kamen wieder und hinderten sie am Sprechen.

Ich ging aus dem Zimmer und bat die Schwestern, ihr ein Beruhigungsmittel zu geben. Sie hatte schon eins bekommen. Mehr nur auf ärztliche Anweisung, sagten sie.

»Dann holen Sie einen Arzt«, erwiderte ich gereizt. »Ihr Sohn ist ermordet worden. Sie hat Schuldgefühle.«

»Schuldgefühle? Wieso?«

Das war zu schwer zu erklären. »Bis morgen früh ist sie ernstlich krank, wenn Sie nichts unternehmen.«

Ich ging wieder zu Dorothea und dachte, ich hätte meinen Atem verschwendet, doch zehn Minuten später kam eine der Schwestern munter herein und gab ihr eine Spritze, von der sie fast augenblicklich einschlief.

»Jetzt zufrieden?« fragte mich die Schwester mit einem Anflug von Sarkasmus.

»Könnte nicht besser sein.«

Ich verließ das Krankenhaus und half meinem Fahrer, den Weg zu Professor Derry zu finden. Für Abendarbeit bekam der Fahrer den anderthalbfachen Lohn, und er sagte, es eile ihm überhaupt nicht, mich nach Hause zu bringen.

Professor Derry war im Ruhestand nicht auf Rosen gebettet. Er lebte im Erdgeschoß eines hohen Hauses, das horizontal in Wohnungen aufgeteilt war, und die seine bestand aus Arbeitszimmer, Schlafzimmer, Bad und einer mit einem Wandschirm abgeteilten Kochnische, alles klein und kompakt in braunem Holz, der Rückzugsort einer kargen Gelehrtenexistenz.

Er war weißhaarig, vom Alter gebeugt und gebrechlich, die Augen und der Verstand aber wach und klar. Er winkte mich in sein Arbeitszimmer, ließ mich in einem hölzernen Lehnstuhl Platz nehmen und fragte, was er für mich tun könne.

»Ich wollte eine Auskunft über Messer haben.«

»Ja, ja«, unterbrach er. »Das sagten Sie schon am Telefon.«

Ich schaute mich um, konnte aber in dem Raum kein Telefon entdecken. Draußen in der Diele hatte allerdings eins gestanden – ein Münztelefon, das er mit den Mietern vom ersten Stock teilte.

Ich sagte: »Können Sie mir etwas über ein Messer sagen, wenn ich Ihnen eine Zeichnung davon zeige?«

»Ich kann's versuchen.«

Ich zog die Zeichnung des Messers von der Heide aus meiner Jackentasche und gab sie ihm. Er faltete das Blatt auseinander, strich es glatt und legte es auf seinem Schreibtisch beiseite.

»Ich muß Ihnen mitteilen«, sagte er unter vielen kleinen, raschen Lippenbewegungen, »daß ich kürzlich schon einmal wegen eines solchen Messers konsultiert worden bin.«

»Sie sind ein anerkannter Fachmann, Sir.«

»Ja.« Er musterte mein Gesicht. »Wieso fragen Sie nicht, wer mich konsultiert hat? Sind Sie nicht neugierig? Ich mag keine Studenten, die nicht neugierig sind.«

»Es war die Polizei, nehme ich an.«

Die alte Stimme lachte gackernd, mit pfeifendem Atem. »Ich sehe, ich muß umdenken.«

»Nein, Sir. Ich selbst habe das Messer auf der Newmarketer Heide gefunden. Die Polizei hat es in Verwahrung genommen. Ich wußte nicht, daß sie sich damit an Sie gewandt hat. Die reine, unverfälschte Neugier hat mich hergeführt.«

»Was haben Sie studiert?«

»Ich war nicht auf der Universität.«

»Schade.«

»Danke, Sir.«

»Ich wollte mir einen Kaffee machen. Möchten Sie Kaffee?«

»Ja, gern. Vielen Dank.«

Er nickte eifrig und setzte in seiner Kochnische Wasser auf, gab Instantkaffee in zwei Tassen und fragte, ob ich Milch und Zucker wollte. Ich half ihm, denn das kleine häusliche Zwischenspiel war Zeichen seiner Bereitschaft, sich mitzuteilen.

»Die beiden jungen Polizisten, die hier waren, mochte ich nicht«, sagte er unerwartet. »Sie haben mich mit Opa angeredet. Herablassend.«

»Dumm von ihnen.«

»Ja. Die Schale wird alt, aber nicht der Verstand, der darin wohnt. Die Leute sehen die Schale und nennen mich Opa. Oder Alterchen. Was halten Sie von ›Alterchen‹?«

»Die würde ich umbringen.«

»Genau.« Er lachte wieder gackernd. Wir gingen mit dem Kaffee zu unseren Stühlen. »Das Messer, mit dem die Polizei hier war«, sagte er, »ist die moderne Replik eines Nahkampfmessers, mit dem die US-Soldaten in Frankreich im Ersten Weltkrieg ausgerüstet waren.«

»Wau«, sagte ich.

»Gebrauchen Sie doch diesen lächerlichen Ausdruck nicht.«

»Gut, Sir.«

»Die Polizisten wollten wissen, wieso ich es für eine Nachbildung und nicht für das Original hielt. Ich sagte ihnen, sie sollten ihre Augen öffnen. Das gefiel ihnen nicht.«

»Und, ehm... woher wußten Sie's?«

Er kicherte. »In den Stahl war ›Made in Taiwan‹ eingestanzt. Na los, sagen Sie's.«

Ich sagte: »Taiwan hieß im Ersten Weltkrieg noch nicht Taiwan.«

»Richtig. Es hieß Formosa. Und zu dem Zeitpunkt war es noch kein Industrieland.« Er setzte sich und kostete seinen pulversparend aufgegossenen Kaffee. »Die Polizei wollte wissen, wem das Messer gehörte. Woher sollte ich das wissen? Ich sagte, in England sei es verboten, ein solches Messer öffentlich zu tragen, und ich fragte, wo sie es gefunden hätten.«

»Was haben sie gesagt?«

»Nichts. Sie sagten, das ginge mich nichts an. Opa.«

Ich erzählte ihm im Detail, wie die Polizei zu ihrer Beute gekommen war, und er warf mir ein spöttisches »Wau« hin.

So langsam gewöhnte ich mich an ihn und an sein kramiges Zimmer, registrierte die wandhohen, randvollen, valentinemäßigen Bücherregale, den schwerbeladenen antiken Schreibtisch aus Nuß, die zu wenig Licht spendende Messinglampe mit dem grünen Metallschirm, die grünspanfarbenen Samtvorhänge, die an dicken braunen Ringen von einer Querstange herabfielen, den unpassend modernen Fernseher neben der abgenutzten alten Schreibmaschine, die blaß verwelkten Hortensien in der Cloisonnévase und die Messinguhr mit dem römischen Zifferblatt, die den Abend eines Lebens mit ihrem Ticken begleitete.

Reinlich und ordentlich, roch das Zimmer nach alten Büchern, altem Leder, altem Kaffee, altem Pfeifentabakrauch, altem Mann. Es war trotz des kühlen Abends nicht geheizt. Ein schmaler Elektroofen stand schwarz und kalt da. Der Professor trug einen Pullover, einen Schal, eine abgewetzte Tweedjacke mit Ellbogenflicken und Hausschuhe aus braun kariertem Wollstoff. Er hatte eine Zweistärkenbrille, und er war sorgfältig rasiert: Er mochte alt und knapp bei Kasse sein, aber er ließ sich nicht gehen.

Ein undeutliches, silbern gerahmtes Foto auf dem Schreibtisch zeigte ihn in jüngeren Jahren, wie er lächelnd neben einer ebenfalls lächelnden Dame stand.

»Meine Frau«, erklärte er, als er sah, wo ich hinschaute. »Sie ist gestorben.«

»Das tut mir leid.«

»So geht's nun mal«, sagte er. »Es ist lange her.«

Ich trank meinen fad schmeckenden Kaffee, und er brachte behutsam sein Honorar zur Sprache.

»Ich habe es nicht vergessen«, sagte ich, »aber ich wollte Sie noch nach einem anderen Messer fragen.«

»Was für einem?«

»Eigentlich sind es zwei.« Ich schwieg. »Das eine hat einen Griff aus poliertem streifigem Holz, das mir nach Rosenholz aussieht. Es hat einen schwarzen Handschutz und eine zweieinhalb Zentimeter breite, zweischneidige, schwarze Klinge, die knapp fünfzehn Zentimeter lang ist.«

»Eine schwarze Klinge?«

Ich bejahte es. »Die Waffe ist robust, zweckmäßig und gut geformt. Können Sie sie nach diesen Angaben schon bestimmen?«

Er stellte seine leere Tasse behutsam auf dem Schreibtisch ab und ließ sich auch meine geben.

Er sagte: »Das bekannteste Messer mit schwarzer Klinge ist das britische Kommandomesser. In dunklen Nächten gut geeignet, um Wachtposten zu töten.«

Beinah hätte ich wieder »wau« gesagt, nicht so sehr wegen des Inhalts seiner Antwort, sondern weil er einfach akzeptierte, daß Töten der Zweck solcher Waffen war.

»Sie werden normalerweise mit einer olivkhakifarbenen Stoffscheide geliefert, die einen Schlitz für ein Koppel hat und mittels Schnüren am Bein befestigt werden kann.«

»Dasjenige, das ich gesehen habe, hatte keine Scheide«, sagte ich.

»Schade. War es echt oder eine Kopie?«

»Ich weiß es nicht.«

»Wo haben Sie es gesehen?«

»Ich habe es in einer Schachtel verpackt geschenkt bekommen. Von wem, weiß ich nicht, aber ich weiß, wo es ist. Ich schaue mal nach ›Made in Taiwan‹.«

»Im Zweiten Weltkrieg wurden sie zu Tausenden hergestellt, aber jetzt sind das Sammelstücke. Und in Großbritannien darf man solche Messer seit dem Strafrechtsgesetz von 1988 weder kaufen noch verkaufen, per Inserat anpreisen oder auch nur verschenken. Eine Sammlung kann beschlagnahmt werden. Niemand, der eine Sammlung besitzt, zeigt sie heutzutage noch.«

»Wirklich?«

Er lächelte matt über mein Erstaunen. »Wo kommen Sie her, junger Mann?«

»Ich lebe in Kalifornien.«

»Ah. Das erklärt's. In den Vereinigten Staaten sind Messer aller Art erlaubt. Da drüben gibt es Clubs für Kenner, gibt es Monatsschriften, Fachgeschäfte, Ausstellungen, und man kann so gut wie jedes Messer im Versand bestellen. Hier ist es verboten, irgendein spitz zulaufendes Messer herzustellen oder zu importieren, dessen Klinge zweischneidig und länger als siebeneinhalb Zentimeter ist.« Er schwieg. »Ich würde annehmen, sowohl das Nahkampfmesser, das mir die Polizei gezeigt hat, wie auch Ihr mutmaßliches Kommandomesser sind illegal aus den Staaten hierher gelangt.«

Ich wartete ein paar Sekunden, überlegte und sagte dann: »Wenn Sie mir ein Stück Papier geben, würde ich Ihnen gern noch ein Messer aufzeichnen.«

Er gab mir einen Notizblock, und ich zeichnete das Fury auf und nannte es beim Namen.

Derry betrachtete die Skizze unheilvoll schweigend und sagte schließlich: »Wo haben Sie das gesehen?«

»In England.«

»Wem gehört es?«

»Keine Ahnung«, sagte ich. »Ich hatte gehofft, Sie wüßten das vielleicht.«

»Nein. Wie ich schon sagte, jeder, der hier bei uns so was besitzt, hält es geheim und unter Verschluß.«

Ich seufzte. Ich hatte große Hoffnungen auf Professor Derry gesetzt.

»Das Messer, das Sie gesehen haben«, sagte er, »nennt sich Armadillo. Fury ist der Markenname. Es wird aus rostfreiem Stahl in Japan hergestellt. Es ist teuer, schwer und unwahrscheinlich scharf und gefährlich.«

»Mhm.«

Nach einer Pause sagte ich: »Professor, was für Menschen haben Spaß daran, solche Messer zu besitzen, und sei es auch nur im geheimen? Oder vielleicht gerade im geheimen?«

»Fast jeder«, sagte er. »Dieses Messer ist in den USA ohne weiteres erhältlich. Es gibt Hunderttausende von Messerfreunden auf der Welt. Die Leute sammeln Schußwaffen, sie sammeln Messer, sie mögen das Gefühl der Macht...« Seine Stimme verklang auf der Schwelle zum persönlichen Bekenntnis, und er blickte auf die Zeichnung nieder, als wollte er nicht, daß ich seine Augen sah.

»Besitzen Sie«, fragte ich vorsichtig und ohne Nachdruck, »eine Sammlung? Vielleicht aus der Zeit, als das Sammeln noch erlaubt war?«

»Was soll ich darauf antworten?« sagte er.

Eine Pause.

»Das Armadillo«, sagte er, »wird mit einer Sicherheitsschneide aus schwerem schwarzem Leder mit Knopfverschluß geliefert. Mit der Scheide kann man es am Gürtel tragen.«

»Dasjenige, das ich gesehen habe, hatte keine Scheide.«

»Es ohne Scheide zu tragen ist nicht ungefährlich und schon gar nicht erlaubt.«

»Ich glaube nicht, daß Sicherheitsbedenken eine große Rolle gespielt haben.«

»Sie sprechen in Rätseln, junger Mann.«

»Sie auch, Professor. Wir reden mißtrauisch um den heißen Brei herum.«

»Ich kann nicht wissen, ob Sie nicht zur Polizei gehen.«

»Und ich«, sagte ich, »weiß es umgekehrt auch nicht.«

Neuerliche Pause.

»Ich will Ihnen was sagen, junger Mann«, sagte Derry. »Wenn der Eigentümer dieses Messers es irgendwie auf Sie abgesehen hat, sollten Sie auf der Hut sein.« Er wog seine Worte ab. »Normalerweise werden solche Messer weggeschlossen. Ich finde es beunruhigend, daß eines auf der Newmarketer Heide benutzt worden ist.«

»Könnte die Polizei den Besitzer ermitteln?«

»Äußerst unwahrscheinlich«, sagte er. »Sie wüßte gar nicht, wo sie anfangen sollte, und ich könnte ihr auch nicht helfen.«

»Und den Besitzer des Armadillo?«

Er schüttelte den Kopf. »Die dürften zu Tausenden produziert worden sein. Das Fury-Armadillo hat zwar eine Seriennummer, wenn ich nicht irre. Daran ließe sich ablesen, wann ein bestimmtes Messer hergestellt worden ist, und sie würde möglicherweise auch zu seinem ersten Besitzer führen. Aber danach kann es mehrmals verkauft, gestohlen oder verschenkt worden sein. Ich kann mir nicht vorstellen, daß jemand die Messer, die Sie gesehen haben, ans Licht gelassen hätte, wenn ihr Weg zu ihm zurückverfolgt werden könnte.«

Deprimierend, dachte ich.

Ich sagte: »Professor, bitte zeigen Sie mir Ihre Sammlung.«

»Auf keinen Fall.«

Stille.

Ich sagte: »Ich werde Ihnen sagen, wo ich das Armadillo gesehen habe.«

»Bitte sehr.«

Sein altes Gesicht war ruhig, abwartend. Er hatte nichts versprochen, aber ich brauchte mehr.

»Ein Bekannter von mir ist heute ermordet worden. Er wurde in einem Haus in Newmarket mit einem normalen Küchenmesser erstochen. Das Haus gehört seiner Mutter. Vorigen Samstag wurde sie im gleichen Haus mit einem Messer übel zugerichtet, aber die Waffe fand man nicht. Die Frau hat überlebt und erholt sich jetzt im Krankenhaus. Der Anschlag auf der Heide galt, wie ich Ihnen erzählt habe, wohl dem Hauptdarsteller unseres Films. Die Polizei ermittelt in allen drei Fällen.«

Er machte große Augen.

Ich sagte: »Auf den ersten Blick steht der Mord von heute in keiner Verbindung mit dem Anschlag auf der Heide. Ich bin mir nicht sicher, aber ich halte für möglich, daß es da doch eine Verbindung gibt.«

Er runzelte die Stirn. »Wie kommen Sie darauf?«

»So ein Gefühl. Zu viele Messer auf einmal. Und… hm… erinnern Sie sich an Valentine Clark? Er ist heute vor einer Woche an Krebs gestorben.«

Derrys Blick wurde noch gespannter. Als er nicht antwortete, sagte ich: »Valentines Schwester, Dorothea Pannier, war die Frau, die vorigen Samstag in dem Haus, das sie sich mit Valentine geteilt hatte, so übel zugerichtet wurde. Jemand hat das Haus durchstöbert. Heute war ihr Sohn Paul, Valentines Neffe, dort und wurde umgebracht. Da läuft wirklich ein gefährlicher Mensch frei herum, und je eher die Polizei ihn – oder sie – findet… desto besser.«

Unergründliche Gedanken beschäftigten den Professor minutenlang. Schließlich sagte er: »Ich begann mich für Messer zu interessieren, als ich noch ein Junge war. Irgend jemand schenkte mir ein Schweizer Offiziersmesser mit vielen Klingen. Das habe ich wie einen Schatz gehütet.« Er lächelte flüchtig, mit kleinen Lippenbewegungen. »Ich war einsam als Kind. Das Messer gab mir das Gefühl, besser mit der Welt fertig zu werden. Genau das ist es, glaube ich, auch, was die Menschen zum Sammeln anregt, besonders zum Sammeln von Waffen, die man benutzen könnte, wäre man… nun ja, mutiger, oder hätte weniger Skrupel. Sie sind eine Krücke, eine geheime Kraft.«

»Verstehe«, sagte ich, als er innehielt.

»Messer haben mich fasziniert«, fuhr Derry fort. »Sie waren meine Gefährten. Ich habe sie überallhin mitgenommen. Ich habe sie mir ans Bein geschnallt oder um den Arm, unterm Hemdsärmel. Ich habe sie am Gürtel getragen. Sie fühlten sich warm an und gaben mir Selbstvertrauen. Das war natürlich die Pubertät… aber als ich älter wurde, habe ich mehr, nicht weniger gesammelt. Und mir eine vernünftige Erklärung für meine Leidenschaft zurechtgelegt. Ich war ein mit ernsthafter Forschung befaßter Student – glaubte ich wenigstens. So habe ich noch viele Jahre hindurch mein Selbstvertrauen aufgebaut. Ich wurde zum anerkannten Experten. Wie Sie wissen, holt man sich Rat bei mir.«

»Ja.«

»Vor einigen Jahren ließ mein Bedürfnis nach Messern allmählich nach. Man könnte sagen, daß ich mit fünfundsechzig endlich erwachsen geworden bin. Trotzdem halte ich mich über Messer weiterhin auf dem laufenden, weil ich die Beratungsgebühren, so selten sie auch hereinkommen, gut gebrauchen kann.«

»Mhm.«

»Wie Sie erraten haben, besitze ich noch eine Sammlung, aber die sehe ich mir selten an. In meinem Testament habe ich sie einem Museum vermacht. Hätten die jungen Polizisten gewußt, daß es sie gibt, hätten sie sie konfiszieren können.«

»Das ist doch unmöglich!«

Mit dem nachsichtigen Lächeln eines Tutors, der einen dummen Studenten vor sich hat, zog er eine Lade seines Schreibtisches auf, kramte darin und brachte eine eng bedruckte Fotokopie zum Vorschein, die er mir gab.

Ich las die Überschrift: KRIMINALVERFÜGUNGSGESETZ VON 1953. ANGRIFFSWAFFEN.

»Nehmen Sie das zur späteren Lektüre mit«, sagte er. »Ich gebe es jedem, der sich nach Messern erkundigt. Und jetzt, junger Mann, erzählen Sie mal, wo Sie das Armadillo gesehen haben.«

Ich bezahlte meine Schuld. Ich sagte: »Jemand hat es in mich gestoßen. Ich habe es gesehen, nachdem es herausgezogen worden war.«

Er riß den Mund auf. Ich hatte ihn wirklich überrascht. Er faßte sich ein wenig und sagte: »War das ein Spiel?«

»Ich glaube, es sollte mein Tod sein. Das Messer hat eine Rippe getroffen, und ich lebe noch.«

»Großer Gott.« Er überlegte. »Dann hat die Polizei auch das Armadillo?«

»Nein«, sagte ich. »Ich habe triftige Gründe, nicht zur Polizei zu gehen. Ich vertraue Ihnen also, Professor.«

»Sagen Sie mir die Gründe.«

Ich erklärte die Sache mit den Häuptlingen und ihrer Angst vor Pechsträhnen. Ich sagte, ich wolle den Film zu Ende bringen und das könnte ich nicht, wenn die Polizei sich einmische.

»Sie sind auch so ein Besessener«, befand Derry.

»Sehr wahrscheinlich.«

Er wollte wissen, wo ich mit dem fraglichen Messer, ehm – Bekanntschaft geschlossen hatte, und ich sagte es ihm. Ich erzählte ihm von den Sicherheitswesten und von Robbie Gills Erster Hilfe; nur den Namen des Arztes verschwieg ich.

Als ich geendet hatte, wartete ich wieder eine ganze Weile auf seine Reaktion. Die alten Augen beobachteten mich ruhig.

Er stand auf. »Kommen Sie mit«, sagte er und führte mich durch eine braune Tür in einen hinteren Raum, der sich als sein Schlafzimmer erwies, eine wahre Mönchszelle mit blankem Holzfußboden und einem hohen, altmodischen Eisenbett mit einer weißen Tagesdecke. Es gab einen braunen Kleiderschrank aus Holz, eine schwere Kommode, und ein einzelner Stuhl stand vor den kahlen weißen Wänden. Das richtige Ambiente, dachte ich, für einen Erforscher des Mittelalters.

Er ging steif vor seinem Bett auf die Knie, als wollte er beten, griff statt dessen aber in Bodennähe unter den Überwurf und zog.

Ein großer Holzkasten auf Laufrollen, mit einem staubigen, durch ein Vorhängeschloß gesicherten Deckel, glitt langsam unter dem Bett hervor. Er maß ungefähr neunzig mal hundertzwanzig Zentimeter, war mindestens dreißig Zentimeter tief und sah unheimlich schwer aus.

Der Professor kramte einen Schlüsselring mit nur vier Schlüsseln hervor, zog das Vorhängeschloß ab, klappte den Deckel hoch und lehnte ihn gegen das Bett. Zuoberst im Kasten lag ein Stück grünes Baumwollflanell, und als er es wegnahm, wurden reihenweise schmale braune Pappschachteln sichtbar, jede mit einem sauberen weißen Etikett, auf dem in Maschinenschrift ihr Inhalt angegeben war. Er sah sie durch, murmelte, er habe sie seit Monaten schon nicht mehr angeschaut, und griff keineswegs auf gut Glück eine heraus.

»Das«, sagte er, die schmale Schachtel öffnend, »ist ein echtes Kommandomesser, keine Nachbildung.«

Des Professors Kommandomesser war in schützende Noppenfolie eingeschlagen, sah ausgepackt aber genauso aus wie dasjenige, das ich als Warnung erhalten hatte; nur war beim Original auch die Scheide dabei.

»Ich stelle meine Messer nicht mehr zur Schau«, sagte er überflüssigerweise. »Nach dem Tod meiner Frau, bevor ich hierherkam, habe ich sie alle weggepackt. Sie hat mein Interesse geteilt. Nicht von Anfang an, aber mit der Zeit. Sie fehlt mir.«

»Das glaube ich Ihnen.«

Er legte das Kommandomesser zurück und packte andere Schätze aus.

»Hier sind zwei Messer aus Persien mit gebogener Klinge, die Griffe und die Scheiden sind aus geprägtem Silber mit Lapislazulieinlagen. Die hier sind aus Japan… diese aus Amerika, mit geschnitzten Horngriffen in Form von Tierköpfen. Alles natürlich Handarbeit. Durchweg erlesene Stücke.«

Durchweg tödlich, dachte ich.

»Dieses schöne Messer ist aus Rußland, neunzehntes Jahrhundert«, sagte er an einem Punkt. »Geschlossen ähnelt es, wie Sie sehen, einem Fabergé-Ei, aber tatsächlich enthält es fünf Klingen.« Er klappte die Klingen heraus, so daß sie eine Rosette aus spitzen Blättern um den eiförmigen Griff bildeten, der aus blauem Email mit feinen Goldstreifen bestand.

»Ehm…«, sagte ich, »Ihre Sammlung muß doch wertvoll sein. Warum verkaufen Sie sie nicht?«

»Junger Mann, lesen Sie den Zettel, den ich Ihnen gegeben

habe. Es ist gesetzwidrig, solche Sachen zu verkaufen. Man darf sie nur an Museen weitergeben, nicht einmal an Privatpersonen, und auch nur an Museen, die sie ausstellen, ohne daran zu verdienen.«

»Erstaunlich.«

»Dem gesetzestreuen Bürger bindet es die Hände, aber Kriminelle kümmern sich nicht drum. Die Welt ist so mittelalterlich wie eh und je. Haben Sie das nicht gewußt?«

»Ich habe es geahnt.«

Er lachte gackernd. »Helfen Sie mir mal, das obere Brett aufs Bett zu heben. Ich zeige Ihnen ein paar Kuriositäten.«

Das obere Brett hatte eine Seilschlaufe auf beiden Schmalseiten. Ich faßte auf einer, er auf der anderen Seite an, und auf sein Kommando hoben wir es hoch. Das Brett war schwer. Nicht ganz das Richtige für mich.

»Was ist los?« wollte er wissen. »Hat Ihnen das weh getan?«

»Vom Armadillo noch«, sagte ich entschuldigend.

»Wollen Sie sich hinsetzen?«

»Nein, ich möchte Ihre Messer sehen.«

Er kniete sich wieder auf den Boden und öffnete weitere Schachteln, entfernte die Folie und legte mir jede Trophäe einzeln in die Hände, damit ich die »Ausgewogenheit« ihrer Proportionen fühlen konnte.

Seine »Kuriositäten« waren zum Teil besonders furchterregend. Es gab mehrere Dolche in der Art des amerikanischen Nahkampfmessers (des echten von 1918) und einen ganzen abschreckenden Satz entfernter Verwandter des Armadillo, Messer mit Griffen zum Durchfassen, halbmondförmigen Klingen und Sägezähnen, alles, was man braucht, um einen Gegner in Fetzen zu reißen.

Wenn ich ihm die Messer zurückgab, wickelte er sie gleich wieder ein und verstaute sie in ihrer Schachtel, nicht ohne alles im Vorübergehen abzuwischen.

Er zeigte mir ein schönes großes Kruzifix aus dunkelrotem Cloisonné mit einer goldenen Kette zum Umhängen, in dem sich ein Dolch verbarg. Er zeigte mir einen scheinbar ganz normalen Hosengürtel, dessen Schnalle sich mühelos abziehen ließ und sich als das Heft einer scharfen Dreiecksklinge entpuppte, die den Tod bringen konnte.

Professor Derry sprach eine ernste Warnung aus: »Thomas ...« (den »jungen Mann« hatten wir hinter uns gelassen) »Thomas, wenn ein Mann – oder eine Frau – wirklich messernärrisch ist, müssen Sie davon ausgehen, daß alles, was er oder sie am Leib trägt, eine Messerscheide sein kann. Es gibt Schlüsselringe, Geldclips, Kämme mit versteckten Klingen. Sogar unterm Jackenrevers kann ein Messer versteckt sein, dafür gibt es durchsichtige Spezialscheiden zum Annähen. Ein gefährlicher Fanatiker weidet sich an seiner geheimen Macht. Ist Ihnen das klar?«

»Wird es allmählich.«

Er nickte einige Male und fragte, ob ich ihm helfen könne, das obere Brett wieder einzusetzen.

»Würden Sie mir erst noch ein anderes Messer zeigen, bevor wir das tun, Professor?«

»Aber natürlich.« Er schaute abwesend auf das Heer von Schachteln. »An was dachten Sie denn?«

»Dürfte ich das Messer sehen, das Valentine Clark Ihnen mal geschenkt hat?«

Nach einer seiner verräterischen Schweigepausen sagte er: »Ich weiß nicht, wovon Sie reden.«

»Sie kannten doch Valentine Clark, oder?« fragte ich.

Er richtete sich auf, um vom Schlafzimmer in sein Arbeitszimmer zurückzukehren, und löschte im Hinausgehen das Licht: Strom war für ihn teuer, nahm ich an.

Ich folgte ihm, und wir nahmen unsere Plätze in den Lehnstühlen wieder ein. Er fragte, in welcher Beziehung ich zu Valentine gestanden hätte, und ich erzählte die Sache mit meiner

Kindheit und daß Valentine mir zuletzt seine Bücher vermacht hatte. »Ich habe ihm vorgelesen, als er nichts mehr sehen konnte. Ich war, kurz bevor er starb, noch bei ihm.«

Durch meine Ausführungen beruhigt, taute Derry auf. »Ich habe Valentine einmal recht gut gekannt. Wir lernten uns auf so einer lächerlichen Benefizveranstaltung kennen, wo man für einen guten Zweck herumsteht, Tee oder schlechten Wein aus kleinen Gläsern trinkt und sich wünscht, man wäre zu Hause. Ich konnte das nicht ausstehen. Meine liebe Frau hatte ein weiches Herz und fand immer wieder was, wo ich mit ihr hingehen sollte, und ich konnte es ihr nicht abschlagen... lange ist das her. Lange ist das her.«

Ich wartete das Ende seiner Anwandlung von Nostalgie und Einsamkeit ab, außerstande, ihn in seiner Wehmut zu trösten.

»Dreißig Jahre muß es her sein«, sagte er, »daß wir Valentine kennenlernten. Damals wurde Geld gesammelt, um den Transport lebender Pferde als Schlachtvieh für den Kontinent abzustellen. Valentine war einer der Redner. Er und ich waren uns einfach sympathisch... und dabei kamen wir aus so verschiedenen Ecken. Ich fing an, seine Kommentare in der Zeitung zu lesen, obwohl der Rennsport mich nicht weiter interessierte. Aber Valentine war so klug... und dabei immer noch als Hufschmied tätig: eine Brise frischer Luft für mich, der ich mehr die Enge des Universitätslebens gewohnt war. Meine Frau mochte ihn auch, und wir haben uns mit ihm und seiner Frau mehrmals getroffen, aber geredet haben immer Valentine und ich. Er kam aus seiner Welt und ich aus meiner, und vielleicht konnten wir deshalb miteinander über Dinge sprechen, die im Gespräch mit unseren Kollegen ausgespart blieben.«

Ich fragte ohne Nachdruck: »Was für Dinge?«

»Ach... Medizinisches manchmal. Übers Altern. Früher hätte ich Ihnen das nie erzählt, aber seit ich die Achtzig überschritten habe, bin ich fast meine sämtlichen Hemmungen los, mir geht nicht mehr alles so nah. Ich habe Valentine erzählt, daß ich Potenzprobleme hatte, obwohl ich noch keine sechzig war. Lachen Sie mich aus?«

»Nein, Sir«, sagte ich wahrheitsgemäß.

»Es war leicht, Valentine um Rat zu fragen. Man vertraute ihm.«

»Ja.«

»Wir waren Altersgenossen. Ich fragte ihn, ob er das Problem auch habe, aber er sagte mir, sein Problem sei das Gegenteil, junge Frauen erregten ihn und es falle ihm schwer, seine Triebe zu zügeln.«

»Valentine?« rief ich erstaunt aus.

»Die Leute verbergen Dinge«, sagte Derry einfach. »Meine Frau fand es halb so schlimm, daß ich nicht mehr problemlos mit ihr schlafen konnte, aber anderen Leuten hat sie im Scherz dauernd erzählt, wie sexy ich sei. Dieses gräßliche Wort. Sie wollte, daß man mich bewundert, sagte sie.« Er schüttelte den Kopf voll Zuneigung und Trauer. »Valentine hat mir einen Arzt empfohlen. Er selbst kannte allerlei Methoden, mit Impotenz fertig zu werden. Viele davon hatte er angeblich auf Gestüten kennengelernt! Er sagte, ich solle das locker nehmen und dürfe Impotenz nicht als etwas Peinliches oder Tragisches ansehen. Es sei ja kein Weltuntergang.« Er schwieg. »Dank Valentine habe ich gelernt, mich zu bescheiden.«

»Er hat sehr vielen Leuten Gutes getan.«

Der Professor nickte, noch in Erinnerungen schwelgend. »Einmal hat er mir etwas erzählt, was ich nie habe nachprüfen können. Er hat mir versichert, es sei wahr. Ich wollte das immer schon wissen… Wenn ich Sie etwas frage, Thomas, geben Sie mir dann eine ehrliche Antwort?«

»Natürlich.«

»Vielleicht sind Sie zu jung dafür?«

»Versuchen Sie's.«

»Im Vertrauen.«

»Ja.«

Nichts sei je vertraulich, hatte ich Moncrieff gesagt. Bekenntnisse doch wohl ausgenommen?

Der Professor sagte: »Valentine hat mir erzählt, daß eine Unterbrechung der Sauerstoffzufuhr zum Gehirn eine Erektion bewirken kann.«

Er wartete auf meine Stellungnahme, die etwas schwer in Gang kam. Ich sagte zögernd: »Ehm… davon habe ich gehört.«

»Dann sagen Sie was dazu.«

»Ich glaube, es handelt sich da um eine perverse Sexualpraktik, die unter den Begriff des Autoerotismus fällt. In diesem Fall partielle Selbsterstickung.«

Er sagte ungeduldig: »Das hat Valentine mir schon vor dreißig Jahren erzählt. Ich frage Sie, ob es funktioniert!«

»Aus erster Hand weiß ich das nicht.«

Er sagte mit einem Anflug von Bitterkeit: »Weil Sie noch nie darauf angewiesen waren?«

»Bis jetzt nicht, nein.«

»Hat Ihnen denn mal jemand… was darüber erzählt?«

»Nicht aus erster Hand.«

Er seufzte. »Ich konnte mich nie überwinden, das auszuprobieren. Auch so eine Sache, die ich nie erfahren werde.«

»Gibt es noch andere?«

»Seien Sie nicht albern, Thomas. Ich bin Mediävist. Ich kenne die Fakten, die schriftlich überliefert sind. Ich versuche mich in diese vergangene Welt einzufühlen. Ich kann sie nicht riechen, nicht hören, nicht erleben. Ich habe mein Leben lang aus zweiter Hand gelernt und gelehrt. Wenn ich jetzt einschliefe und anno 1400 aufwachte, würde ich weder die Sprache verstehen noch mir auch nur ein Essen zubereiten können. Sie kennen sicher den alten Spruch: Wenn Jesus heute noch mal auf die Erde käme, um eine zweite Bergpredigt zu halten, würde ihn kein Mensch verstehen, weil er Althebräisch mit dem Akzent eines Nazarener Zimmermanns spräche. Nun, ich habe mein Leben an eine unverstehbare Vergangenheit verschwendet.«

»Nein, Professor«, widersprach ich.

»Doch«, sagte er resigniert. »Nur kratzt mich das jetzt nicht mehr. Ich habe niemanden mehr zum Reden. Ich kann mich nicht mit öden Sozialarbeitern unterhalten, die meinen, sich um mich kümmern zu müssen, und ›Alterchen‹ zu mir sagen. Aber hier sitze ich und rede mit Ihnen, Thomas, dabei sollte so ein alter Narr wie ich es wirklich besser wissen.«

»Reden Sie nur«, sagte ich. »Reden Sie über Valentine.«

»In den letzten Jahren habe ich ihn kaum noch gesehen. Seine Frau starb. Meine auch. Man könnte denken, das hätte uns zusammengebracht, hat es aber nicht. Irgendwie waren es wohl die Frauen, die unsere Zusammenkünfte arrangiert haben. Valentine und ich haben uns praktisch auseinandergelebt.«

»Aber«, sagte ich, »wußte er in den ersten Jahren schon, daß Sie sich für Messer interessieren?«

»O ja, natürlich. Er war von meiner Sammlung begeistert. Er und seine Frau kamen immer zu uns, und die Frauen haben geplaudert, und ich habe Valentine die Messer gezeigt.«

»Er sagte mir, er habe Ihnen eins geschenkt.«

»Das hat er Ihnen gesagt …?«

»Ja.«

Der Professor runzelte die Stirn. »Ich weiß noch, wie er mir gesagt hat, ich dürfe nie jemandem erzählen, von wem ich das Messer habe. Ich sollte es nur aufbewahren, und eines Tages würde er es vielleicht zurückverlangen … aber er hat nie danach gefragt. Ich habe nicht mehr dran gedacht. Ich hatte es vergessen.« Er schwieg. »Weshalb möchten Sie es sehen?«

»Aus Neugier … und Zuneigung zu meinem alten Freund.«

Er stand auf und kehrte mit mir auf den Fersen zum Schlafzimmer zurück. Trübe ging das Licht an; eine Sparbirne.

»Leider«, sagte mein Gastgeber unsicher, »sind drei Lagen Messer in der Kiste, und um an das Messer heranzukommen, das Sie sehen möchten, müssen wir auch das zweite Brett rausnehmen. Meinen Sie, Sie können mir helfen? Nur daß wir's gerade auf den Boden stellen, es muß ja nicht aufs Bett.«

Ich versicherte ihm, daß das ginge, und mit der Linken ließ es sich dann auch etwas besser an. Die dritte Lage bestand, wie sich zeigte, nicht aus Messern in braunen Pappschachteln, sondern aus längeren Stücken, jedes nur in Noppenfolie eingewickelt und mit einem Etikett versehen.

»Das sind hauptsächlich Schwerter«, sagte Derry. »Und Stockdegen und Schirme mit eingebauten Degen. Vor ein- bis zweihundert Jahren dienten sie zum Schutz gegen Straßenräuber. Jetzt sind sie natürlich verboten. Heutzutage muß man sich ausrauben lassen.« Er kicherte leise. »Wer wird denn gleich dem armen Räuber weh tun?«

Er überflog die Etiketten, während er mit den Fingern an den Reihen entlangfuhr.

»Na also. ›Geschenk von V.C.‹« Er zog eine lange Plastikrolle heraus, riß einen Klebstreifen ab und rollte das Päckchen auseinander, um den Inhalt zu enthüllen.

»Bitte sehr«, sagte Professor Derry, »das ist Valentines Messer.«

Ich schaute es mir an. So ein Messer hatte ich noch nie gesehen. Es war mindestens vierzig, wenn nicht fünfundvierzig Zentimeter lang. Die zweischneidige, offensichtlich scharfe Klinge nahm knapp ein Drittel der Gesamtlänge ein und bildete ein langes, flaches Oval wie bei einer Lanze, mit spitz zulaufendem Blatt. Der lange Griff war schmal und über die ganze Länge zu einer engen Spirale gedreht, die oben in einem mehrfach durchbohrten, flachen runden Knauf endete.

»Das ist kein Messer«, sagte ich, »das ist ein Spieß.«

Derry lächelte. »Es ist zum Werfen gedacht.«

»Wofür denn?«

»Ich weiß es nicht. Valentine hat mich bloß gebeten, es in meine Sammlung aufzunehmen. Es ist aus gehämmertem Stahl. Einzigartig.«

»Aber wo hat er denn so etwas gekauft?«

»Gekauft?« Das gackernde Lachen erschallte. »Haben Sie Valentines Beruf vergessen? Er war Schmied. Er hat das nicht gekauft. Er hat's gemacht.«

14

Am frühen Freitagmorgen arbeitete ich von vier bis halb sieben im Vorführraum und schnitt Szenen in eine ungefähre Reihenfolge, ein Arbeitsgang, der mir von allem anderen abgesehen stets verriet, welche notwendigen Gesamtaufnahmen das Drehbuch nicht vorgegeben hatte. Außerdem konnte die eine oder andere 5-Sekunden-Aufnahme Dialogstellen ersetzen, die nicht gut gelaufen waren. Ich machte mir Notizen, spielte herum, summte zufrieden vor mich hin, begann klarer zu sehen.

Um halb sieben baute Moncrieff die Kameras im Stallhof auf, um sieben waren die (aus Huntingdon wieder eingetroffenen) Pferde zur Morgenarbeit auf der Heide, um halb acht begannen Maske und Garderobenabteilung ihr Tagewerk im Haus, und um halb neun fegte O'Haras Wagen hupend zum Tor herein.

Die Pfleger, die von der Heide zurück waren und ihre Schützlinge putzten und fütterten, gehorchten dem Ruf und kamen aus den halb offenen Boxen. Maske und Kostüm traten an. Die Kameracrews spitzten die Ohren. Schauspieler und Komparsen standen in Bereitschaft.

Zufrieden lieh O'Hara sich Eds Megaphon aus und verkündete, die Firma in Hollywood freue sich über den Gang der Dinge, und da er selbst nach Los Angeles abreisen werde, trage Thomas Lyon jetzt die alleinige Verantwortung für die Produktion.

Er gab Ed das Megaphon zurück, bedeutete allen, wieder an die Arbeit zu gehen, und warf mir einen herausfordernden Blick zu.

»Also?« sagte er.

»Mir wäre es lieber, Sie blieben.«

»Es ist Ihr Film«, wehrte er ab. »Unternehmen Sie aber bitte nichts ohne Ihren Fahrer und Ihren Leibwächter.« Er schaute sich um. »Wo sind die überhaupt?«

»Hier bin ich doch sicher«, sagte ich.

»Sie dürfen sich nirgends in Sicherheit wähnen, Thomas.« Er gab mir einen Schlüssel und erklärte, es sei der Schlüssel für seine Hotelsuite. »Benutzen Sie bei Bedarf ruhig meine Zimmer. Die beiden Messer liegen dort im Safe. Die Kombination ist vier-fünf, vier-fünf. Okay?«

»Ja... aber wo kann ich Sie erreichen?«

»Rufen Sie meine Sekretärin in L. A. an. Sie weiß das.«

»Fahren Sie nicht!«

Er lächelte. »Mein Flieger geht um zwölf. Bis bald, Partner.«

Er stieg entschlossen in seinen Wagen und ließ sich davonfahren, und ich kam mir vor wie ein junger General, dem man mitten im Schlachtgetümmel das Kommando übertragen hat, ängstlich, ohne Selbstvertrauen, gefühlsmäßig nackt.

Auf dem Plan standen an diesem Morgen einige der ersten Szenen des Films: das Eintreffen der Polizei zur Untersuchung des Todesfalls. Moncrieff machte sich daran, die Akteure in Uniform und in Zivil auszuleuchten, und erklärte genau, wo sie stehenbleiben und sich zur Kamera drehen sollten. Sie hielten sich dabei an die Pläne und Schaubilder, die wir am Abend vorher nach meiner Rückkehr aus Cambridge angelegt hatten.

Ich überließ Ed die Aufsicht und fuhr zum Bedford Lodge, um in Ruhe zu frühstücken, stieß aber in der Halle auf meinen Fahrer und den Schwarzgürtel, die besorgt auf und ab gingen und befürchteten, ihren Job zu verlieren.

»Beruhigen Sie sich«, sagte ich. »Ihr Tag fängt erst in einer Stunde an.«

»Mr. O'Hara sagte...«

»In einer Stunde«, wiederholte ich und dachte auf dem Weg

nach oben, wenn sie mich schon nicht vor dem Armadillo bewahrt hatten, könnte ich genausogut allein zurechtkommen.

Der Zimmerservice brachte mein Frühstück und einen Besucher, Robbie Gill.

»Eigentlich sollte ich Brustkörbe abhorchen und Hustentinktur verschreiben«, sagte er. »Meine Sprechstundenhilfe findet fast nur noch ungehaltene Patienten vor. Ziehen Sie sich aus.«

»Bitte was?«

»Pullover und Hemd aus«, wiederholte er. »Die Hose runter. Ich bin gekommen, um Ihr unnützes Leben zu retten.«

Geschäftig holte er Sachen aus seiner Tasche, schob mein Croissant und meinen Kaffee beiseite und aß meinen Schinken mit den Fingern.

»Sie haben hoffentlich keinen Hunger«, sagte er schmatzend.

»Wie ein Wolf.«

»Ach herrje. Machen Sie sich frei.«

»Ehm… wozu?«

»Erstens für einen neuen Verband, zweitens für eine stichsichere Weste. Ich habe mich bemüht, eine reguläre kugel- und messersichere Weste zu bekommen, aber da weder die Polizei noch die Armee ohne Papierkrieg damit herausrücken wollten, müssen wir uns anders behelfen.«

Ich zog Pullover und Hemd aus, und er entfernte den Verband, hob zwar die Augenbrauen über das freigelegte Bild, schien aber nicht unzufrieden.

»Es heilt. Tut es weh?«

»Die gebrochene Rippe.«

»Das war vorauszusehen«, meinte er und erneuerte den Verband. »Also«, sagte er, »was wissen Sie über Delta-Cast?«

»Nichts.«

»Das wird anstelle des alten Gipses bei Arm- und Beinbrüchen verwendet. Es ist genau gesagt ein Polymer, hart, aber porös, also juckt es nicht. Ein Messer geht da nicht durch.«

»Eine Kugel?«

»Das steht auf einem anderen Blatt.«

Er arbeitete eine halbe Stunde, und wir unterhielten uns dabei über Dorothea und Paul, ohne zu brauchbaren Schlüssen zu gelangen, aber ich erzählte ihm, daß ich jetzt dank Bill Robinson ein Heer von Kisten mit Valentines Büchern um mich hatte.

Als Robbie fertig war, steckte ich vom Kinn bis zur Taille in einer harten ärmellosen Schale, die ich in zwei Hälften an- und ausziehen und mit Klettbändern verschließen konnte.

Auf meinen Einwand, daß sie zu weit oben am Hals abschließe, sagte er lediglich: »Wollen Sie, daß man Ihnen die Kehle durchschneidet? Tragen Sie einen Rollkragenpullover. Ich habe Ihnen den dünnen weißen hier mitgebracht, falls Sie keinen dabeihaben.« Er gab ihn mir, als wäre es nicht der Rede wert.

»Danke, Robbie«, sagte ich, und er hörte auch, daß ich es ehrlich meinte.

Er nickte kurz. »Ich schaue jetzt besser nach der hustenden Mehrheit, sonst lynchen die mich noch.« Er packte zusammen. »Glauben Sie, Ihre Erhängte ist gelyncht worden?«

»Nein.«

»Haben Sie bei Professor Derry war rausgekriegt?«

»Das Messer, das mir die Rippe geknackt hat, nennt sich Armadillo. Das mit den Fingerringen, von der Heide, ist einer Waffe aus dem Ersten Weltkrieg nachgebildet. Die Polizei hatte den Professor schon danach gefragt.«

»Wau.«

»Der Professor ist Mitte Achtzig. Er hat mich gebeten, nicht ›wau‹ zu sagen.«

»Hört sich stark an.«

»Wir haben uns gut verstanden, aber wem das Armadillo gehört, weiß er auch nicht.«

»Passen Sie auf sich auf«, sagte er im Gehen. »Wenn Sie mich brauchen, melden Sie sich.«

Ich aß, was von meinem Frühstück übrig war, zog mich gemächlich an und gewöhnte mich nach und nach daran, wie die Schildkröte im Panzer zu leben.

Als ich fast wieder aufbruchbereit war, rief mich die Rezeption an, um mir zu sagen, daß eine junge Frau nach mir gefragt habe. Sie sei der Meinung, ich erwarte sie. Eine Miss Lucy Wells.

»Ach ja.« Ich hatte sie zwischenzeitlich vergessen. »Schicken Sie sie bitte hoch.«

Lucy erschien in Jeans, Pullover, Turnschuhen und mit Pferdeschwanz und kehrte die kühle, achtzehn Jahre junge Dame heraus, wenn ihr die Verlegenheit nicht gerade wieder einmal die Sprache raubte. Sie sah ausdruckslos auf die vielen Kisten und fragte, wo sie anfangen solle.

Ich gab ihr einen Laptop-Computer, einen Notizblock, einen Kuli und einen dicken schwarzen Filzstift.

»Geben Sie jeder Kiste eine Nummer«, sagte ich und schrieb mit dem Filzstift eine 1 auf den Mikrowellenherd-Karton. »Packen Sie sie aus. Listen Sie den Inhalt auf dem Block auf, geben Sie die Liste in den Computer ein, packen Sie die Bücher wieder zurück und legen Sie das Inhaltsverzeichnis dazu. Auf ein anderes Blatt schreiben Sie mir eine allgemeine Übersicht, zum Beispiel: ›Kiste 1, Bücher, Biographien von Besitzern und Trainern.‹ Okay?«

»Ja.«

»Schütteln Sie die Bücher für den Fall, daß lose Blätter eingelegt sind, und werfen Sie nichts weg, auch keine sinnlosen Papierschnipsel.«

»In Ordnung.« Sie sah verwirrt aus, aber ich erläuterte nichts.

»Bestellen Sie sich beim Zimmerservice was zu Mittag«, sagte ich. »Lassen Sie keine Papiere oder Bücher herumliegen, wenn die Bedienung kommt. Okay?«

»Ja, aber warum?«

»Tun Sie's einfach, Lucy. Hier ist der Schlüssel für die Suite.«

Ich gab ihn ihr. »Wenn Sie rausgehen, können Sie damit wieder aufschließen. Und wenn ich wiederkomme, bringe ich Nash Rourke auf einen Drink mit.«

Ihre blauen Augen wurden groß. Sie war nicht dumm. Sie blickte auf die Kartons und nahm das Geschäft, das ich ihr offeriert hatte, an.

Ich fuhr gestärkt zurück zur Arbeit, mit einer neuen Zuversicht, die weniger auf dem Fahrer und dem Leibwächter gründete als auf dem Delta-Cast. Wir verbrachten den ganzen Morgen auf dem Stallhof, wo Nash (de facto und laut Drehbuch) viel Nachsicht mit den Darstellern der Polizei bewies.

Die vom Skript verlangten anfänglichen Zweifel der Beamten kamen erst nach einer Ewigkeit rüber. »Die Polizisten sollen nicht blöd wirken«, plädierte ich, kam aber zu dem Schluß, daß ihre Darsteller schwer von Begriff waren. Auf die Besetzung der kleinen Rollen hatte ich keinen Einfluß gehabt; das Kunststück bestand darin, auch den dämlichsten Pudel dazu zu bringen, daß er durch die Reifen sprang.

Moncrieff schimpfte unentwegt. Nash konnte sich umdrehen und das Licht jedesmal richtig mit der Stirn einfangen, aber Nash, so erinnerte ich meinen wütenden Kameramann, war nicht umsonst ein Megastar.

In dem Kuddelmuddel half es wenig, daß die echte Polizei eintraf und wissen wollte, wieso meine frischen Fingerabdrücke überall in Dorotheas Haus zu finden waren. Wir hätten darüber lachen können, aber niemand war zu Scherzen aufgelegt. Es stellte sich heraus, daß ich ein Alibi hatte für die Zeit, um die Paul gestorben war (die Beamten konnten oder wollten mir nicht genau sagen, wann), jedenfalls verschlang die Unterbrechung meine Mittagspause.

Wieder an der Arbeit, kamen wir schließlich zu Cibbers (motorisierter) Ankunft auf dem Schauplatz und zu seinen Bemühungen, Nash im Bewußtsein der (fiktiven) Polizei suspekt erscheinen zu lassen. Cibber war ein guter Profi, neigte aber immer noch dazu, unangebrachte Partywitze zu erzählen und Zeit zu verschwenden. »Pardon, pardon«, meinte er nur ohne jede Reue, wenn er sich wieder mal versprach.

Ich übte mich grimmig in Geduld und ging zweimal hinaus auf die Heide, um trotz Rippenweh tief durchzuatmen, während Moncrieffs Leute Material für den achten Durchlauf einer eigentlich simplen Sequenz einlegten. Ich rief in Wrigley's Werkstatt an und fragte, ob Bill Robinson den Nachmittag frei bekommen könne, und ich sprach mit Bill Robinson selbst, dankte ihm für die zweite Ladung heil abgelieferter Bücher und bat ihn, zu Hause vor seiner Garage ein paar Motorradteile in der Zufahrt aufzubauen.

»Wir haben uns entschlossen, Ihre Szene im Dunkeln zu drehen«, sagte ich. »Hätten Sie heute abend Zeit für uns? Und bringen Sie Ihre große Maschine mit heim?«

Na klar! Natürlich! Aber immer! und *Mann!* sagte er.

Müde und ein wenig mutlos machte ich um halb sechs Feierabend und lud Nash auf eine Stärkung in meine Suite im Bedford Lodge ein.

»Gern«, meinte er ohne weiteres – und begrüßte Lucy so herzlich, daß sie weiche Knie und einen Knoten in die Zunge bekam.

»Kommen Sie gut voran?« fragte ich sie und erklärte Nash kurz, womit sie beschäftigt war. Sie entschuldigte sich, daß sie langsam sei und erst fünf Kartons geschafft habe. Sie habe gerade entdeckt, daß ein Karton Zeitungsausschnitte über Sonias Tod enthalte; ob das nicht erstaunlich sei. Karton Nummer 6, sagte sie. Sie habe noch keine Zeit gehabt, sie durchzusehen.

»Das macht nichts«, sagte ich. »Kommen Sie morgen wieder, ja? Fahren Sie abends nach Hause? Oder übernachten Sie bei Ridley?«

Sie schnitt ein Gesicht. »Bei dem doch nicht. Nein«, sie wurde sichtlich rot, »ich wohne hier im Hotel. Die hatten ein Zimmer frei, und Pa war einverstanden. Das geht doch hoffentlich in Ordnung?«

»Selbstverständlich«, sagte ich zurückhaltend, da ich wußte, daß jeder Überschwang sie ängstigen würde. »Was ist mit Sonntag – übermorgen?«

»Ich kann bleiben, bis alles erledigt ist«, sagte sie. »Papa findet das auch besser.«

»Guter Papa«, lächelte Nash.

»Das Ganze interessiert ihn schwer«, sagte Lucy und fügte nach einer Pause hinzu: »Es ist wirklich seltsam, Mr. Rourke, mir Sie als meinen Papa vorzustellen.«

Nash lächelte, und seine Augenlider kräuselten sich. Trotz seiner schwangeren Frau sah er keineswegs nach einem Papa aus, schon gar nicht nach Lucys.

Wir tranken etwas zusammen und trennten uns, wobei Nash gähnend sagte, der Sklaventreiber (T. Lyon) wolle ihn in ein paar Stunden schon wieder bei der Arbeit sehen. Lucy ging bei dieser Gelegenheit dann auch gleich. So gab sie mir zu verstehen, daß sie nur aus praktischen Gründen im Hotel wohnte.

Als sie fort war, sah ich mir ihr Gesamtverzeichnis der Bücherkisten an. Da sie auf den Etappen ihrer Reise gehörig durcheinandergebracht worden waren, und da Lucy systematisch vorgegangen war, enthielten die fünf Kartons, die sie katalogisiert hatte, aufs Geratewohl gemischte Bestände.

Kiste 1	Rennberichte, Flachrennen
Kiste 2	Biographien: Trainer, Besitzer und Jockeys
Kiste 3	Rennberichte, Hindernis
Kiste 4	Wöchentliche Kommentare, *Racing Gazette*
Kiste 5	Bücher, Jahrbücher, Rennsportgeschichte

Mit unbezähmbarer Neugier kniete ich mich auf den Boden, öffnete Kiste 3, die Hindernis-Rennberichte, und sah zu meiner

Freude, daß sie die Berichte zweier Jahre enthielt, in denen ich als Jockey aktiv gewesen war.

Die britischen Rennberichte, eine Woche für Woche ergänzte, in weiches Leder gebundene Loseblattsammlung, enthalten genaue Angaben über sämtliche Rennen einer Saison, führen jeden Starter mit Namen, Trainer, Jockey, getragenem Gewicht, Alter und Geschlecht auf und bieten eine kurze Schilderung des Rennverlaufs vom Start bis zum Ziel.

Über die Rennberichte ließ sich nicht streiten. Hieß es in den Rennberichten, daß Mr. T. Lyon (den das »Mr.« als Amateur auswies) weit abgeschlagen als Fünfter geendet hatte, nützte es Mr. T. Lyon gar nichts, wenn er sich zu erinnern meinte, er sei in einem knappen Finish um eine halbe Länge geschlagen worden. Mr. T. Lyon, las ich wehmütig, hatte ein 3-Meilen-Jagdrennen in Newbury mit zwei Längen gewonnen, das Pferd trug 66,2 kg. Der Boden war an dem Tag als »schwer« eingestuft worden, und die Eventualquote betrug 100 zu 6; Mr. T. Lyons Pferd hatte völlig unerwartet den hohen Favoriten besiegt (der, erfolgsgestraft, 10 Kilo mehr tragen mußte). Mr. T. Lyon, ich wußte es noch, war überglücklich. Das Publikum, das zum großen Teil seine Wetten verloren hatte, war weniger begeistert.

Ich lächelte. Hier war ich nun, zwölf Jahre später, eingegossen in Delta-Cast, und hoffte, nicht umgebracht zu werden. Wahrscheinlich würde ich niemals glücklicher sein als an jenem kalten, lang vergangenen Nachmittag.

Valentine hatte meinen Sieg mit einem roten Ausrufezeichen gekennzeichnet, das hieß, er selbst hatte meinem Pferd die speziellen Renneisen aufgeschlagen, vermutlich am Morgen des Wettkampfs.

Zum Rennen treten Pferde mit Aluminiumbeschlägen an, die viel leichter und dünner sind als die Stahlbeschläge, die sie im Stall und im Training brauchen. Der Hufbeschlagschmied wechselt die Eisen regelmäßig vor und nach dem Rennen aus.

Wie es der Zufall wollte, reichten die Rennberichte in Kiste 3 nur bis zu meinem siebzehnten Geburtstag zurück. Um an Mr. T. Lyons Debüt mit sechzehn heranzukommen, würde ich auf Lucy warten müssen.

Ich öffnete Kiste 1, die Flachrennberichte, und stellte fest, daß die Bände hier älter waren. Sie umfaßten die wenigen Jahre, die Jackson Wells in Newmarket trainiert hatte: Ein Band umfaßte das Jahr von Sonias Tod.

Fasziniert hielt ich nach Valentines roten Punkten (Starter) und roten Ausrufezeichen (Sieger) Ausschau und stieß immer wieder auf den Namen meines Großvaters als Trainer. Vor sechsundzwanzig Jahren, ich war gerade vier. Vor einer ganzen Generation. So viele von ihnen waren tot. So viele Pferde, so viele Rennen vorbei und vergessen.

Jackson Wells hatte nicht viele Starter gehabt und, soweit ich sehen konnte, herzlich wenig Sieger. Jackson Wells hatte auch keinen eigenen Jockey gehabt; nur erfolgreiche, gutgehende Ställe konnten es sich leisten, einen Spitzenmann vertraglich zu verpflichten. Mehrere Wells-Pferde waren von einem P. Falmouth geritten worden, mehrere andere von D. Carsington, und von beiden hatte ich nie gehört, aber das war nicht verwunderlich.

An dem Tag, als seine Frau starb, war Jackson Wells zu einem Meeting nach York gefahren, an dem ein Pferd aus seinem Stall teilnehmen sollte. Ich schaute den Wettkampftag selbst nach und sah, daß sein Pferd dann doch als Nichtstarter aufgeführt war. Trainer Wells war auf dem Rückweg nach Newmarket gewesen, und das Rennen hatte ohne ihn stattgefunden.

Ich blätterte weiter vor. Valentines Punkte für Jackson Wells waren dünn gesät und wurden weniger. Es kam nur noch ein Ausrufezeichen, ein kleines Rennen auf einer kleinen Bahn, gewonnen von dem kleinen Jockey D. Carsington.

»Ein Sieg ist ein Sieg«, hatte mein Großvater immer gesagt. »Kein Sieg ist zu verachten.«

Ich legte die Rennberichte wieder in die Kiste, holte pflichtschuldig meine Schutzengel in der Halle ab und fuhr zu Betty, um zu fragen, ob sie vielleicht Dorotheas Schlüssel habe. Sie schüttelte den Kopf. Die arme Dorothea; der arme Paul.

Bettys Mann trauerte nicht um Paul. Wenn ich anfangen wolle, bei Dorothea aufzuräumen, sagte er, könne er mir die Tür im Handumdrehen aufmachen. Bettys Mann war ein Allround-Heimwerker. Mit Geduld und Spucke, sagte er, könne man die meisten Schlösser überlisten, und so zogen er und ich dann auch bald von einem verwüsteten Zimmer zum nächsten und schafften Ordnung, so gut wir konnten. Die Polizei, sagte er, habe fotografiert und Fingerabdrücke gesammelt und sich empfohlen. Jetzt wartete das Haus, so wie es war und vollgestopft mit bösen Erinnerungen, auf Dorotheas Heimkehr.

Ich verbrachte die meiste Zeit in ihrem Schlafzimmer und suchte die von ihr erwähnte Schachtel mit den Fotos. Ich konnte sie nicht finden. Ich sagte Bettys Mann, wonach ich suchte – Dorotheas einzige Erinnerungsstücke an Paul, als er jung war –, aber wir hatten beide kein Glück.

»Die Ärmste«, meinte Bettys Mann, »ihr Sohn war ein Walroß, aber man durfte ja nichts gegen ihn sagen. Im Vertrauen, um den ist es nicht schade.«

»Nein… aber wer hat ihn umgebracht?«

»Klar, ich verstehe schon. Gibt einem ein ungutes Gefühl, daß da weiß ich wer mit einem Messer rumrennt, hm?«

»Mhm«, sagte ich.

Ich stand auf der dunklen Straße draußen vor Bill Robinsons Garage, während der Schwarzgürtel hinter mir die Leute im Auge behielt, die sich unvermeidlicherweise versammelt hatten. In der hell erleuchteten Garage stand Bill Robinson selbst in seiner gewohnten schwarzen, silberbeschlagenen Lederkluft und sah befangen aus. Die ungeheure Harley Davidson stand auf der

Seite. Teile einer zweiten, die Bill gerade neu zusammenbaute, lagen auf der Zufahrt verstreut. Moncrieff richtete Bogenlampen und Scheinwerfer aus, um dramatische Licht- und Schatteneffekte zu erzielen, und Nashs Double ging zur vorgesehenen Stelle und blickte auf die Garage. Moncrieff leuchtete ihn erst im Profil, dann im Halbprofil aus, die eine Gesichtshälfte hell, die andere im Dunkeln, so daß man nur den feuchten Schimmer eines Auges sah.

Nash kam, stellte sich neben mich und schaute zu.

»Sie bleiben stehen«, sagte ich. »Sie fragen sich, wie Sie aus der Klemme, in der Sie stecken, je wieder rauskommen sollen. Sie rüsten sich, okay?«

Er nickte. Er winkte zu der Szene hin. »Eindrucksvoll ist es ja«, sagte er, »aber wieso ein Motorrad?«

»Darum geht es in unserem Film.«

»Wie meinen Sie das? Er handelt doch nicht von Motorrädern, oder?«

»Phantasie«, sagte ich. »Von der Notwendigkeit der Phantasie handelt unser Film.«

»Die Traumliebhaber?« meinte er zweifelnd.

»Die Phantasie beschert, was das Leben entbehrt«, sagte ich beiläufig. »Der Junge da mit seinem Motorrad ist achtzehn, grundgütig, hat eine geregelte Arbeit, trägt seiner betagten Nachbarin die Einkäufe nach Hause, und in seiner Phantasiewelt ist er ein Höllenfürst mit dem röhrenden Motor zwischen seinen Schenkeln und der scharfen, metallbeschlagenen Kluft. Er spielt, was er im Grunde gar nicht sein möchte, aber die Vorstellung, es zu sein, erfüllt und befriedigt ihn.«

Nash stand bewegungslos. »Das hört sich an, als ob Sie es gut finden«, sagte er.

»Tu ich auch. Ein ausgeprägtes Phantasieleben bewahrt sicher unzählige Leute vor Langeweile und Depressionen. Es gibt ihnen das Gefühl, jemand Besonderes zu sein. Man erfindet sich selbst.

Sie kennen das sehr gut. Sie *sind* für die meisten Leute eine Phantasievorstellung.«

»Was ist mit Serienmördern? Sind das nicht auch Phantasten?«

»Wo ein Himmel ist, da ist auch eine Hölle.«

Moncrieff rief: »Fertig, Thomas«, und Nash ging wortlos zu der Stelle, von der aus er ins Bild kommen, anhalten, sich umdrehen und Bill Robinson in seiner Zuversicht stiftenden Traumwelt beobachten sollte.

Ed lief herum und erklärte den versammelten Nachbarn, daß sie still sein müßten. Er rief: »Kamera ab.« Die Kameras liefen. Ed rief: »Und bitte!« Nash ging los, blieb stehen, wandte den Kopf. Perfekt. Bill Robinson ließ aus Nervosität ein Stück Auspuffrohr fallen und sagte: »Tschuldigung.«

»Aus«, sagte Ed aufgebracht.

»Entschuldigen Sie sich nicht«, bat ich Bill Robinson und ging zu ihm in die Garage. «Es macht nichts, wenn Ihnen was runterfällt. Sie können auch ruhig fluchen. Das ist normal. Nur sagen Sie nicht ›Entschuldigung‹.«

Er grinste. Wir filmten die Szene noch einmal, und er steckte zwei glänzende Metallteile zusammen, als wären die fünfzig Leute, die ihm zusahen, gar nicht da.

»Und aus«, kommandierte Ed zufrieden, und die Nachbarn spendeten Beifall. Nash drückte Bill Robinson die Hand und gab Autogramme. Wir verkauften eine Menge zukünftiger Kinokarten, und niemand jagte mir ein Messer in den Rücken. Alles in allem kein schlechter Abend.

Zurück im Bedford Lodge, ließen Nash und ich uns das Essen wieder aufs Zimmer bringen.

»Erzählen Sie weiter«, sagte er, »vom Nutzen der Phantasie.«

»Also… ehm…«, ich zögerte und brach ab, da ich nicht wie ein Narr klingen wollte.

»Na los«, drängte er. »Man sagt doch – ich behaupte es sogar selbst –, daß Schauspielern keine geeignete Beschäftigung für ernsthafte Menschen sei. Sagen Sie mir also, warum es doch eine ist.«

»Das brauche ich Ihnen doch nicht zu sagen.«

»Dann erzählen Sie mir, warum Sie Träume herstellen.«

»Möchten Sie Wein?«

»Weichen Sie mir nicht aus, verdammt noch mal.«

»Nun ja«, sagte ich, verschwenderisch einschenkend, »ich wollte Jockey werden, aber ich wurde zu groß dafür. Jedenfalls mußte ich eines Tages wegen einer bei einem Sturz im Rennen verletzten Schulter zum Arzt, und die Ärztin fragte mich, was ich mit meinem Leben anfangen wollte. Ich sagte ›Rennen reiten‹, und sie setzte mir grimmig auseinander, daß das eine leichtfertige Verschwendung meiner Zeit auf Erden sei. Ich fragte sie, welchen Beruf sie mir denn empfehle, und sie sagte mir streng, das einzig wirklich nützliche und lohnende Betätigungsfeld sei die Medizin.«

»Quatsch!«

»Sie mokierte sich darüber, daß ich bloß Leute unterhalten wollte.«

Nash schüttelte den Kopf.

»Darum habe ich das wahrscheinlich rationalisiert. Ich bin immer noch Unterhalter und werde es wohl auch bleiben, und ich rede mir ein, daß ich mindestens soviel Gutes tue wie ein Beruhigungsmittel. Jeder kann sich von seiner Vorstellung leiten lassen. Man kann an imaginäre Orte reisen, ohne echten Schrekken, echten Schmerz dabei zu erleiden. Ich liefere die Kulisse. Ich öffne die Tür. Ich kann mitreißen... kann heilen... kann trösten... kann Verständnis wecken... und merken Sie sich um Gottes willen kein Wort von all dem. Ich habe mir das nur zu Ihrer Unterhaltung ausgedacht.«

Er trank nachdenklich seinen Wein.

»Und in dem Film, den wir drehen«, sagte ich, »machen die Traumliebhaber das Leben der verschmähten Frau erträglicher.

Durch sie kann sie am ehesten die Affäre ihres Mannes mit der eigenen Schwester verkraften. Sie sind ihre Zuflucht… und ihre Rache.«

Er lächelte schief. »Der Typ, den ich spiele, ist ein Scheißkerl, ja?«

»Menschlich«, sagte ich.

»Und meinen Sie, Sie können Howard für ihren Selbstmord erwärmen?«

Ich schüttelte den Kopf. »Sie hat sich bestimmt nicht umgebracht. Aber keine Sorge, Sie werden ihren Tod rächen und blütenrein aus dem Ganzen hervorgehen.«

»Hat Howard die Szenen dafür geschrieben?«

»Noch nicht.«

»Sie sind ein Schlitzohr, Thomas, wissen Sie das?«

Wir aßen friedlich zu Ende und machten zusammen mit Moncrieff die Auflösungen für die Szenen vom nächsten Tag, die in dem mittlerweile glücklich nachgebauten Athenäum-Speisesaal gedreht werden sollten.

Nach dieser Besprechung riß ich mir erleichtert die beengende Messerabwehr herunter, wusch mich, ohne den Verband zu durchnässen, und entschloß mich, schon in Pyjamashorts, schnell einmal die Zeitungsausschnitte zu Sonias Tod durchzusehen, bevor ich ins Bett kroch: Und zwei Stunden später saß ich, in einen Bademantel gehüllt, immer noch im Sessel, las abwechselnd belustigt und entgeistert und begann zu verstehen, warum Paul unbedingt Valentines Bücher hatte abschleppen wollen, und vielleicht auch, warum Valentine nicht wollte, daß er sie bekam. Indem er sie mir, einem vergleichsweise Fremden, überließ, hatte der alte Mann das in ihnen enthaltene Wissen schützen wollen. Als jemand, der mit den Zeitungsausschnitten nichts anfangen konnte, hätte ich sie ja vielleicht einfach weggeworfen, wie er es selbst hätte tun sollen; aber das hatte er so lange hinausgeschoben, bis die fortschreitende Krankheit es ihm unmöglich machte.

Paul hatte Valentines Bücher und Papiere an sich bringen wollen, und Paul war tot. Ich sah auf den Delta-Cast-Panzer, der stumm und leer auf dem Tisch stand, und verspürte den starken Drang, ihn wieder anzulegen, auch wenn es zwei Uhr früh war.

Als er mir Sonia beschrieb, hatte Valentine sie eine graue Maus genannt, aber so konnte er sie nicht gesehen haben, als er noch lebte. Die Mappe mit den Zeitungsausschnitten über sie enthielt zwei großformatige Aufnahmen von einer ausgesprochen hübschen jungen Frau, die wenig Sorgen und, wie mir schien, viel sexuelle Erfahrung hatte.

Die eine Aufnahme war ein 20 × 25 cm großer schwarzweißer Glanzabzug des Farbfotos von »Sonia und Pig«, das Lucy mir geliehen hatte. Auf Valentines Abzug fehlte der junge Mann. Sonia lächelte allein.

Das zweite Foto zeigte Sonia im Hochzeitskleid, wieder allein und wieder mit nichts Jungfräulichem um die Augen. Ausgerechnet meine Mutter hatte mir den Unterschied mal erklärt: Habe eine Frau einmal mit einem Mann geschlafen, bekomme sie unter den Augen kleine Hautfältchen, die hervorträten, wenn sie lächle. Sonia lächelte auf beiden Fotos, und die Fältchen waren nicht zu übersehen.

Valentine hatte gesagt, im Buch werde Sonia, ›das arme Luder‹, soweit er gehört habe, halb als Hure dargestellt, und mit dieser Bemerkung hatte er mich irreführen wollen. Die Mappe enthielt Nachrichten über ihren Tod aus zig Zeitungen, und in den abfälligsten dieser Berichte, in denjenigen, die ganz offen über die eheliche Treue von Mrs. Wells spekulierten, hatte jemand – aber wer, wenn nicht Valentine selbst? – mit einem roten Kuli kreuz und quer herumgestrichen und Nein! Nein! dazugeschrieben, als schmerzte ihn das Gerede.

Ich nahm alles aus der Mappe heraus und sah, daß sie neben

den Fotos und dem Stoß Zeitungsausschnitte zwei brüchige getrocknete Rosen enthielt, einen kurzen Brief über einen Hufbeschlag, der mit den Worten »Liebster Valentine« anfing, und ein hauchdünnes cremefarbenes Spitzenhöschen.

Valentine habe zugegeben, daß junge Frauen ihn allzuleicht erregten, hatte Professor Derry gesagt. Nach Valentines eigener Andenkensammlung war Sonia Wells eine dieser jungen Frauen gewesen.

Armer alter Kerl, dachte ich. Er war fast sechzig gewesen, als sie starb. Ich war jung genug, um anzunehmen, mit sechzig sei man über akute sexuelle Obsessionen hinaus: Valentine belehrte mich noch von jenseits des Grabes.

Die emotionsgeladene dicke Sonia-Akte machte mich lange Zeit blind für die dünne Mappe, die darunter, auf dem Boden des Kartons, lag – aber diese Mappe erwies sich, als ich ihren Inhalt sorgfältig durchlas, als reiner Sprengstoff auf der Suche nach einem Zünder.

Auf der Suche nach mir selbst.

Ich schlief fünf Stunden, legte den Panzer an, fuhr wieder zur Arbeit. Samstag morgen. Auf meinem inneren Kalender hakte ich ihn als Tag 19 der Produktion ab, fast am Ende des ersten Drittels der mir zugestandenen Zeit.

Es regnete den ganzen Tag, aber das spielte keine Rolle, da wir die Szene im Speisesaal des Athenäum drehten, in der Cibbers Verdacht, daß seine Frau fremdging, zur unausweichlichen Gewißheit wurde. Cibber und Silva sagten pausenlos »Ja, bitte« und »Nein, danke« zu Kellnerinnen, kauten endlos auf Essen herum – und spuckten es (in Silvas Fall) aus, sobald ich »Aus« sagte; tranken zahllose Schlucke weinfarbenen Wassers, winkten (in Cibbers Fall) namenlosen Bekannten im Saal zu; führten ein durch und durch gehässiges Gespräch mit starr lächelnden Lippen und lebhaftem Bewußtsein ihrer sozialen Stellung. Ein

Jockey-Club-Mitglied wie Cibber ohrfeigte nicht öffentlich im konservativsten Speisesaal Londons seine Frau.

Howard, dachte ich, als ich zuhörte und zusah, hatte sich im Verständnis und in der Wiedergabe der Klassenzwänge und des potentiell gefährlichen Egos eines zurückgewiesenen Mannes selbst übertroffen.

Silva verhöhnte Cibber mit den Augen, ihrem honigsüßen Mund. Sie sagte ihm, sie könne seine Hände auf ihren Brüsten nicht ertragen. Ins Mark getroffen, blickte Cibber sich um, ob die Bedienung auch nichts gehört hatte. Beide Darsteller boten filmisch beste Qualität für ihr Geld.

In der Mittagspause, vor den Nahaufnahmen am Nachmittag, kehrte ich zum Ausspannen ins Bedford Lodge zurück und fand Nash ausgestreckt auf einem Sessel in meiner Suite, im Gespräch mit einer ebenso entspannten Lucy. Sie hatte an diesem Morgen dann auch erst anderthalb Kartons katalogisiert.

»Oh, hallo«, begrüßte sie mich im Knien, »was soll ich denn mit der riesigen alten Enzyklopädie in den drei Kartons hier machen?«

»Wie alt?«

Sie zog einen der dicken Bände hervor uns sah nach. »Vierzig Jahre!« Ihr Tonfall ließ vierzig Jahre unvorstellbar klingen. Nash zuckte unwillkürlich zusammen.

»Kleben Sie ein Schild drauf und fertig«, sagte ich.

»Gut. Ach ja… ich sollte doch auf Fotoalben achten, und das war bis jetzt Fehlanzeige, aber ich habe einen Haufen Bilder in einer alten Pralinenschachtel gefunden. Was soll ich damit machen?«

»In einer Pralinenschachtel…?«

»Ja. So mit Blumen auf dem Deckel. Ziemlich alt.«

»Ehm… wo ist die Schachtel?«

Sie öffnete einen Karton, der einmal ein Faxgerät enthalten hatte, und holte mehrere Karteikästen mit alten Rennprogrammen und Zeitungsausschnitten über Sieger, die Valentine regelmäßig beschlagen hatte, daraus hervor. »Hier ist die Pralinenschachtel«, sagte Lucy und reichte mir eine verblaßte und verbeulte goldfarbene Pappschachtel mit dahlienähnlichen Blumen auf dem Deckel. »Die Fotos habe ich nicht aufgelistet. Soll ich?«

»Nein«, sagte ich zerstreut, nahm den Deckel ab und sah lauter kleine Fotos vor mir, viele mit längst verblaßten Farben und eingerollten Ecken. Bilder von Valentine und seiner Frau, Bilder von Dorothea und ihrem Mann, ein Foto von Meredith Derry und seiner Frau und mehrere von Dorothea mit ihrem Kind: mit ihrem hübschen kleinen Paul. Bilder vom guten Leben, das die Zeit noch nicht verdorben hatte.

»Sollen wir uns was zu Mittag bestellen?« sagte ich.

Nash gab die Bestellung durch. »Was möchten Sie trinken, Thomas?«

»Lethe«, sagte ich.

»Erst wenn Sie den Film fertighaben.«

»Was ist denn Lethe?« fragte Lucy.

Nash sagte: »Der Fluß in der Unterwelt, der alle, die von seinem Wasser trinken, einschlafen und ihr Leben vergessen läßt.«

»Oh.«

»Endgültig«, setzte Nash hinzu. »Aber so hat Thomas das nicht gemeint.«

Lucy schrieb eifrig mit dem Filzstift, um zu verbergen, daß sie nicht ganz mitkam.

Auf dem Boden der Pralinenschachtel stieß ich auf einen größeren Abzug in Farbe, auch er nicht gestochen scharf, aber besser erhalten als die anderen. Das Foto zeigte eine Gruppe von jungen Leuten, alle um die Zwanzig. Auf der Rückseite standen nur zwei Wörter – »Die Gang«.

Die Gang.

Die Gang bestand aus fünf jungen Männern und einem Mädchen.

Ich starrte so lange auf das Bild, daß es den anderen auffiel.

»Was ist?« fragte Nash. »Was haben Sie entdeckt?«

Ich gab das Foto Lucy, die einen Blick darauf warf, stutzte und mit Spätzündung rief: »Aber das ist doch Papa! Wie jung er aussieht.« Sie drehte das Foto um. »Die Gang«, las sie laut. »Das ist doch seine Handschrift, oder?«

»Das müßten Sie besser wissen als ich.«

»Ich bin mir ganz sicher.«

»Und wer sind die Leute bei ihm? Wer ist die Gang?« fragte ich.

Sie betrachtete die Aufnahme. »Ist das nicht Sonia? Bestimmt.«

Nash nahm Lucy das Foto aus der Hand, schaute es selbst an und nickte. »Das ist eindeutig Ihr Vater, und das Mädchen sieht aus wie auf dem Foto, das Sie uns geliehen haben ... und der Junge neben ihr, der war auf dem Foto auch drauf ... das ist mit Sicherheit ›Pig‹.«

»Wahrscheinlich«, meinte Lucy zweifelnd. »Und der an der Seite sieht aus wie ...« Sie schwieg unsicher, aber auch beunruhigt.

»Wie wer?« fragte ich.

»So ist er jetzt nicht mehr. Er ist, na ja, aufgedunsen. Das ist mein Onkel Ridley. Da sieht er lieb aus. Schrecklich, was die Zeit den Leuten antut.«

»Ja.« Nash und ich sagten es wie aus einem Mund. In Hollywood lebte eine Unzahl kaum noch wiederzuerkennender alter Schauspieler und Schauspielerinnen in arg verbrauchten Hüllen, an denen nichts mehr frisch war außer der Erinnerung an den Ruhm, und die von ihren ewig jungen Spiegelbildern per Videoband oder TV-Spielfilm erbarmungslos verspottet wurden.

»Wer sind die anderen?« fragte ich.

»Die kenne ich nicht«, sagte Lucy und gab mir das Foto zurück.

Ich sagte: »Sie sehen wie Leute Ihres Alters aus.«

»Ja, stimmt.« Sie fand daran nichts Besonderes. »Soll ich die Kiste wieder einpacken?«

»Ja, bitte. Aber lassen Sie die Pralinenschachtel draußen.«

»Okay.«

Der Lunch kam, und wir aßen. Ziggy rief aus Norwegen im Hotel an.

»Ich kann O'Hara nicht erreichen«, beklagte er sich.

»Er ist zurück nach L. A.«, sagte ich. »Was machen die Pferde?«

»Sie arbeiten fleißig.«

»Gut. Die Produktionsabteilung hat einen leerstehenden Stall für sie aufgetan, nur zehn Meilen von unserem Strand entfernt.« Ich kramte ein Stück Papier aus der Tasche und buchstabierte ihm geduldig die Adresse. »Rufen Sie mich nach der Ankunft in Immingham am Montag an, wenn sich Probleme ergeben.«

»Ja, Thomas.«

»Vielen Dank, Ziggy.«

Er lachte erfreut und legte auf.

Ich ließ Nash und Lucy allein Kaffee trinken, nahm das »Gang«-Foto und die dünne Mappe, die ich am Abend vorher studiert hatte, ging über den Gang zu O'Haras Suite, schloß auf und verstaute Valentines Erinnerungsstücke dort im Safe, neben den Messern. Alle Zimmer im Hotel waren mit einem kleinen Privattresor ausgestattet, den die Gäste auf eine Kombination ihrer Wahl einstellen konnten. Ich mochte mir das verstärkte Sicherheitsbedürfnis kaum eingestehen, das mich veranlaßte, O'Haras Safe statt des meinen zu benutzen, aber jedenfalls schien es mir besser so.

Noch in O'Haras Suite, schlug ich die Nummer von Ridley Wells im Telefonbuch nach und wählte sie, aber niemand meldete sich.

Als ich in meine Suite zurückkam, war Nash gerade im Aufbruch und erklärte, er wolle sich am Nachmittag die Rennsportübertragungen im Fernsehen anschauen und bei einem Buchmacher, den ich ihm vermittelt hatte, per Telefon wetten.

»Bleibt es bei heute abend?« fragte er, schon an der Tür.

»Klar, wenn wie vorhergesagt der Regen aufhört.«

»Aber wie soll ich denn im Stockfinsteren ein Pferd reiten?«

»Der Mond scheint. Moncrieff macht das schon.«

»Wie ist es mit Kaninchenlöchern?«

»Auf dem Trainingsgelände von Newmarket gibt es keine Kaninchenlöcher«, versicherte ich ihm.

»Und wenn ich runterfalle?«

»Dann heben wir Sie auf und setzen Sie wieder in den Sattel.«

»Manchmal hasse ich Sie, Thomas.« Er grinste und ging seines Wegs. Während Lucy noch mit Jahrzehnten von Rennberichten rang, las ich meine Aufpasser in der Halle auf und ließ mich die knappe Meile zu den Ställen kutschieren.

Auf dem Weg zum »Athenäum« schaute ich kurz in das hauptsächlich von Ed benutzte Büro im Erdgeschoß, wo wir die Telefone, Faxgeräte und einen Großkopierer stehen hatten, und bat die junge Frau, die dort alles in Gang hielt, sie solle regelmäßig die Nummer von Ridley Wells für mich wählen und ihn, sobald er sich meldete, zu mir nach oben durchstellen.

»Aber das haben Sie mir doch ausdrücklich verboten, damit es nicht während der Aufnahmen klingelt.«

»Aufnehmen können wir neu«, sagte ich. »Ich will den Mann erwischen. Okay?«

Sie nickte beruhigt, und ich ging nach oben, um Cibber und Silva wieder ihre giftigsten Gesichter zu entlocken.

Ridley Wells meldete sich um halb vier am Telefon, und er hörte sich betrunken an.

Ich sagte: »Erinnern Sie sich, daß Sie unseren Produzenten O'Hara gefragt haben, ob wir in unserem Film für Sie noch was zu reiten hätten?«

»Er hat nein gesagt.«

»Stimmt. Aber jetzt hätten wir was. Sind Sie noch interessiert?« Ich nannte ein Honorar für einen halben Tag Arbeit, mit dem man auch einen größeren Fisch als Ridley geködert hätte, und er fragte noch nicht einmal nach Einzelheiten.

Ich sagte: »Wir lassen Sie morgen früh um sieben mit dem Wagen abholen. Der bringt Sie zu dem Stall, wo unsere Pferde stehen. Sie brauchen nichts mitzubringen. Wir kleiden Sie in unserer Garderobenabteilung ein. Wir stellen auch das Pferd, das Sie reiten. Sie sollen nichts Ungewöhnliches oder Gefährliches mit dem Pferd abziehen. Uns fehlt nur ein Reiter für eine Szene, die wir morgen drehen.«

»Alles klar«, tönte er.

»Denken Sie dran«, beharrte ich.

»Jawohl, Herr Generaldirektor.«

»Nein«, sagte ich. »Lassen Sie den Generaldirektor. Wenn Sie morgen früh nicht nüchtern sind, gibt es keine Arbeit und kein Honorar.«

Nach einer Pause sagte er noch einmal: »Alles klar«, und ich hoffte, er meinte es auch so.

Als wir die Nahaufnahmen fertig hatten und die Tagesarbeit zum Kopieren unterwegs nach London war, ließ ich die Muster vom Vortag im Projektionsraum laufen und freute mich für Bill Robinson, daß er und seine Monstermaschine regelrecht pulsierten vor blitzender Kraft und die von Nash dargestellte Figur genau mit der Entschlossenheit erfüllten, die sie brauchte, um zu handeln.

Mut durch Phantasie, dachte ich. Der Film sollte diesen alten Gedanken veranschaulichen, ohne ihn jemandem aufzudrängen. Die Leute sollten sehen, daß sie es schon immer gewußt hatten. Die offene Tür. Türen öffnen – das war meine Funktion.

Wunderbarerweise hörte es mehr oder minder um die vorhergesagte Zeit zu regnen auf, und Moncrieff überwachte im Stallhof das Verladen der Kameras, Filme, Lampen und Leute auf Lkws für die »Mondschein«-Aufnahmen von Nash auf der Heide.

Nash erschien auf die Minute pünktlich – wie üblich – und kam eine halbe Stunde später in Reitkleidung und Nachtmaske aus dem Haus, schwang die Reitkappe und verlangte ein absolut ruhiggestelltes Tier.

»Könnten Ihre Fans Sie doch nur hören«, bemerkte ich trocken.

»Gehen Sie erst mal mit 6 G im Tiefflug in die Kurve, Thomas«, meinte er lächelnd.

Ich schüttelte den Kopf. Nash konnte Düsenmaschinen fliegen, wenn es ihm nicht gerade durch einen Filmvertrag untersagt war, und das konnte ich nicht. Daß Nash, bevor er zum Megastar wurde, unter anderem Kampfflieger der Luftwaffe gewesen war, trug zu seinem geheimnisvollen Nimbus bei.

»Die Szene kommt ein paar Abende vor den Motorrädern«, sagte ich. »Sie sind beschuldigt worden. Sie sind besorgt. Okay?«

Er nickte. Die Abends-zu-Pferd-Szene hatte von Anfang an im Drehbuch gestanden, und er war darauf vorbereitet.

Wir fuhren im Kamerawagen langsam auf der Straße bergan, neben uns Nash im Sattel (das Pferd im schwachen »Mondlicht«), besorgt und nachdenklich. Dann filmten wir ihn auf dem Boden sitzend, mit dem Rücken an einen windschiefen Baum gelehnt, während das Pferd in der Nähe graste. Wir waren mehr oder minder fertig, als sich die dicken Wolken unverhofft teilten und in dramatischem Flug über den echten Vollmond hinsegelten, und Moncrieff richtete die Kamera mehr als sechzig Sekunden himmelwärts und strahlte mich triumphierend durch seinen Zottelbart an.

Der lange Tag ging zu Ende. Als ich wieder ins Bedford Lodge kam, fand ich drei weitere Kisten katalogisiert vor, dazu eine Notiz von Lucy, ich hätte hoffentlich nichts dagegen, daß ihre Eltern sie doch über Sonntag zu Hause haben wollten. Bin Montag zurück, schrieb sie.

Kiste 8 Rennberichte, Flachrennen
Kiste 9 Hufeisen
Kiste 10 Enzyklopädie, A–F

Die Hufeisen waren tatsächlich Hufeisen, jedes für sich in einer Plastiktüte mit dem Namen des Pferdes, das es getragen hatte, bei welchem Sieg, auf welcher Bahn, an welchem Tag. Valentine war ein echter Sammler gewesen, und er hatte seine Erfolge gut verwahrt.

Ich zog ohne bestimmte Absicht den ersten Band der Enzyklopädie heraus und schlug ihn da auf, wo ein Streifen Papier als Lesezeichen eingelegt war. *Autodafé:* Ketzerverbrennung, Bücherverbrennung. Historische Beispiele folgten.

Ich klappte das Buch zu, legte den Kopf gegen die Rückenlehne meines Sessels, fand, daß es an der Zeit sei, den Delta-Cast abzulegen, und döste halb ein.

Der Gedanke, der mich schlagartig wieder hellwach werden ließ, schien aus dem Nichts zu kommen, rührte aber von einem unbewußt aus dem Augenwinkel wahrgenommenen Wort.

Autodafé...

Weiter unten auf der Seite stand *Autoerotik.*

Ich nahm den Band aus der Kiste und las den langen Eintrag. Dabei erfuhr ich mehr als genug über verschiedene Formen der Masturbation, fand aber eigentlich nichts von Bedeutung. Irgendwie enttäuscht, wollte ich das Lesezeichen wieder zurücklegen, warf aber einen Blick darauf und behielt es in der Hand. Auf Valentines Lesezeichen stand das Wort »Paraphilie«.

Ich wußte nicht, was Paraphilie war, schaute aber mehrere ungeöffnete Kisten durch, bis ich Band P der Enzyklopädie gefunden hatte, und ging Valentines Hinweis nach.

Auch im Band P lag ein Lesezeichen, diesmal zwischen den Seiten mit dem Stichwort *Paraphilie.*

Paraphilie, las ich, umfaßte viele Spielarten perverser Liebe. Eine davon war aufgeführt als »erotische Strangulation – die sexuell erregende Unterbrechung der Sauerstoffzufuhr zum Gehirn.«

Valentines Wissen von der Selbsterstickung, dem Vorgang, den er Professor Derry beschrieben hatte, stammte aus diesem Buch.

»1791, zur Zeit Haydns«, las ich, »fand in London ein bekannter Musiker bei der Befriedigung seiner paraphilen Neigungen den Tod. Eines Freitag nachmittags ließ er sich von einer Prostituierten eine Schnur so um den Hals legen, daß er sie nach eigenem Gutdünken straffziehen konnte. Versehentlich ging er dabei zu weit und erdrosselte sich. Die Prostituierte zeigte den Todesfall an und wurde des Mordes angeklagt, jedoch nicht für schuldig befunden, da die Perversion des Musikanten allgemein bekannt war. Der Richter untersagte die Publikation der Prozeßakten im Interesse des öffentlichen Anstandes.«

Man lernt nicht aus, dachte ich nachsichtig und legte die Enzyklopädie in den Karton zurück. Armer alter Professor Derry. Vielleicht war es ganz gut, daß er Valentines Tip nicht in die Tat umgesetzt hatte.

Bevor ich sie beide wegwarf, fiel mein Blick noch einmal auf Valentines zweites Lesezeichen. »Was für Derry« hatte er auf den weißen Papierstreifen geschrieben, und weiter unten »Habe das Piggy gezeigt«.

Ich ging in O'Haras Suite hinüber, nahm die Mappe und das »Gang«-Foto aus dem Safe, sah mir in seinem Sessel sitzend beides an und dachte lange und angestrengt nach.

Schließlich übernachtete ich in seinem Bett, weil das sicherer war.

15

Der Wagen der Filmgesellschaft lieferte Ridley Wells am nächsten Morgen pünktlich und nüchtern am Stall ab. Wir schickten ihn in die Garderobenabteilung im Haus, und ich nutzte die Gelegenheit, Robbie Gill über mein Mobiltelefon anzurufen.

»Noch am Leben?« fragte er aufgeräumt.

»Ja, danke.«

»Und was kann ich für Sie tun?«

Robbie kam immer gleich zur Sache.

»Zunächst mal«, sagte ich, »von wem hatten Sie die Liste der Messerfachleute?«

»Von meinem Kollegen bei der Polizei«, sagte er prompt. »Dem Arzt, den sie hier bei Einsätzen hinzuziehen. Er hat früher Rugby gespielt und mag dreckige Witze, man kann in der Kneipe gut lachen und trinken mit ihm. Ich habe ihn nach Messerexperten gefragt. Er sagte, die Polizei hätte erst kürzlich so eine Liste zusammengestellt und ihn gefragt, ob er sie ergänzen könne. Konnte er nicht. Die Messernarren, die er kennt, sitzen zum großen Teil.«

»Hat er Dorothea behandelt?«

»Nein, da war er nicht im Dienst. Sonst noch was?«

»Wie geht's ihr?«

»Dorothea? Sie steht noch unter Beruhigungsmitteln. Wollen Sie auch jetzt, wo Paul tot ist, noch für die Privatklinik aufkommen?»

»Ja, und ich möchte sie bald wieder besuchen, wenn es geht, heute nachmittag.«

»Kein Problem. Gehen Sie einfach hin. Sie liegt wegen Paul

noch auf einer geschlossenen Station, aber körperlich erholt sie sich gut. Am Dienstag könnten wir sie, glaube ich, verlegen.«

»Gut«, sagte ich.

»Geben Sie auf sich acht.«

»Mach ich«, meinte ich trocken.

Im Stallhof sattelten die Pfleger ihre Pferde für die Morgenarbeit und legten ihnen Zaumzeug an. Da es Sonntag war, würden wir die Heide praktisch wieder für uns allein haben, sagte ich ihnen, aber wir würden nicht genau die gleichen Szenen wie in der Vorwoche drehen.

»Sie sollten heute ja alle genauso angezogen sein wie letzten Sonntag«, sagte ich. »Haben Sie beim Skriptgirl rückgefragt, wenn Sie es nicht mehr genau wußten?«

Einige nickten.

»Prima. Dann kantern Sie jetzt alle den Hang hinauf und halten da an, wo Sie vor acht Tagen stehengeblieben und im Kreis gegangen sind. Okay?«

Wieder Nicken.

»Wissen Sie noch, wie dann der Reiter plötzlich ankam und auf Ivan eingestochen hat?«

Sie lachten. Das würden sie nicht vergessen.

»Schön«, sagte ich, »Ivan ist zwar heute nicht da, aber wir inszenieren den Anschlag noch mal und nehmen ihn mit in den Film hinein. Heute wird das Ganze gespielt. Okay? Zum Einsatz kommt kein echtes Messer, sondern eins aus Holz von unserer Produktionsabteilung. Sie sollen sich genauso verhalten wie vorigen Sonntag – im Kreis gehen, reden, nicht weiter auf den Fremden achten. Klar?«

Sie verstanden ohne Mühe. Unser junger Reitmeister sagte: »Wer springt für Ivan ein?«

»Ich«, sagte ich. »Ich bin zwar um die Schultern nicht so breit wie er oder Nash, aber ich ziehe eine Jacke über, wie sie Nash als der Trainer immer anhat. Ich reite auch das Pferd von Ivan. Wenn die Kameras soweit sind, setzen wir den Mann, der den Messerstecher spielt, auf den langsamen alten Rappen, der in Huntingdon Letzter geworden ist. Der Pfleger, der ihn sonst reitet, steht hinter den Kameras und bleibt aus dem Bild. Noch Fragen?«

Einer sagte: »Verfolgen Sie ihn auch wieder mit dem Wagen ins Tal wie vor acht Tagen?«

»Nein«, sagte ich. »Er galoppiert allein davon. Die Kamera filmt ihn.«

Ich übergab das Kommando sozusagen dem Reitmeister, der das Aufsitzen und den Aufbruch des Lots organisierte. Ed und Moncrieff waren bereits auf der Heide. Ich ging in die Garderobe, um Nashs Jacke anzuziehen, und da auch Ridley fertig war, nahm ich ihn in meinem Wagen mit über die Landstraße zum Rand der Anhöhe. Wir stiegen aus, gingen zu den kreisenden Pferden hinüber und blieben beim Kamerawagen stehen.

»Ihre Aufgabe wird sein«, erklärte ich Ridley, »von irgendwo da drüben in die Gruppe hineinzureiten...« Ich deutete hin. »Sie reiten in die Gruppe, ziehen ein Bühnenmesser aus der Scheide an Ihrem Gürtel, stechen auf einen aus der Gruppe ein, als wollten Sie ihn ernstlich verletzen, und in dem darauffolgenden Gedränge galoppieren Sie über den Kamm und fliehen das weite Trainingsgelände hinunter in Richtung Stadt. Okay?«

Ridley blickte starr aus dunklen, angespannten Augen.

»Sie stechen auf *mich* ein, okay? Ich double Nash.«

Ridley sagte nichts.

»Im fertigen Film«, erklärte ich ihm freundlich, »erscheint die Szene natürlich nicht so als ein glatter Ablauf. Da blitzt das Messer auf, es steigen Pferde, es gibt Hektik und Verwirrung. Man wird eine Wunde sehen. Man wird Blut sehen. Das tricksen wir alles nachher.« Ed kam mit diversen Requisiten zu mir und Ridley herüber und gab sie ihm der Reihe nach.

»Bühnenmesser mit Scheide und Gürtel«, sagte Ed, als läse er von einer Liste ab. »Legen Sie bitte den Gürtel an.«

Wie hypnotisiert gehorchte Ridley.

»Ziehen Sie mal probehalber das Messer«, sagte ich.

Ridley zog das Messer und schaute es entsetzt an. Die Produktionsabteilung hatte das amerikanische Nahkampfmesser anhand meiner Skizze getreu nachgebaut, und wenngleich Ridley nur ein bemaltes leichtes Holzding in der Hand hielt, sah es auf drei Schritt Entfernung doch aus wie ein massiver Schlagring mit einer langen, von der Innenseite ausgehenden Klinge.

»Gut«, sagte ich nur. »Stecken Sie es wieder in die Scheide.«

Fahrig steckte Ridley das Messer weg.

»Kappe«, sagte Ed und hielt sie ihm hin.

Ridley schnallte sich die Kappe um.

»Brille«, offerierte Ed.

Ridley setzte sie langsam auf.

»Handschuhe.«

Ridley zögerte.

»Ist was?« fragte ich.

Ridley sagte heiser: »Nein«, und ließ sich auf unseren langsamsten Gaul werfen.

»Prima«, sagte ich, »also, dann los. Wenn Ed ›Und bitte‹ ruft, traben Sie einfach auf mich zu, ziehen das Messer, stechen zu und galoppieren schnell in Richtung Newmarket davon. Sollen wir das proben, oder meinen Sie, Sie schaffen es auf Anhieb?«

Die Gestalt mit Kappe, Brille und Handschuhen antwortete nicht.

»Jede Wette, daß Sie es schaffen«, sagte ich.

Ridley schien unfähig zu handeln. Ich bat den Pfleger, dessen Pferd er ritt, ihn zum Ausgangspunkt zu führen, dann loszulassen und aus dem Bild zu gehen. Während der Pfleger geschickt die Anweisung befolgte, sprang der auf Nashs Pferd sitzende Bursche ab und warf mich rauf. Ein Schmerz zuckte durch die gebrochene Rippe. Ich paßte die Bügellänge an. Moncrieff öffnete seine Fluter, um das Tageslicht für die Szene zu verstärken.

Ed rief: »Und bitte.«

Ridley Wells ließ sein Pferd kantern, nicht traben. Er riß mit der Rechten das Messer heraus, während er mit der Linken die Zügel hielt. Experte, der er war, lenkte er sein Pferd mit den Beinen, und er schoß direkt auf mich zu, so mörderisch entschlossen, wie man es sich nur wünschen konnte.

Das »Messer« traf meine Jacke und den Panzer darunter, und weil das Klingenimitat stumpf war, flog die Waffe durch die Wucht des Aufpralls Ridley aus der Hand.

»Ich hab's fallen lassen«, rief er, und ich wies auf den Hügelkamm und brüllte: »Macht nichts. Türmen Sie.«

Er türmte. Er duckte sich tief über den Sattel und galoppierte, als wäre es eine echte Flucht.

Die berittenen Pfleger drängten sich wie zuvor am Rand der Anhöhe zusammen, um alles mitzubekommen, und diesmal verfolgte ich den Ausreißer zu Pferd, nicht mit dem Wagen.

Der Wagen fuhr die Straße entlang, die Kamera surrte. Die Sequenz, die ich für den Film schließlich zusammenschnitt, zeigte »Nash« seinem Angreifer dicht auf den Fersen; Nash mit einer klaffenden, blutenden Wunde; Nash wie er zurückfiel, allzuviel Blut verlor; Nash unter Schmerzen.

»Ein Augenschmaus!« hauchte O'Hara, als er das sah. »Herrgott, Thomas...«

An diesem Sonntagmorgen floß jedoch kein Blut. Ich hatte das wesentlich schnellere Pferd und holte Ridley ein, bevor er in den Straßen Newmarkets verschwinden konnte.

Wütend hielt er sein Pferd an, riß sich die Handschuhe, die Brille, die Kappe herunter und warf sie auf den Boden. Er kämpfte sich aus dem Anorak, den wir ihm angezogen hatten, und schleuderte ihn von sich.

»Ich bringe Sie um«, sagte er.

Ich sagte: »Ich schicke Ihnen Ihre Gage.«

Sein aufgedunsenes Gesicht bebte vor Unentschlossenheit, als schwankte er, ob er mich auf der Stelle anfallen sollte oder nicht, aber Vernunft oder Feigheit siegten, und mit geübtem Schwung hob er den rechten Fuß über den Hals des Pferdes und glitt auf der mir zugewandten Seite aus dem Sattel. Er ließ die Zügel los, kehrte mir den Rücken und ging wackligen Schrittes auf Newmarket zu, als spürte er den Boden nicht unter den Füßen.

Ich beugte mich vor, nahm die herunterhängenden Zügel auf und brachte beide Pferde zum Stall zurück.

Die Pfleger kamen mit großen Augen von der Heide wieder, zwitschernd wie die Spatzen.

»Der Mann sah ganz genauso aus!« – »Der war das!« – »Er hat ausgesehen wie der Mann vor acht Tagen.« – »Sah er nicht ganz genauso aus?«

»Doch«, sagte ich.

Von der Garderobenabteilung, wo ich Nashs Jacke und Kappe abgab, ging ich kurz in den ersten Stock hinauf, wo die Arbeiter die Athenäumkulisse zur Seite räumten und statt dessen die Nachbildung einer Stallbox errichteten.

Da eine normale Box viel zu klein war für Kamera, Crew, Scheinwerfer und Techniker und dazu noch zwei Schauspieler, erstellten wir unsere eigene Version. Es war, als hätten wir eine Box dreigeteilt und sie dann auseinandergezogen, um in der Mitte genügend Spielraum für die Kamera zu bekommen. Der eine Boxenabschnitt enthielt die oben aufklappbare Tür zur Außenwelt (mit einer Hintergrundprojektion des Stallhofs), der zweite Krippe und Trinkeimer. Der dritte und größte Abschnitt umfaßte den Platz, wo normalerweise das Pferd stand.

Echte, weiß getünchte Hüttensteine bildeten die Wände der Box, mit einer offenen Decke aus schweren Dachsparren. Die im Augenblick noch ordentlich gestapelten Heuballen würden auf eine von den Dachsparren getragene Plattform über der Szene verfrachtet werden. Der Boden der einzelnen Boxenabschnitte wurde gerade mit strohbedeckten Betonplatten ausgelegt. Kunstvolle Hufspuren und andere Be- und Abnutzungserscheinungen zeigten, daß es eine vielbeanspruchte Box war.

»Wie steht's?« fragte ich und sah mich beifällig um.

»Morgen früh sind wir fertig«, versicherten sie mir. »Dann ist alles bombenfest, wie Sie es haben wollten.«

»Wunderbar.«

Dorotheas Wangen waren ganz leicht rosa; ein großer Fortschritt.

Bei meiner Ankunft hatte es ein paar Tränen gegeben, aber ohne die quälende Verzweiflung von vor zwei Tagen. Da ihre physische Verfassung sich gebessert hatte, war auch ihre Willenskraft zurückgekehrt. Sie dankte mir für die mitgebrachten Blumen und sagte, sie sei die ewige Tomatensuppe leid.

»Sie soll ja gut für mich sein, aber allmählich hängt sie mir zum Hals heraus. Fleisch und Salat kann ich zwar nicht essen – haben Sie je einen Krankenhaussalat probiert? –, aber warum nicht mal Steinpilz- oder Hühnersuppe? Und hausgemacht ist das alles sowieso nicht.«

Sie sehne sich nach der Privatklinik, die ihr der gute Robbie Gill empfohlen habe, sagte sie, und sie hoffe, ihre Schwiegertochter werde bald wieder heim nach Surrey fahren.

»Wir mögen uns nicht«, gestand Dorothea seufzend. »So schade es auch ist.«

»Mhm«, stimmte ich zu. »Möchten Sie, wenn Sie wieder gesund sind, in Ihr Haus zurück?«

Tränen zitterten in ihren Augen. »Paul ist da gestorben.«

Valentine auch, dachte ich.

»Thomas … ich habe mich an etwas erinnert.« Es schien ihr sehr wichtig zu sein. »An dem Abend, als ich überfallen worden bin …«

»Ja?« hakte ich nach. »Was ist Ihnen eingefallen?«

»Paul hat geschrien.«

»Ja, Sie haben es erzählt.«

Ich zog den Besucherstuhl an ihr Bett, setzte mich ruhig neben sie und hielt ihre Hand, um ihr die Angst zu nehmen und meine eigenen brennenden Fragen zurückzudrängen.

»Erinnern Sie sich, wie er ausgesehen hat?« fragte ich sanft.

»Ich kannte ihn nicht. Er war mit Paul da, als ich von Mona wiederkam – bei der hatte ich ferngesehen, aber weil uns das Programm nicht gefiel, bin ich zeitig nach Hause... Ich bin zur Küchentür rein wie gewohnt und war überrascht – freudig überrascht –, Paul vor mir zu sehen, aber er war so seltsam, Thomas, erschrocken fast, aber dazu hatte er doch gar keinen Grund. Warum hätte er erschrocken sein sollen?«

»Vielleicht weil Sie heimgekommen sind, als er und der andere gerade Ihr Haus durchstöbert haben.«

»Paul hat dann geschrien, wo Valentines Fotoalbum sei, und ich hab gesagt, er hätte doch gar keins gehabt; bloß so ein paar alte Schnappschüsse in einer Pralinenschachtel, genau wie ich, aber Paul hat mir nicht geglaubt, sondern weiter danach gefragt.«

»Hat Valentine denn noch nie eins gehabt?« fragte ich.

»Nein, bestimmt nicht, Thomas. Wir waren zu Hause nicht so wild auf Fotos, im Gegensatz zu manchen anderen Familien, für die etwas erst wirklich passiert ist, wenn sie es geknipst haben. Valentine hat zig Fotos von Pferden, aber Pferde waren ja auch sein Leben. Immer nur Pferde. Er hat keine Kinder, weil seine Cathy keine kriegen konnte. Als Familienvater hätte er vielleicht mehr Wert auf Fotos gelegt. Ich habe eine ganze Menge Fotos in einer Schachtel bei mir im Schlafzimmer. Fotos von uns allen, vor langer Zeit. Bilder von Paul...«

Wieder flossen Tränen, und ich verschwieg ihr, daß ich die kläglich wenigen Andenken, die sie im Schlafzimmer verwahrte, nicht hatte finden können. Ich würde ihr dafür Valentines Pralinenschachtel geben.

»Hat Paul gesagt, weshalb er das Fotoalbum haben wollte?« fragte ich.

»Ich glaube nicht. Es ging alles so schnell, und der andere Mann war so wütend und hat so getobt, daß Paul sagte – mir wurde richtig angst, Thomas, aber er sagte: ›Sag ihm, wo das Album ist, er hat ein Messer.‹«

Ich fragte ruhig: »Wissen Sie das genau?«

»Ich dachte, ich hätte es geträumt.«

»Und jetzt?«

»Also ... jetzt meine ich, er muß es gesagt haben. Ich habe Pauls Stimme im Ohr ... ach herrje ... ach, mein kleiner Liebling.«

Ich hielt sie im Arm, während sie schluchzte.

»Der andere Mann hat mich geschlagen«, sagte sie schluckend. »Auf den Kopf geschlagen hat er mich, und Paul schrie: ›Sag's ihm, sag's ihm‹... und dann sah ich, daß er wirklich ein Messer hatte, der Mann ... oder vielmehr irgendwas Glänzendes, aber ein richtiges Messer war es auch nicht, seine Finger gingen durch ... Dreckige Nägel ... es war schrecklich ... und Paul schrie: ›Nein, nein ... nicht!‹, und dann bin ich im Krankenhaus aufgewacht und habe nicht mehr gewußt, was passiert war ... aber vergangene Nacht ... heute morgen beim Aufwachen, Thomas, mußte ich an Paul denken, und da ist mir alles irgendwie eingefallen.«

»Ja«, sagte ich. Schweigend zählte ich eins zum anderen. »Liebste Dorothea«, sagte ich, »ich glaube, Paul hat Ihnen das Leben gerettet.«

»Oh! Oh!« Sie weinte noch immer, aber nach einiger Zeit aus reiner Freude, nicht mehr aus bitterem Kummer.

»Ich glaube«, sagte ich, »als er mitansehen mußte, wie Sie mit dem Messer zugerichtet wurden, war Paul so entsetzt, daß er einen tödlichen Stoß abgewendet hat. Für Robbie Gill sah der Überfall auf Sie nach einem verhinderten Mord aus. Er meinte, Leute, die so schrecklich zustechen, seien meistens außer sich und könnten nicht aufhören. Ich glaube, Paul hat ihn aufgehalten.«

»O Thomas!«

»Aber leider«, sagte ich bedauernd, »ergibt sich daraus auch, daß Paul Ihren Angreifer gekannt hat, und er hat ihn nicht angezeigt. Im Gegenteil, Paul hat vorgegeben, zum Zeitpunkt des Überfalls in Surrey gewesen zu sein.«

Dorotheas Freude trübte sich ein wenig, blieb aber dennoch bestehen.

»Er hat sich gewandelt«, sagte ich. »Ich glaube, einmal war er nah dran, mir etwas zu sagen, bloß weiß ich nicht, was. Ich nehme aber an, daß er wegen dem, was Ihnen zugestoßen ist, Gewissensbisse hatte.«

»Aber Thomas, das will ich doch hoffen.«

»Bestimmt«, sagte ich mit mehr Gewißheit, als ich empfand.

Sie überlegte eine Weile schweigend und sagte dann: »Paul ist manchmal mit seinen Meinungen herausgeplatzt, als könnte er damit einfach nicht mehr an sich halten.«

»So?«

»Er sagte... ich wollte Ihnen das nicht sagen, Thomas, aber neulich – als er hier bei mir war – hat er auf einmal getobt: ›Warum muß der auch bloß diesen Film drehen?‹ Er war erbittert. Er sagte, mir hätte keiner ein Haar gekrümmt, wenn Sie nicht alles wieder aufgerührt hätten. Was denn aufgerührt? habe ich natürlich gefragt, und da meinte er, das stünde alles im *Drumbeat*, aber ich solle vergessen, was er gesagt habe; wenn Ihnen was zustieße, seien Sie jedenfalls selbst schuld. Er sagte... es tut mir ehrlich leid, aber er sagte, wenn man Sie so aufschlitzte wie mich, würde er sich freuen... Das war sonst nicht seine Art, wirklich nicht.«

»Ich habe ihn ja aus Ihrer Wohnung ausgesperrt«, erinnerte ich sie. »Schon weil ich ihn so in Verlegenheit gebracht habe, konnte er mich nicht leiden.«

»Nein, aber... also irgendwas hat ihn bedrückt, da bin ich mir sicher.«

Ich stand auf, ging ans Fenster und schaute müßig auf die gleichmäßigen Fensterreihen des Klinikgebäudes gegenüber und auf das karge Gartenviereck dazwischen. Zwei Leute in Weiß gingen langsam, ins Gespräch vertieft, einen Weg entlang. Ärzte spielende Komparsen, dachte ich unwillkürlich – und merkte wieder einmal, wie oft ich das Leben selbst als Film wahrnahm.

Ich drehte mich um und fragte Dorothea: »Hat Paul Sie auch hier im Krankenhaus nach einem Fotoalbum gefragt?«

»Ich glaube nicht, Thomas. Aber es ist alles so verworren.« Sie schwieg. »Er hat davon geredet, daß Sie Valentines Bücher abgeholt hätten; und ich habe ihm nicht widersprochen. Ich wollte nicht streiten, verstehen Sie, Thomas? Ich war zu müde.«

Ich sagte ihr, daß ich bei Bill Robinson, ihrem netten jungen Freund, Valentines Sachen abgeholt und ein Foto darunter gefunden hätte, mir aber nicht vorstellen könne, daß seinetwegen sie und ihr Haus so zugerichtet worden seien.

»Sagen Sie mir, wer darauf ist, wenn ich es Ihnen zeige?«

»Natürlich, Thomas, wenn ich kann.«

Ich nahm das »Gang«-Foto aus der Tasche und legte es ihr in die Hand.

»Da brauche ich meine Lesebrille«, sagte sie, die Augen zusammenkneifend. »Das rote Etui auf dem Nachttisch.«

Ich gab ihr die Brille, und sie betrachtete das Foto ohne sonderliche Erregung.

»Hat einer von diesen Leuten Sie angegriffen?« fragte ich.

»Ach, von denen doch nicht. Er war viel älter. Die hier sind alle blutjung. Nanu!« rief sie aus, »Das ist ja Paul. Der ganz außen, ist das nicht Paul? Wie jung er da noch war! Ein hübscher Kerl.« Sie ließ die Hand, die das Foto hielt, aufs Bettuch sinken. »Die anderen kenne ich nicht. Ich wünschte, Paul wäre hier.«

Seufzend nahm ich das Foto wieder an mich, steckte es ein und zog den kleinen Notizblock hervor, den ich immer bei mir trug. Ich sagte: »Ich will Sie nicht beunruhigen, aber wenn ich Ihnen ein Messer aufzeichne, würden Sie mir dann sagen, ob es das sein könnte, mit dem Sie verletzt worden sind?«

»Das will ich nicht sehen.«

»Bitte, Dorothea.«

»Paul ist mit einem Messer umgebracht worden«, wimmerte sie und weinte um ihren Sohn.

»Liebste Dorothea«, sagte ich nach einer Weile, »sehen Sie sich meine Zeichnung an, wenn die Möglichkeit besteht, daß sie zu Pauls Mörder führt?«

Sie schüttelte den Kopf. Ich legte die Zeichnung dicht neben ihre Hand, und eine lange Minute verging, ehe sie danach griff.

»Wie furchtbar«, sagte sie, das Bild betrachtend. »So ein Messer habe ich nicht gesehen.« Sie klang ungemein erleichtert. »Es war nichts in der Art.«

Ich hatte ihr das amerikanische Nahkampfmesser aufgezeichnet. Ich drehte das Blatt um und zeichnete das unheimliche Armadillo mit Sägezähnen und allem Drum und Dran.

Dorothea sah es sich an, wurde blaß und schwieg.

»Es tut mir sehr leid«, sagte ich hilflos. »Aber Sie sind wenigstens nicht gestorben. Paul hat Sie geliebt... Er hat Ihnen das Leben gerettet.«

Ich dachte an den Ausdruck tiefsten Entsetzens auf Pauls Gesicht, als er zu Dorothea nach Hause gekommen war und das Armadillo auf dem Küchentisch hatte liegen sehen. Als er mich davor hatte sitzen sehen – lebendig.

Er war aus dem Haus gestolpert und davongefahren, und es war sinnlos, jetzt darüber zu spekulieren, daß er, wenn wir ihn aufgehalten, ihn zurückgeholt und zum Reden gebracht hätten, vielleicht am Leben geblieben wäre. Paul war einmal nahe dran gewesen zu reden. Paul, dachte ich, war zu einem Schwachpunkt geworden, zu jemandem, der leicht zusammenbrechen, leicht geständig werden konnte. Paul, anmaßend, großtuerisch, unsympathisch, hatte den Mut verloren und war als Büßer gestorben.

Den Schwarzgürtel neben sich, lenkte mein Fahrer den Wagen in Richtung Oxfordshire und warf hin und wieder einen Blick auf meine schriftliche Wegbeschreibung, während ich im Fond saß, mir noch einmal das »Gang«-Foto ansah und daran denken mußte, was sowohl Dorothea als auch Lucy dazu gesagt hatten.

»Sie sind so jung.«

Jung.

Jackson Wells, Ridley Wells, Paul Pannier, sie alle waren auf dem Foto mindestens sechsundzwanzig Jahre jünger als die Männer, die ich persönlich kennengelernt hatte. Sonia war vor sechsundzwanzig Jahren gestorben, und auf dem Foto lebte sie.

Ich war vier gewesen, als sie starb, und hatte nichts von ihr gehört, und jetzt mit dreißig war ich da und wollte wissen, warum sie gestorben war. Ich hatte gesagt, daß ich der Frage vielleicht nachgehen würde, und damit eine Kettenreaktion ausgelöst, die Dorothea ins Krankenhaus und Paul ins Grab gebracht und mir – bis auf weiteres – eine Stichwunde zwischen den Rippen eingetragen hatte.

Ich hatte nicht gewußt, daß ein Geist in der Flasche war, aber einmal befreit, ließen Geister sich nicht wieder einsperren.

Mein Fahrer fand die Batwillow Farm und setzte mich vor Jackson Wells' Tür ab.

Wieder öffnete Lucy auf das Läuten der überlauten Glocke hin und riß erstaunt die blauen Augen auf.

»Na, so was«, sagte sie, »war es falsch von mir, nach Hause zu fahren? Schleifen Sie mich jetzt am Pferdeschwanz wieder zurück?«

»Nein.« Ich lächelte. »Ich wollte eigentlich mit Ihrem Vater sprechen.«

»Ach so. Kommen Sie rein.«

Ich schüttelte den Kopf. »Könnte er vielleicht rauskommen?«

»Hm? Ich frag ihn mal.« Etwas verwirrt verschwand sie im Haus und erschien bald mit ihrem blonden, schlanken, sonnengebräunten Vater wieder, der mich fragend ansah und genauso dastand wie acht Tage zuvor.

»Kommen Sie rein«, begrüßte er mich und winkte einladend.

»Gehen wir ein Stück.«

Er zuckte die Achseln. »Wenn Sie wollen.« Er kam aus dem Haus, und Lucy blieb unsicher in der Tür stehen.

Jackson musterte die beiden drahtigen Männer in meinem Wagen und fragte: »Freunde?«

»Ein Fahrer und ein Leibwächter«, erwiderte ich. »Gestellt von der Filmgesellschaft.«

»Oh.«

Wir gingen über den Hof und blieben an dem fünfstäbigen Gittertor stehen, an dem vor einer Woche der schwerhörige alte Wells senior gelehnt hatte.

»Lucy macht ihre Sache gut«, sagte ich. »Hat sie's Ihnen erzählt?«

»Sie unterhält sich gern mit Nash Rourke.«

»Die zwei verstehen sich«, stimmte ich zu.

»Ich habe ihr gesagt, sie soll sich vorsehen.«

Ich lächelte. »Das haben Sie ihr gut beigebracht.« Zu gut, dachte ich. Ich sagte: »Hat sie was von einem Foto erzählt?«

Er sah aus, als wüßte er nicht, ob er ja oder nein antworten sollte, und sagte schließlich: »Von was für einem Foto?«

»Von dem hier.« Ich zog es aus meiner Tasche und gab es ihm.

Er betrachtete kurz die Bild- und die Rückseite und sah mich ausdruckslos an.

»Lucy sagt, das sei Ihre Handschrift«, meinte ich und nahm das Bild wieder an mich.

»Und wenn sie es ist?«

»Ich bin nicht die Polizei«, sagte ich, »und ich habe keine Daumenschrauben bei mir.«

Er lachte, aber die heitere Unbeschwertheit von vor acht Tagen war von Vorsicht unterminiert.

Ich sagte: »Sie haben mir vorige Woche erzählt, daß niemand sich erklären konnte, warum Sonia gestorben war.«

»Ganz recht.« Die blauen Augen leuchteten unschuldig wie eh und je.

Ich schüttelte den Kopf. »Jeder auf diesem Foto hat gewußt, warum Sonia gestorben ist.«

Er schwieg, bis es ihm gelang, ein Lächeln und eine angemessen verächtliche Miene aufzusetzen.

»Sonia ist doch selbst auf dem Foto. Sie reden Blödsinn.«

»Sonia hat es auch gewußt«, sagte ich.

»Wollen Sie sagen, sie hat Selbstmord begangen?« Er sagte es fast hoffnungsvoll, und ich konnte ihn verstehen.

»Nicht direkt. Sie hatte nicht vorgehabt, zu sterben. Niemand hatte vor, sie umzubringen. Sie starb durch einen Unfall.«

»Sie haben doch keine Ahnung, wovon Sie reden.«

Ich wußte es nur zu gut. Ich wollte nicht noch mehr Schaden anrichten, ich wollte nicht ums Leben kommen, aber der Tod von Paul Pannier durfte nicht einfach übergangen werden, und von Gerechtigkeitserwägungen ganz abgesehen, würde ich mit Delta-Cast herumlaufen, bis sein Mörder gefaßt war.

»Sie sehen auf dem Foto alle so jung aus«, sagte ich. »Goldmädchen, Goldjungen, die lächeln und das Leben noch vor sich haben. Sie waren noch Kinder, das haben Sie selbst gesagt. Sie wollten Spaß, für Sie war alles ein Spiel.« Ich nannte die unbekümmerten jungen Leute auf dem Foto bei ihren Namen. »Da sind Sie und Sonia und Ihr jüngerer Bruder Ridley. Dann Paul Pannier, der Neffe Ihres Hufschmieds. Dann Roddy Visborough, der Sohn von Sonias Schwester – Sonia war also effektiv seine Tante. Und dazu kommt Ihr Jockey P. Falmouth, genannt Pig.« Ich hielt inne. »Sie waren der Älteste, zweiundzwanzig oder dreiundzwanzig. Ridley, Paul, Roddy und Pig waren alle achtzehn, neunzehn oder zwanzig, als Sonia starb, und sie war erst einundzwanzig.«

Jackson Wells sagte verblüfft: »Woher wissen Sie das?«

»Zeitungsberichte. Ein wenig Kopfrechnen. Es spielt ja auch weiter keine Rolle. Entscheidend ist, wie unreif Sie alle waren … und daß manche Leute in dem Alter meinen, die Jugend währe ewig, Vorsicht sei was für Greise und Verantwortung ein schmutziges Wort. Sie sind nach York gefahren, und die anderen haben ein Spiel gespielt … und ich glaube, die ganze Gruppe, die ganze Gang außer Ihnen war dabei, als sie starb.«

»Nein«, sagte er scharf. »Das war keine Gemeinschaftssache. Sie reden von einer Gruppenvergewaltigung. Die ist nicht passiert.«

»Das weiß ich schon. Die Autopsie hat eindeutig ergeben, daß kein Geschlechtsverkehr stattgefunden hatte. Das wurde in allen Zeitungen hervorgehoben.«

»Na also.«

Ich sagte vorsichtig: »Ich glaube, einer von den Jungen hat sie irgendwie erdrosselt, obwohl er ihr gar nichts Böses tun wollte, und sie waren alle so erschrocken, daß sie versucht haben, es wie einen Selbstmord aussehen zu lassen, indem sie sie aufgehängt haben. Und dann sind sie einfach – weggelaufen.«

»Nein«, sagte Jackson dumpf.

»Ich glaube«, sagte ich, »Sie haben anfangs wirklich nicht gewußt, was passiert war. Als die Polizei mit Ihnen sprach und Sie zum Geständnis bewegen wollte, konnten Sie unbekümmert auf alle Fragen eingehen, weil Sie wußten, daß Sie keine Schuld traf. Sie hatten zu dem Zeitpunkt wirklich keine Ahnung, ob sie sich erhängt hatte oder nicht, wenngleich Sie wußten, daß es ihr nicht ähnlich sah, und der Polizei das auch gesagt haben. Ich glaube, eine ganze Zeitlang war Ihnen das wirklich ein Rätsel, aber genauso klar ist auch, daß es Sie nicht psychisch zerstört hat. Kein einziger Zeitungsbericht – und inzwischen habe ich sehr viele gelesen – sagt etwas von einem verzweifelten jungen Ehemann.«

»Nun, ich …«

»Sie wußten inzwischen«, vermutete ich, »daß sie Liebhaber hatte. Keine Traumliebhaber, sondern echte. Die Gang. Ganz zwanglos. Nur so zum Spaß. Als Spiel. Ich nehme an, sie hat im Sexualakt nie mehr als ein flüchtiges Vergnügen gesehen, wie Eiskrem, und das geht vielen Leuten so, wenn auch immer nur die Gefühlsmenschen und die Eifersüchtler in die Zeitung kommen. Als Sonia starb, waren Sie mit Ihrem Ehespiel schon fertig. Das haben Sie mir gesagt. Sie haben vielleicht Kummer und Bestürzung über ihren Tod empfunden, aber Sie waren jung und gesund und mit Kraft gesegnet, und Ihre Trauer war kurz.«

»Das können Sie doch nicht wissen.«

»Habe ich bis dahin recht?«

»Nun...«

»Erzählen Sie mir, wie es weiterging«, sagte ich. »Ich verspreche Ihnen auch, nichts, was Sie sagen, im Film zu verwenden. Wir bleiben dann mit unserer Story auf Abstand. Es wäre aber besser, ich würde die Wahrheit kennen, denn wie ich schon sagte, kann es sonst passieren, daß ich durch bloßes Herumraten Ihre bestgehüteten Geheimnisse aufdecke. Reden Sie also... und Sie werden nichts, was Ihnen angst macht, auf der Leinwand wiederfinden.«

Jackson Wells betrachtete sein efeubewachsenes Haus, den Hof und die ungepflegte Zufahrt und dachte zweifellos an die Annehmlichkeiten des Lebens mit seiner zweiten Frau und an Lucy, die sein Stolz war.

»Sie haben recht.« Er seufzte schwer. »Sie waren alle dabei, und ich kam erst nach Wochen dahinter.«

Ich ließ ihm Zeit. Er hatte den ersten großen Schritt getan: Alles andere würde folgen.

»Wochen danach rückten sie langsam mit der Wahrheit heraus«, sagte er schließlich. »Sie hatten sich geschworen, kein Sterbenswort darüber zu sagen. Niemals. Aber es ging ihnen zu nah. Pig ist nach Australien abgehauen, und ich hatte außer Derek

Carsington keinen Reiter mehr für meine Gäule, obwohl es darauf kaum noch ankam – die Besitzer sind mir weggelaufen, als hätte ich die Pest –, und dann hat Ridley…« Er hielt inne. »Ridley hat sich betrunken, das war schon damals keine Seltenheit, und dann hat er sich im doppelten Sinn des Wortes ausgekotzt. Ridley widert mich an, aber Lucy findet ihn lustig, wenn auch bestimmt nicht mehr lange, denn hätte ich ihr nicht gesagt, daß sie immer Jeans tragen soll, hätte er ihr inzwischen längst mal unter den Rock gefaßt. Ein Mädchen hat wenig zu lachen heute; wenn ich da an Sonia denke, die ist in knöchellangen Röcken und meistens ohne BH und mit einem grünen Bürstenhaarschnitt herumgelaufen – aber warum, zum Teufel, erzähle ich Ihnen das?«

Ich dachte bei mir, daß er vielleicht sechsundzwanzig Jahre zu spät um Sonia trauerte, aber möglicherweise ist es für so etwas nie zu spät.

»Sie war lustig. Immer für einen Spaß zu haben.«

»Ja.«

»Ridley hat mir gesagt, was sie getan hatten.« Der Schmerz der Enthüllung spiegelte sich deutlich auf dem sonnigen Gesicht. »Ich hätte ihn fast umgebracht. Ich habe ihn geschlagen. Ihn getreten. Ihn mit einer Reitpeitsche verprügelt. Mit allem, was mir in die Finger kam. Ich habe ihn bewußtlos geschlagen.«

»Das war die Trauer«, sagte ich.

»Die Wut.«

»Beides dasselbe.«

Jackson starrte mit leerem Blick in die Vergangenheit.

»Ich bin zu Valentine gegangen und habe ihn gefragt, was ich tun soll«, sagte er. »Valentine war für uns alle wie ein Vater. Ein besserer Vater, als wir von Haus aus hatten. Valentine hat Sonia wie eine Tochter geliebt.«

Ich sagte nichts. Valentines Liebe zu Sonia war keineswegs väterlich zu nennen.

»Was hat Valentine gesagt?« fragte ich.

»Er wußte es schon! Paul hätte es ihm erzählt, sagte er. Paul war genauso am Boden zerstört wie Ridley. Er hatte seinem Onkel alles gebeichtet. Valentine sagte, sie sollten entweder mit dem, was sie getan hatten, leben oder zur Polizei gehen... und er hat ihnen die Entscheidung nicht abgenommen.«

»Wußte Valentine auch, daß Roddy Visborough dabeigewesen war?«

»Das habe ich ihm gesagt«, bekannte Jackson freimütig. »Sonia war Roddys Tante. Und egal, was für eine Sexorgie die alle im Sinn hatten – der Ausdruck trifft's natürlich nicht, vergessen Sie, daß ich's gesagt habe –, Roddy durfte da nicht hineingezogen werden, auf gar keinen Fall, meinten sie. Sie war ja seine Tante!«

»Sie alle haben Valentine gut gekannt«, sagte ich.

»Klar. Seine alte Schmiede lag ja gleich neben meinem Stall. Er kam dauernd wegen der Pferde vorbei, und wir haben ihn auch besucht, alle miteinander. Wie ich schon sagte, er war wie ein Vater für uns. Besser als ein Vater. Aber alles ging in die Binsen. Ich mußte das Trainieren aufgeben, und Paul zog mit seinen Eltern aus Newmarket weg, und Roddy, der Hilfstrainer werden wollte, aber noch keine Stelle gefunden hatte, schloß sich dem Springreiterzirkus an – und Pig hatte sich wie gesagt schon abgesetzt. Und dann zog auch Valentine fort. Die alte Schmiede hätte ein unwahrscheinlich teures neues Dach gebraucht, deshalb hat er sie abgerissen und das Grundstück als Bauland verkauft. Eines Tages kam ich rüber, da hat er zugesehen, wie die Bauunternehmer den Schutt von Jahrzehnten in den alten Brunnen hinter seinem Haus kippten, der aufgefüllt werden sollte, weil er für Kinder gefährlich war, und ich sagte noch zu ihm, nichts würde mehr wie früher sein. Und das stimmte natürlich.«

»Aber für Sie ist es doch gut ausgegangen.«

»Ja, das ist wahr.« Er konnte sein Lächeln nicht lange zurückhalten. »Und Valentine wurde zum großen alten Mann des Rennsports, und Roddy Visborough ist mit Pokalen nur so überschüttet worden. Ridley gammelt nach wie vor herum, und ich greife ihm gelegentlich unter die Arme, und Paul hat geheiratet...« Er verstummte unsicher.

»Und Paul ist umgebracht worden«, sagte ich unverblümt.

Er schwieg.

»Wissen Sie, wer ihn umgebracht hat?« fragte ich.

»Nein.« Er starrte mich an. »Wissen Sie es?«

Ich antwortete nicht direkt. Ich sagte: »Hat irgend jemand Valentine – oder Ihnen – gesagt, wer von den vieren Sonia erwürgt hat?«

»Das war ein Unfall.«

»Wessen Unfall?«

»Sie hat gesagt, sie dürften ihr die Hände um den Hals legen. Und sie hat dabei gelacht, da waren sich alle einig. Sie waren wie berauscht, aber nicht von Drogen.«

»Vor Erregung«, sagte ich.

Seine blauen Augen weiteten sich. »Sie sollten der Reihe nach... deswegen waren sie so aufgedreht... mit ihr bumsen, und sie wollte es... sie hat mit ihnen gewettet, daß sie es nicht alle schaffen, nicht so aus dem Stand in einer Stunde, bevor die Pfleger, die gerade mit dem zweiten Lot ausgeritten waren, wiederkamen, und nicht wenn die restliche Gang dabei zusah und sie anfeuerte, und nicht in einer Stallbox auf einem Bett aus Heu... Die waren alle verrückt, und sie war es auch... Dann hat Pig ihr die Hände um den Hals gelegt und sie geküßt... und zugedrückt... und sie bekam keine Luft mehr... er hat zu lange zugedrückt... und ihr Gesicht verfärbte sich... sie lief blau an... und als sie begriffen, was los war... konnten sie sie nicht mehr wiederbeleben...« Seine Stimme erstarb, und nach einer Weile sagte er: »Sie sind nicht überrascht, oder?«

»Es wird im Film nicht vorkommen.«

»Ich war so wütend«, sagte er. »Wie konnten sie nur? Und wie konnte *sie* das zulassen? Da waren keine Drogen im Spiel…«

»Wußten Sie«, fragte ich, »daß fast ausschließlich Männer bei Erstickungsversuchen dieser Art ums Leben kommen?«

»O Gott… die wollten sehen, ob es auch bei Frauen wirkt.«

Diese bodenlose Dummheit ließ uns beide verstummen.

Ich holte Luft. Ich sagte: »Im *Drumbeat* stand, ich könnte das Rätsel um Sonias Tod nicht lösen, aber ich habe es gelöst. Jetzt werde ich auch herausfinden, wer Paul Pannier ermordet hat.«

Er stieß sich mit Wucht vom Tor weg und schrie mich an: »Wie denn? Lassen Sie die Finger davon. Lassen Sie uns endlich in Ruhe. Schminken Sie sich den blöden Film ab.«

Seine erhobene Stimme veranlaßte meinen lebenden Schutzschild, wie ein Aal aus dem Wagen hervorzuschnellen. Überrascht und erschrocken sah Jackson zu, wie ich die Hand hob, um die Reflexe meines Aufpassers zu beruhigen.

»Mein Bodyguard ist wie ein knurrender Hund«, sagte ich zu Jackson. »Beachten Sie ihn nicht. Die Filmgesellschaft hat ihn mir aufgenötigt, weil außer Ihnen noch andere unseren Film verhindern wollen.«

»Zum Beispiel Sonias Schwester, Audrey mit der spitzen Zunge, die bestimmt.«

»Die vor allem«, gab ich zu.

Lucy erschien wieder an der Haustür und rief ihrem Vater zu: »Papa, Onkel Ridley ist am Telefon.«

»Sag ihm, ich komme gleich.«

Als sie verschwunden war, sagte ich: »Ihr Bruder ist heute morgen für den Film über die Heide geritten. Er wird nicht gut auf mich zu sprechen sein.«

»Wieso nicht?«

»Das sagt er Ihnen schon.«

»Ich wünschte, Sie wären nie hierhergekommen«, sagte er bitter und ging mit langen Schritten auf sein Haus zu, seinen sicheren Hafen mit seinen beiden netten, unneurotischen Frauen.

Ich machte mir auf der Rückfahrt nach Newmarket klar, daß ich es an Vorsicht hatte fehlen lassen, und dennoch bereute ich nichts. Und wenn ich auch zu wissen meinte, wer Paul umgebracht hatte – es zu beweisen war etwas ganz anderes. Den Beweis würde die Polizei führen müssen, aber ich konnte ihr zumindest die Richtung weisen.

Ich dachte an einen bestimmten Zeitungsausschnitt, den ich in der Mappe gefunden hatte, die jetzt in O'Haras Safe lag.

Valentine hatte die Notiz für seine unregelmäßig erscheinende Klatschspalte geschrieben. Sie war auf sechs Wochen nach Sonias Tod datiert und nahm keinen Bezug darauf.

Sie lautete:

Aus Newmarket erfahre ich, daß der Jockey P. G. Falmouth (19), Spitzname »Pig«, nach Australien gegangen ist und in der Hoffnung, sich dort niederlassen zu können, eine Reiterlaubnis beantragt hat. Geboren und aufgewachsen nahe der Stadt seines Namens in Cornwall, kam Pig Falmouth vor zwei Jahren nach Newmarket, wo sein einnehmendes Wesen und sein Siegeswille ihm schon bald viele Freunde bescherten. Zweifellos hätte er es mit seiner wachsenden Erfahrung in England noch weit gebracht, aber wir wünschen ihm viel Erfolg mit seinem großen Sprung nach Übersee.

Der Notiz war das Foto eines lächelnden, gesunden, hübschen jungen Mannes in Reitkappe und Rennfarben beigefügt, aber es war die Titelzeile, die mir die Augen geöffnet hatte wie ein eisiger Wind.

»Abgang des Jungen aus Cornwall«, lautete sie.

16

Wir drehten die Erhängungsszene am nächsten Morgen, Montag früh, in der auseinandergenommenen Stallbox oben im Haus.

Moncrieff warf ein Seil über die Deckenbalken und schwang daran hin und her, um die Stabilität des Sets zu testen, aber dank der massiven Hüttensteine und der schweren Anker, die die neuen Wände mit dem alten Fußboden verbanden, ging nicht das leiseste Zittern durch die Kulisse, und man konnte die Produktionsabteilung förmlich aufatmen hören. Der strohbedeckte Beton in den Boxenabschnitten schluckte all die verräterisch hohlen Geräusche, das illusionszerstörende Geklapper, das in so vielen scheinbar festgefügten Hollywood-»Villen« die Akteure auf Schritt und Tritt begleitet.

»Wo sind Sie denn nach unserer Kurzbesprechung gestern abend abgeblieben?« fragte Moncrieff. »Howard hat Sie überall gesucht.«

»So?«

»Ihr Wagen hat Sie zum Hotel gebracht, Sie haben oben ein Sandwich gegessen, während wir die Arbeit von heute besprochen haben, und dann waren Sie auf einmal verschwunden.«

»Na, jetzt bin ich ja wieder da.«

»Ich habe Howard auch gesagt, daß Sie heute morgen bestimmt hier sind.«

»Tausend Dank.«

Moncrieff grinste. »Howard lag sehr daran, Sie zu sehen.«

»Mhm. Ist unsere Yvonne hier?«

»In der Maske«, sagte Moncrieff und nickte lüstern. »Wirklich zum Anbeißen.«

»Langes blondes Haar?«

Er nickte. »Die Perücke, die Sie angefordert haben. Wo waren Sie denn nun?«

»Nicht weit«, sagte ich vage. Ich war meinen Aufpassern entwischt, zu Fuß über die Heide zum Stall gegangen, hatte mich beim Wachmann an der Haustür eingetragen und ihn gebeten, falls jemand nach mir fragte, zu sagen, daß ich nicht da sei, da ich ungestört arbeiten wolle.

»Geht in Ordnung, Mr. Lyon«, versprach er, meine Launen gewohnt, und so hatte ich in Ruhe von meinem Büro im Erdgeschoß aus Robbie Gill anrufen können.

»Tut mir leid, Sie am Sonntag abend zu stören«, entschuldigte ich mich.

»Ich habe nur ferngesehen. Was kann ich für Sie tun?«

»Ist Dorothea soweit auf dem Damm, daß sie statt am Dienstag schon morgen verlegt werden kann?« fragte ich.

»Haben Sie sie heute besucht? Wie war Ihr Eindruck?«

»Sie sehnt sich nach der Privatklinik, sagt sie, und ihr Kampfgeist kommt auch langsam wieder. Aber medizinisch gesehen ... würde sie's packen?«

»Hm ...«

»Sie erinnert sich wieder viel klarer an den Überfall«, sagte ich. »Sie hat das Gesicht des Angreifers gesehen, kennt ihn aber nicht. Sie hat auch das Messer gesehen, mit dem sie verletzt wurde.«

»Gott«, rief Robbie aus, »der verlängerte Schlagring?«

»Nein. Es war dasselbe, das ich dann abgekriegt habe.«

»Himmel.«

»Bringen Sie sie also möglichst morgen weg. Und weisen Sie sie unter einem falschen Namen in die Privatklinik ein. Sie ist in Gefahr.«

»Du meine Güte.«

»Sie erinnert sich, daß Paul den Angriff auf sie gestoppt und ihr effektiv das Leben gerettet hat. Das tröstet sie. Sie ist erstaunlich. Drei schwere Schläge hat sie erlebt, aber ich glaube, sie wird damit fertig.«

»Hart im Nehmen. Keine Bange, ich verlege sie.«

»Prima.« Ich schwieg. »Die Polizei hat uns doch die Fingerabdrücke abgenommen, um sie mit den Abdrücken bei Dorothea zu vergleichen, wissen Sie noch?«

»Na klar. Auch Dorothea und Betty und ihrem Mann haben sie sie abgenommen, und die von Valentine haben sie sich von seinem Rasierer geholt.«

»Und da waren noch andere«, sagte ich, »die sie nicht zuordnen konnten.«

»Klar. Mehr als einer, glaube ich. Ich habe meinen Kollegen von der Polizei gefragt, wie die Ermittlungen vorangehen. Festgefahren, wie es scheint.«

»Mhm«, sagte ich. »Ein Teil der nicht identifizierten Abdrückte dürfte von O'Hara stammen und einige von Bill Robinson.« Ich erklärte, wer Bill Robinson war. »Und dann muß da noch jemand sein – Dorotheas Angreifer hat keine Handschuhe getragen.«

Robbie sagte atemlos: »Sind Sie sicher?«

»Ja. Sie sagt, sie hat die Hand am Griff gesehen, und er hatte schmutzige Fingernägel.«

»Gott.«

»Als er in ihr Haus kam, hat er nicht damit gerechnet, daß sie dasein würde. Er hatte den Angriff auf sie nicht geplant. Er wollte zusammen mit Paul etwas suchen, das sie bei Valentine vermuteten, und ich denke mal, sie haben aus Wut und Enttäuschung darüber, daß sie nichts finden konnten, die Bude auseinandergenommen. Jedenfalls müssen seine Fingerabdrücke da überall sein.«

Robbie sagte verblüfft: »Wessen?«

»Das sage ich Ihnen, wenn ich mir sicher bin.«

»Lassen Sie sich nicht umbringen.«

»Wie käme ich dazu?« sagte ich.

Yvonne kam zur gewünschten Zeit nach oben und erwies sich als die handelsübliche, bei Filmbossen so beliebte halbverhungerte kalifornische Elfe, ein Kunstgeschöpf, das nicht im entferntesten der echten, lachenden, leichtsinnigen Sonia glich.

Sonia hatte den eher konservativen Zeitungen zufolge bei ihrem Tod einen rosenroten Satinunterrock getragen, während die Revolverblätter im Fettdruck von einem »leuchendroten Mini mit Spaghettiträgern und schwarzen, hochgeschnürten Sandalen mit hohen Glitzerabsätzen« zu berichten wußten.

Kein Wunder, dachte ich, daß man an einem Selbstmord gezweifelt hatte.

Yvonne die Traumverliebte trug ein loses weißes Tageskleid, in amerikanischen Modekreisen »Float« genannt wegen des weich fließenden Materials, unter dem sich nur die Konturen, die es berührt, abzeichnen. Dazu trug sie auf meinen Wunsch schwere goldene Ohrgehänge mit Perlen und eine Perlenkette, die beinah bis zum Nabel reichte.

Sie sah wunderschön ätherisch aus, doch ihre Stimme klang breit.

»Heute morgen«, sagte ich, »drehen wir die Szenen schön der Reihe nach. Das heißt, als erstes kommen Sie durch die Stalltür da.« Ich zeigte hin. »Sie haben Hintergrundlicht. Wenn Moncrieff soweit ist, bleiben Sie bitte in der Tür stehen und drehen langsam den Kopf, bis wir ›Halt!‹ sagen, und wenn Sie sich den Winkel merken und in der Einstellung den Kopf wieder genauso halten, gibt das einen guten Effekt. Sie treten ein, blicken aber zurück. Okay? Ihren Text können Sie ja wohl.«

Sie sah mich mit großen, feucht schimmernden Augen verständnislos an: toll für den Film, nicht so gut für den zügigen Ablauf der Dreharbeiten.

»Ich habe gehört«, sagte sie, »daß Sie böse werden, wenn Sie eine Szene mehr als dreimal drehen müssen. Stimmt das?«

»Vollkommen.«

»Dann konzentrier ich mich am besten mal.«

»Engelchen«, sagte ich mit ihrem Akzent, »tun Sie das, und ich bringe Sie in die Talkshows.«

»Die *Today Show*?«

»Nichts ist unmöglich.«

Berechnung trübte den Blick der unvergleichlichen veilchenblauen Augen, und wortlos ging sie zur Seite und studierte ihr Skript.

Klar zum Gefecht, legten wir los. Als Moncrieff mit seiner Lichtsetzung zufrieden war, stellten wir Yvonne in den Eingang und bewegten sie Zentimeter für Zentimeter, bis das Licht von draußen durch ihr dünnes Kleid schien und der Kamera im Inneren ihren Körper enthüllte: zu flachbrüstig für meinen Geschmack, aber so traumverloren unwirklich, wie ich es erhofft hatte.

»Nicht schlecht«, murmelte Moncrieff, durch den Sucher schauend.

Ich sagte: »Können Sie die Ohrringe zum Leuchten bringen?«

»Sie stellen vielleicht Ansprüche!«

Er setzte ein Inkie – einen Minischeinwerfer – so, daß die Perlen und das Gold unter ihren Ohren aufblitzten.

»Prima«, sagte ich. »Sind alle soweit? Wir proben mal. Yvonne, denken Sie dran, daß Ihnen ein grobschlächtiger Mann nachsteigt, der Lichtjahre von einem Traumliebhaber entfernt ist. Insgeheim lachen Sie ihn schon aus, aber Sie lachen ihm nicht ins Gesicht, da es in seiner Macht steht, Nash – das heißt, Ihrem Filmehemann – das Leben schwerzumachen. Stellen Sie sich vor, daß Sie ein Mann verfolgt, den Sie sexuell verachten, zu dem Sie aber nicht unhöflich sein dürfen…«

Yvonne kicherte. »Was gibt's da zu schauspielern? Die treffe ich jeden Tag.«

»Mit Sicherheit«, murmelte Moncrieff in seinen Bart.

»Okay dann«, sagte ich, mir ein Lachen verkneifend, »gehen wir's mal durch. Alles klar? Und...«, eine Pause, »bitte.«

Yvonne machte es im zweiten Probelauf goldrichtig, und dann bannten wir die Szene zweimal auf Zelluloid, beide Male kopierbar.

»Sie sind ein Schatz«, sagte ich. Und sie hörte es gern. Silva hätte vielleicht von »Sexismus« und »Belästigung« gesprochen. Ich mochte alle Frauen, nur hatte ich, wie bei den männlichen Schauspielern auch, herausgefunden, daß man Zeit sparte, wenn man ihr Selbstverständnis akzeptierte, statt es anzufechten.

In der Szene jetzt hatte Yvonne zu einem Mann, der nicht im Bild war, gesagt, sie habe versprochen, eine Box für ein in Kürze eintreffendes Pferd herzurichten, dann aber nicht mehr daran gedacht, und wolle es jetzt nachholen, bevor sie sich mit ihrem Mann, der auf dem Rückweg vom Pferderennen sei, auf einer Party treffe.

Blöd, daß sie die weißen Sandalen anhabe, sagte sie, hier auf dem unebenen Boden. Würde er ihr bitte helfen, die Heuballen wegzuräumen – und ihre Wimpern klimperten –, wo er doch so viel größer und stärker sei als die kleine Yvonne?

»Für die würde ich mich hinlegen und sterben«, meinte Moncrieff.

»Das hat er ja auch mehr oder weniger getan.«

»Sie Zyniker«, schimpfte Moncrieff und richtete das Licht auf einen Punkt hoch oben zwischen den Dachbalken aus.

Ich ging mit Yvonne die Szene durch, in der sie begriff, daß der Mann mehr von ihr wollte, als ihr lieb war. Wir spielten Überraschung, Unbehagen, Abscheu und den gefährlichen Spott durch. Ich vergewisserte mich, daß sie jeden einzelnen Schritt verstand und für sich nachvollziehen konnte.

»Die meisten Regisseure brüllen mich bloß an«, sagte sie bei der Probe, als sie gerade zum fünften oder sechsten Mal ihren Text verpatzt hatte.

»Sie sehen unfaßbar gut aus. Jetzt spielen Sie einfach die Fassungslose. Dann lachen Sie ihn aus. Manche Männer können es nicht ertragen, wenn Frauen sie auslachen. Er lechzt nach Ihnen, und Sie finden ihn komisch. Sie bringen ihn mit Ihrem Spott um den Verstand. Er bringt Sie um.«

Völliges Verständnis erhellte ihre reizenden Züge. »Halten Sie die Zwangsjacke bereit«, sagte sie.

»Yvonne, ich liebe Sie.«

Wir machten eine lange Reihe Aufnahmen von ihrem Gesicht, eine Gefühlsregung nach der anderen, und viele Aufnahmen von negativen körpersprachlichen Botschaften, von wachsender Angst, von Panik, von verzweifeltem Unglauben – alles in allem genug, um den absoluten Horror der unerwarteten Konfrontation mit dem eigenen Tod herauszuarbeiten.

Yvonne durfte in die Mittagspause gehen, während Moncrieff und ich die Crews filmten, wie sie schwere Stricke rasch über die Dachbalken warfen und furchterregende Knoten banden, um die Gewalt, das Tempo, die Gnadenlosigkeit zu zeigen, um die es mir ging. Natürlich brauchten wir jeweils viele Minuten, um ein Bild anzulegen und einzufangen, aber später im Kino, wenn die gelungensten Einstellungen ruck, zuck aufeinanderfolgten, würde das Grauen des Erhängens den Popcorn-Essern die Sprache verschlagen.

Ich setzte mich neben Yvonne auf einen Heuballen. Ich sagte: »Heute nachmittag fesseln wir Ihnen die Hände mit dem dicken Seil, das jetzt da vom Dachbalken herunterhängt.«

Sie nahm es gelassen.

»Der Mann hat Sie inzwischen so verängstigt, daß Sie fast erleichtert sind, daß er nur Ihre Hände fesselt.«

Sie nickte.

»Aber plötzlich nimmt er das vom Balken herunterhängende Seil und schlingt es Ihnen um den Hals, erst einmal, dann noch mal, und er zieht es so straff, daß Ihre Perlenkette entzweigeht und Ihnen ins Kleid rutscht, dann zieht er mit aller Gewalt am anderen Ende des über den Balken geworfenen Seils und, ehm … er reißt Sie hoch … und hängt Sie auf.«

Mit großen Augen fragte sie: »Was sage ich dann? Flehe ich ihn an? Da schweigt das Drehbuch.«

»Sie sagen nichts«, sagte ich. »Sie schreien.«

»Ich schreie?«

»Ja. Können Sie das?«

Sie öffnete den Mund und stieß einen markerschütternd schrillen Schrei aus, der sämtliche am Drehort Anwesenden alarmierte und ihr zu Hilfe eilen ließ.

Sie kicherte.

»Yvonne hat keiner geholfen«, sagte ich bedauernd, »aber den Schrei wird niemand vergessen.«

Wir filmten die brutale Erhängung, aber ohne uns dem Risiko der Zensur auszusetzen. Wir zeigten kein blau angelaufenes Gesicht, keine schrecklich verquollenen Züge. Ich wies Yvonne an, wie rasend zu zappeln, während wir sie an den Handgelenken festhielten, aber ich filmte sie nur vom in der Schlinge steckenden Hals bis zu den Füßen, die sich verzweifelt nach dem unerreichbaren Boden streckten. Wir filmten, wie sie einen ihrer weißen Schuhe verlor. Wir richteten die Kamera auf den Schuh, während der Schatten ihrer letzten Zuckungen auf die weiß getünchten Wände fiel, und wir filmten ihre losen Perlen und einen verbogenen Ohrring im Stroh, Zentimeter unter ihren nackten, zuckenden Zehen.

Danach ließ ich sie herunter und drückte sie dankbar; sie sei wunderbar, hinreißend, mitreißend, anrührend, sagte ich ihr; sie könne die Ophelia im Schlaf spielen und werde garantiert in der *Today Show* auftreten (und so kam es zum Glück dann auch wirklich).

Ich hatte von Anfang an vorgehabt, den Akt des Erhängens getrennt vom Mörder zu filmen, falls wir in einer späteren Phase die Story noch einmal radikal überdenken müßten. Wurden Tat und Täter jeweils für sich gefilmt, konnte man hinter dem Strick jedes gewünschte Gesicht einblenden. An diesem Nachmittag aber hatte ich Cibber gebeten, den Text des Mörders zu lernen, und er hatte ihn nur ungefähr im Kopf, als er auf dem Set erschien, paffte dafür aber um so genüßlicher eine lange Zigarre und gab mit sonorem Organ unpassende Witze zum besten.

Er tätschelte Yvonnes Hintern. Dummer alter Clown, dachte ich – und machte mich daran, ihn in einen brünstigen Stier zu verwandeln.

Ich stellte ihn in den Krippenabschnitt und gab ihm einen Aschenbecher, damit er das Stroh nicht in Brand setzte. Wir stellten Yvonne so, daß ihr weißes Kleid unscharf vorn am Bildrand auftauchte und ihre Anwesenheit klar ersichtlich war.

Moncrieff, auf das Licht konzentriert, klammerte Blaufolie vor einen der Scheinwerfer. Er blickte durch den Sucher und lächelte. Ich schaute auch durch, und verstand: Der Schauspieler, wartend, blinzelte gelangweilt, während wir herumlaborierten, und erschien durch das Blau in einem wirklich zweifelhaften Licht.

Cibber war in Howards Buchvorlage eine Säule des Jockey Clubs gewesen, ein rechtschaffenes, unglückliches Opfer der Umstände. Widerstrebend hatte Howard sich den Wünschen der Filmgesellschaft gefügt und eine (unbedeutende) Affäre zwischen Cibbers Frau (Silva) und Nash Rourke hinzugedichtet. Ebenso zögernd hatte er sich dazu überreden lassen, daß Cibber Nash als den mutmaßlichen Mörder seiner eigenen Frau Yvonne verfolgen sollte. Noch wußte Howard nicht, daß Cibber selbst die tödliche Schlinge geknüpft hatte. Ich würde Ärger mit Howard bekommen. Nichts Neues.

Für mich war die Figur des Cibber zentral für die Dynamik des Films. Der Cibber, den ich vor mir sah, war ein von seiner gesellschaftlichen Stellung eingeengter Mensch, ein Mann, den Erziehung, Wohlstand und die Erwartungen von seinesgleichen in die Schablone des aufrechten Puritaners gezwängt hatten, den zu lieben schwerfiel und der selbst liebesunfähig war. So konnte Cibber keinen Spott vertragen; er ertrug es nicht, daß seine Frau ihm einen Liebhaber vorzog, daß Kellner mitanhörten, wie sie ihn verhöhnte. Cibber erwartete, daß man nach seiner Pfeife tanzte. Er war vor allem anderen Respekt gewohnt.

Und doch war Cibber im Innern ein roher und leidenschaftlicher Mensch. Cibber erhängte Yvonne in einem Anfall unbezähmbarer Wut, als sie über seine versuchte Vergewaltigung lachte. Entsetzt und unfähig, der eigenen Schuld ins Auge zu sehen, verfolgte Cibber Nash bis zur Paranoia und darüber hinaus: Cibber würde schließlich untergehen und seelisch zerstört werden, wenn Nash nach vielen Fehlschlägen herausfand, daß sein Verfolger nur zu besiegen war, indem man ihn zur Zielscheibe mitleidigen Spotts machte. Cibber würde zum Schluß in die stumme Bewegungsstarre der Katatonie verfallen.

Ich sah Cibber, den Schauspieler, an und fragte mich, wie ich jemals Cibber, den Mann, aus ihm herausholen sollte.

Ich begann an diesem Nachmittag, indem ich seine Selbstgefälligkeit wegfegte und ihm sagte, er verstehe nichts von Lust.

Er war empört. »Natürlich weiß ich, was Lust ist!«

»Die Lust, die ich brauche, ist unbändig. Sie rast, brennt, wütet, tobt, läuft Amok. Sie ist mörderisch.«

»Und das soll ich alles spielen?«

»Schön wär's. Ich glaube nicht, daß Sie das können. Daß Sie die Mittel dazu haben. Ich glaube, dazu sind Sie als Schauspieler nicht gut genug.«

Cibber erstarrte. Er drückte seine Zigarre aus. Und er lieferte an diesem Tag vor der Kamera eine Vorstellung von Lust, die Mitleid und Verständnis für seinen unwiderstehlichen Drang weckte, selbst als er mordete, um nicht dafür verspottet zu werden.

Auf die Rolle des Grandseigneurs war er fortan nicht mehr festgelegt.

»Ich hasse Sie«, sagte er.

Lucy war mit den Bücherkisten beschäftigt, als ich ins Hotel zurückkam und, ohne die Tür ganz zu schließen, meinen Salon betrat.

Sie kniete zwischen den Kartons und blickte leicht errötend auf, als hätte sie ein schlechtes Gewissen.

»Entschuldigen Sie die Unordnung«, sagte sie nervös. »Ich dachte, Sie kämen erst nach sechs zurück wie sonst auch. Dann räume ich gleich mal auf. Und soll ich dir Tür zumachen?«

»Nein, lassen Sie sie angelehnt.«

Bücher und Papiere waren weithin über den Boden verstreut, und interessanterweise stammten viele davon aus Kisten, die sie schon durchgesehen und katalogisiert hatte. Die Mappe mit den Zeitungsausschnitten über Sonias Tod lag aufgeschlagen auf dem Tisch: Nur die harmlosen Ausschnitte, denn Valentines alles enthüllende Andenken waren in O'Haras Safe unter Verschluß.

»Sie haben ein paar Nachrichten bekommen«, stieß Lucy hervor und las von einem Notizblock ab. »Howard Tyler möchte Sie sprechen. Ein gewisser Ziggy, glaube ich, läßt Ihnen sagen, daß die Pferde ohne Zwischenfall in Immingham gelandet sind und jetzt in ihrem Stall stehen. Reimt sich das? Robbie – seinen Nachnamen wollte er nicht sagen – läßt Ihnen ausrichten, daß der Umzug über die Bühne gegangen ist. Und die Crew, die Sie zum Pferderennen nach Huntingdon geschickt haben, meint, sie hat ein paar gute Zuschauer- und Buchmacherbilder zusammengekriegt.«

»Danke.«

Ich betrachtete das allgemeine Durcheinander auf dem Fußboden und sagte freundlich: »Wonach suchen Sie?«

»Oh.« Sie wurde noch röter. »Papa sagte … ich meine, Sie haben hoffentlich nichts dagegen, aber mein Onkel Ridley hat mich besucht.«

»Hier?«

»Ja. Ich wußte nicht, daß er kommen wollte. Er hat einfach angeklopft, ich hab aufgemacht, und drin war er. Ich habe ihm gesagt, Sie hätten das vielleicht nicht gern, und er meinte, das sei ihm sch –, also das sei ihm ganz egal.«

»Hat Ihr Vater ihn geschickt?«

»Ich weiß nicht, ob er ihn *geschickt* hat. Er hat ihm gesagt, wo ich bin und was ich mache.«

Ich verhehlte ihr meine innere Befriedigung. Ich hatte stark gehofft, Ridley zum Handeln veranlassen zu können, und ich hatte auf Jackson als Mittler gesetzt.

»Was wollte Ridley?« fragte ich.

»Er hat gesagt, das dürfe ich Ihnen nicht erzählen.« Sie stand auf, blickte bekümmert aus den blauen Augen. »Mir gefällt das nicht... und ich weiß nicht, was ich machen soll.«

»Pflanzen Sie sich irgendwohin und entspannen Sie sich.« Ich ließ mich steif in einen Sessel sinken und lehnte meinen eingezwängten Hals an. »Rückenschmerzen«, sagte ich zur Erklärung. »Nicht der Rede wert. Was wollte Ridley?«

Sie setzte sich unschlüssig seitlich auf die Tischkante und ließ ein Bein baumeln. Die obligatorischen Jeans begleitete diesmal ein weiter blauer Pullover, über den weiße Lämmer hüpften: Nichts hätte weniger bedrohlich sein können.

Sie entschloß sich. »Er wollte das Foto von der ›Gang‹, das Sie Papa gestern gezeigt haben. Und er wollte alles, was Valentine über Sonia geschrieben hat. Deshalb hat er das ganze Zeug hier ausgekippt. Und«, ihre Stirn krauste sich, »er wollte die Messer.«

»Was für Messer?«

»Das hat er mir nicht gesagt. Ich fragte ihn, ob er das Messer meinte, das mir der Junge in Huntingdon für Sie gegeben hat, und er sagte, das und noch andere.«

»Und was haben Sie geantwortet?«

»Na, daß ich sonst keine gesehen habe, und wenn Sie so was

hätten, daß Sie es dann sicher unter Verschluß halten würden. Tja... und dann hat er mir gesagt, ich soll die Kombination für den Safe hier aus Ihnen rauslocken. Den hat er nämlich aufzukriegen versucht...« Sie schwieg unglücklich. »Ich weiß, ich hätte ihn nie reinlassen dürfen. Worum geht's denn eigentlich?«

»Kopf hoch«, sagte ich, »und lassen Sie mich nachdenken.«

»Soll ich die Bücher wieder einräumen?«

»Ja, bitte.«

Ordnung muß sein...

»Lucy«, sagte ich, »warum haben Sie mir gesagt, was Ridley wollte?«

Sie sah verlegen aus. »Soll das heißen, warum ich nicht zu meinem Onkel halte?«

»Ja.«

»Mir hat nicht gefallen, wie er ›rauslocken‹ gesagt hat. Und, na ja... er ist auch nicht mehr so nett, wie er mal war.«

Ich lächelte. «Gut. Wenn ich Ihnen jetzt die Safekombination sage, würden Sie sie dann bitte an Ridley weitergeben? Und ihm erzählen, wie schlau Sie sie aus mir rausgelockt haben? Und daß ich Ihrer Meinung nach wirklich Messer im Safe habe?«

Sie zögerte.

Ich sagte: »Ergreifen Sie entweder für ihn oder für mich Partei, aber bleiben Sie bei einem.«

Sie sagte feierlich: »Ich bin auf Ihrer Seite.«

»Dann ist die Kombination sieben-drei-fünf-zwei.«

»Jetzt gleich?« fragte sie, nach dem Telefon greifend.

»Jetzt gleich.«

Sie sprach mit ihrem Onkel. Sie log mit knallrotem Kopf, aber sie hätte auch mich überzeugt, von Ridley ganz zu schweigen.

Als sie auflegte, sagte ich: »Wenn ich mit der Arbeit an diesem Film fertig bin, so in viereinhalb Monaten wahrscheinlich, würden Sie dann gern mal Ferien in Kalifornien machen? Ohne irgendwelche Bedingungen, ohne Erwartungen«, setzte ich schnell hinzu. »Einfach Ferien. Sie können Ihre Mutter mitbringen, wenn Sie wollen. Ich denke mir nur, es würde Sie vielleicht interessieren, weiter nichts.«

Die Verlegenheit, mit der sie diesen Vorschlag aufnahm, war liebenswert. Ich war genau das, wovor man sie gewarnt hatte: ein gesunder junger Mann in einflußreicher Stellung, interessiert an Eroberungen aller Art.

»Ich werde nicht versuchen, Sie zu verführen«, versprach ich leichthin. Aber ich würde sie vielleicht heiraten, wenn sie erst mal älter war, dachte ich unerwartet. Immer und überall umgaben mich Schauspielerinnen. Eine blauäugige Farmerstochter aus Oxfordshire mit Sommersprossen auf der Nase, die hin und wieder in die Rolle des linkischen Teenagers zurückfiel, schien als Zukünftige weit hergeholt und wenig realistisch.

Es hatte nicht wie ein Blitz eingeschlagen: Da war nur eine stille, anregende Freude, die nicht wegging.

Ihre erste Reaktion war unvermittelt und typisch. »Das kann ich mir nicht leisten.«

»Ach so.«

»Aber, ehm... trotzdem.«

»Lucy!«

Ihr Kopf blieb rot. »Sie verwandeln sich bestimmt in einen Frosch.«

»Kermit ist nicht so übel«, meinte ich abschätzend.

Sie kicherte. »Was soll mit den Kartons werden?«

Ihre Arbeit mit den Kartons war ursprünglich mein Draht zu ihrem Vater gewesen. Es war vielleicht nicht nötig, daß sie noch daran arbeitete, aber ich hatte mich daran gewöhnt, sie hier in meinen Räumen vorzufinden.

»Ich hoffe, Sie katalogisieren morgen weiter«, sagte ich.

»In Ordnung.«

»Aber heute abend muß ich an dem Film arbeiten... ehm, allein.«

Sie wirkte zwar ein wenig enttäuscht, aber mehr noch erleichtert. Ein gewagter Schritt vorwärts… ein vorsichtiger halber Schritt zurück. Doch eines Tages würden wir es schaffen, dachte ich und war zufrieden, ja sogar beruhigt, daß es Zeit damit hatte.

Wir gingen durch die noch immer einen Spalt weit geöffnete Tür, und ich begleitete Lucy durch den Gang bis zur Treppe, winkte ihr und unterhielt mich, als ich zurückkam, kurz mit meinem Bodyguard, den O'Hara auf Wunsch der Filmgesellschaft jetzt in dem Zimmer gegenüber meiner Suite einquartiert hatte.

Mein Bodyguard, ein Halbasiate, hatte glattes schwarzes Haar, glänzende schwarze Augen und keine erkennbaren Gefühlsregungen. Er mochte jung, wendig, durchtrainiert und schnell zu Fuß sein, aber er war auch einfallslos und hatte mich nicht vor dem Armadillo bewahrt.

Als ich seine unverschlossene Tür aufstieß und ihn hellwach auf einem Stuhl vor mir sitzen sah, sagte er prompt: »Ihre Tür war die ganze Zeit offen, Mr. Lyon.«

Ich nickte. Wir hatten vereinbart, daß er, sobald er sah, daß meine Tür geschlossen war, meinen Schlüssel benutzen und hereinkommen solle. Einen klareren und einfacheren Hilferuf konnte ich mir nicht denken.

»Haben Sie gegessen?« fragte ich.

»Ja, Mr. Lyon.«

Ich versuchte ein Lächeln. Keine Reaktion.

»Schlafen Sie nicht ein«, sagte ich lahm.

»Nein, Mr. Lyon.«

O'Hara hatte ihn wahrscheinlich über die Rollenvermittlung an Land gezogen, dachte ich. Schlechte Wahl.

Ich kehrte in meinen Salon zurück, ließ die Tür zwanzig Zentimeter offen, trank einen Schluck Brandy und bekam einen Anruf von Howard.

Wie vorauszusehen tobte er.

»Cibber hat mir erzählt, Sie haben aus ihm den Mörder gemacht. Das ist doch unmöglich! Das geht nicht, das lasse ich nicht zu! Was sollen denn die Visboroughs dazu sagen?«

Ich wies darauf hin, daß wir bei Bedarf einen anderen Mörder einfügen konnten.

»Cibber sagt, Sie haben ihn in Stücke gerissen.«

»Cibber hat die Vorstellung seines Lebens geliefert«, widersprach ich – und tatsächlich bekam der Film schließlich vier Oscar-Nominierungen und Cibber den Oscar für die beste Nebenrolle, so daß er mir im Jahr darauf gnädig verzieh.

»Morgen früh«, versprach ich Howard, »halten wir eine ausführliche Drehbuchbesprechung ab. Sie, ich, Nash und Moncrieff.«

»Ich möchte, daß Sie den Film abbrechen.«

»Das steht nicht in meiner Macht.«

»Und wenn Sie sterben?« fragte er.

Nach einer Pause sagte ich: »Dann dreht die Filmgesellschaft mit einem anderen Regisseur weiter. Glauben Sie mir, Howard, wenn ich umgebracht würde, wäre das eine Riesenreklame für den Film – es würde ihn keineswegs verhindern.«

»Das ist nicht fair«, jammerte er, als ob er nichts dazugelernt hätte, und ich sagte: »Bis morgen«, und legte seufzend auf.

Der Safe in meinem Salon war wie O'Haras auch in einem Wandschrank versteckt, der oben ein großes Fernsehgerät beherbergte und unten eine Minibar sowie den Safe. Die Minibar enthielt eine kleine Auswahl von Getränken für den durstigen Reisenden – Schnaps, Wein, Champagner und Bier, dazu Schokolade und Nüsse. Der Safe – mein Safe – enthielt nichts. Ich stellte ihn auf die Kombination sieben-drei-fünf-zwei ein, vertraute ihm das »Gang«-Foto an und sperrte ihn zu.

Dann setzte ich mich in den Sessel in meinem Schlafzimmer und wartete lange und dachte über das Beichtgeheimnis nach und darüber, ob oder wieweit ich verpflichtet war, das Geheimnis der verzweifelten Beichte des sterbenden Valentine zu wahren.

Ich spürte die schwere Bürde der priesterlichen Schweigepflicht, die wirkliche Priester oft leichtnehmen, da sie wissen, daß ihre Rolle sie von der letzten Verantwortung entbindet, auch wenn sie lasterhafte Gewohnheiten verzeihen. Ich hatte nicht das Recht gehabt, Valentines Beichte zu hören und ihm seine Sünden zu vergeben, und beides hatte ich getan. Ich hatte ihn losgesprochen. *»In nomine Patris... ego te absolvo.«*

Ohne es zu wollen, fühlte ich mich unbedingt an den Geist dieser Worte gebunden. Ich konnte und durfte meine Haut nicht mit der Preisgabe des Geheimnisses retten, das er mir als Priester anvertraut hatte, als er im Sterben lag. Andererseits durfte ich guten Gewissens nutzen, was er mir in seinem Testament vermacht hatte.

Ich war unter seinen Büchern und Papieren nicht auf ein einzelnes, alles verratendes Indiz gestoßen, das man beim Durchstöbern seines Hauses hätte finden können. Die Teile waren da, aber unauffällig und verborgen. Ich hatte sie mit viel Glück zusammengefügt. Ich wünschte, ich hätte etwas Schlüssigeres gehabt als das »Gang«-Foto, um den Safe mit einem Köder zu bestücken, aber wie es aussah, gab es das nicht. Valentine hatte seine größte Sünde nicht aufgeschrieben; er hatte sie in seinen letzten lichten Augenblicken bekannt, aber sicher nicht gewollt, daß sie ihn überlebte. Er hatte sein sechsundzwanzig Jahre altes Geheimnis nirgendwo konkret und bündig festgehalten.

Zweieinhalb Stunden nachdem ich mit Howard gesprochen hatte, traf mein Besuch ein. Er kam an die Salontür und rief meinen Namen, und als ich nicht gleich antwortete, trat er kurzerhand ein und schloß die Tür hinter sich. Ich hörte sie einklinken. Ich hörte, wie er den Wandschrank öffnete und die Kombination des Safes drückte.

Ich schlenderte an meine Schlafzimmertür und begrüßte ihn.

»Tag, Roddy.«

Er trug Blazer, Hemd und Krawatte. Er sah wie ein Inbild

springreiterlicher Korrektheit aus, und er hielt das »Gang«-Foto in der Hand.

»Suchen Sie etwas?« fragte ich.

»Ehm«, sagte Roddy Visborough höflich, »eigentlich ja. Es ist vielleicht eine kleine Zumutung, aber eins von den Kindern, die bei mir Reitstunden nehmen, hat mich gebeten, ihm ein Autogramm von Nash Rourke zu besorgen. Howard hat mir versichert, daß Sie ihn darum bitten werden.«

Er legte das Foto auf den Tisch und kam mit einem Autogrammheft und einem Kuli in den Händen auf mich zu.

Das geschah so völlig unerwartet, daß ich Professor Derrys Warnung – alles, was er bei sich hat, kann in Wirklichkeit ein Messer sein – vergaß und ihn zu nah herankommen ließ.

Er ließ das Autogrammheft vor meinen Füßen fallen, und als ich unwillkürlich hinsah, riß er den goldfarbenen Kuli so schnell auf, daß ich es gar nicht mitbekam, und stach auf mich ein.

Die freigelegte Spitze des Stiletts ging glatt durch meinen Jersey und mein Hemd und traf über meinem Herzen auf stabiles Polymer.

Selbst ungläubig und verwirrt, warf Roddy den Stift hin, griff nach seinem Schlips und zog mit einem Ruck ein viel größeres Messer darunter hervor, ein furchterregendes Ding mit einer Dreiecksklinge, ähnlich einer Traufel, befestigt an einem Schaft, der zwischen seinen Fingern hindurchlief und zu einem Knauf in seiner Hand führte.

Im Augenblick sah ich nur die Dreiecksklinge, die aus seiner Faust herauswuchs, als wäre sie ein Teil von ihr, das breite Ende vor den Knöcheln, die Spitze zwölf bis fünfzehn Zentimeter vorstehend.

Er stach sofort nach meiner Kehle und wurde auch dort von Robbies Werk gebremst, aber mit einer einzigen raschen Bewegung riß er die Klinge hoch, so daß sie mir ins Kinn schnitt und einen Strich über die Wange bis zur Schläfe zog.

Ich hatte nicht vorgehabt, mit ihm zu kämpfen. Davon verstand ich nichts. Und wie sollte man mit bloßen Fäusten einen so gefährlich bewaffneten Gegner abwehren?

Er wollte mich umbringen. Ich sah es ihm an. Er würde Blut auf seine elegante Kleidung bekommen. Man denkt so ungereimtes Zeug in Augenblicken höchster Gefahr. Er begriff, daß ich vom Hals bis zur Taille gepanzert war, zielte auf ungeschützte Bereiche und stieß mir seine fürchterliche Dreiecksklinge mehrmals in den linken Arm, während ich meine Augen abschirmte und vergebens versuchte, hinter ihn zu gelangen und mit dem rechten Arm seinen Hals zu umklammern.

Ich wich ihm aus. Wir liefen im Kreis durch das Schlafzimmer. Er war darauf bedacht, bei seinem Angriff zwischen mir und der Tür zu bleiben.

Alles war voll roter Spritzer, ein roter Fluß lief mir über die linke Hand. Ich rief aus Leibeskräften meinen verdammten Bodyguard, und nichts geschah, so daß ich schon anfing zu glauben, was immer nachher mit Roddy passierte, würde nicht mehr meine Sorge sein.

Ich riß den Überwurf vom Bett und warf ihn nach Roddy, und zum Glück verfing er sich an Roddys rechter Hand. Ich sprang ihn an. Ich warf mich gegen ihn und wickelte seinen rechten Arm fest in die Decke. Ich warf ihn um – stellte ein Bein hinter das seine, zog ihn hintenüber und wälzte mich mit ihm am Boden und schlang den Überwurf immer noch enger um ihn, bis er darin eingesponnen war, bis ich blutend auf ihm liegenblieb, so sehr er mich abzuwerfen versuchte.

Ich weiß nicht, wie es ausgegangen wäre, aber jetzt kreuzte endlich doch mein Bodyguard auf.

Er erschien in der Badezimmertür und fragte: »Mr. Lyon?«

Ich konnte ihm nicht mehr vernünftig antworten. Ich sagte: »Holen Sie jemanden.« Nicht gerade der Spruch eines Nash-Rourke-Helden.

Er nahm mich jedenfalls beim Wort. Ich hörte ihn undeutlich im Salon telefonieren, und bald darauf war meine Suite voller Leute. Moncrieff, Nash selbst, starke Männer aus der Küche des Bedford Lodge, die auf dem sich windenden Überwurf hockten, und schließlich auch Männer, die sagten, sie seien Polizeibeamte, Sanitäter und so fort.

Ich bat den Hoteldirektor wegen der Blutflecke um Entschuldigung. Nun ja.

»Wo zum Teufel haben Sie gesteckt?« fragte ich meinen Bodyguard. »Haben Sie nicht gesehen, daß meine Tür zu war?«

»Doch, Mr. Lyon.«

»Na, und?«

»Aber Mr. Lyon«, verteidigte er sich selbstgerecht, »manchmal muß ich doch zur Toilette gehen.«

17

Früh am Donnerstag morgen saß ich auf einer windigen Sanddüne und wartete darauf, daß über dem Strand von Happisburgh die Sonne aufging.

O'Hara, in panischem Schrecken aus L.A. zurückgekehrt, saß fröstelnd neben mir. Die etwa vierzig Personen der verschiedenen Crews am Drehort liefen zwischen den dicht hinter den Dünen abgestellten Fahrzeugen und dem Strand hin und her, und draußen auf dem nassen Streifen festen, makellosen Sandes, den die ablaufende Flut freigelegt hatte, richtete Moncrieff das Licht und den Kamerakran ein, beides auf ein riesiges oranges Raupenfahrzeug montiert, das sonst zur Strandreinigung diente und nötigenfalls auch Schiffswracks plattwalzen konnte.

Weit draußen auf der linken Seite wartete Ziggy mit den Fjordpferden. Zwischen ihm und uns kommandierte Ed eine zweite Kamera, die eine andere Perspektive liefern sollte.

Wir hatten während der Ebbe am Abend vorher geprobt und dabei den Sand so aufgewühlt, daß uns klar war, die Einstellung würde heute auf Anhieb sitzen müssen. Ziggy war zuversichtlich, Moncrieff war zuversichtlich, O'Hara war zuversichtlich – ich war zapplig.

Wir brauchten einen guten Sonnenaufgang. Wir konnten ein eindrucksvolles Bild aus den Aufnahmen des entflammten Himmels von voriger Woche zusammenstoppeln; wir konnten Lichter setzen, um Glanz in die Augen der Pferde zu bringen, aber wir brauchten Glück und Sonnenaufgang live, um die Wirkung zu erzielen, um die es mir ging.

Ich dachte über die Ereignisse der letzten Tage nach. Ein

Mikrochirurg im Krankenhaus von Cambridge hatte mir das Gesicht mit dünnem schwarzen Faden zusammengenäht, der im Augenblick aussah, als krabbelte mir ein Tausendfüßler vom Kinn zum Haaransatz empor, doch der Arzt hatte mir versichert, es werde kaum eine Narbe bleiben. Die Schnitte an meinem linken Arm hatten ihm und mir mehr Sorgen bereitet, aber sie waren wenigstens außer Sicht. Er nahm an, daß in einer Woche alles verheilt sei.

Robbie Gill kam Dienstag früh kurz ins Krankenhaus und nahm die Delta-Cast-Weste mit, die die Nachtschwestern am Abend vorher so verwirrt hatte. Statt zu erkären, warum ich sie getragen hatte, meinte er nur: »Ein Porositätstest – sehr interessant.« Und er sagte mir, er habe seinem Polizeikollegen erzählt, daß Dorothea ihren Angreifer jetzt identifizieren könne, und vorgeschlagen, ihr doch einmal ein Foto vorzulegen, da es unwahrscheinlich sei, daß plötzlich zwei Messerstecher in Newmarket umgingen.

Ich verbrachte den Dienstagnachmittag im Gespräch mit der Polizei, nachdem ich mir am Montag abend zurechtgelegt hatte, was ich sagen würde und was nicht.

Später erfuhr ich, daß sie bereits Roddy Visboroughs Cottage in Leicestershire durchsucht und eine Unzahl ungewöhnlicher versteckter Messer entdeckt hatten. Sie fragten mich, ob ich eine Ahnung hätte, warum Roddy mich angegriffen habe.

»Er wollte den Film stoppen. Er glaubt, der Film schadet dem Ruf seiner Familie.«

Das genügte ihnen nicht als Grund für einen Mordversuch, und seufzend über die Merkwürdigkeiten des Lebens stimmte ich ihnen bei. Ob ich mir sonst noch einen Grund denken könne? Leider nein.

Roddy Visborough würde ihnen bestimmt keinen anderen Grund nennen. Roddy Visborough würde nicht sagen: »Ich hatte Angst, Thomas Lyon würde herausfinden, daß ich der vorgetäuschten Erhängung meiner Tante zugestimmt habe, um eine Sexorgie zu vertuschen.«

Roddy der Springreiter hatte zu viel zu verlieren gehabt. Roddy, Paul und Ridley mußten hellauf entsetzt gewesen sein, als ihr zu Grab getragenes Vergehen plötzlich wie ein Spuk wiederauferstand. Zuerst hatten sie versucht, mich mit Drohungen loszuwerden, und als das nicht gelang, mit tödlichen Mitteln.

Die Polizisten fragten mich, ob ich wisse, daß Mr. Visboroughs Fingerabdrücke überall in Mrs. Panniers Haus gefunden worden seien, genau wie meine auch? »Wie seltsam!« sagte ich; ich hätte Mr. Visborough niemals in ihrem Haus gesehen.

Sie sagten, auf Grund von Hinweisen hätten sie an diesem Morgen Mrs. Pannier befragt, die Mr. Visborough auf einem Polizeifoto als den Mann identifiziert habe, der sie überfallen hatte.

»Das gibt's doch nicht«, sagte ich.

Sie fragten mich, ob ich gewußt hätte, daß Mrs. Pannier von Mr. Visborough überfallen worden sei. Nein, antwortete ich.

Welche Verbindung bestand zwischen ihr und mir?

»Ich habe ihrem blinden Bruder vorgelesen«, sagte ich. »Er ist an Krebs gestorben.«

Das wußten sie.

Sie fragten sich, ob das Messer, das ich auf der Heide gefunden hatte und das sich jetzt in Polizeibesitz befand, etwas mit dem zu tun hatte, was mir zugestoßen war.

»Wir haben das alle für einen Versuch gehalten, uns von dem Film abzubringen«, sagte ich. »Weiter nichts.«

Außerdem glaubte ich, auch wenn ich es nicht sagte, daß Roddy Ridley das Nahkampfmesser gegeben und ihn aufgefordert hatte, Nash und damit den Film zum Teufel zu jagen.

Ich glaubte, daß Roddy Paul gezwungen hatte, mit ihm zusammen Dorotheas Haus nach irgendwelchen verräterischen Hinweisen auf Sonias Tod zu durchsuchen, die Valentine hinterlassen haben mochte.

Roddy war der Stärkste von den dreien gewesen und derjenige mit der meisten Angst.

Von Lucy informiert, hatte Ridley die Kombination meines Safes entgegenkommend an Roddy weitergegeben und ihm gesagt, ich wüßte viel zu viel.

Roddy hatte meine Hoffnungen erfüllt und sich und seine Verwicklung zu erkennen gegeben, als er wie der Hecht zum ausgeworfenen Köder gekommen war. Ich hatte ihn angelockt, hatte gehofft, er werde wieder ein ausgefallenes Messer mitbringen, aber ich hatte dabei nicht so zugerichtet werden wollen.

Die Polizisten gingen scheinbar unzufrieden von dannen, aber zumindest hatten sie doch den Beweis für zweifache schwere Körperverletzung, und wenn sie mit der ganzen verfügbaren Palette moderner Kriminaltechnik nicht nachweisen konnten, daß Roddy Visborough der Mörder von Paul Pannier war, dann hatten sie Pech gehabt. Als Motiv würden sie vielleicht annehmen, Paul habe aus Reue gedroht, Roddy wegen des Angriffs auf Dorothea anzuzeigen, das kam der Wahrheit nah und klang plausibel. Jedenfalls so plausibel, daß auch Dorothea es glauben und Trost daraus schöpfen konnte.

Mittwoch früh entließ ich mich aus dem Krankenhaus und kehrte nach Newmarket zurück, wo ich einem wütenden Howard und einer äußerst aufgebrachten Alison Visborough in die Arme lief.

»Ich habe Ihnen ja gesagt, Sie hätten an meinem Buch nichts ändern sollen«, tobte Howard. »Sehen Sie nur, was Sie angerichtet haben! Roddy kommt ins Gefängnis!«

Alison sah ungläubig auf die Tausendfüßlerspur in meinem Gesicht. »Das hätte Rodbury niemals getan!«

»Rodbury hat«, sagte ich trocken. »Hat er immer schon Messer gesammelt?«

Sie zögerte. Trotz ihrer Empörung war sie gerecht. »Es kann... es könnte sein. Er hat geheim getan...«

»Und er hat Sie von seinen Spielen ausgeschlossen.«

Sie sagte verdutzt: »Oh« und begann die Psyche ihres Bruders neu einzuschätzen.

Während ich jetzt in Norfolk auf den Dünen saß, dachte ich über Alisons Vater und seine abgebrochene politische Laufbahn nach. Ich war mir beinah sicher, daß nicht der Skandal um den ungeklärten Tod seiner Schwägerin ihn zum Rückzug aus der Politik bewogen hatte, sondern die Erkenntnis – vielleicht hatte er es von Valentine, vielleicht auch von Jackson Wells erfahren –, daß sein Sohn an dem Vertuschungsmanöver der vormittäglichen Erhängung beteiligt gewesen war, nachdem er mit der eigenen Tante hatte schlafen wollen. Der rechtschaffene Rupert hatte seinem Sohn Springpferde geschenkt, damit er seine Verfehlung wiedergutmachen konnte, hatte ihm aber doch nicht endgültig verziehen, sondern den Familiensitz seiner Tochter vermacht. Armer Rupert Visborough … er hatte nicht verdient, ein Cibber zu werden, aber wenigstens würde er es nie erfahren.

O'Hara kuschelte sich in seine wattierte Fliegerjacke und sagte, er habe sich am Abend vorher, während ich am Strand probte, die Muster von der Erhängung zeigen lassen.

»Sind wir damit jugendfrei?« fragte ich. »Ab zwölf wäre ideal.«

»Kommt auf den Schnitt an. Wie sind Sie auf diese Version ihres Todes gekommen?«

»Howard schwört auf die kathartische Wirkung des Urschreis.«

»Quatsch, Thomas. Dieser Tod war keine Therapie. Die wird gehängt, daß sich einem der Magen umdreht.«

«Gut.«

O'Hara blies sich auf die Finger. »Ich hoffe, die verdammten Pferde sind die Affenkälte wert.«

Der Himmel im Osten wechselte von Schwarz zu Grau. Ich griff zum Walkie-Talkie und sprach noch einmal mit Ed und auch mit Ziggy. Alles klar. Ich brauchte mir keine Sorgen zu machen. Alles würde gutgehen.

Ich dachte über Valentines einst so gewaltige Kräfte nach.

Ich hatte seine Beichte für mich behalten. Niemand würde sein Geheimnis je von mir erfahren.

Das Messer habe ich Derry gegeben…

Valentine hatte mit seinen starken Armen ein einzigartiges Messer zur Bereicherung der Sammlung seines Freundes Professor Derry geschaffen: ein Stahlmesser mit Speerspitze und Zuckerbäckergriff, eine Waffe ganz ungewöhnlicher Art.

Ich habe den Jungen aus Cornwall umgebracht…

Einer von der »Gang«, vielleicht sogar Pig Falmouth selbst, hatte Valentine erzählt, wie Sonia gestorben war, und in einer übermächtigen Aufwallung von Wut, Kummer und Schuldbewußtsein hatte er den Spieß gepackt und ihn tief in den Körper des Jockeys gestoßen.

So oder so ähnlich mußte es passiert sein. Valentine hatte Sonia heimlich geliebt. Er hatte sich über perverse Lustmittel informiert, um Derrys Potenzschwäche abzuhelfen, und er hatte den Lexikonartikel auch Pig gezeigt, sicher leichten Herzens – sieh mal hier, Pig –, und Pig hatte es seinen Freunden erzählt.

Ich habe ihrer aller Leben zerstört… Vermutlich hatte er damit sagen wollen, er habe ihr Leben ruiniert, indem er sie auf die Idee zu ihrem tödlichen Spiel gebracht hatte. Sie hatten ihr Leben selbst zerstört, aber Schuldgefühle entbehrten mitunter der Logik.

Valentine hatte Pig Falmouth in dem gleichen wilden, unbändigen Zorn umgebracht, der Jackson Wells dazu getrieben hatte, seinen Bruder Ridley halbtot zu schlagen. Und Valentine selbst hatte die Zeitungsnotiz verfaßt, die von Pigs Übersiedlung nach Australien berichtete und die alle geglaubt hatten.

Pig Falmouth lag wahrscheinlich seit sechsundzwanzig Jahren auf dem Grund des Brunnens, den Valentine von einem Bauunternehmen hatte auffüllen lassen, um ihn kindersicher zu machen. Valentine hatte mit Jackson Wells dabeigestanden und zugesehen, wie sie den Schutt von Jahren in den Schacht hineinwarfen und jede Spur des leichtsinnigen Jungen tilgten, der sein Goldmädchen geküßt und getötet hatte.

Valentine hatte seine Seele schließlich von der Last des Mordes befreit.

Ich ließ sie beide ruhen.

Das eintönige Grau des Himmels wurde im Osten langsam von einem matten, zarten Rot durchtränkt.

Moncrieff hielt einen Belichtungsmesser hoch, um alle paar Minuten die fortschreitende Helligkeit zu messen, und er tat es mit der Hingabe, die ihm für seine Kamera den zweiten auf *Unsichere Zeiten* entfallenen Oscar eingebracht hatte. Howard, nominiert für das beste Drehbuch nach Vorlage, verfehlte ebenso wie unser vierter Kandidat, der Architekt, die Auszeichnung ganz knapp. O'Hara und die Bosse waren allerdings zufrieden, und ich bekam ein gut kalkuliertes Epos mit Megastar Nash zugeteilt.

Über dem Strand von Happisburgh wurde das Purpur im Himmel zu Scharlachrot, das die Wellen rosa färbte. Die Wolkenstreifen waren spärlicher als in der Woche davor, ebenso der Goldstich im Rot. Wir würden die beiden Sonnenaufgänge überblenden, dachte ich.

Rechts von uns, weit hinter Moncrieff und seinen Kameras, hatte der Trainer der Fjordpferde auf dem Sand große Rationen Preßfutter verteilt: Die Wildpferde würden auf unser Zeichen, wie sie es gelernt hatten, losrennen, um zu ihrem Frühstück zu gelangen.

Moncrieff hielt die Belichtungsmesser hoch und begrüßte den Tagesanbruch wie ein alter Prophet. Wenn er die Arme senkte, sollte die Aufnahme beginnen.

Die blendende Sonne tauchte auf. Moncrieffs Arme fuhren nieder.

Ich sagte: »Bitte, Ed«, und: »Jetzt, Ziggy« in mein Walkie-Talkie, und unten am Strand liefen die Pferde los.

Wir hatten Ziggy in ein Ganzkörpertrikot aus grauem Lycra gesteckt, an das er sich, ballettgeschult, sofort gewöhnt hatte. Über dem Trikot trug er ein fließendes, formloses Gewand aus durchscheinendem weißem Seidenvoile und auf dem Kopf die blonde Perücke. Seine dunklen Gesichtszüge hatte die Maskenabteilung aufgehellt, und er ritt wie angekündigt ohne Schuhe, Sattel und Zaumzeug.

Die Pferde beschleunigten und platzten mit dem Schlag und dem Schnalzen ihrer galoppierenden Hufe in die stille Weite der Meerlandschaft.

Ziggy kniete auf dem Widerrist seines Pferdes, den Kopf über den nach vorn geworfenen Hals des Tieres gebeugt. Gewand und Haare flatterten im Wind und zogen alles Licht auf sich, der graugekleidete Mann im Innern war nahezu unsichtbar, ein Schatten nur.

Moncrieff bediente zwei Totalen-Kameras, die eine eingestellt auf sechsunddreißig Bilder pro Sekunde – Zeitlupe.

Die aufgehende Sonne schien den Pferden in die Augen. Licht blitzte auf fliegenden Mähnen. Die Köpfe der wilden Herde waren vorgereckt in der Hitze des Rennens, im unbändigen Drang, vornweg zu sein, die Gruppe anzuführen.

Die Herde teilte sich und fegte um Moncrieff herum, die dahinstürzenden Leiber so nah, die Wikingerköpfe wild und frei.

Ziggy ritt zwischen Moncrieff und dem stärksten Licht. Auf dem fertigen Film sah es aus, als hätte die fliegende Gestalt sich dort in Luft, in Licht, in Leuchten aufgelöst; als sei sie ein Teil der Sonne geworden.

»Herr im Himmel«, sagte O'Hara, als er das sah.

Für den Schluß des Films schnitt ich einige Bilder von der Erhängung in die Wildpferdesequenzen hinein.

Yvonnes Schrei ging in dem dünnen, schrillen, verlorenen Schrei einer Möwe auf.

Die junge Frau mit den Phantasiegeliebten träumte, sie ritte die wilden Pferde, während sie dem Tod entgegenschwang.

Bitte beachten Sie auch die folgenden Seiten

Dick Francis im Diogenes Verlag

»Die Bücher von Dick Francis haben die Grenzen des Krimis längst überschritten. Ihr Autor veranschaulicht Menschen, wie er sie kennt, in Verhältnissen, wie er sie noch besser kennt.«
Süddeutsche Zeitung, München

Todsicher
Roman. Aus dem Englischen von Tony Westermayr

Nervensache
Roman. Deutsch von Tony Westermayr

Blindflug
Roman. Deutsch von Tony Westermayr

Hilflos
Roman. Deutsch von Nikolaus Stingl

Peitsche
Roman. Deutsch von Nikolaus Stingl

Knochenbruch
Roman. Deutsch von Michaela Link

Gefilmt
Roman. Deutsch von Malte Krutzsch

Galopp
Roman. Deutsch von Ursula Goldschmidt und Nikolaus Stingl

Handicap
Roman. Deutsch von Jobst-Christian Rojahn

Reflex
Roman. Deutsch von Monika Kamper

Fehlstart
Roman. Deutsch von Malte Krutzsch

Banker
Roman. Deutsch von Malte Krutzsch

Gefahr
Roman. Deutsch von Malte Krutzsch

Weinprobe
Roman. Deutsch von Malte Krutzsch

Ausgestochen
Roman. Deutsch von Malte Krutzsch

Festgenagelt
Roman. Deutsch von Malte Krutzsch

Gegenzug
Roman. Deutsch von Malte Krutzsch

Unbestechlich
Roman. Deutsch von Jobst-Christian Rojahn

Außenseiter
Roman. Deutsch von Gerald Jung

Comeback
Roman. Deutsch von Malte Krutzsch

Sporen
Roman. Deutsch von Malte Krutzsch

Lunte
Roman. Deutsch von Malte Krutzsch

Knochenbruch
Roman. Deutsch von Michaela Link

Ausgestochen
Roman. Deutsch von Malte Krutzsch

Festgenagelt
Roman. Deutsch von Malte Krutzsch

Zügellos
Roman. Deutsch von Malte Krutzsch

Schlittenfahrt
Roman. Deutsch von Jobst-Christian Rojahn

Donna Leon im Diogenes Verlag

Venezianisches Finale

Commissario Brunettis erster Fall

Roman. Aus dem Amerikanischen von Monika Elwenspoek

Skandal in Venedigs Opernhaus ›La Fenice‹: In der Pause vor dem letzten Akt der ›Traviata‹ wird der deutsche Stardirigent Helmut Wellauer tot aufgefunden. In seiner Garderobe riecht es unverkennbar nach Bittermandel – Zyankali. Ein großer Verlust für die Musikwelt und ein heikler Fall für Commissario Guido Brunetti. Dessen Ermittlungen bringen Dinge an den Tag, wonach einige Leute allen Grund gehabt hätten, den Maestro unter die Erde zu bringen. Der Commissario entdeckt nach und nach einen wahren Teufelskreis aus Ressentiments, Verworfenheit und Rache. Sein Empfinden für Recht und Unrecht wird auf eine harte Probe gestellt.

»Mit ihrem ersten, preisgekrönten Kriminalroman *Venezianisches Finale* weckt die aus New Jersey kommende Wahlitalienerin Donna Leon großen Appetit nach mehr aus ihrer Feder. Die Verfasserin krönt ihre Detailkenntnisse und ihre geistreichen Italien-Einblicke wie en passant mit dem Gespür und der klugen Lakonie amerikanischer Crime-Ladies.«
Wiesbadener Tagblatt

Endstation Venedig

Commissario Brunettis zweiter Fall

Roman. Deutsch von Monika Elwenspoek

Ein neuer Fall für Commissario Brunetti: Die aufgedunsene Leiche eines kräftigen jungen Mannes schwimmt in einem stinkenden Kanal in Venedig. Und zum Himmel stinken auch die Machenschaften,

die sich hinter diesem Tod verbergen: Mafia, amerikanisches Militär und der italienische Machtapparat sind gleichermaßen verwickelt. Ja gibt es Verbindungen zur Drogenszene? Einen Giftmüllskandal?
Eine harte Nuß für Brunetti, der sich nicht unterkriegen läßt: Venedig durchstreifend und seine Connections nutzend ermittelt er ebenso sympathisch wie unkonventionell. Dank seiner Menschenkenntnis und seinem souveränen Umgang mit den Autoritäten bringt er gelassen und engagiert Licht in die dunklen Machenschaften. Drohen doch andernfalls eine junge Ärztin, eine sizilianische Mamma, ein unverbesserlicher Kleinbetrüger und unschuldige Kinder zu Opfern von Schlendrian und Gewinnsucht zu werden.

»Aus Brunetti könnte mit der Zeit ein Nachfolger für Simenons Maigret werden.« *Radio Bremen*

Venezianische Scharade

Commissario Brunettis dritter Fall

Roman. Deutsch von Monika Elwenspoek

Eigentlich wollte Brunetti ja mit seiner Familie in die Berge fahren, statt den brütendheißen August in Venedig zu verbringen. Doch dann wird beim Schlachthof vor Mestre die Leiche eines Mannes in Frauenkleidern gefunden. Ein Transvestit? Wird Streitigkeiten mit seinen Freiern gehabt haben – so die allgemeine Meinung, auch bei Teilen der Polizei. Brunetti, so rechtschaffen, wie man es in Italien eben noch sein kann, schaut genauer hin. Stammt der Tote überhaupt aus der Transvestitenszene? Der Commissario lernt bei seinen Ermittlungen in einem Milieu, das auch den meisten Lesern weniger bekannt sein dürfte und darum nur um so spannender ist, weniger schnell zu urteilen, als die ach so ehrenwerten Normalbürger es tun.

»Weitermachen, Guido Brunetti, und weiterschreiben, Donna Leon!« *NDR, Hamburg*

Ingrid Noll im Diogenes Verlag

Der Hahn ist tot

Roman

Mit zweiundfünfzig Jahren trifft sie die Liebe wie ein Hexenschuß. Diese letzte Chance muß wahrgenommen werden, Hindernisse müssen beiseite geräumt werden. Sie entwickelt eine bittere Tatkraft: Rosemarie Hirte, Versicherungsangestellte, geht buchstäblich über Leichen, um den Mann ihrer Träume zu erbeuten.

»Die Geschichte mit dem überraschenden Schluß ist eine Mordsgaudi. Ein Krimi-Spaß speziell für Frauen. Ingrid Noll hat das mit einem verschwörerischen Augenblinzeln hingekriegt. Wenn die Autorin so munter weitermordet, wird es ein Vergnügen sein, auch ihr nächstes Buch zu lesen.«
Martina I. Kischke/Frankfurter Rundschau

»Ein beachtlicher Krimi-Erstling: absolut realistisch erzählt und doch voll von schwarzem Humor. Der Grat zwischen Karikatur und Tragik ist haarscharf gehalten, die Sache stimmt und die Charaktere auch. Gutes Debüt!« *Ellen Pomikalko/Brigitte, Hamburg*

»Wenn Frauen zu sehr lieben... ein Psychokrimi voll trockenem Humor. Spielte er nicht in Mannheim, könnte man ihn für ein Werk von Patricia Highsmith halten.« *Für Sie, Hamburg*

Die Häupter meiner Lieben

Roman

Maja und Cora, Freundinnen seit sie sechzehn sind, lassen sich von den Männern so schnell nicht an Draufgängertum überbieten. Kavalierinnendelikte und böse Mädchenstreiche sind ebenso von der Partie wie Mord und Totschlag. Wehe denen, die ihrem Glück in der Toskana im Wege stehen! *Die Häupter meiner Lieben* ist ein rasanter Roman, in dem die Heldinnen ihre Familienprobleme auf eigenwillige Weise lösen.

»Eine munter geschriebene Geschichte voll schwarzen Humors, richtig süffig zu lesen. Ingrid Noll kann erzählen und versteht es zu unterhalten, was man von deutschen Autoren bekanntlich nicht oft sagen kann.«
Frankfurter Allgemeine Zeitung

»Ein herzerquicklich unmoralischer Lesestoff für schwarze Stunden.« *Der Standard, Wien*

»Spätestens seit im Kino *Thelma & Louise* Machos verschreckt haben, floriert überall der biestige Charme gewissenloser Frauenzimmer. Ihre Waffen: flinke Finger, Tränen, Zyankali.« *stern, Hamburg*

»So schamlos amoralisch, charmant und witzig wurden Männer bisher nicht unter den Boden gebracht.«
SonntagsZeitung, Zürich

Die Apothekerin

Roman

Hella Moormann, von Beruf Apothekerin, leidet unter ihrem Retter- und Muttertrieb, der daran schuld ist, daß sie immer wieder an die falschen Männer gerät – und in die abenteuerlichsten Situationen: Eine Erbschaft, die es in sich hat, Rauschgift, ein gefährliches künstliches Gebiß, ein leichtlebiger Student und ein Kind von mehreren Vätern sind mit von der Partie. Und nicht zu vergessen Rosemarie Hirte in der Rolle einer unberechenbaren Beichtmutter…

»Das kommt in den besten Familien vor: Wieder scheint dies die Quintessenz der Geschichte. Mord und Totschlag passieren bei Ingrid Noll ganz beiläufig, scheinbar naturnotwendig. Das macht ihre Bücher ebenso amüsant wie hintergründig.« *Darmstädter Echo*

»Ingrid Noll ist Deutschlands erfolgreichste Krimi-Autorin.« *Der Spiegel, Hamburg*

»Weit mehr als für Leichen interessiert sich die Autorin für die psychologischen Verstrickungen ihrer Figuren, für die Motive und Zwangsmechanismen, die zu den Dramen des Alltags führen.«
Mannheimer Morgen

»Die Unverfrorenheit, mit der sie ihre Mörderinnen als verfolgte Unschuld hinstellt, ist grandios.«
Der Standard, Wien

»Eine fesselnd formulierende, mit viel schwarzem Humor ausgestattete Neurosen-Spezialistin in Patricia-Highsmith-Format.«
M. Vanhoefer/Münchner Merkur

Patricia Highsmith im Diogenes Verlag

»Die Highsmithschen Helden, gewöhnt an die pflaumenweiche Perfidie und hämisch-sanfte Tücke des Mittelstandsbürgertums, trainiert aufs harmlose Lügen und Verstellen, begehen Morde so, als wollten sie mal wieder Ordnung in ihre unordentlich gewordene Wohnung bringen. Da gibt es keine moralischen Skrupel, die bremsend eingreifen, da herrscht nur die Logik des Faktischen. Meist sind es Paare, enttäuschte Liebhaber, Beziehungen, die in der Sprachlosigkeit gestrandet sind, sich nur noch mittels Mißverständnissen einigermaßen arrangieren, ehe das scheinbar funktionierende Getriebe einen irreparablen Defekt bekommt. Diese ganz normalen Konstellationen sind es, übertragbar auf alle Gesellschaften, die die Autoren und Filmer im deutschsprachigen Kulturraum so faszinieren. Denn Patricia Highsmith findet für ihre seelischen Offenbarungseide immer die schauerlichsten, alptraumhaftesten Rahmen, die ihren ›Beziehungskisten‹ den rechten Furor geben.
Die Highsmith-Thriller sind groteske, aber präzise Befunde unserer modernen bürgerlichen Gesellschaft, die an Seelenasthma leidet.«
Wolfram Knorr/Die Weltwoche, Zürich

Der talentierte Mr. Ripley
Roman. Aus dem Amerikanischen von Barbara Bortfeldt

Ripley Under Ground
Roman. Deutsch von Anne Uhde

Ripley's Game
oder Der amerikanische Freund
Roman. Deutsch von Anne Uhde

Der Junge, der Ripley folgte
Roman. Deutsch von Anne Uhde

Ripley Under Water
Roman. Deutsch von Otto Bayer

Venedig kann sehr kalt sein
Roman. Deutsch von Anne Uhde

Das Zittern des Fälschers
Roman. Deutsch von Anne Uhde

Lösegeld für einen Hund
Roman. Deutsch von Anne Uhde

Der Stümper
Roman. Deutsch von Barbara Bortfeldt

Zwei Fremde im Zug
Roman. Deutsch von Anne Uhde

Der Geschichtenerzähler
Roman. Deutsch von Anne Uhde

Der süße Wahn
Roman. Deutsch von Christian Spiel

Die zwei Gesichter des Januars
Roman. Deutsch von Anne Uhde

Kleine Geschichten für Weiberfeinde
Eine weibliche Typenlehre in siebzehn Beispielen. Deutsch von Walter E. Richartz. Zeichnungen von Roland Topor

Kleine Mordgeschichten für Tierfreunde
Deutsch von Anne Uhde

Der Schrei der Eule
Roman. Deutsch von Gisela Stege

Tiefe Wasser
Roman. Deutsch von Eva Gärtner und Anne Uhde

Die gläserne Zelle
Roman. Deutsch von Gisela Stege und Anne Uhde

Ediths Tagebuch
Roman. Deutsch von Anne Uhde

Der Schneckenforscher
Elf Geschichten. Deutsch von Anne Uhde. Mit einem Vorwort von Graham Greene

Leise, leise im Wind
Zwölf Geschichten
Deutsch von Anne Uhde

Ein Spiel für die Lebenden
Roman. Deutsch von Anne Uhde

Keiner von uns
Elf Geschichten
Deutsch von Anne Uhde

Leute, die an die Tür klopfen
Roman. Deutsch von Anne Uhde

Nixen auf dem Golfplatz
Erzählungen. Deutsch von Anne Uhde

Suspense
oder Wie man einen Thriller schreibt. Deutsch von Anne Uhde

Elsie's Lebenslust
Roman. Deutsch von Otto Bayer

Geschichten von natürlichen und unnatürlichen Katastrophen
Deutsch von Otto Bayer

Meistererzählungen
Deutsch von Anne Uhde, Walter E. Richartz und Wulf Teichmann

Carol
Roman einer ungewöhnlichen Liebe. Deutsch von Kyra Stromberg

›Small g‹ – eine Sommeridylle
Roman. Deutsch von Christiane Buchner

Drei Katzengeschichten
Deutsch von Anne Uhde

Zeichnungen

Patricia Highsmith – Leben und Werk
Mit Bibliographie, Filmographie und zahlreichen Fotos. Herausgegeben von Franz Cavigelli, Fritz Senn und Anna von Planta